一恋情深

韩梓涵 著

长江出版传媒 | 长江文艺出版社

图书在版编目（CIP）数据

一恋情深 / 韩梓涵著. -- 武汉 ：长江文艺出版社，2017. 12

ISBN 978－7－5354－9949－3

Ⅰ. ①一… Ⅱ. ①韩… Ⅲ. ①长篇小说－中国－当代 Ⅳ. ①I247. 5

中国版本图书馆 CIP 数据核字（2017）第 234764 号

责任编辑：何性松　　责任校对：陈　琪

封面设计：墨知缘　　责任印制：邱　莉　王光兴

出版：长江出版传媒 | 长江文艺出版社

地址：武汉市雄楚大街 268 号　　邮编：430070

发行：长江文艺出版社

电话：027—87679360

http：//www. cjlap. com

印刷：北京京华虎彩印刷有限公司

开本：720 毫米×1020 毫米　1/16　印张：21. 25　插页：2 页

版次：2017 年 12 月第 1 版　2017 年 12 月第 1 次印刷

字数：350 千字

定价：36. 00 元

目录

序

子与2

会写字的女孩儿，都有一颗玲珑心。小涵儿是圈子里有名的美女作家，看过她写的“品红楼”系列文章，别有视角，解读有趣。当她写小说的时候，我还有点担心，一个文青写通俗小说，会不会太文艺不接地气？

但是当我打开这部小说，看到这些文字构成的故事时，我被深深震撼了。

在异能小说盛行的今天，小涵儿能为我们讲述一段唯美的爱情非常难能可贵。她的书如一盏灯火，绽放着自己的光华。

她用温婉细腻的文笔，曲折跌宕的情节，向我们娓娓道来一个关于爱与背叛，沉沦与救赎的爱情故事。金梓涵、赵逸、辰鸿轩、崔荣昊……一个个风格各异的人物跃然纸上，让人百读不厌，每一次都有新的体味。

这是一部爱情小说，又不仅仅是一部爱情小说，亲情、友情、商战、勾心斗角都在她的书里一一展现，时而甜宠软萌，时而小虐怡情，时而暴风骤雨，时而风平浪静。就如同涵儿的性格，时而精灵鬼马，时而温柔娴静。

小说里的梓涵继承父业，完美逆袭，华丽归来。现实中的小涵儿历经挫折，不忘初心，破茧成蝶。这两个年龄相仿的小丫头，竟是如此相似！

我一直认为，如果一个女子被一个年纪相仿的土豪追求几年，那么这个女子应当快些嫁掉才是正确的。

当然，这是一个四十岁的老男人在看透了什么叫作爱情之后做出的最土的一个回答。

小涵儿要赞颂自立自强，以及自爱加上一个完整的人格，我这个旁观者只能为她欢呼，为她鼓掌，为她送上最真诚的祝福。

小涵儿似乎很享受这段爱情，没有大刀阔斧地推进，反而缓下脚步，像是细细品味沿途的风光。似乎要将这一点一滴，尽数揉进细碎的光阴中，用包裹装起，藏在心底某一个不被人发现的角落。夕阳西下时，仿若至宝一般体味，抚摸。

其实，小涵儿想诠释的爱情，或许就是这样：彼此分担烦恼、忧愁。彼此分享快乐、欢喜。仿佛永远分离，却又终身相依。有吵有闹有生活，这就是伟大的爱情。

少年人的梦想是彩色的，最不济也是蓝色的，不像四十余岁的老鬼的天空总是阴沉沉的，最要命的是偶尔还会打雷下雨。

闪电劈在屁股上的滋味不好受，我们还要咬着牙对自己的亲人说："好舒坦啊——"

涵儿写的是一个最美丽的梦，曾几何时，这样的梦我们也有过，生命里全都是好人，见不到一个坏蛋……

问题是坏蛋他总是客观存在的，就藏在太阳照不到的阴影里，一旦你的生活变得乌云密布，他就会狞笑着从黑暗里跳出来，鞭策你成长，直到把你鞭策成一个熟透的烂柿子……

能在梦里飞一会，那就多飞一会，疲惫了或许就想找块石头歇息一下。

我一直期望自己的梦幻也是有颜色的，哪怕是灰色的，也比黑白片要好得多。

——那样，至少证明我还活着。

——献给所有喜欢涵儿小说的人。

2015 年 11 月 于甘肃

第一章　人生若只如初见

六月的清晨，刚刚下过一场雨。路边的树枝不时落下雨滴，微风柔和凉爽，空气清新怡人。

一辆宝蓝色的保时捷在逸动传媒门口缓缓停下，车上走下来一个身材窈窕的女孩儿。她穿着一身白色职业套装，乌黑的头发瀑布般地披在肩上。柳眉弯弯，一双明眸如梦如幻，鼻梁秀挺，樱唇微翘，白里透红的雪肌在阳光的映射下显得更加璀璨夺目。整个人散发出独特的气质，既清丽脱俗，又娇俏明媚。

女孩儿名叫金梓涵，是金氏企业董事长金海峰的独女、京城小有名气的作家，这是她第一天来逸动传媒上班。

对这个向往已久的地方，梓涵充满好奇。

逸动的办公楼很大，足足有22层楼。她一路打听，才找到了她即将工作的地方——逸动传媒策划部。

敲开经理办公室的门，向门口迎来的是一位面带微笑的中年男子，皮肤很白，看上去很斯文。

见到梓涵，中年男子眼前一亮，笑着问道："你就是来报到的金梓涵吧?"

梓涵很吃惊，他们之前从没见过面，他竟能叫出她的名字。

也许是看出梓涵的诧异，男子又说道："我叫王志军，是策划部的经理，我见过你简历上的照片，所以认识你。"

听男人说是自己的顶头上司，梓涵忙打招呼，又做了自我介绍。聊了几句，王志军带梓涵进了隔壁的办公室，一个看上去四十多岁的女人正坐在电脑前，看他们进来，笑着站起来。

“丽红，给你介绍一下，这是温总推荐来的金梓涵，咱们策划部的新员工。梓涵可是京城大学中文系的高才生，以后你手下又多了一员干将了！你带梓涵各处走走，让她熟悉下环境，也认识下同事。”

“早听说要来新人，没想到是这么漂亮、有才华的女孩儿，这可是咱们策划部的大喜事！”王丽红上下打量着梓涵，赞不绝口，眼角眉梢全是笑意。

对这样赤裸裸的称赞，梓涵不知如何作答，只是笑而不语。

王丽红带梓涵走了几个办公室，最后在走廊尽头的办公室门口止住了脚步。

王丽红没敲门，直接拉梓涵走进去。

办公室很大，靠窗的位置摆放着一张约三米长的办公桌，一个年轻男人看着电脑屏幕，似乎在思索什么。

“我说赵大经理，来新人了，你还在这儿忙，也不出来认识一下。”王丽红说话随意，看得出，她和男人很熟悉。

见到王丽红，男人先是一愣，随后站起来，抱怨道：“王姐，你怎么总不敲门，吓死我了！”

当他的目光触及到梓涵秀美绝伦的面孔时，幽深冷寂的眸子折射出复杂的光芒。

梓涵忍不住打量他，心底生出一种异样的感觉。这个气质儒雅，俊美异常的男人看着很面熟，好像在哪里见过。

迎向他的目光，梓涵佯装淡定地微微扬起美眸，眼神柔和、清澈，心里不由得一紧。

年轻男人转过头看向王丽红，笑道：“这就是王哥说的金梓涵吧？听说她今天来报到，本想去王哥办公室一同迎接的，手头有点事儿就忘了。”

王丽红欣然一笑，并不搭话，转而对梓涵说道：“梓涵，这位是咱们策划部的副经理赵逸。你有什么不懂的，尽管向他请教。他可是咱们逸动传媒有名的才子！”

听王丽红介绍，梓涵才想起来，她曾在《财经》杂志的扉页上看过赵逸的照片。当时就觉得他气度非凡，今日见面，发现本人比照片更有魅力。

“放心吧，王姐，我一定多向赵经理请教。还请赵经理不吝赐教！”

梓涵漾起妩媚娇俏的笑容，美艳灿烂得如天边的霞光，娇滴滴的嗓音甜得仿佛能渗出水来。

赵逸英气逼人的脸上漾起一抹笑容，嗓音极富磁性，“过奖了，梓涵，你刚来公司，有什么不懂的尽管找我便是。”

梓涵微笑着答应，一时有些失神。

从赵逸办公室出来，梓涵回想见到赵逸的那一幕，心里被一种特别的感觉填满，有种无法言说的兴奋感。

金梓涵，你这是怎么了？不会只见他一次，就爱上他了吧？

梓涵强迫自己不去想，可一整天，她都沉浸在初见赵逸的喜悦里，身体里的每个细胞都雀跃着。

一周后，逸动传媒年中会如期而至。副总温静初叮嘱梓涵，一定要好好打扮，盛装出席。

京城有名的园林酒店里，璀璨的水晶灯散发出温馨的光芒，古香古色的装饰处处透着东方的典雅和韵味。出入这个餐厅的都是社会名流，名媛绅士觥筹交错，衣香鬓影和声细语。

虽说是逸动传媒的年中会，也有不少京城商界名流参加，都是总裁崔荣昊亲自邀请的。不过，崔荣昊正在巴厘岛度假，年中会交给公关部全权负责。

当身为新员工的金梓涵挽着温静初结实有力的手臂，步入华灯齐放的豪华宴会厅时，立即吸引了众人的目光。

宴会厅里优雅地执着高脚玻璃杯的男男女女们，都纷纷看向他们。

梓涵精致的小脸上描化着清新的淡妆，缎光杏桃色的唇色衬得她楚楚动人。颈间的钻石项链璀璨夺目，犹如泉水在光滑细腻的肌肤上流动。一袭轻软如烟的丝缎白色长裙，将她婀娜多姿的身段勾勒得淋漓尽致。

明黄色的灯光下，她白瓷般的肌肤上笼罩着一层暖暖的光，墨玉般的长发从头顶倾泻而下。宛若空谷中安静绽放的幽兰。

一时间，惊叹声、赞美声不绝于耳。人人都想知道，温静初身边的绝色美人儿是谁。

众人的反应在温静初意料之中，他正想借着这个机会，把梓涵正式介绍给各界名流。

要知道，金氏集团董事长金海峰的千金能加入逸动传媒，还心甘情愿从底层做起，对逸动来说，是多么大的荣耀。

再说，他和金海峰交情匪浅，早就把梓涵当成了自家人。他觉得有责任好好照顾、培养梓涵。

“温总，好久不见。”

不远处走来一位衣冠楚楚的男人，他目光如炬地紧盯着梓涵犹如水仙花般的娇颜，嘴角掠过邪佞的笑意，“恕我冒昧，不知温总身边的这位小姐是？”

相比宴会上一些搔头弄姿的女人，静若湖水的梓涵更像一幅饱含禅意的水墨画，让人倍感清新。

梓涵最讨厌这种看起来色眯眯的男人，心里蓦地“咯噔”一声，表面上却依旧平静。

温静初看向男人，眸光一闪，“这是金梓涵，我们逸动传媒策划部的新员工。梓涵，这位就是大名鼎鼎的星美娱乐的掌舵人贺一飞先生。”

“贺先生，你好。”梓涵漫不经心地说道，漾在粉唇边的笑容带着微妙的疏离。

“金梓涵……”贺一飞微微扬起倨傲的下巴呢喃着，稍稍顿了顿才饶有意味地说道“这名字很好听，和金小姐清新脱俗的气质相得益彰。”

梓涵恬静的脸上泛起清甜的微笑，“谢谢你，贺先生。”

“金小姐……或许我们在哪里见过？”贺一飞微微上扬的唇畔带着一丝揶揄，眸底藏着一丝别有深意的探究。

此话一出，包括赵逸在内的周围人都不约而同地看向梓涵，目光里透着半信半疑。这样意味不明的话落在旁人耳朵里自然有些暧昧。

梓涵优美的唇漾起小小的弧度，睁着清澈如水的美眸说道：“我想是没有的……毕竟像贺先生这样的大人物，在此之前如果我遇见过，必定印象深刻。”

梓涵隐晦地撇清了两人间的关系，淡淡的语气里带着些许褒扬的意味，却没有一丝谄媚和奉承。

贺一飞眸底闪动着隐隐约约的流光，“哦，我想起来，我在一次商务聚会上见过金小姐，你和你父亲金海峰先生一起到场。我只是远远看着你，就觉得惊艳！”

梓涵没搭话，只是回以自然、大方的微笑，落在贺一飞眼里却有种此时无声胜有声的韵味。

他觉着眼前这个巧笑倩兮的小女人宛若有千年修行的九尾狐，不动声色地摄人魂魄，诱惑人心。

年会现场有声名显赫的名人贵胄，也有逸动传媒的精英，交谈的、说笑的比比皆是，杯盏交错间发出清脆的响声。

梓涵陪在温静初身边，八面玲珑地应付着各式各样的社会名流们的寒暄。

她就像是身披黑亮盔甲的女战士，落落大方地接受着名媛淑女们的不屑一顾和花花公子们的露骨打量。

时间长了，她觉得脸部的肌肉都快笑僵了。趁着没人的空档，她刻意压低了声音和温静初说明情况，温静初不好意思地笑了笑，让她先出去透透气。

她踩着香槟色的高跟鞋，昂首阔步地绕过摆放点心的白色长桌，向宴会厅大门走去。恰巧和拿着香槟与人交谈甚欢的贺一飞擦肩而过。

刹那间，一股淡淡的幽香蔓延开来，钻入贺一飞的鼻间。

贺一飞如霜般清冷的眼眸蓦地一暗，微微眯起双眼，追随着梓涵娉婷灵动的倩影，不肯离开。

梓涵走出宴会厅，径自到视野开阔的观景平台上，向远处眺望。鳞次栉比的摩天大厦如同棋盘格子般整齐划一，楼体上的霓虹灯闪烁着钻石般的耀眼光泽。

她的双肘惬意地靠在白色横栏上，清凉的晚风吹动着她的黑色长发。

梓涵深深吸了口气，顿时胸腔里漾着沁人心脾的味道。

“金小姐，你倒是有闲情逸致，竟然一个人躲到这儿来了。”身后传来男人的声音，穿透凉薄的空气落在梓涵耳中。

她默默转过身去，只见贺一飞从幽暗的角落里走出，怀旧质感的灯光勾勒出他雕刻般深邃的五官，黑色西装包裹下的身体高大挺拔，看上去颇为尊贵。

“何须说我呢，贺总不是也站在这吗？”梓涵粉唇微扬，融融的笑意像湖面上的涟漪般晕染开来。

贺一飞下巴绷着，双眼紧紧锁住梓涵明艳动人的小脸，“真是个伶牙俐齿的女人，你应该清楚这样的女人最能激起男人的征服欲。”

“听这话……贺总是在和我调情吗？我们根本不熟，你这样不合适吧？”梓涵尽量客气，她不想和这个男人闹翻。

贺一飞像野兽般猛地靠近梓涵，将她柔弱无骨的身体禁锢在他坚实的胸膛和白色横栏之间。

“此刻月白风清，杳无人迹，可不正是暗度陈仓的大好时机。”贺一飞根本不在乎她的话，仍露骨地挑逗。

梓涵眼中流光一转，冲着近在咫尺的俊脸嫣然一笑，露出洁白的贝齿，“贺总真会说笑，暗度陈仓？你恐怕找错人了吧！”

贺一飞嘴角噙着的戏谑笑意更浓，“我确定我没找错，除了你，没有人能激起我的兴趣。”

“哦？贺总太抬举我了。我冷了，要回去了！”梓涵试图推开他。

贺一飞根本没有放她走的意思，手臂霸道地搂上她的腰，肆无忌惮的炙热目光沿着她优美白皙的颈脖缓缓而下。

她精致迷人的锁骨被刺绣的薄纱轻掩，像是轻盈的羽毛般缭绕在他心底，挠得他又麻又痒。

贺一飞性感的薄唇凑近梓涵的耳畔，温热的气息让她很不舒服。

“贺总，温总到处找你，你怎么在这儿呀？”

梓涵刚想奋力挣脱，温润的男声传入耳畔，她回眸一看，竟是赵逸！

见有人来，贺一飞忙松开梓涵，正色笑道：“我见金小姐在这儿，过来陪她说说话。”

赵逸何等聪明，从梓涵的神色中，已明白是怎么回事。他微微眯起眼眸，一股慑人的寒意倾泻而出：“贺总，我想金小姐应该不介意你和我一起进去吧？”

梓涵感激地看向赵逸，落在他耳边的声音如暖风般酥媚入骨：“我当然不介意，请贺总自便！”

贺一飞哪舍得离开，可这个时候，他不得不跟赵逸走进宴会厅。

望着他渐行渐远的背影，梓涵长吁了口气。

为了躲避贺一飞，未到宴会结束，梓涵就匆匆离开了。

翌日上班，梓涵准备当面和赵逸说声“谢谢”。若不是他出面解围，不知贺一飞怎么放肆呢！

走到赵逸办公室门口，梓涵轻轻敲了敲门。

“请进，门没关！”里面传来熟悉的声音。

梓涵推门进去，见他坐在办公桌前，神情专注地看着电脑屏幕，噼里啪啦地打着字。

梓涵不忍打扰，在门口的沙发上坐下来。除了入职那天，她还没好好打量过他。

他剑眉紧蹙，薄薄的嘴唇微微发翘，墨玉般的眼眸深邃而笃定。白衬衫的领口微微敞开，衬衫袖口卷到手臂中间，露出健康的皮肤。

午日的阳光透过落地窗映射在他身上，为他镀上一层金色的朦胧，让他犹如一件巧夺天工的艺术品。

在梓涵眼里，赵逸是一个完美男人。无论外表还是内在都无可挑剔。

梓涵呆呆地看了许久，直到赵逸轻松地说了一句“完活儿”，她才回过神来。

赵逸从宽大的座椅上起身，见她坐在沙发上，笑着走过来，“等急了吧？我就是这样，写稿子的时候必须一气呵成。上次崔总来也是这样，气得他说要炒了我。”

唯恐梓涵误会，赵逸刻意解释道。潜意识里，他很在意梓涵对他的看法。

“没事的，经理。我来，是向经理道谢的。”梓涵很激动，心跳速度呈直线上升。

“道谢？谢我什么呀？”赵逸微微一笑，语气里透着一丝若有似无的戏谑。

“当然是感谢经理那日的照顾，若不是你帮我，我可能……”

见梓涵认真的样子，赵逸反而有些不好意思，收敛了玩笑的态度，颇为正式地说道："没什么，别放在心上。在那种情况下，换作谁都不会看着不管。"

"无论怎样，我都要谢谢经理。"梓涵明眸忽闪，白皙的肌肤看上去如同鸡蛋一样吹弹可破。浓密的睫毛像两把小刷子，轻轻扫过肌肤，樱花般怒放的双唇因为微笑勾勒出半月形的弧度。温柔如流水，美得让人惊心。

又一次近距离接触梓涵，她的美让赵逸动心。他一时间怔住了，目光变得空灵而游离。

"经理，我……先走了，还有稿子要改……"眼见气氛有些暧昧，梓涵支支吾吾地说。

为了避免尴尬，她只想尽快离开。

"好，你先回去吧，以后不用对我这么客气！"说话时，赵逸的视线未从梓涵脸上离开。

"漂亮的长相"永远是女人最有效的通行证，一向骄傲的赵逸也被梓涵的容貌打动了。

从赵逸办公室出来，梓涵感觉到脸上热辣辣的。回味二人的对话，心里美滋滋的，如同恋爱一般。

她越来越喜欢这个男人，只是羞于表达。

自那日办公室道谢之后，赵逸更加关心、照顾梓涵，叮嘱王丽红把一些重要的工作交给梓涵，以磨练她的文笔。

写的东西多了，梓涵渐渐形成自己的文风。清新淡雅又不失真情实感，总能撩拨人内心深处的心弦，让人感同身受。

纵然身边不乏追求者，梓涵仍心无旁骛。偶尔找三五好友聚一下，日子过得平淡而充实。

一日下班，梓涵一边想心事一边走路，走到一台阶处，不小心崴了脚，摔在地上。

情急之下，她给朋友打电话，朋友很快赶过来，把她送到医院。

医生告诉她需要静养几天，不能走动。但她刚到公司上班，不想请假，只休息半天就上班了。

梓涵的工作都是在电脑前完成，中午有人送饭，她无须走动。可快要下班的时候，办公楼突然停电了。

下班后，同事们都走楼梯下楼，几个男同事争着要背梓涵下楼，都被她婉言拒绝了。她不想和男同事有身体上的接触，也不想别人看到她一瘸一拐的样子。

她想等同事们都走了，自己扶着楼梯扶手慢慢下楼。

过了5点半，整个三楼几乎没人了。梓涵收拾好东西，锁上门，一手拎着包，一手扶着墙，开始她艰难的行程。

刚走到楼梯口，她就听到关门声，回头一看，是赵逸正在锁门。

见到梓涵，他似乎并不吃惊。

“小丫头，你怎么不让那些帅哥背你下楼?”

“我……太重了，他们背不动。”梓涵说完这话，赵逸笑了，她自己也觉得好笑。

多么牵强的理由！她身高170，体重不过一百零几斤，到底哪里重?

“你呀……”看梓涵窘迫的样子，赵逸不好说什么，顺着她的意思说下去，“嗯，说得对，他们背不动你这个小胖子，还得我这个老将出马!”

说完，他俯下身，示意梓涵上去。

梓涵有些犹豫，却抗拒不了这幸福的诱惑。能伏在他宽厚的背上，她求之不得。

想了想，她吁了口气，鼓足勇气，将双臂绕在赵逸的脖子上，整个身体紧紧贴在他背上。

他的背很宽厚、很有力，有属于他的温暖和气息。

梓涵只觉头脑中一片空白，仿佛置身梦境。

他缓缓起身，背起梓涵，向楼下走去。

幸福来得太突然，梓涵来不及准备。

此时此刻，她心里暖暖的，好想就这样走下去……

“小丫头，你真挺重的，要不是中午吃得饱，我都背不动你。”

梓涵能感觉到，他背得有些吃力，并不轻松。

她不知道赵逸腰部受过伤，负担不了重物，更何况是一百多斤的她。

“还是放我下来，让我自己走吧。”不忍赵逸挨累，梓涵打算从他身上跳下来。

“别动，再动就摔下来了！我逗你呢，你不是说自己重吗？我总要配合你一下吧!”

为了证明自己所言不虚，赵逸加快速度，几乎是跑着下楼，一口气到一楼，才把梓涵放下。

“师傅，你太狡猾了吧，我差点被你骗到，还以为你真背不动我呢!”看着轻微气喘的赵逸，梓涵涨红了脸。

“我还是送你回家吧。你在这里等着，我把车开过来。”

不容梓涵拒绝，赵逸跑向停车场，没过一会儿便把车开到梓涵面前。他打开车门，扶她在副驾驶的位子上坐下。

“梓涵，我放你几天假，明天不用上班了。”赵逸眉头紧蹙，对梓涵的伤势，他很关心。

“师傅，我有个文案要改，不能休假。”

对工作，梓涵一向尽职尽责。

“你呀，还真有我当初的傻劲儿！我刚上班那年，发烧到39℃还熬夜赶稿，第二天一上班就晕过去了。现在想想，挺不值得的，没有什么比身体重要。你也要注意，别把身体累垮了。”赵逸语重心长地劝道，言语间满是怜惜。

“师傅放心吧，我一定注意。”梓涵笑嘻嘻地答道。

在赵逸面前，她越来越放松，调皮本性尽显。

师傅，是她私下里对赵逸的称呼。赵逸曾指点过他，有一次，她半认真半开玩笑地拜了师。

两人聊得热络，不知不觉中到了梓涵家门口。

目送梓涵进了电梯间，赵逸才开车离开。

之后的几天，他都开车送梓涵回家，直到她脚伤痊愈。

自从被赵逸背下楼的那天起，梓涵对他产生了一种莫名的情愫。每每想到他就会很甜蜜，很开心。

她默默惦念赵逸，关注他的一举一动，甚至一个眼神。

她珍惜和赵逸共事的时光。每天上班看到他，是她最大的幸福。

但是，她绝不会越雷池半步。因为她从王丽红口中知道赵逸结过婚，刚离婚了，有个两岁的儿子和前妻在一起。就算赵逸也喜欢她，有心和她在一起，他的这种身份，父母是无法接受的。所以，她必须把在不知情的情况下对赵逸产生的爱慕压制下去。

这日，梓涵和大学同学黄尚明在QQ上闲聊，他提到要来京城，担任他家里的志伟传媒京城分公司的总经理。梓涵只是随便听听，并未当真，却不想几天后在逸动传媒门口，看到一身阿玛尼西装的黄尚明。

黄尚明是梓涵的大学同班同学。大学四年，尚明一直对梓涵情有独钟，可直到毕业都没能赢得她的心。梓涵只把他当朋友，或者说是无话不谈的蓝颜知己。

快一年了没见，黄尚明平添了几分男人的成熟韵味儿，越发显得英气逼人。

有人说，“有时候，你会日夜思念一个人，可是当思念的人出现在眼前，反而会安之若素，就好像从没想念过。因为不敢相信，自己心爱的人就在眼前。”

此时的黄尚明就是这种感觉。

身为志伟传媒的继承人，黄尚明身边美女如云，可他就是不动心。之前的两个女友都在短暂的交往后分开了，因为他始终忘不了梓涵。

尚明一步一步走向梓涵，表面平静，内心却暗潮翻涌。

时间没改变他善良、执着的本性，却让他无法再像过去那样任性、狂妄。

他的目光掠过梓涵娇俏的脸颊，笑着说道：“我们京城大学的校花风采依旧呀，我还以为变成黄脸婆了呢！”

见黄尚明还像过去一样贫嘴，梓涵倍感亲切。就像回到大学时代，他在她经过的地方等她，对她紧追不舍。

走出象牙塔，有几个男人会对心爱的女人那样执着？那时候的爱，单纯得只是因为爱。

“尚明，你这次来京城是出差，还是像你之前说的，到志伟传媒京城分公司当总经理？”

见梓涵质疑，尚明拿出刚刚印制的名片，递给她，上面赫然写着“志伟传媒京城分公司总经理黄尚明”。

看到名片上的字，梓涵才相信黄尚明回京城扎根了，一时不知是喜是忧。

尚明回京后，不时和梓涵联络，还常接送她上下班。

一日，在公司门口，他们和赵逸不期而遇。

看到梓涵身边衣着考究、器宇不凡的黄尚明，赵逸刻意打量了一番，脸上露出若有似无的笑意，道：“梓涵，这是你男朋友吧？”

没等梓涵回答，赵逸又补充了一句“挺般配”，就转身离开了。

梓涵气恼，这个赵逸，不了解情况就随便说，到底是什么意思嘛！

看梓涵呆呆的表情，尚明戏谑道：“怎么，涵涵，我堂堂志伟传媒京城分公司的总经理当你男朋友，你还嫌丢人？你看，你同事还说我们般配呢！”

梓涵被他说得哭笑不得，也不搭话，说了句“我上班了”，就向电梯间走去。

欢喜的尚明，悲摧的梓涵，就是这一刻真实的写照。

尚明一日两次接送梓涵上下班，即使自己有事不能来，也会安排司机接送她。

一时间，梓涵有一个高富帅男朋友的事儿在公司传开了。

梓涵懒得解释，只说黄尚明不是她男朋友，却没人相信。

对梓涵有男朋友的传闻，赵逸似乎并不介意。每次见到她还是老样子，看不到一丝失落，更没有想象中的醋意。

梓涵顿悟，与其暗恋一个不可能在一起的人，不如接受一个真心对自己好的人。

拿定注意，她第一次主动给尚明打电话，约定见面地点。挂断电话后还发了信息：“尚明，你的心，我懂。我准备接受它。”

看到这十几个字，尚明欣喜若狂，喜极而泣！

五年了，从大一时的告白，到一年后的重逢，整整五年时间。他黄尚明徒有花花公子的外表和身家，却未曾爱过别人，因为他心里只有一个金梓涵！

在梓涵的心里，是否真爱尚明并不重要，重要的是她不忍再辜负他，她要给他回报。

京城巴伐利亚西餐厅，尚明、梓涵深情相拥！

尚明的爱，让她感受到前所未有的幸福和温暖。

自那日以后，赵逸遇到过尚明几次，都是在公司门口，尚明倚在车旁等梓涵。

每每看到这个比自己小几岁的大男孩儿，赵逸不知是羡慕还是妒忌。

对梓涵，赵逸有一种特别的情愫，比友情多一点，比爱情少一点，他也说不清楚。只觉得每每和她在一起就会很开心、很放松，所有的烦心事儿都忘得一干二净。

他喜欢梓涵叫他师傅，喜欢到她办公室的沙发上坐一会儿，和她开一些无伤大雅的玩笑。

日子久了，梓涵几乎忘了当初对赵逸的感觉。可偏偏在她和尚明感情渐浓的时候，黄志伟让尚明到美国读 EMBA。

尚明走后，每天都给梓涵打电话，还不时从美国给梓涵寄东西。最让梓涵爱不释手的是限量版的 Hellokitty 背包，在国内根本买不到。

她的家渐渐被 Hellokitty 环绕，也被尚明的爱包围。

进入九月，天气渐凉，梓涵一个人住在偌大的别墅里，显得格外冷清。

也许是家里没人的关系，她总觉得冷，买了一个暖宝宝，每晚睡觉都放在被窝里。

一日早上醒来，梓涵觉得小腿处格外疼，拉起裤脚一看，靠近脚踝处被烫了一个硬币大小的水泡。

她到药箱里找了烫伤药，敷完药就上班了，并不十分在意。

不料，过了一周伤口越来越疼，而且有红肿发炎的迹象。梓涵这才着急，到医院做检查。医生说必须卧床静养，不然严重了，伤口可能会溃烂。

静养一周后，梓涵执意要回公司上班。母亲刘玉华劝阻不了，只好送她回去。

在办公室门口，梓涵看到迎面走来的赵逸。

“小丫头，腿上的伤怎么样了?”他一脸关切。

“没事，好多了，就是有一点点疼。”梓涵如实答道。

“让我看看。”说话间，赵逸已蹲下，似乎要掀开她的裤腿。

梓涵难为情，却不好拒绝，只得慢慢挽起裤腿，露出受伤的腿。

看过伤口，赵逸脸上浮现出一丝不易觉察的担忧，心里隐隐作痛，却佯装若无其事地说道："伤口不算大，应该很快就好了。"

梓涵笑着应了一声，便告辞进办公室了。

临近下班，赵逸从梓涵办公室门前经过，假装随意地问道："小丫头，你什么时候走，要不要我送你？"

梓涵一愣，半晌才回过神来："不用，师傅，有人接我，你放心吧！"

人在受伤的时候，是最敏感、最脆弱的。

赵逸的关心，撩拨了梓涵心底的那根弦，久违的感觉开始涌现……

为方便联络，逸动传媒策划部建了一个QQ群，梓涵也入群了。她的QQ昵称很有辨识度，就叫"梓涵妹妹"。

一日，一个头像不停地闪动，是一张京剧花脸。

"小丫头，加我为好友吧！"

"你是谁？"梓涵好奇地问。

"我是谁你竟然不知道？小心我扣你奖金！"梓涵猜到对方是赵逸，因为只有他有扣她奖金的权利，也只有他叫她小丫头。

赵逸的QQ个人说明让梓涵很感兴趣："长之春花之园，风唤雨夜未眠。心无泪情亦癫，忆柔水君默然。"

梓涵记得，赵逸是长春一所大学毕业的。看样子，他也是个多情的人，恐怕有一段不堪回首的过往吧。

互加好友后，赵逸和梓涵联系越来越多。企鹅公司新推出一个名叫"QQ宝贝"的游戏，梓涵很喜欢，精心设计了一个Q宝贝，取名甜心。还帮赵逸注册游戏，设计了Q宝贝，和她的Q宝贝长相颇为相似。

据说，这款游戏很快就会推出结婚系统，关系好的Q宝贝亲密度达到一定数值，就可以结婚。

她很期待，希望他们的Q宝宝能结婚，以弥补现实生活中的遗憾。

赵逸不明所以，任由梓涵帮他瞎折腾，不时给Q宝贝换个衣服，添置个家具。

月底事情多，梓涵没空玩QQ游戏，不时拿写好的策划案让赵逸审阅。赵逸脾气一向很好，对下属们都和蔼可亲，可不知怎么回事，接连几天都沉着脸，对梓涵的稿子也格外挑剔。

有一次，梓涵多说了几句话，他竟然将文件盒狠狠地摔在了地上，还大声斥责她。

梓涵料想他可能有烦心事儿，但不敢多问。

可她哪里知道，赵逸的坏情绪与感情有关。他和女友的感情走到尽头，分开了。

他情绪一直不好，梓涵看在眼里，急在心上，却无能为力。可除了工作时间，她一直刻意回避赵逸，也不和他闲聊。

她不能爱他，就必须悬崖勒马！

日子过得波澜不惊。到年底，尚明提前修完学分，从美国回来。想到梓涵和尚明交往两年了，两家父母都希望他们早点结婚。尚明求之不得，梓涵却很抵触。她不知道为什么不想和尚明结婚。

随着父母的催促和尚明的多次求婚，梓涵越来越烦躁，爆发了两人相识以来的第一次也是最激烈的一次争吵。好脾气的尚明摔门而去，留下独自落泪的梓涵。

接连几天尚明都没到公司接梓涵，梓涵也不去他家。

梓涵想静一静，仔细想想这些年发生的事儿。问问自己的内心，到底想要什么。

快到年底，王经理让梓涵组织一次联欢会，每个员工都参加，还要准备节目。梓涵上大学时就有组织类似活动的经验，并不觉费力，王丽红和同事们也热心帮忙，联欢会很快就成型了。

一月初，逸动传媒策划部春节联欢会如期举办。梓涵责无旁贷做了主持人，很多同事都表演了拿手节目。

这段时间，赵逸的情绪有所好转，在联欢会上唱了一首歌，是梓涵的最爱，李玉刚的《新贵妃醉酒》。

赵逸的声音饱含深情，宛若天籁。就如同他的人一样有魅力。

联欢会上，大家玩得很开心，同事们对梓涵的主持赞不绝口。只有赵逸默默不语，晚会刚进行一半就上台做了一件惊人的事，宣布晚会提前结束。

在场的人都措手不及，一些同事开始抱怨。

梓涵不懂，一向持重的赵逸怎么这么失态。

从台上下来，赵逸就匆匆离开了。

在人前，赵逸不得不强装笑颜。可他心底的忧伤和晚会的欢乐气氛格格不入，冲动之下，他提前结束了晚会。

赵逸走了，把梓涵的好心情也带走了。

赵逸的反常举动，成了梓涵心底的一个谜。当然，她不想揭开谜底，除非赵逸告诉她。

联欢会过后没多久就是春节，尚明虽然生气，却不忍心不理梓涵，初一过后就到梓涵家拜年。梓涵家人都很喜欢尚明，夸他长相帅气，人好，还有能力。

尚明的优点梓涵都清楚，更何况他还相貌出众、家世显赫。可她无法真正接受他，特别是提到结婚，就会发自内心地抵制。

她对尚明的感情还没发展到可以谈婚论嫁的程度。而尚明则太心急了，恨不得马上把梓涵娶回家。

尚明一再催婚，梓涵一再拒绝。情人节两人一起吃饭，也不欢而散。

梓涵很后悔，早知这样，就不该接受尚明。

感动下的爱是不会长久的，为了感动而接受一个人，不仅害了自己，也害了这个人。

情人节过后，赵逸从老家回来，精神好了许多，也不再一脸忧郁。

看到他恢复得这么快，梓涵很欣慰。

春节假期结束后没几天，赵逸就陪崔荣昊一起出差了，据知情人透露，出差回来后，他的职务会有变动。

果然，赵逸回来没多久，公司网站上就发通知，提升他为兴岭分公司总经理。

能把一个分公司交给他，足见董事会对他的重视和信任！

梓涵发自内心替他高兴，可他到兴岭任职就意味着要离开京城，就意味着不能时常相见。

一时间，梓涵心情很复杂。

她已经习惯有赵逸的日子，她只想在他身边，为他做点事儿。哪怕是打扫房间，哪怕是倒一杯咖啡。

若是他离开，这点小愿望都实现不了了。

她的感情便没了依托，没了着陆点。

赵逸要调走的通知公布后，梓涵心里一直沉沉的。

两年多，她只是以自己的方式去欣赏他、崇拜他。

直到这一刻她才明白，感情即使一味隐藏也有藏不住的一天。

她害怕，怕自己的忧伤会引起别人的猜疑。

转眼到了四月，再有半个月，赵逸就要离开京城，到兴岭分公司担任总经理。

梓涵不知能为他做什么。一连半个月，她每天都早早上班帮他打扫房间，打扫完就悄悄离开。

四月中旬，赵逸正式到兴岭分公司上任，临行前梓涵不敢送他，只打了个电话。

电话那端传来熟悉的声音："喂，小丫头吗？"

依然是这个声音，依然这么亲切。

想到以后要在电话里才能听到他的声音，梓涵一阵心痛，"师傅，我有点事儿不能送你了。"

"没事儿，你有事儿就忙，我马上就上车了。"赵逸的语调里带着宠溺的味道，惹得梓涵更难受。

“那好，师傅，祝你一路顺风!”纵然柔肠百转，梓涵不得不故作轻松。

“好，你也好好工作!”想到要离开京城，离开梓涵，赵逸心里也不是滋味。只不过，他不敢也不能表现出来。

“嗯，好，师傅再见!”

挂断电话，梓涵强撑着的坚强瞬间瓦解，忍不住哭了。

自己爱的人就这么走了，她甚至没勇气送他。

她怕别人看到她的泪眼，那么她精心掩饰的感情，就昭然若揭了。

赵逸是晚上的火车，要八个小时后才到。估计他上车了，梓涵含泪写了一条信息：“一起工作的两年多，如同一段大学时光。你博学多才像是我的老师，你和蔼可亲又像是我的同学。感谢你一直以来对我的指导和帮助，祝你在新的工作岗位上一切顺利!”

编辑完短信，梓涵带着复杂的感情发了出去，没多久，就收到赵逸的回复。字数不多，她却翻来覆去看了几遍：“谢谢你，梓涵同学，好好干!”

再见了，赵逸！愿你在远方一切安好!

赵逸的离开，带走了梓涵的好心情。

闲来无事，她登录专门为赵逸申请的 QQ 号，心有所感，在 QQ 签名栏里写道：“愿我的爱，伴你远行!”

赵逸刚离开，梓涵的思念也刚刚开始……

京城分公司是赵逸工作近十年的地方，这里承载了他的青春和梦想，有他珍惜的同事和朋友。

梓涵的反常表现，他不是没有察觉。他只是不敢想，这样一个纯净似水、明媚可人的女孩儿会对他动感情。

到兴岭后，闲暇时，赵逸都会在 QQ 上和梓涵聊几句，随着聊的越来越多，他们的距离也越来越近。

一次，梓涵无意中向赵逸透露，她一直默默喜欢一个人，只是不能表白。

赵逸很聪明，从言谈中能感觉到梓涵说的人是自己。

QQ 这种聊天工具是个奇怪的东西，在现实生活中无法开口说出的话，在 QQ 中却能畅所欲言。

梓涵含蓄地告诉赵逸，她本可以离开逸动传媒，到全国排名第一的媒体工作。为了这个人，她放弃了离开的机会。

回想梓涵为自己做的事，赵逸越来越确定，她说的人就是自己。

他越想越感动，越想越动情，恨不得即刻飞到梓涵身边，告诉她，他也一直爱着她，只是不敢表达。

可他毕竟结过一次婚，还有孩子。他知道，若向前迈出一步，对梓涵来说，意味着什么。

5 月 11 日，在得知梓涵心意的这一天，赵逸决定帮助她走出这段感情，开始新的生活。

接下来的日子，赵逸时常隐晦地劝解梓涵。

梓涵明白他的心意，她知道，她和赵逸的关系，只能止于此，也必须止于此！

在 QQ 空间里，梓涵写下一首诗，专门为赵逸而作："把如风的心事刻在手心，如果秋风散尽，那滴血的落叶将飘零。在不经意间，月儿已爬上山巅，洒落的点点银光，就是我孤寂的思念。当秋风悄悄吹过我的身边，已经知道一切的过往到了终点，曾以为那种可遇不可求的心有灵犀，到最后，只不过是命中注定的那次擦肩而过。当秋雨静静地落在我的双肩，已经明了一切的结局终将是无言。曾以为今生不会改变的情思缭绕，到最后，在那一瞬间消逝如烟，早已伤痕累累却依旧沉醉。"

梓涵的 QQ 空间，赵逸是唯一的读者。

在她身上，赵逸似乎看到自己的影子。曾经的他也这样深沉地爱过一个女孩儿，无欲无求，纯净似水。

经过几天的纠结与彷徨，赵逸改变了主意。他要向梓涵告白，告诉她，他也爱她，一直都爱！

他觉得，梓涵才是他最该去爱、去珍惜的人。

心有所感，他特意修改了 QQ 签名："要对身边的人好一点，因为一辈子不长；要对爱你的人好一点，因为下辈子不一定遇见。"

看到这段话，梓涵心下一动，"莫非，他也……"她不敢想下去。

也许，她不该向赵逸倾诉心底的秘密。

因为，她从没想过和他在一起，和他像朋友一样相处就足够了。

梓涵的想法很单纯，却不知，赵逸早已心潮翻涌，无法平静了……

第二章　情定摩天轮

五月末，逸动传媒组织培训，赵逸回来参加。再次相见，两人有了不一样的感觉。

梓涵的心事，赵逸已明了。对赵逸，梓涵却不了解。

培训结束后，赵逸跟在梓涵身后，一起走出来。

想到在 QQ 上聊天时，赵逸曾许诺回京城要请她吃饭，梓涵笑着问他要不要兑现，赵逸爽快地答应了。

梓涵只当他开玩笑，并未当真，赵逸却很认真。他在附近找了一家酒店，不顾梓涵的推辞，推着她进了门。

这是两人第一次单独吃饭，可没等吃完饭，赵逸就接到刘艳的电话，让他陪孩子看电影。

梓涵知道第二天是“六一”儿童节，便催促他赶紧去陪孩子。赵逸过意不去，又给她点了果汁，才恋恋不舍地离开。

望着赵逸离开的背影，梓涵告诫自己，她和他的关系必须止步。因为她能感觉到，赵逸对她有感情。若是把这层心思捅破，就一发不可收拾了。

从酒店出来，赵逸心很乱。他越来越确定，他爱梓涵，一直都爱。

整个晚上，他都心不在焉，刘艳并不在意。他们已经离婚了，她和赵逸维持这种貌合神离的关系，只是为儿子。

翌日，快要下班时，赵逸出人意料地出现在办公室，说是来和王丽红道别。

梓涵心里明白，赵逸不是来和王丽红告别，而是专门来看她。

短短几日，他的目光里多了许多情意，让人无法忽视。

赵逸走后，梓涵接到尚明的电话，约她在新光商场顶层的餐厅见面，说是要商量一件很重要的事情。

梓涵猜想，他指的是结婚。

如她所料，为了这次见面，尚明精心打扮了一番，黑西装搭配古典怀旧风格软直领衬衣，细白格领带，显得他清贵无华，气质清隽。一双黑眸更是幽深如潭水，清冽无痕。

乳白色的实木餐桌上，摆放着一大束香水百合含露低垂，淡雅幽香。

在尚明对面坐下，梓涵微笑着看向他，假装不经意地问道："怎么了，今天怎么打扮得这么正式?"

尚明脉脉含情，笑而不语，从兜里掏出一个精致的锦缎首饰盒。

随着首饰盒被缓缓打开，他已半跪在地上，"涵涵，之前我一直说想和你结婚，但都不够正式。今天我正式向你求婚，希望你能嫁给我。"

虽然感动于尚明的痴情，梓涵却不敢应允。总有一种情绪左右着她，让她无法答应尚明的求婚。

沉思片刻，她艰难地摇了摇头，没有同意。

"涵涵，你为什么不答应？是因为我不够好吗？你觉得我哪里不好我会改的?"压抑许久，尚明终于把心里的疑问说出来。

是呀，为什么？梓涵也不知道为什么。

她一再拒绝尚明，到底是为什么？难道，是因为忘不了赵逸?

不会的！她从没想过和赵逸在一起，又怎会为了他拒绝尚明！

见梓涵不回答，尚明没再逼问，他狠狠地把锦盒扔在地上，头也不回地跑出了餐厅。

梓涵头脑一片空白，从地上捡起戒指，又坐回椅子上。

尚明点的牛排已经端上来，她切了一块放入口中，却不知是什么滋味……

从餐厅出来，梓涵心乱如麻，怅然若失。回到家，就扑到床上大哭起来。

这一瞬间，她想到死，也想到一个人。

她挣扎着起来，打开电脑，登录了 QQ，赵逸的头像不停地闪动："小丫头，你回家了吗?"

"我刚到家，哥，我想死!"梓涵很快回复。

“你怎么了?”赵逸一直守在电脑前等梓涵，见她说想死，心下一惊，打字的手都发颤。

“我觉得我要和男朋友分手了，我很难受！我觉得我对不起他!”梓涵这句话刚发出去，就听到手机铃声。她拿过手机一看，是赵逸的电话号码。

“小丫头，你别吓我，你是自己在家吗？身边有没有人?”梓涵接起电话，电话那端传来赵逸急切的声音。

梓涵难过得说不出话来，直觉心酸，又大声哭起来。

听到她的哭声，赵逸心急如焚。他担心她冲动之下做傻事儿，忙柔声劝慰道：“小丫头，告诉哥，你怎么了，和谁在一起？不然你把你妈妈电话告诉我，我给她打电话，让她陪你！或者你等我，我马上开车回去!”

感受到他的关心，梓涵心里宽慰了许多，“哥，我没事。你放心吧，我不会死的。我只是想死，但不会死。”

“好，那我就放心了。你不能死，更不能因为一个男人死，多不值得。”听到梓涵的话，赵逸悬着的心才放下。

这一晚，赵逸说了很多之前没有说过的话。梓涵越来越能感觉到，他是爱她的。

他对她的爱，甚至一点也不比她的少。

挂断电话，梓涵在空间里写了一段文字。

第二天，她打开电脑，登录 QQ 空间，就看到赵逸的留言。

他的留言，带给梓涵莫大的鼓励和安慰，之前和尚明吵架的不快几乎消失殆尽。

自那日求婚被拒后，尚明一直没和梓涵联系，梓涵也不给他打电话，两人没说分手胜似分手。

心情不好时，梓涵会在空间发表一些感伤的小文章，赵逸都一一点评，让她很感动。

再到后来，聊得多了，赵逸对梓涵的态度发生了变化。

一日，梓涵刚上线，就看到赵逸发来的一段话：“妹妹，你要是还难受的话，就来兴岭找我吧。”

“我很想见哥哥，但是我去恐怕不合适。”梓涵笑着回复赵逸的邀请。

她心无邪念，能和赵逸以兄妹相称，她很满足。

“没事的，你睡床，哥睡沙发，哥一定不碰你。”赵逸正守在电脑旁，看到消息，马上给梓涵回复。

“这样不好吧？我不去了，还是等你回来吧。有些话我想当面和你聊聊，然后我就好好生活，不再有非分之想。”

梓涵的话说得很明了。她一直后悔，不该向赵逸透露自己的感情。

“那好吧，过些天我回去看你。这些日子你别太难过，如果黄尚明不要你，你就和哥在一起，哥一定会对你好的！”赵逸信誓旦旦地说，不像是开玩笑。

和哥在一起？

梓涵一时不知如何作答，陷入了沉默。

听梓涵不再说话，赵逸知道自己造次了，连忙道歉。梓涵只当他开玩笑，并没放在心上。

一连很多天，赵逸都在 QQ 上和梓涵聊天，语气都是哥哥对妹妹般的。他给梓涵取了一个昵称，叫“猪妹”，让梓涵称他“猪哥”。梓涵笑问为什么叫她“猪妹”，她并不胖呀！赵逸宠溺地答道，因为她娇憨可爱的样子，与小猪颇为神似。

夜深人静，躺在床上，赵逸扪心自问：“赵逸，你要不要给这个小姑娘一些回报，让她体会到和你在一起的快乐呢？”

思来想去，他的答案都是肯定的。可转念一想，又觉得不该那样做。

他不能给梓涵承诺，和她在一起无疑是害了她。

相对于赵逸的纠结，梓涵则很满足现状。

她感激赵逸像知心哥哥一样陪她聊天，陪她走过和尚明分手后这段难熬的日子。

梓涵心想，如果做不成夫妻，就做一对兄妹吧。兄妹感情也许更长久。

当梓涵沉浸在被哥哥关心的幸福中时，几经思索，赵逸开始筹备他的计划。他打算追求梓涵，让她成为自己的女人。

拿定主意，赵逸决定探探梓涵的想法。一日聊天，他问了梓涵一个问题：“妹妹，我不想回避了。我知道，你心里那个人就是我。我想问你，愿不愿意做我的女人？当然，这对你来说不公平。我结过婚，还有孩子。”

梓涵毫无准备，她爱赵逸，却从没想过做他的女人。但面对赵逸的暖言暖语，想到他连日来对自己的关心，梓涵有些动摇。

“哥，我承认，我心里的人是你。我爱你，但我只想做你没有侵犯性的妹妹，没想过和你在一起。”梓涵把心中所想毫不隐瞒地告诉赵逸。

这样的回答，是赵逸没有想到的。他以为梓涵会欣喜若狂地答应，投入他的怀抱。

虽然被梓涵拒绝，但赵逸依然坚持自己的想法。

他决定回京城，和梓涵见面。

临行前几天，他颇费心思地做了个 PPT，安排他和梓涵一天的行程，并命名为“宝贝计划”，通过邮箱发给梓涵：

宝贝梓涵，这是我第一次这样称呼你，从今天开始你就是我的宝贝。

为了更好地完成我的承诺，做好宝贝男朋友的角色，给宝贝带来24小时的快乐时光，使你能够幸福快乐，特制订本计划。本人将不遗余力、严格遵守计划的每一个步骤，做好本次陪同工作。

庚戌日戌时一刻，踏上火车，赶赴京城。

辛亥日辰时一刻，到达京城，等待接站；二刻，开始早餐；四刻，前往游乐场，挑选娱乐项目，陪同宝贝开始活动，活动包括旋转木马、摩天轮、碰碰车、海盗船等项目，以现场实际情况为准，直至午时；午时三刻，开始午餐。

辛亥日未时，陪同宝贝赶赴海边，到月亮岛附近游玩；酉时赶回市区；酉时二刻共进晚餐（西餐为主）；戌时回到酒店，聊天、休息。

壬子日辰时二刻起床，共进早餐；巳时，送宝贝回家。

行程可根据实际情况做调整。

陪同期间，一切以宝贝心情为主，务必让宝贝满意，不准随意终止项目。

陪同期间，需排除其他一切干扰事件，有工作问题，通话时长不得超过5分钟。必要时请示宝贝，得到批准后方可延长通话时间，且不得以任何理由或托词离开。

其他本计划中未涉及事宜，均按宝贝要求执行，不得以任何理由搪塞。

预祝宝贝梓涵本次旅程愉快！

“宝贝计划”中，赵逸对梓涵的称呼发生了变化，不再称她“猪妹”而是称她“宝贝”。

看到赵逸的“宝贝计划”，梓涵既兴奋，又甜蜜。她没想到赵逸会以这种既浪漫又搞笑的方式向自己告白。

被幸福冲昏头脑的梓涵，果断应允了他的建议，只等6月25日的到来。

梓涵充满期待，也有些忐忑。因为在赵逸的计划里，写的是24小时，也就是说晚上他们要一起度过。

夜晚，总是让人充满遐想。

梓涵预感，也许会有意想不到的事儿发生……

赵逸临行前一天，两人抑制不住内心的兴奋，在QQ上聊得分外热闹。为了配合梓涵，赵逸把QQ昵称改成了“赵逸哥哥”。

赵逸哥哥：“猪妹，还有22小时，我们就要见面了！”

梓涵妹妹：“猪哥想我了？”

赵逸哥哥："想了，都等半天了。不见你上线，我都准备打电话了。"

梓涵妹妹："别着急，马上就能见到了！"

赵逸哥哥："猪妹，我想问你，选择和我见面，24 小时在一起，你不后悔吗？"

梓涵妹妹："我不后悔，有这样美好的一天，对我来说就足够了。而且你只是陪我玩一天，听我诉诉苦，又不会对我怎么样，怕什么！幸福，只要一天就足够回味一辈子！"

赵逸哥哥："傻丫头，不一定是 24 小时呀！答案你还不知道呢，也许是很长时间呢！"

梓涵妹妹："很长时间？难道是一辈子？"

赵逸哥哥："也许，一辈子！"

梓涵妹妹："我不想那么多，我只希望我们可以暂时忘掉其他人和事。"

赵逸哥哥："嗯，好的，我同意。忘记一切，心中只有我的宝贝梓涵。但是有一个小问题，我想先问一下，你真的不后悔？"

梓涵妹妹："不后悔，就怕你后悔。"

赵逸哥哥："我没什么后悔的，不过你还是一个小女孩儿，我这样做会不会有点过分啊！算了，不想那么多了！"

梓涵妹妹："讨厌！我说过只献心不献身的。我知道你在纠结，可是我的小脑袋已经管不了我的心了。"

赵逸哥哥："这个我知道，可万一你我二人干柴烈火的，我受不了怎么办呀？"

梓涵妹妹："讨厌死了！你不会对我怎么样的，会尊重我的。但是如果真的怎么样了，我也心甘情愿（哈哈，这句不是真心话）。"

赵逸哥哥："你可得坚持住啊，我可不一定能控制住自己。这个嘛，我不想多加探讨！不过，你现在后悔还来得及，到时候不准哭呀！"

梓涵妹妹："你呀，说的像真的似的。"

赵逸哥哥："我说的是真的，不骗你，你不怕啊？"

梓涵妹妹："猪哥是好人，不会做坏事的！"

赵逸哥哥："好吧，我尽量控制好自己！"

梓涵妹妹："反正都决定了，我不怕！"

赵逸哥哥："你不怕，我更不怕！"

梓涵妹妹："只要猪哥不抛弃我，我就什么都不怕。"

赵逸哥哥："猪哥怎么会抛弃我家猪妹呢，这么可爱，天下无敌！"

两人不时在 QQ 上聊天，一天很快就过去了。

下班后，梓涵到新光商厦买了粉红色的裙子和鞋，还给赵逸买了同色系的衣服。只等 25 日，两人穿情侣装同游游乐园，度过令人难忘的一天。

粉色，是爱情的颜色。

梓涵期盼，柔和而浪漫的粉色给她带来好运，带来一个深爱她的人。

这一晚，梓涵几乎没睡，赵逸在火车上也睡不着。这是他离婚后第一次和小姑娘约会。这个小姑娘和其他女人不一样，她是个干净得如同一张白纸似的女孩儿，心里纯净得只有爱，没有任何欲求。

他渴望得到她，却不知道拿什么回报她。

婚姻，他还给不了；承诺，他也给不了。

他能给予的只有 24 小时。24 小时后，他还没想好怎么办。

在床上辗转反侧一夜，梓涵终于熬到第二天。

她早早梳洗妥当，换上她最爱的粉色衬衫，白色裤子，去车站接赵逸，迎接最幸福的一天。

早上七点零二分，火车缓缓进站，梓涵终于盼来她朝思暮想的人。

从火车上翩翩走来的赵逸像个白马王子，两道浓浓的眉毛泛起柔柔的涟漪，好像一直带着笑意。弯弯的，宛如夜空里皎洁的上弦月。只是，墨镜下的明眸被隐藏起来，让梓涵看不清，也看不透。

那副墨镜，让赵逸看起来有些痞气，有些不羁，和他平日的儒雅形象完全不同。

这是改变称呼后第一次见面，梓涵有些尴尬。

她不相信眼前的一切是真的，不相信赵逸会为她而来，共度 24 小时的时光。

吃过早餐，赵逸带梓涵来到她预订的酒店。房间以粉红色调为主，很温馨，有家的感觉。

在梓涵的要求下，他换上粉红色 T 恤，越发显得风流倜傥，温柔多情。

换完衣服，两人就出发了。按照“宝贝计划”的安排，他们的首站是京城游乐园。

一进游乐园，梓涵就拉着赵逸，跑到她最爱的摩天轮前。

和心爱的人一起坐摩天轮是她一直以来的愿望。如今愿望就要实现了，她格外兴奋。

赵逸恐高，但为了梓涵，他什么都不怕，陪她上了摩天轮。

在摩天轮狭小的空间里，只有他们两个人。梓涵既羞涩，又紧张，不知该说什么，还是赵逸打开话题。

“猪妹，我记得你说过检验一个人是否爱另一个人的最好办法是拥抱，如果心跳加速就说明爱。你不想验证一下我们是不是相爱吗?”

梓涵不敢回头看他,眼眸低垂,樱唇紧抿,鼓足勇气才小声问道:“可以吗?我真的可以抱你吗?”

“当然可以,你不试怎么知道呢!”赵逸等不及,从身后揽住梓涵,让她靠在自己怀里。

忐忑中,梓涵试探着靠近赵逸心脏的位置,似乎听到他加速的心跳。

“猪哥,你心跳好快!”

这一感知让梓涵兴奋至极,完全忘了羞涩。

她忽闪着蝶翼一般的睫毛,眸光流转间尽显可爱、纯真之态,赵逸彻底被她打动、征服了!

就在这一刻,他下定决心和梓涵在一起。

“猪哥,你看那里,有人在草坪上举行婚礼呢!”

摩天轮越升越高,一切尽收眼底。

在不远处的绿莹莹的草坪上,彩球飞扬,宾客萦绕。一对新人正在举行一场隆重、温馨的婚礼。

草坪婚礼是梓涵梦寐以求的婚礼形式。她憧憬和心爱的人一起,在大自然的见证下,拥抱幸福,走向新的生活。

赵逸微微一笑,毛遂自荐道:“猪妹,等你嫁人,我帮你设计婚礼,一定比这个还好。”

梓涵先是很高兴,待回过神来,不禁黯然心伤。

他怎么舍得她嫁给别人,还帮他们设计婚礼?

他若如此大度,只有一个可能,他根本不爱她!

“猪妹,想什么呢?”见梓涵愣神,赵逸关切地问道。

“哦,没什么,我看到那边的京城大酒店了。远远地看,似乎更漂亮。”梓涵笑着岔开话题。

“嗯,是挺漂亮的。不过,再漂亮也没你漂亮,你才是最美的风景。”

狭小的空间里,只有他们两个人。美人在侧,赵逸很动情。

赵逸直白的夸赞让梓涵羞红了脸。好在摩天轮已升到最高点,正在缓缓降落。不然,她真要羞死了。

从摩天轮上下来,两人又坐了旋转木马、海盗船……直到最后来到一个露天舞台前。

指示牌上写着,只要付五十块钱就可以登台唱歌。赵逸知道梓涵喜欢听他唱歌,便主动要求上台。

梓涵目送他登上舞台，站在台下为他加油助威。他唱的是一首梓涵从来没听过的歌《女人的选择》。

舞台上的赵逸很有魅力，台风很洒脱，歌声很飘逸，可他的思绪很乱。他眼里看到的是梓涵，心里不由得想到另一个女人。几个月前，KTV 里，他曾为心爱的女人张美楠唱过这首歌。

张美楠背弃他的感情，投入另一个男人的怀抱，让他难过了许久，至今仍无法释怀。

他心存愧疚，不该和梓涵在一起，还对张美楠念念不忘。

一曲歌毕，梓涵为他送上最热烈的掌声。她心里，对赵逸的爱又多了几分。

从舞台上下来，赵逸拉着梓涵的手，接着往游乐园里走。走到 4D 影院前，梓涵犹豫要不要进去。影院里放的是恐怖电影，她不知道有没有胆量看。

猜到她的小心思，赵逸笑道："猪妹如果想看，咱们就进去！有我在，你怕什么！"

是呀，有赵逸在，什么都无所谓。

梓涵抬头看向他，微微一笑，随即挽着他向里面走。

梓涵从没看过恐怖片，着实被吓得不轻。下意识地，她不时往赵逸怀里钻。

温香满怀，撩人心弦，赵逸根本无心看电影。

看了半个小时电影，梓涵实在受不了，央求赵逸和她一起离开。

"猪妹，你还想玩什么？或者你有什么没实现的愿望，都可以告诉我，我一定满足你。"

梓涵调皮地笑了，阳光在她脸上跳跃，灿若夏花，"什么愿望都可以吗？"

"对！"

"不许后悔！"

一个"对"字刚一出口，梓涵果断接了话茬。两眼直视赵逸，眉目弯成月牙状，伏在他耳边，轻声说了自己的愿望。眸光清澈而透明。

"呃！"

明明是单纯无害的一双眼睛，赵逸为什么觉得被看得脊梁骨发凉？

等他在梓涵的指挥下把车停在闹市区街头，这种阴森恐怖的感觉就更强烈了。

赵逸拼命压抑内心千百万个不情愿，咬牙笑道："不是吧？你开玩笑的吧？"

梓涵不笑了，五官规规矩矩地收拢，极为认真地回答："刚才明明有人说，什么愿望都可以……"

见赵逸不回应，她又托着下巴，故作可怜状：“刚刚明明有人说可以满足我的愿望，这会儿这么小气，一起拍个大头照都不肯！”

赵逸弯曲手背轻抵额头，旁边的小丫头还在扮可怜。

哎，谁让他一时口快答应她了呢！

“咳，好吧！”

梓涵见好就收，绝不给赵逸反悔的机会，拉着他跑到拍大头贴的机器旁。

狭小的封闭空间里，她的手在他手心里，他的呼吸在她头顶。他拥她入怀，十分亲昵暧昧。

一股热气从脖颈往上涌，梓涵脸上、手心里都沁出一层细汗。

和心爱的人如此近距离接触，她既兴奋，又紧张。

赵逸攥住她的手，在自己的衣袖上擦了擦，皱眉道：“怎么出汗了？快拍吧！你想怎么拍都行，拍完咱们去吃饭。”

梓涵看着他淡粉色的 T 恤上，她的汗渍留下的浅浅印迹，心情顿时变得格外轻盈。

笨拙可笑的大头照，拍下梓涵甜美的笑容和赵逸万古不变没什么表情的俊脸。

梓涵问赵逸：“你刚才怎么都不笑？”

赵逸心虚地反驳：“怎么没笑？明明眼角眉梢都在笑！”

“额，仔细看看，算是笑了。”梓涵盯着照片看，勉强说道。

“猪妹，大头贴送我吧。我想存起来，想你就看看大头贴。”

“好吧，那就送给猪哥吧。不过，你一定要好好收藏哦。”梓涵不舍地把大头贴递给赵逸。

赵逸连连答应，把大头贴收在皮夹里。

从游乐园出来，回到酒店，梓涵换了件衣服。

一袭 Prada 新款粉红色真丝长裙，衬得她花容月貌，皮肤莹白，冰清玉洁，好像出水的芙蓉，淡雅清幽意境优美。又宛如焕然一新的阳春白雪、苦寒幽香的梅花三弄，沁人心脾，百媚横生，豪门千金气质尽显。

赵逸越看越喜欢，亲自动手，帮她梳了一对麻花辫，拉着她的手去海边散步，去西餐厅吃饭。

餐厅里，正上演求婚的场景。

梓涵看得出神，她很羡慕，希望有一天赵逸这样向她求婚。

赵逸读懂她的心思，顿了顿，柔声问道：“宝宝，你也喜欢这样的求婚吗？”

听赵逸叫她“宝宝”，梓涵一时没反应过来。

天哪，他怎么这么亲昵地唤她？这不是恋人间的称呼吗？难道，他……

梓涵出神地看着赵逸，过了半晌才答道："哦，我……觉得挺好的，挺浪漫的。"

"我也觉得不错。相信我，有一天也会有人这样向你求婚的。也许，比这还浪漫。"赵逸若有所感地看向不远处，并未正视梓涵。

"哦，希望吧。"梓涵不好意思地低下头，叉起一块牛肉放入口中，以掩饰这一刻的尴尬。

吃过饭，回到临时的家，梓涵躺在床上，听着赵逸在洗手间洗漱的声音，心里越来越紧张。

她只想拥有赵逸 24 小时，向他诉说这些日子的痛苦。过了这 24 小时，她就把他完好无损地送回去。

赵逸洗了个澡，换上睡衣，走到床前。

"宝宝，你睡了吗？"见梓涵背对着她，赵逸只觉得好笑，却不知道这小丫头涨红了脸。

"我没……睡，我在等着猪哥和我聊天。"梓涵单纯地只想和赵逸说说话，然后各自睡觉。

"嗯，好吧，猪哥陪你聊天。你不是一直问猪哥一个问题吗，现在还想知道吗？"赵逸含笑问道。

"想，当然想！"梓涵知道他说的是什么，忘了羞涩，从床上坐起来。

没见面前，赵逸和她聊了很多，言语暧昧，却唯独没说爱不爱她，她很想知道答案。

在梓涵看来，只要有爱就足够了。即使不能长相厮守，能得到赵逸的爱，她就很满足。

梓涵仰头望着赵逸，等待他的回答。

为了得到答案，她胆子变大了。与赵逸眸光交会的一瞬，竟然没脸红。

"好，我今天就告诉你，我爱金梓涵。两年前就爱，只是苦于不能表达。"赵逸凝视着梓涵清澈的双眸，目光里满是真挚。

梓涵激动地掀开被子，在床上跳起来，粉色睡裙下凹凸有致的身体若隐若现。

看着眼前这个可爱中透露着小性感的女孩儿，赵逸几乎不能自持，"宝宝，别再跳了，再跳我就受不了了！"

梓涵不懂他的意思，以为他觉得自己太闹了才受不了。可看到他如火如炬的眼神，才知道他口中"受不了"的真正含义。

赵逸炙热的目光惊醒了梓涵，她坐下来，用被子遮住身体，只把梳着两个小辫子的小脑袋露在外面。却不想她这一举动更激发了赵逸体内的荷尔蒙，他躺在床上，搂住包成粽子一样的梓涵。

“宝宝，你知道吗，你现在的样子太可爱了。我好想要你。”赵逸一边说一边抚摸梓涵的小辫子。

因为惊慌，梓涵那顾盼生姿的大眼睛每一忽闪，微微上翘的长睫毛便扑朔迷离地上下跳动。那双眼睛，如寒星，如秋水，如宝珠，甜美而多情。让人不得不惊叹她清雅灵秀的光芒，撩拨着赵逸内心压抑的冲动。

梓涵不说话，只是看着赵逸。在她的字典里，纯洁只能交给自己的老公，即便是最爱的人也不行。

见梓涵没回应，赵逸不敢勉强。

“你不想，是吗?”他柔声问道。

梓涵还是不说话，只是坚定地点了点头。

“宝宝，你放心，我不会强迫你做不想做的事儿。你还是把被子放下来吧，天儿这么热，再过一会儿就捂出痱子了。”赵逸半开玩笑地说。

听了他的话，梓涵放松了许多，把胳膊拿出来，又露出脚。三十几度的温度，盖着厚厚的被子，还真让人吃不消。

见梓涵不再戒备，赵逸也松了口气。他脱下了背心，只穿着短裤躺在梓涵旁边。

“宝宝，我们就这样睡吧。我不会碰你的，晚安。”说着赵逸闭上了眼睛。

梓涵见他不说话，也不动，心里渐渐踏实了。她鼓足了勇气，上下打量他。他的胸膛很结实，肚子却有些发福，略微凸起。梓涵很想抚摸他有些圆润的肚子，却不敢靠近。

她犹豫间，赵逸突然睁开眼睛。梓涵一惊，身体不由向后挪了挪。

“怎么，宝宝想摸我的肚子吗?”眼前的梓涵，像个调皮却有些胆怯的小孩子，惹得赵逸心生无限怜爱。

“嗯，想摸，不过就摸一下。”梓涵有些不好意思，脸颊浮现一丝红晕。

“那就摸吧，我还能把你吃了不成!”赵逸拉过梓涵的手，放在自己的肚子上。梓涵想挣脱却抵不住诱惑，任凭赵逸压住手，在他圆润的肚子上游移……

“宝宝，我还是想要你……”没有防备之下，赵逸把梓涵压在身下。

梓涵怕极了，只是一味地说，“猪哥不要，猪哥不要!”

赵逸早被情欲冲昏了头，顾不得许多，拉下梓涵的被子，掀起她的睡裙。

梓涵很抵触，下意识用双手护住胸。赵逸正准备向上移动的手因她的抗拒停止了动作。

梓涵紧张到极点，她跑到洗手间，来不及脱衣服就开始冲洗身体，冲了一遍又一遍。她没想到她最爱的男人会这样，这只是他们第一次在一起。

赵逸的做法让梓涵很委屈，为什么一段感情要这样赤裸裸地开始？

看她伤心的样子，赵逸很自责。

他本意不是这样，他想控制自己，可是没控制住。

他的冲动虽然没给梓涵造成实质性伤害，却吓到了她。

她很单纯，清澈得像一汪清水。

赵逸点了根烟，默默走到梓涵身边，却不知怎么安慰，“宝宝，对不起！我出去，你自己睡，我到沙发上睡，好吗？乖，别哭了！”

他担心梓涵不再理他。

“猪哥，你是不是把我当成坏女孩儿了？我是第一次这样，我……”梓涵哭得很伤心，几乎说不出话来。

“我知道，你为了我才这样，你只为我一个人这样！是我不好，你好好睡一觉。我到外边睡，不会再碰你。”

赵逸扶梓涵躺下，帮她盖好被子，拍了拍她的头，温柔地安抚她。待她渐渐止住哭声，他才走出卧室，坐在客厅的沙发上一根接一根地抽烟。

梓涵哭累了，没多久就睡着了。

翌日清晨，梓涵刚醒过来，便穿好衣服，准备离开。

她要好好考虑一下和赵逸的关系，她想象中的24小时不是这样。她只想在他的肩膀上痛哭一次，然后走开，甚至不走进他的生活。

经过这一夜，很多事情都变了。特别是赵逸亲口告诉她，他喜欢她，她的心乱了。

她意识到，她和赵逸的缘分不止24小时。

也许，他们的故事刚刚开始。

收拾妥当，赵逸把梓涵送上车。上车后，梓涵给他打了一个电话：“猪哥，我们以后怎么办？”

“我们顺其自然吧。你应该知道我怎么想的，我会好好对你。”

和赵逸在一起的一天，她很幸福，也很不安。特别是晚上发生的事儿，让她对他产生了怀疑，“一见面就要做那事儿的男人，真的可靠吗？我爱的人，难道就这样吗？”

梓涵在心里质问自己，却得不到答案。

这个男人，她爱得太久、太深。

她早已在感情的旋涡中沉沦，失去判断力。

送走梓涵，赵逸没回家，找了一个咖啡厅点了杯咖啡。

梓涵甜美可人的笑脸在他眼前浮现，让他陶醉、着迷。

他不再犹豫，他确定要和梓涵在一起，给她最好的爱！

在咖啡厅坐了一会儿，估计梓涵快到家了，赵逸给她发了个短信："宝宝，你到了吗？我想你了！答应我，别再生气了。昨晚是我太冲动了，放心吧，不会再发生那样的事儿。"

短信发出许久，都没收到梓涵的回复。赵逸有些紧张，他怕自己的过激举动伤了梓涵，让她对他失望。

整整一下午，他都在不安中度过。

赵逸哪里知道，梓涵回到家倒头就睡，直到晚上才看到他的短信。

对于前一晚的事儿，她的确心存顾虑。不过，看到赵逸的话，想到在游乐园里的快乐时光，她不忍心责备赵逸，回了个信息过去："没事的，我不会怪猪哥的。不过，以后一定不要这样了，好吗？"

收到信息，赵逸心中一喜，立即回过去："放心吧，保证下不为例。"

得到梓涵的谅解，赵逸心情放松了许多，晚上约朋友一起吃饭。

赵逸的这个朋友叫李大朋，是他在逸动传媒的同事。两人差不多同时到逸动传媒工作，交情匪浅。

赵逸的事儿都不瞒他，李大朋的女友高睿还是赵逸前女友于曼丽的闺密。

赵逸到了李大朋家，见高睿也在，谈话间提到了于曼丽。

"我说赵逸，你最近怎么不去看看曼丽，她过得很不好。"高睿边嗑瓜子边对赵逸说。

"怎么啦？我前些天给她打过电话，她没和我说什么呀？"

"哎，也没什么。她还是老毛病，一直不好，也不知道怎么办。"高睿眉头微蹙，面带忧虑。

于曼丽是从农村走出来的打工妹，没有稳定的工作，仅靠帮朋友卖衣服的一点收入维持生计。无奈屋漏偏逢连夜雨，就在她难以为继的时候，竟得了一种皮肤病。

赵逸帮她找过医生，也给她寄过药。无奈这种病很难根治，她一直受疾病困扰，不能出去工作，日子就更难过了。

对于曼丽，赵逸曾十分疼惜。听了高睿的话，他心里酸酸的，很不是滋味，想帮她渡过难关。

"过几天我给她寄点钱。放心吧，我不会让她有事的。"赵逸寻思了一会儿，坚定地说。

“我哥们儿还挺爷们儿！这就对了嘛！总不能让人家白和你好一场，是吧?”李大朋看了高睿一眼，笑着对赵逸说。

三人边吃边聊，直到晚上八点多，赵逸才回家。

自6月25日后，赵逸每天早上上班后都会在QQ上问候梓涵。他二人虽然距离远了，心却近了。

梓涵觉得，赵逸就在她身边，从未离开。

闲暇时，梓涵会在QQ空间里发表一些只有赵逸能看到的小文章，或是诗歌，或是抒发情感的散文。赵逸无论多忙，都会去评论。

一天，梓涵转发了一篇名为“女孩子的爱情”的文章，其中有一句是：“如果你不能为你心爱的女孩儿披上嫁衣，请停下解开她衣扣的手。”

赵逸心有所感，在文章后留言道：“看到这句话，我很忐忑……”

看到赵逸的评论，梓涵想了很久。她意识到他可能根本没有娶她的想法。难道，他只想和她……

她不敢多想，连忙抑制住这可怕想法，在心里劝慰自己，“他一定不是喜欢随便玩玩的人！他以后一定会娶我的!”

沉浸在突如其来的爱情中，梓涵失去了理智，她抗拒不了赵逸。

自己爱的人也爱自己，这是多么大的诱惑！她只能投身其中，没有其他选择！

七月初，赵逸回京城参加建党九十周年庆祝活动，活动结束后，他留下来陪梓涵。两人第一次去影院看电影，梓涵选了当时热映的《建党伟业》。

赵逸笑称，热恋中的男女看这种类型的电影实属少见，真是恋爱也不忘爱国呀！

电影很好看，特别是影片中青年毛主席抱起杨开慧看焰火那一幕，非常温馨、浪漫。

看过电影，两人牵手回到酒店。

赵逸预订的房间在二楼。走过厚重的楼梯，打开房门的刹那，梓涵呆住了，赵逸却是一脸平静。

她感觉像是来度蜜月的，这房间的格局简直让她无法形容。

卧室中间是一张大的圆床，上面铺着华丽的锦缎。缎子倾泻到地面，撒在绒毯上。床边的浴室，是全透明的设计，透过晶莹的水晶屏障，洗浴时的春光清晰可见。

梓涵的脸顿时羞红了。这家酒店，表面上古老，内里的设计却如此前卫。

见梓涵呆呆地站在门外，赵逸的脸上现出一丝玩味的笑，“怎么了，宝宝？你不喜欢这里?”

梓涵回过神来，脸一红，一着急，踉跄着走进房间。她低着头，实在不好意思看这个被布置得浪漫过头的房间。

“我……没有。”轻得不能再轻的声音，连她自己都听不清楚。

又环视一周，梓涵发现，房间里只有一张大床。也就是说，她和赵逸，必须住在一起。

“猪哥，你只订了一个房间?”虽然能猜到答案，梓涵还是试探着问道。

“当然了，不然还订两个房间? 放心吧，宝宝。我说过，不会再对你怎么样。去洗个澡吧，洗完了咱们就睡觉。”

听他这么说，梓涵不好再说什么。

爱他，就要给他足够的信任。

梓涵把背包放在沙发上，深深吸了口气。

逛街、看电影，在外边几个小时，她真累了。

忽然间，赵逸走到梓涵身后把门关上，问道：“宝宝，你先洗澡?”

明明隔了一段距离，明明他只是站在她身后，梓涵却心跳得厉害，脸红得能滴出血。

她想到他咬她耳垂时的温度和触感，她想到他的气息喷洒在她脖颈处时的灼热和酥麻。

“我……没事，你……先洗吧。我去沙发上休息会儿。”

“好。”赵逸没多说什么，走到一旁拿起浴袍向浴室走去。

……

沙发是背对着浴室的，当赵逸穿着浴袍走出来的时候，梓涵并没看到他。直到一股熟悉的气息围绕着她，她才猛地仰头。

赵逸身上的浴袍长及膝盖，仅有一条带子捆绑在腰际。胸膛露出大半，隐约能看到腹部。修长的双腿裸露在外，看上去极为健壮有力。

沐浴过后，他的头发未干，不时有一滴水随着发丝滴落在颈间。然后滑落到胸膛，然后……

轰!

梓涵的小脸瞬间变得潮红，急忙移开双眼，却不想对上了赵逸那深邃而又多情的眼睛。

“宝宝，我洗完了，你去洗吧。”赵逸弯腰取过放在沙发边上的手机，对梓涵说。

“嗯，好的，我去洗澡了!”梓涵低下头，不敢再看眼前的男人。

此时的他浑身充满魅力，让她看一眼都觉得呼吸急促。

梓涵走进浴室里，慢慢解开衣襟，弯腰拧开浴缸的水龙头。正当她准备脱下裤子时，不经意地一抬眼，惊得呼吸都停止了。

赵逸已脱去浴袍，半裸着躺在床上，正目不转睛地看着她。她的一举一动，他尽收眼底。

一时间不知怎么办，她把脱下的衣服又穿上，呆呆地站在原地。

赵逸忍不住笑了，掀开被子，下了床，向浴室走去。

梓涵一惊，不敢看他。

“怎么不洗澡?”赵逸不解地问道，看起来似乎一点也不明白是怎么回事。

那茫然不知的神情反而让梓涵更加害羞。

“这、这浴室是透明的!”梓涵抗议着，却始终不敢抬头。

浴室里还有赵逸洗澡时制造的水雾。在里面浸润久了，梓涵的脸颊白里透红，看起来很诱人。

“我知道。”

“你既然知道，干吗要问我原因?”

赵逸嘴角勾起一丝不易察觉的笑意，声音依旧低沉、动听，“该看的早晚会看到，你害羞什么?”

她知道他话里的意思，他们是亲密爱人，所以不用介意这些。这些她都知道，可是……她还是很害羞，她还不习惯在他面前脱光衣服洗澡。

“那……你不要偷看!”梓涵小声嘟囔着，声音娇软。

说到底她还是过不了心里那道坎，要她像没事人一样在这浴室里沐浴，对她来说是巨大的挑战。

“好，我还要看会儿文件。”赵逸转身坐到沙发上，拿起了一份文件翻看。

他的话无疑给了梓涵答案，他是不会偷看她的。

不过梓涵却有些高兴不起来，他的意思是说文件比她有吸引力吗?宁愿看文件也不看她!

她希望赵逸说到做到，可当他真不看的时候，梓涵竟有点失落。

心里的小天使和小恶魔在反复对话。

就这样，梓涵度过了人生中最战战兢兢的一次沐浴。

梓涵把浴袍裹得紧紧的，全身上下能被遮住的地方都被浴袍包裹得极好。

赵逸说话算数，看文件的时候始终没有抬头。只是伴随着水声，联想着那曼妙的身体在花洒下沐浴的场景。

赵逸自认是个自制力很强的人，此时竟有些恍惚，手中的文件翻得越来越快。

水声戛然而止，梓涵从里面走出来，看见赵逸还坐在沙发上看文件。

她坐到他身边，好奇地问："猪哥，你真的一直在看文件？"

赵逸不着痕迹地将手中的文件翻回到第一页，浅浅地"嗯"了一声。

梓涵探头去看他手里的文件，不禁眉头微蹙，"猪哥，你太敬业了，不仅要陪我，还惦记工作的事儿。"

"没事，我已经习惯了。随便看看，不走心的。"

赵逸放下文件，侧头看她，一把拉过她，让她坐在他的腿上。

两个身着浴袍的人就这样紧挨着，未免有几分尴尬，甚而连空气里都有暧昧的气息。

梓涵缓缓靠在赵逸的肩膀上，指着眼前的房间，"这个房间好漂亮、好浪漫，我好喜欢。"

"你如果喜欢，以后咱们的家也这样装修。"

赵逸的话非常能打动人，梓涵不由自主地笑了，"我们的新房吗？"

"对。"

"到时候我能自己设计我们的房间吗？"

"当然了，一切随你。"赵逸回答得言简意赅。梓涵的脸上，笑容越来越灿烂。

"不早了，睡吧。"赵逸动作自然地轻拍了下梓涵的腰。目光落在她胸前微微露出的那抹丰盈上，不肯离开。

如此绝色佳人在怀，哪个男人能不动情！

梓涵抬头，假装没留意他的注视，用轻松的语调说道："一起睡吧。"

"好！"赵逸点点头，不舍地松开梓涵，听话地向大床走去。

梓涵脸上荡漾开一抹浅笑，温暖又舒心，她也跟着走到大床边。

也许是经过刚才的刺激，想到接下来可能要发生的事儿，她没像之前那么手足无措。

梓涵看着站在床另一边的赵逸，转身坐在床上。却不想刚一坐上去，突然一软，像坐在水上一样，失声叫了出来。

她整个身体刹那间跌进大床中央，触感就像是身处水中。

赵逸挑了挑眉，想起了酒店前台小姐的话，"订情侣房啊？嘿嘿，好的好的。"

那时，听她的语气赵逸就觉得不对劲。但是他没想太多，现在都明白了。

"这床是怎么回事？"已跌坐在床中央的梓涵抱怨道。

她撑着手努力想要起身，却发现没办法起来，碰到哪里哪里就陷进去。

看着梓涵什么也不懂的模样，赵逸不禁笑出声，"这是水床，这间房是情趣房。"

水床？情趣房？梓涵一愣，脑子里所有的词汇找了个遍，也没理解“水床”的意思，“这……”

梓涵憋得满脸通红，不知道该说什么好了。

赵逸突然往前一步，向梓涵伸出手，“我拉你起来。”

梓涵点点头，把手放到赵逸的手上，他微微一用力，梓涵几乎没费什么力气便站在地上。

“我们……要怎么睡？”梓涵不好意思地问。

这样的床，只怕他们一睡上去就会滚到一起吧，梓涵有些心慌意乱。

“只要我们躺上去的时候掌握好平衡就不会陷进去。”赵逸依旧一脸平静，似乎对眼前的一切见怪不怪。

“嗯，那我们一起躺上去。”梓涵点点头，绕过赵逸走到床的另一边。

“一、二、三！”梓涵数着数，和赵逸同时各占据一边。果然像赵逸说的那样，他们各自躺在一边，恰好控制了平衡。

“猪哥，你会唱小酒窝吗？”躺在赵逸的臂弯里，梓涵强撑着精神问道。

“会呀。”

“那我们一起唱好不好？唱完了就睡。”

“好呀。”赵逸爽快地答应道。

“那我们开始吧。”

梓涵开头，赵逸合着她的音调，一起唱起来，一曲唱毕，赵逸低头看着梓涵，笑道：“宝宝，你刚才唱歌的声音好像一个人。”

“像谁？”梓涵倦意正浓，低声反问。

“像……蔡明。”

赵逸料到他这么说梓涵会不高兴，话音未落，忙躲开了。

“好呀，大胖猪，你竟然说我的声音像阿姨，看我怎么收拾你！”被他这么一激，梓涵顿时有了精神，猛地起身坐起，对着赵逸就是一阵乱捶。

水床瞬间失去平衡，梓涵没捶几下，就不由自主地跌向赵逸的一边。不偏不歪，正好躺在他身上。

梓涵浴袍下白皙娇嫩的身体因为激烈的动作雀跃而出，划过一道炫目的弧线，刺激着赵逸的感官和每一根神经。

慌乱下，她奋力撑起身体，想要和他分开。却不想，这样一来，更让赵逸无法自持。

赵逸的心、赵逸的情彻底沸腾了，他一把揽过梓涵……

“宝宝，我们要不要做点什么，不然实在辜负这房间。”赵逸把手搭在梓涵胸前。

“不要!”梓涵下意识地答道。

“为什么不要?”

“这床太不舒服了，我不敢动，而且，我也……”

梓涵哪里知道，赵逸不是在询问她，而是在通知她。没等梓涵说完，他的唇已经封住她粉嫩的唇瓣。在他的柔情攻势下，梓涵缴械投降了……

不过，赵逸没强迫梓涵，除了亲吻和抚摸，没做任何事。

一阵亲热过后，两个人倦意更浓，不一会儿就睡着了。

第三章　恋上一座城

清晨，第一抹阳光调皮地在窗帘上嬉闹，像个孩子一般钻进房内。明亮的光线照得梓涵眼皮有些疼，她嘤咛着，睁眼一看，发现天亮了。

“猪哥……”梓涵轻轻转头想叫醒赵逸，却不想一张脸突然在眼前放大，吓了她一跳。当她低头一看，更被惊到了。

他们不是各自睡在一边，而是抱在一起睡的。

尽管只是轻柔的叫声，却让赵逸瞬间清醒。他睁开双眼，迎上梓涵吃惊害羞的目光。

“早。”刚刚醒来，赵逸的嗓音低沉而嘶哑，平添了让人心跳加速的诱惑力。

梓涵脸一红，急忙低下头，声音像蚊子一样，“早。”

赵逸抬头看了看落地窗外射进的阳光，知道时间已经不早了，便放开梓涵。

拥抱自己的双臂放开，梓涵顿时感到一阵冷意，让她有些不习惯，但还是跟着起来了。

整整两天，赵逸都陪着梓涵。京城的很多地方，都留下了他们的欢声笑语、软语柔情。

两天后，赵逸不得不离开京城回兴岭，二人在车站依依惜别，难分难舍。

从京城回到兴岭，赵逸心里眼里都是梓涵。每天晚上睡觉前都会给她打电话，闲暇时，两人还会视频聊天。

梓涵像泡在蜜罐里，被赵逸精心编织的甜蜜气息包围，不想出来。

直到有一天，赵逸打来电话，说刘艳要带孩子去兴岭看他，不能常给她打电话。梓涵才知道，她和赵逸的爱不仅有甜蜜，还有苦涩。

她意识到，即便赵逸和刘艳分开了，刘艳也会成为横在他们之间的一道障碍，很难逾越。

毕竟，刘艳是赵逸之前的妻子，和他有一个共同的孩子。这孩子，是他们之间的纽带，一辈子都不会断。

在这几天里，赵逸没有冷落梓涵，把打电话的时间由晚上改到中午。梓涵能感受到他对她的在意，心里宽慰了许多。

她告诉赵逸，刘艳走后，要去兴岭去看他。赵逸听了很兴奋，直呼期待那一天快点到来。

临近月底，梓涵手头工作很多。为了见赵逸，她加班加点提前完成了工作，硬着头皮跟王丽红请了五天假，算上前后两个周末，正好九天的时间。

从京城到兴岭没有飞机，只能坐火车，车票很难买。赵逸联络京城的朋友，才买到一张下铺的票。

路上，两人一直通话，直到火车熄灯才挂断电话。

第一次一个人坐火车到几百公里以外的地方，梓涵有些害怕，几乎一夜没睡。第二天天刚蒙蒙亮，她就起来收拾东西，只等火车到站，赵逸来接她。

虽然一路艰难，但想到即将见到心爱的人，还能一起度过九天的美好时光，梓涵觉得所有的辛苦都值得。她不以为苦，反觉得甜。

在梓涵的翘首期盼中，火车缓缓驶向兴岭站。隔着车窗，她看到正在站台焦急等她的赵逸。

刹那间，她整个人都被幸福填满。

为了赵逸，疲惫、恐惧她都不在乎！

他的一个微笑、一个回眸，把她的心都融化了！

隔着玻璃，梓涵雀跃地向赵逸挥手。他早就看到她，循着她手指的方向跑去。

梓涵拉着行李箱，率先走到车门口。火车刚一停下，她就迫不及待地跳下去，扑向赵逸为她敞开的怀抱。

“猪哥！”

沉寂了一夜的梓涵，瞬间满血复活！

从赵逸的眼中，她看到了浓浓的渴望和期许！

她的爱得到他最热烈的回应，还有什么比两情相悦更美好呢！

看着梓涵手里的包，赵逸不禁笑问：“宝宝，你是不是打算留下来陪我了，怎么把家都搬来了？”

“没有啦，我就带了几条裙子，都是你喜欢的。我每天换一件，每天都给你新鲜感！”

“好，宝宝想怎么样就怎么样。不过，在我眼里，宝宝穿什么都漂亮，就算是不穿也……”

赵逸话没说完，就被梓涵用手堵住嘴，“猪哥，你好坏，周围这么多人呢，你干吗取笑人家！”

“不是取笑，是实话呀！”赵逸轻轻握住她的小手，从他唇上移开，嫩滑的触感让他的心不由得一收，目光又多了几分柔情。待他定睛看向梓涵，更是陷入深深的迷醉。

她略显羞赧的目光仿佛秋日横波，款款深情。一颦一笑，风姿绰约，既楚楚动人，又素雅风韵。纯洁和性感两种不同的气质在她身上竟浑然天成。

好个天生丽质、娇媚十足的美人儿！

为了迎接梓涵，赵逸把家里打扫得很干净，很有家的感觉，有格子床单，碎花窗帘、暖暖的厨房……

每个女人心里，都希望有个爱她的男人、一个温馨的家。

这一刻，梓涵很满足。有了赵逸，她便拥有了一切！

把行李丢在地上，赵逸再也抑制不住十几天来的思念，用力把梓涵拥在怀里，低头吻住她的唇，吮吸她的甜蜜……

“宝宝，你在火车上一定没睡好吧，咱们一起睡会儿。然后出去吃饭。”赵逸让梓涵在床上躺下，为她盖上被子，语气温柔，像在哄小孩子。

也许是太累了，依偎在赵逸的臂弯里，感受他的温度，梓涵很快就睡着了。

听着梓涵均匀的呼吸，赵逸找到了许久未有的温情。

这一觉，梓涵睡了很久，直到中午才醒来。

当然，若不是肚子饿了，她可能还不会醒。

“猪哥，我饿了……”梓涵杏眼微启，眸光流转间，透着几分慵懒。

好一幅活色生香的美人春睡图！

赵逸只顾欣赏她，竟没听到她口中说的是什么。

“猪哥，我饿了……”

见赵逸不理会，梓涵拉长了声音，又说了一遍。听在赵逸耳中，是如此娇嗔妩媚。

他不由得醉了，“好，宝宝穿好衣服，我带你出去吃饭、逛街。”

赵逸不知怎么宠她才好，边说边托着她的头，将她扶起来，又从床边拿起衣服，一件一件帮她穿上。

梓涵肌肤胜雪，身体软香如玉。赵逸享受其中，心里是满满的柔情。

梳洗打扮妥当，赵逸带梓涵到附近的餐厅吃饭，又看了电影，逛了超市，直到晚上才回家。

这些天赵逸一直忙，难得休息。回到家，他躺在梓涵身边，没多久就睡着了。

梓涵看着他的俊颜，关上了灯。

一觉醒来，已是天亮。

赵逸上班了，偌大的卧房内只剩下她一人。被褥间还留存着他的气息，她下意识嗅了嗅，是十分好闻的味道。脑中骤然出现他轮廓清晰的俊脸……

她竟然在想他的脸！真是够花痴！

梓涵忽地坐起来，想清理脑中复杂的思绪，去衣柜翻找，看有没有适合她穿的衣服。她只带了一件睡衣，还不小心弄脏了，真是笨透了。

一阵忙活后，她找到赵逸的白衬衫，很长很宽大。她穿在身上，刚好盖住屁股。

梓涵随便吃了点东西，舒舒服服洗了个热水澡，连衣服都没穿，心满意足地钻进被窝里，又睡了。

她忘了，这是赵逸的家……

赵逸是下午两点多回家的，忙了大半天让他看起来略显疲惫。走进卧室，眼前的情景让他原本暗沉的眼眸瞬间亮起来。

偌大的床上，熟睡的小丫头抱着被子蜷在一侧，纤细而充满青春气息的长腿暴露在外。

一回家就看到如此活色生香的画面，赵逸有些不适应。他缓缓走近大床，居高临下看着她娇美的脸庞。

他盯着她看了许久，将她美好的眉眼一一看遍，轻轻地唤道：“宝宝！”

床上的小丫头惊得身体一震，缓缓睁开眼。他什么时候回来的？

她挣扎着想起身，却发现一个严重的问题，她什么都没穿。

她苦恼地在床上翻来滚去，直到赵逸挑逗的声音传来：“你在包粽子吗？”

“要你管！”梓涵没好气地说。

赵逸倚在床头，一只手臂靠在脑后，慵懒地看着她，“原来你有这种癖好，还真是看不出来！”他肆无忌惮地扫视着她，邪魅地追加了一句，“不过……我喜欢！”

梓涵被他暗藏深意的话羞得涨红了脸，恨不得一头埋进被子里。

见她难为情，赵逸走出卧室，隔着门说道："宝宝，收拾好了我带你去个地方，你一定喜欢！"

梓涵能听出赵逸语调里的兴奋，答应着起身穿衣服。

看赵逸身穿紫色条纹衬衫，为了配合他，梓涵换上了同色系的T恤和白色短裤。

待她推门走出卧室，赵逸瞬间被她吸引。

眸光流转间，梓涵清灵俊秀宛若仙子，让赵逸的心也随之纯净，不敢再做他想。

"宝宝，和你在一起，显得我好像……老牛吃嫩草。"迎着梓涵扑面而来的青春气息，赵逸喃喃自语。

"猪哥这么年轻，干吗这么说？再说，就算你是老牛，我也心甘情愿被你吃。"梓涵忽闪着大眼睛，尽显天真。

"宝宝，你真好！"赵逸的声音醇厚得像是发酵的陈年美酒。

没有哪个女孩子不曾渴望爱情。

爱情之于女孩而言，犹如青春，犹如幻梦，是最最美好的东西。

梓涵庆幸，她已经得到这最最美好的东西。这一切，都是赵逸给她的！

赵逸揽着梓涵的腰，一起下楼上了车。

"宝宝，我们一会儿要去的地方很特别，我猜你会喜欢。"

梓涵薄唇动了动，想问什么，却没问出口，只是偏着头看着窗外的风景。

还是不要问了，她猜想，赵逸一定想给她个惊喜。

"宝宝，你上过山吗？"赵逸随口轻问。

梓涵摇了摇头。

"宝宝，咱们先去山顶餐厅吃饭。吃完饭咱们去半山腰看风景，那里的夜景很美。"

说话间，车子已开到一栋有雕花铁门的别墅门口。

这里，似乎一切都是原始的。参天的树，错落的景，夕阳的光，鸟儿的鸣……让人心旷神怡。

随意摆置的几张桌椅，都是木制的，散发着淡淡的馨香。

在赵逸的引领下，梓涵走到山边，往下一看，心情顿时开阔，整个城市尽收眼底。

这种感觉，妙不可言！

"猪哥，谢谢你带我来这里，这里好美！"

"那……为了表示感谢，你是不是该做点什么。比如说，亲我一下。"赵逸一边问，一边靠近梓涵。

“好吧，不就是亲一下嘛，我亲!”梓涵装作无所谓的样子，在赵逸脸颊上轻轻啜了一口。

赵逸显然不知足，指着自己棱角分明、性感魅惑的薄唇，邪笑道：“宝宝，我要你亲这里!”

“猪哥，你耍赖，你只说要我亲你，可没说亲哪里！我亲完了，算是感谢你了!”

梓涵别过头去，不好意思再看他。

听她这么说，赵逸还真是无言以对。算了，放过她一次吧！

真是个可爱又调皮的小丫头。

赵逸沉吟了一下，缓缓说道：“宝宝，可不可以不叫我猪哥?”

“不叫猪哥叫什么?”两人说话时，服务生已将牛排端上来，看到美食，梓涵有刹那的分神。

“叫老公吧!”赵逸很自然地说。

“老公？可是……我们没结婚呀!”和许多同龄人相比，梓涵的思想很保守。

“没结婚也可以叫老公呀，显得多亲密。”赵逸的眼里满是渴求。

这一次，梓涵不忍拒绝，欣然应允了，甜甜地叫了一声“老公”。

夕阳的余晖越来越美，斑斑驳驳印在她脸上。她的眼睛大而有神，眸子里似有水波荡漾，在默默倾诉什么。

静静看着她吃东西，赵逸几次失神。

见梓涵吃饱了，赵逸提议道：“宝宝，咱们走吧，我带你去半山腰。”

梓涵羞涩地“嗯”了一声，她能读懂赵逸目光里的爱意。

阳光褪尽之后，夜有点凉。

赵逸将外衣披到梓涵肩上，自己低着头走到前面，背影修长。梓涵微微顿了一下，又快步赶上他。

他的侧颜，有一种漫画般的精致。

梓涵抿了抿唇，随他上了车，车一路往下开。

“猪哥，我有点累，可以休息下吗？到了你叫我。”

梓涵还是无法唤他“老公”，赵逸不想为难她，没再要求。

“好，你睡会儿吧。”赵逸低头一笑，一双墨眸温柔得几乎将这夜晚照亮。

梓涵满足地倚靠在座椅上，目光滑向窗外流动的风景，看着看着，睡了过去。

等她醒过来，车停在路边。赵逸双手扣在方向盘上，偏着头看她，目光柔和。

“你醒了?”

他的声音将她彻底唤醒。

一轮圆月当空，洒下满地月华，比夕阳美景还要好看几分。

“猪哥，我们下车吧，这里好漂亮!”看向窗外，梓涵欢喜异常，起身要推车门，却被赵逸拦住。

“宝宝，你等一下，我们等会儿再下车。”说话间，赵逸按了按钮，将棚顶的天窗打开，帮梓涵放下座椅，又将自己的座椅放下。

“宝宝，你向上看，是不是觉得更有意境?”

梓涵仰卧在座椅上，透过天窗仰望星空，身心无比放松。

夜幕像一条无比宽大的毯子，满天的星星像是缀在毯子上的一颗颗晶莹的宝石，撒下晶莹柔和的光辉。周围的一切都变得那么雅致，那么幽静。

“猪哥，和你一起躺着看星星好幸福!”梓涵转头凝视着赵逸。一对明澈的大眼睛，仿佛一泓清泉盈盈流动，泛起阵阵雪亮的涟漪，有一种无法言喻的魅力。

“傻丫头，这点小幸福就满足了呀！如果你喜欢，我就常带你过来。”赵逸嘴角含着笑，在她略有婴儿肥的脸颊上轻轻掐了下。

在这样浪漫的氛围下，他竟然没有一丝杂念，只想这样躺着，和她一起看星星，随便说说话。

也许，是月光下的梓涵太美，美得圣洁无瑕，让他不忍亵渎。

淡雅如雾的星光里，赵逸光洁白皙的脸庞，透着棱角分明的冷峻，乌黑深邃的眼眸，泛着迷人的光泽。

这样近距离看他，梓涵有刹那的迷离。

这一切太美好，让人觉得那么虚幻，那么不真实。

他真的是赵逸吗?他真的属于她吗?他们真的在一起了吗?

在车里躺了半晌，赵逸牵着梓涵的手，走到山腰的凉亭旁。

赵逸轻揽着梓涵的腰，梓涵顺势倚靠在他的肩上，向远处眺望，整个兴岭城尽收眼底。

华灯初上，灯火阑珊中，静谧的小城和璀璨星空融合在一起，交相掩映，流银泻辉。

这月光星光灯光，这微风，交织成一张魅力无穷的网，笼罩在周围，仿佛这世界上只有他们两个人。

梓涵心想，岁月静好大抵就是这个样子吧。

“猪哥，你说我们会永远在一起吗?”沉默许久，梓涵柔声问道。

她的头抵着他的下颌，轻轻一动，惹得他痒痒的，心也随之一动。

赵逸转过头，深情凝视眼前的可人儿，在她额头上轻轻地吻了一下：“会的，我们不会分开。若干年后，等我们老了，就互相搀扶着上山，寻找我们年轻时的回忆。”

赵逸勾画的未来太美好，梓涵感动于他相守到老的承诺，不觉间一滴温热的泪水从眼角滑落，滴在他的衬衣上。

“猪哥，我永远陪着你，一直到老。”梓涵动情地说。

赵逸再一次被梓涵打动，搂紧她，心里暗暗发誓，此生定不辜负她这番深情。

“宝宝，你真好！你知道吗？这几年我从没这么高兴过。”他伏在梓涵耳边呢喃，像是在对梓涵倾诉，又像是自言自语。

这时候的赵逸，像刚刚得到心爱的糖果的孩子，纯净的眸子溢着盈盈泪光，喜极而泣。滴滴泪珠跌落在梓涵乌黑的头发上，宛如一颗颗细碎的宝石，晶莹而明澈。

月光的映射下，梓涵粉红的唇软软弹弹的，十分可爱。

他一手勾着她的头，闭着眼睛，压向她的唇瓣。

“那边好像有人，会看到咱们。”在他霸道的吻下，梓涵勉强换了一口气。

“所以你要小心点，千万不要叫出声音。否则的话，都知道我们正在 kiss 了。”他大言不惭，唇边勾起邪气的笑容。

“别……啊……”这男人竟然将手伸进她的衣服，害得她差点叫出声音来。

梓涵被他这样一逗弄，不由得娇喘吁吁。绯红的脸庞，生出别样的诱惑。

亲热许久，赵逸才放过梓涵，继续揽着她，看山下的风景。

“猪哥，这里好漂亮，我好喜欢这个城市。”看着远处的景致，梓涵感叹道。

“哦？宝宝喜欢这里？那……我们要不要再做点什么？”赵逸眨了眨眼，附在梓涵耳边，俏皮笑道。

“猪哥，你可是越来越坏了，小心我揍你……”梓涵压低声音，假装威胁道。

梓涵低沉性感的语调更激起了赵逸的兴致，他猛地抱起梓涵，打开车门，把她放在副驾驶的位子上。

“宝宝，我带你去个浪漫的地方，做点浪漫的事儿。”

“不要，我肚子饿了，想吃东西。”梓涵自知无法脱身，想到了这个办法。

赵逸怀里抱着梓涵，又贴近了几分：“你想吃什么，我去买。不过，我们要先去个地方。”

很快，车在临山的河边停下。赵逸放下座椅，又把梓涵的座椅调低。

“宝宝，刚才山上总有人走动，这里没人，我们适合做点其他的事儿。”

从他漾着浓浓情欲的眸光中，梓涵能猜到他说的“其他的事儿”是什么。

“猪哥，我听说兴岭有家餐厅，店里的烤羊肉很好吃，我想去吃！”梓涵故技重施，吃货本色尽显。

“好！我们就去这家。”

“那……我们要不要现在就去？”梓涵想尽快离开这个危险的地方。

赵逸哭笑不得，伸手把她拽进怀里，两人更加亲密。他的头埋进她的肩窝，细细密密地啃噬着她的锁骨，闷闷说道：“宝宝，看你表现了。如果让我满意，我们立即就去！”

“啊哈哈……不要闹了，好痒……”梓涵向来怕搔痒，赵逸的吻力道很轻，让她心痒难耐。

“我没闹，宝宝，你要是不给我点甜头，我是不会放过你的！”赵逸丝毫没有停下来的意思，他的吻更细更密。

听他这么说，梓涵灵机一动，猛地一推赵逸，将他压在身下，俯下身去，一颗颗解开他的衬衫纽扣。

梓涵很少主动和他亲热，当赵逸正沉浸在这突如其来的美好时，梓涵却来了个360度的大转变。她狡黠一笑，轻巧地从赵逸身上一跃回到座位上，打开车门，笑道：“好热，我出去透透气！”

“你个小坏蛋！”赵逸抱怨着，随她下了车。

夜里的兴岭河像黑得发亮的丝绒，泛着幽光。河水凝然不动，如同一缸浓浓的美酒。

“猪哥，我好喜欢这里的空气，感觉好舒服，一点杂质都没有。”走到河边，梓涵由衷感叹。

在京城生活久了，兴岭这座小城的清新与宁静让梓涵着迷。

当然，更重要的是，在这座城市里，有她最爱最挂念的人。

“这里四面环山，空气自然和京城不同。听这里的人说，每年都有很多大城市的人过来住一段时间，和大自然来个亲密接触。”赵逸从后面环住梓涵，用讲故事的语气娓娓道来。

“猪哥，等我们老了，就到这里定居好不好？这样我们每天都可以找寻年轻时的记忆，多浪漫！”梓涵兴致勃勃地转过头。

“好呀，你到哪儿我都陪着你。”赵逸趁机在她额头上轻啄了一下，宠溺地笑道。

“猪哥，你真好！”兴奋中，梓涵也回吻了赵逸，却不想，她的主动又激起了他的兴致。这个吻，越来越深入……

深夜回到家，梓涵懒得洗漱，倒在床上便睡。出去这大半天，她真是累了。

等赵逸从洗手间回来，身边的小丫头已发出轻微的鼾声。

窗外月色澄澈皎洁，透过窗边的白纱帘洒下一片迷蒙的清光。这样的夜晚，好像闻着空气都能醉人……

翌日，太阳初升，梓涵比平常起床晚了些。她穿着睡裙爬起来，走到洗手间的镜子前，看到肩膀和锁骨处清晰可辨的痕迹，叹息一声捂住了脸。

“你在干什么?”

梓涵回头，赵逸正站在她旁边，身上的气息让她不觉颤了一下。她脸一红，感觉他的大掌在她腰身上一搂。

“我肚子饿了，想吃东西了!”

赵逸不禁笑了，摸了摸她粉嫩的脸，“我的小吃货，早起的第一件事，竟然是想吃饭……”他凑近她耳边，轻吹了一口气。

“都这么晚了，你今天不用上班吗?”梓涵看了看时间，已临近中午。

“今天有点累，先不上班了。待会儿我们到附近的餐厅吃饭，晚上还去山上，怎么样?”他对她发出暧昧的邀请。

说到山上，梓涵想到前一晚，脸颊浮现一抹绯红，欣喜地点了点头。

“宝宝，山脚下有片空地很安静，景色也不错。你没来的时候，我常常一个人到那里散步，累了就躺下休息一会儿，别提有多舒服了！晚上我带你去，你一定喜欢。”

赵逸说得眉飞色舞，惹得梓涵心生向往，恨不得即刻到那里看看。

洗漱完，梓涵化了个淡妆，换上红色低胸修身连衣裙，是某品牌的最新款，也是赵逸最爱的性感风格。这种清纯里透出的性感比单纯的性感更具吸引力。

这样的裙子她从没穿过，不过，为了让赵逸高兴，她豁出去了。

待她从卧室走出来，赵逸看呆了，目光再也不想从她身上移开，“宝宝，你真好看!”

沉醉于她异于常人的美，赵逸由衷赞叹。

虽然在一起一段时间了，可听到他这样直白的夸赞，梓涵还是很害羞。她避开他的目光，拿起包径自向门口走去：“快走吧，我快饿晕了!”

赵逸笑了笑，跟在她身后，一起走了出去。

两人在附近的餐厅吃过饭便回家了。一进房间，梓涵就迫不及待地打开电视，点播了《倾世皇妃》。赵逸陪她靠在床头看电视，不时摆弄着她染着馨香的发梢，眼里满是怜爱。

“宝宝，我们晚上在家吃饭好不好，我想吃你做的菜了?”看了两集电视剧后，赵逸用央求的口气说道。

看他可怜兮兮的样子，梓涵不忍心拒绝，爽快地答应了。她打开冰箱看了一眼，发现里边空空荡荡的，什么也没有。

梓涵看向赵逸，笑道："猪哥，咱们得出去买菜了。"

"好呀，咱们等会儿去超市。"

梓涵忽闪着大眼睛，设想着和他一起逛超市的情形，心里美极了！

当在超市选好东西，走到收银台前时，梓涵不由得笑了。他这是来买晚餐的还是打算开一家小超市呀？

"猪哥，不过就是一顿晚餐，不需要买这么多吧？"

赵逸微微嘟了嘟嘴，好像很委屈的样子："这些都是我爱吃的，当然要买了。小厨娘，你不会反悔了，不想给我做饭了吧？"

好吧，算她说错话了。

回到家，梓涵把打算留下来帮她的赵逸赶出厨房。偌大的厨房里，只有她一个人忙碌。

将最后一碗汤端出来的时候，梓涵瞥了眼沙发，赵逸正悠闲地看电视。

"猪哥，吃饭了。"

赵逸起身走到餐桌前，看着丰盛的四菜一汤，嘴角弯起一抹弧度："不错，宝宝的厨艺真好。"

当梓涵拿着餐具过来的时候，赵逸已换上 T 恤衫。比起之前的西装革履，此时的他随意、居家，更有魅力。

看着餐桌，赵逸摇摇头："只有美食，没有美酒怎么行！"

"安心吃饭吧，都是家常菜，不适合喝酒。多吃点，不然你工作那么忙，会没有体力的。"梓涵夹起一块红烧肉，放进赵逸碗里。

"没体力？"赵逸黑眸一暗，暧昧的气息瞬间在饭桌前扩大……

猛然间，梓涵就被他扯过去。

他看着她，眼里是不容置否的邪肆："你在怀疑我的体力吗？"

梓涵只觉整个头都眩晕了一下，"我没这个意思……"

原来她的猪哥也有邪恶的一面，只不过被隐藏起来了。

赵逸的胃口似乎很好，两人合力，桌上的饭菜差不多被吃光了。

兴岭的夜，总是比京城来得早些。吃完饭，窗外已渐渐变暗。想到赵逸要带她去山里，梓涵有些着急。

"猪哥，我去换衣服，咱们出去好不好？"

"哦，差点忘了，之前答应宝宝，要带你去山脚下玩。你去换衣服吧，我们这就出去。”

梓涵脱下围裙，欢快地走进卧室，没一会儿便换了一身衣服。

黑白相间的条纹T恤，过膝的牛仔短裤，配上Prada最新款银色凉鞋，让梓涵活力四射，张扬的青春气息扑面而来。

“宝宝，我算是服你了，多简单的衣服穿在你身上都好看！”

“猪哥是情人眼里出西施，所以怎么看我都好看！”梓涵踮起脚，兴奋地环住赵逸的脖颈，一双水眸在灯光下泛着耀眼的光。

赵逸爱怜地看着她，不知怎么宠她才好，俯下身，猛地将她抱起：“走喽！带宝宝出去玩了！”

一直到楼下，赵逸才将梓涵放下。二人十指紧扣，牵手向不远处的山脚下走去。

走过一条铺满鹅卵石的小路，他们来到一片空旷的场地。四周皆是花草环绕，让这里宛若隐身在山林里的世外桃源。既神秘，又清幽。

“宝宝，你看，这就是我常来的地方，漂亮吧？”赵逸难掩兴奋。

“真想不到，山里竟然有这么美的地方！而且，这里的空气好清新，还有一种甜丝丝的味道！”梓涵微微眯着眼，一脸陶醉。

“宝宝，你看那边，我常常一个人躺在那儿看书，或是睡一会儿，感觉特别好。这里极少有人来，做什么都不会有人打扰。”

顺着赵逸手指的方向看去，是一处经人工雕琢的平台，沿着楼梯走上去，可以俯瞰这附近的美景。

“宝宝，我们比赛上楼梯，看谁先上去好不好？”

赵逸高兴得像个孩子，没等梓涵反应过来，就跑了出去。

“猪哥，你等等我！”梓涵跟在他身后，边跑边唤道。

“我不等，我要你来追我！”赵逸不仅没停下，反而速度更快了。

“我刚做了一顿晚餐喂饱了你，你等等我怎么了？”

说话间，前面的男人停下了脚步，“喂饱？”

赵逸转身，他的嗓音在黑暗里显得暗哑低沉。明明是两个极正常的字眼儿，从他口中说出来，怎么听都觉得邪恶。

“不……是！”

他的靠近让她不由后退，想避开他的气息。

“你在挑逗我！”

他薄唇轻启，她退一步，他上一步。

“我没有……唔……”

话音未落，她腰上一紧，下额被扣住，唇瓣被堵住。

他贪恋她的味道，吻得越来越深，扣在她臀上的手也越来越紧，五指都镶入她的肉里。

热情，一发不可收拾！

梓涵微微扬起小巧标致的下巴，用仇视的目光看着他，她的心怦怦直跳，却无法喊出来。

“猪哥，你快放开我！不然我一定大叫！”

“哦？竟敢威胁我？你以为我会怕威胁吗？不然你试试叫出来，看谁会过来？”赵逸的眸光变得更晦暗幽邃。

他温热厚实的大掌沿着梓涵曼妙的曲线盘旋而上，如游鱼般灵巧地绕到她的背部，移到她的衣服里，又伸进她的刺绣内衣里，大掌指腹的温度熨烫了她如玉般温润的肌肤。

刹那间，梓涵的眼眸掠过仓皇之色，身体极力反抗。

随着赵逸骨节分明的长指熟练地向内一捻，只听一记清脆的“啪哒”声，他仅凭单手就解开了无痕 Bra 的暗扣。

“猪哥，你真是高手，连我自己都做不到。”

甜腻的笑声从梓涵的唇齿间溢出，她青葱般修长的手指在他胸肌上画起了圈圈。

他低声肆笑，紧握住梓涵的手，目光如炬地凝着她的脸，“宝宝，你真是太美了……”

“谢谢猪哥夸赞，我也是这么觉得的……”梓涵媚眼如丝，灵巧地一闪，脱离了赵逸的钳制。轻盈的身体随着她后退的步伐摇曳出柔美的弧度。

“看来得麻烦你了，猪哥。”梓涵轻咬嘴唇，微微挽起披散在身后的黑色长发，背过身去。

转瞬间，她美背上动人心魄的万般风情，便不偏不倚地落在赵逸的视线里。

他的喉咙不由得发紧，琥珀色的眼瞳中燃起一道噬人的火焰。作为始作俑者的他还是乖乖伸出手，帮梓涵扣上暗扣。

他不敢太放肆，这里虽然很少有人来，但不代表没人来。若是被人看到这香艳的一幕，对梓涵不好。

“宝宝，这里视野很好，我们可以躺下看星星，也可以看这周围的美景。这里的花草没人破坏，长得特别好。”

赵逸边说边躺在地上，头枕着胳膊，格外放松、惬意。

“宝宝，你还愣着干吗？快躺下呀，我们一起看星星，你不是最喜欢这样看星星吗？”对梓涵的喜好，赵逸越来越了解。这小丫头，总有些天真浪漫的想法。

抵不住赵逸的诱惑，梓涵无所顾忌地躺在地上，伏在他的胸前，就像每天晚上入睡时一样。

“猪哥，你看那里，好像是启明星。”

“傻宝宝，那不是启明星。启明星怎么会动？那是流星！”赵逸忍着笑说道。

“啊，流星！我要许个愿，听说对着流星许愿最灵了！”梓涵闭上眼睛，在心里默念着，看上去极为虔诚。

“宝宝，你许了什么愿？”待梓涵睁开眼，赵逸好奇地追问道。

“我不能告诉你，说出来就不灵了！”梓涵依旧很认真，不过她不说赵逸也知道，她的愿望一定和他有关。

两人甜蜜地依偎着，直到深夜才回家……

在朝夕相处的九天里，梓涵能感受到赵逸的爱，也能感受他一直压抑的欲望。

赵逸一直尊重她，没强迫她做不想做的事儿。特别是当梓涵说她是处子之身、以后想嫁给他、为他生个孩子的时候，赵逸的眼中闪过一抹不宜觉察的感动。

他很珍惜梓涵，身为一个男人的良知告诉他：“他要对梓涵好，要对梓涵负责。即使暂时不能给她婚姻，也要给她最好的爱。”

幸福的日子总是过得很快，几天后梓涵不得不离开兴岭，踏上返回京城的火车。

一对恋人难分难舍，在车站依依惜别。

离别是痛苦的，梓涵的心却是甜的。因为赵逸说：“爱你才会想你，想你就是爱你。我会一直想你，因为我永远爱你……”

第四章　守护

梓涵的能力有目共睹，在公司组织的一次讨论会上，她的见解新颖、独到，引起了老总崔荣昊的注意。待她发言结束，崔荣昊率先鼓起掌来，在座的各部门经理也对梓涵赞赏有加。一时间，梓涵成了逸动传媒的风云人物。

散会后，梓涵秀美的容颜、柔和的声音在崔荣昊的眼前和耳边萦绕，让他无法平静。

这个三十岁出头的男人，自从和初恋女友分手后，还没有一个女人打动他，是个几十克拉的超级钻石王老五。

崔荣昊很欣赏梓涵，想把她调到身边，却没有合适的理由。想来想去，他亲自给梓涵打电话，以工作忙为由，让她帮他写 EMBA 的毕业论文。

梓涵不好拒绝，只得答应了。

一日，梓涵一个人在办公室，接到崔荣昊的电话，叫她到总裁办公室讨论论文初稿。

逸动传媒大楼有二十二层，崔荣昊的办公室占据了整个顶层。是一间套房，外间办公，内室有书房和卧室，供他会友、休息。

崔荣昊一直开着门，见梓涵进来，帮她倒了杯茶，随手关上了门。

“砰”的一声关门声让梓涵有些不安。二十二楼太静了，只有他们两个人。

接过崔荣昊倒的茶，梓涵紧张得忘了说声“谢谢”。她紧握茶杯，想用水温去暖自己有些发凉的手。

总裁办公室的布置极为考究。一张偌大的老板桌放在中间，两排紫檀木书柜倚墙而放，彰显着主人的品位和地位。

透过书柜旁的门，梓涵看到一张镂空雕花大床，不禁倒吸了一口冷气，心里越发不安。

之前每次来，内室的门都是关着的。唯独这次，房门敞开，室内设施一览无余。

“梓涵，我今天找你来是想和你好好研究一下论文，最好能定稿。我告诉秘书不要打扰我们，两个小时内都不会有人找我，我们可以安心讨论。”崔荣昊拿着文稿，坐在了梓涵身边。

他身上散发着一种独特的香水味儿，梓涵很不适应，下意识挪了挪身体，想和他保持距离。

梓涵怯生生的样子让崔荣昊心动，越发激起他征服的欲望，他下定决心，一定要利用这次机会把她变成自己的女人。

感觉到他的异样，梓涵开始盘算脱身的办法。可她刚想挪动，就被他按在沙发上。

“看着我，梓涵，别躲!”崔荣昊用命令的语气说道。

“我……想把茶杯送回去。”梓涵灵机一动，想到这个说法。可崔荣昊并没上当，坏笑道：“放在桌上就好，看着我，梓涵!”

梓涵不知如何脱身，只好听他的话，看情势发展再做打算。她转过头，迎向崔荣昊的目光。

崔荣昊虽年过三十，但保养得极好，皮肤上几乎没有岁月的痕迹。特别是一双眼睛，深邃而有神。从他的眼神中，梓涵读到了一个男人的渴求，不只是欲望，还饱含感情。

“梓涵，你应该能看出来，我喜欢你。只要你做我的女人，我会给你想要的一切！满足你的一切要求!”崔荣昊直奔主题，不改霸气。

像梓涵这样聪慧、漂亮又能干的小姑娘对他这种年富力强又多金的男人极具杀伤力，更何况他空窗期太久，生理上的那点需求愈发强烈。

虽然料到崔荣昊会这样说，梓涵还是很恐慌。她刻意避开他炙热的目光，整理着自己的思绪，缓缓说道：“崔总，你很好，可是我不适合你。你应该找一个精明能干的女人才配得上你。”

纵使心乱如麻，梓涵也佯装镇静。

“不，我就喜欢你！梓涵，你是嫌我年纪大吧？实际上也没大几岁吧？如果你做我的女人，我会娶你，你想做什么我都由着你。”崔荣昊用探究的目光看着她，等待她的回答。

“崔总，我们不合适，真的不合适！对不起！”

见梓涵拒绝，崔荣昊有些心急，抓住梓涵的肩膀，低吼道：“怎么不合适，没试过怎么知道不合适呢？”

梓涵想挣脱，却连他的一只胳膊都推不动。

挣扎间，梓涵胸前的一颗纽扣崩开，雪白的胸脯若隐若现。梓涵没察觉，却被崔荣昊看在眼里。他压抑许久的身体瞬间被点燃，扯开领带，抱起不知所措的梓涵向内室走去。不等梓涵反应过来，她已被扔在床上。

崔荣昊脱去衬衫，露出精壮的上半身，压住倒在床上的梓涵。

她乌黑的长发散在白色的床单上，诱人的胸部随着急促的呼吸起伏。崔荣昊掀起她的裙子，用身体抵住她，双臂按住她的胳膊，她再也动弹不得。

“放开我！你这样做不怕被人知道吗，崔荣昊？”梓涵怒目圆睁，直呼他的名字，愤怒是她最后的筹码。

崔荣昊没停下动作，吻住她的耳垂，温润的唇一点一点，直到她胸前。

“梓涵，你是我的！”崔荣昊呢喃道。

梓涵无计可施，她知道如果叫喊会有人过来，但任谁看到这一幕，她都会名誉扫地。

叫也不是，逃也不行，难道就这样被他糟蹋吗？

梓涵的身体不住地扭动，身上的崔荣昊却纹丝不动，反而越压越紧。他扯开梓涵的衣扣，她象牙般光洁白皙的肌肤一览无余，曼妙的曲线裸露无遗。

崔荣昊不禁惊呼：“真是绝色！”

梓涵哪里受过这般摧残，奋力挣扎早已让她体力不支，只好任由他摆布。

“放心吧，梓涵，我会对你负责的。如果你愿意我马上娶你！”崔荣昊信誓旦旦地说。

梓涵羞辱不堪，恨不得立即死掉。

“不要——”眼看崔荣昊要得逞，梓涵顾不得许多，这一声几乎用尽全力。

崔荣昊被她的爆发力吓到，一时停止了动作……

他虽不再行动，却贪婪地看着她。

梓涵知道，崔荣昊的力气大得很，要想逃开他的魔掌，不能靠体力，只能靠智慧。

梓涵看到他眼底柔情，突然心生一计。

“崔荣昊，你先放开我，我有话说。说完了，你还想要我，我反抗也没用!”梓涵说得干脆利落。

崔荣昊虽然恨不得立即占有梓涵，但对她还是有感情的。他这样做，无非是情欲作怪，又岂会在意这一时半刻的欢愉?

想到这儿，他从梓涵身上下来，坐到床边。

“你想说什么就说吧，我听着。”他略有不耐烦。

梓涵拉好衣服，掀起床上的被子盖在身上。克服内心的恐惧，坚定地说道：“崔荣昊，你口口声声说喜欢我，想娶我，可你有没有想过，你为我做过什么?你什么都没做，还强迫我和你上床，这就是你喜欢人的方式吗?你当我是什么，小姐都不如吗?”

梓涵的话如当头棒喝，让崔荣昊瞬间恢复理智。

是呀，他在做什么?不是想向她告白，然后展开强烈的追求吗?怎么像个流氓似的对她用强?!

看到崔荣昊的神色有所缓和，梓涵继续说道：“你要我可以，我会害怕名誉受损而有苦说不出，不会把你怎么样。但你占有我一次，却会永远失去我。我会离开公司，离开这个城市，让你永远都找不到我!”

梓涵目光笃定，话说完了，剩下的只能听天由命。

她和自己打了个赌，赌崔荣昊对她有感情。因此她才没选择拼死抗争或是奋力逃跑。

事实证明，她赌赢了!

崔荣昊捡起丢在地上的裤子，坐到沙发上，一边穿裤子一边对她说：“你走吧，穿好衣服，我不会再碰你。二十二楼没人，没人知道你来过我这里。”

近一个小时的折磨，透支了梓涵的体力和精神，她几乎虚脱。双手由于用力过度而有些发抖，衬衫上的扣子足足扣了几分钟。

“梓涵，你快走吧，再不走我怕我后悔!”崔荣昊低声说。

他想要梓涵，却不忍再动粗，只能放她走再做打算。

梓涵没说话，整理好衣服和头发，向门口走去。

“等一下!”崔荣昊叫道。

梓涵以为他反悔了，心头一颤，一阵眩晕，险些摔倒。

崔荣昊三步并作两步上前扶住她，梓涵推开他的手，并不看他，只管去开门。

“等一下，梓涵!我……为刚才的事儿向你道歉。我发誓，我永远不会再伤害你。你回去考虑一下，只要你肯和我在一起，你要什么都行!”

梓涵不答话，推开门，任凭崔荣昊在身后叫她。

她太累了，累到忘记屈辱，只想离开这个魔窟一样的地方。

回到办公室，坐在电脑旁，她无心做任何事。

她的心被痛苦、屈辱和无助填满，憋闷得厉害。

好不容易熬到下班，梓涵走出公司大门，下意识看了看周围，不见崔荣昊，才招手拦了辆出租车回到公寓。

一进房门，梓涵直奔卧室，把头埋在被子里放声大哭。

她哭了很久，甚至一度失去意识。直到熟悉的声音从门口传来，“宝宝，你在家吗?”

这声音让梓涵瞬间清醒，她听得出，是赵逸!

她飞奔到门口，打开门。

泪眼模糊中那张熟悉的脸上满是焦虑，“宝宝，你怎么了，怎么哭成这样?”

“猪哥，我好想你!”

见到了赵逸，梓涵内心的痛楚终于得到最淋漓尽致的宣泄。

哽咽中，她向赵逸说了事情的经过。

赵逸紧握拳头，眼里闪着无法遏制的怒火，捶在身旁的桌子上，桌上的玻璃杯被震落在地上，摔得粉碎。

他搂过眼前梨花带雨的可人儿，轻轻吻了吻她的额头，“宝宝，好好睡一觉，把今天发生的一切都忘了。猪哥会帮你讨回公道。”

赵逸柔声安慰梓涵，扶她到床上躺下。

“猪哥，我不要你帮我讨公道，我只想抱着你。”梓涵的声音很轻，好像立即就能睡去。

“嗯，睡吧，猪哥就这样抱着你。”赵逸靠在梓涵身边，拥她入怀。

睡梦中，梓涵的手放在胸前，整整一夜都没拿开。

赵逸几乎一夜没睡，不时看向躺在身边的梓涵，几次听她在梦中呓语：“猪哥，猪哥……”

“猪哥在这儿，宝宝别怕!”赵逸搂着她，心头酸痛，不由得流下泪来。

几年了，他从没这么心疼一个女孩儿。

梓涵的身体和内心像是未经雕琢的美玉。他欣赏她，如同欣赏一件艺术品，小心翼翼，生怕一个不小心伤了她，弄脏了她。

躺在赵逸身边，梓涵睡得很甜很香很沉。当她醒来时，看到的是透过纱帘投进来的温暖阳光。

她转过身子，闻到一缕香烟的气息。她张大眼睛，迎向赵逸温柔的目光和微笑的脸庞。

他坐在床上，背靠着床头，一边抽烟，一边静静地凝视着她。

半睡半醒中梓涵问道："几点了？"

赵逸看看手表，"快九点了。"

"九点？猪哥怎么不叫我，我还要上班。"

"我用你的手机给王丽红发信息请假了。"赵逸看着她说，"你睡得像一个小婴儿，我实在不忍叫醒你。更何况你昨天太累了，需要休息。"

"猪哥看着我睡？你没睡吗？"梓涵心疼地问道。

"睡了一会儿就醒了，我就坐在这儿看着你。"

梓涵的脸有些发热，"我的睡相很丑吗？"

"很美。"赵逸俯身吻了吻她的鼻尖，"你再躺一会儿，我出去给你买早点。"

"嗯，好的，谢谢猪哥！"梓涵甜甜笑道。

赵逸走后，梓涵想起前一天发生的事儿，无法再入睡。

她把穿过的衬衫和内衣都扔进垃圾桶里，站在淋浴间冲了个澡，以消除崔荣昊留下的气味和痕迹。

刚从浴室出来，梓涵就听到开门声。赵逸缓步走进来，脚步很轻，似乎怕把她吵醒。

"宝宝，你怎么醒了！"看到一丝不挂的梓涵，赵逸有些吃惊。柔和的光线映射在梓涵洁白光滑的胴体上，惹得他心痒痒。

"我洗了个澡，没想到你突然回来！"

梓涵很难为情，她还没适应这样赤裸裸站在他面前。

"宝宝，快穿上衣服，别着凉，我们一起吃早饭。"赵逸一边说一边把买来的东西放在桌上。

梓涵走进卧室，在衣柜里翻找衣服。

"宝宝，陪你吃完早饭，我就回公司了。我过些天参加网球赛，今天去公司抽签，确定比赛顺序。我们兴岭分公司有五个队员参赛，我是领队，也是选手。"

"猪哥参加网球赛？"

梓涵知道赵逸网球打得好，却没想他能参加逸动传媒的网球赛。

"嗯，这次回来就是为网球赛做准备。"

"猪哥，你有事就不用回来陪我了，回家看看文文，他一定想你了。"梓涵很善解人意。

“看情况吧，咱们先吃饭再说。”

见梓涵在挑衣服，赵逸指着挂在衣柜里的一件黑色齐膝短裙说道：“就穿这件吧，我喜欢你的小性感。”

“猪哥喜欢，我当然会穿。可这件裙子是特意为你准备的，只穿给你一个人看，不能穿出去。你就不怕宝宝太迷人了，崔荣昊又打我的主意？”梓涵拉着赵逸的胳膊，狡黠一笑，撒娇道。

“这个嘛，我在你身边的时候可以穿，别人看到也没关系。不过离开我的视线就不许穿了。”赵逸怜爱地拍了拍梓涵绯红的脸蛋，笑着说道。

“猪哥，你先出去，我换完衣服再给你看！”梓涵推着赵逸，示意他出去。

“好啦，宝宝，我出去。你把我送你的黑丝袜和高跟鞋也穿上，让我好好看看。”

赵逸乖乖走出卧室，坐到沙发上等梓涵出来。

“猪哥，我要出来啦！”过了几分钟，梓涵从卧室里探出头，用魅惑的眼神望着赵逸。

她黑色的长发沿脸颊垂落，流露出独特的清纯气质。可待她迈着碎步走出来，却是另一种感觉。

黑色修身连衣短裙包裹着她凹凸有致的曲线，衬托出她一等一的绝佳身材。半透明的丝袜下，一双白皙美腿若隐若现。

天使的脸蛋，魔鬼的身材，清纯与性感在她的身上得到完美的契合，简直是浑然天成！

“宝宝，你真是个尤物！”赵逸惊叹着站起来，走到梓涵身边，揽着她的腰，紧紧贴着她的身体。

“宝宝，你的性感太特别了，让人心生向往，又不敢亵渎。怎么说呢，你就是个……女神。对，是女神！”赵逸觉得用这个词儿形容梓涵再贴切不过。

“我哪有那么好？你爱我才会觉得我美。你是夫不嫌妻丑，狗不嫌家贫。”梓涵靠在赵逸的胸前说道。

“臭宝宝，还挺会篡改的，哪有这种说法？不说了，咱们吃饭去！”

“猪哥，过些天我就穿这件衣服给你当啦啦队员，给你加油，好不好？”

“好呀，可不许反悔！”赵逸托起梓涵的脸，郑重说道。

“嗯，不反悔，我们吃饭吧。”

吃过饭，看梓涵脸上有了笑容，赵逸才放心离开。

从兴岭回来的几天，赵逸差不多每天都和梓涵见面。只这一日，几个朋友盛情邀请，他实在拗不过，才和他们吃饭，然后去 KTV 唱歌。

当一个朋友唱起《小酒窝》的时候，赵逸眼前浮现出和梓涵一起唱歌的情形，恨不得立即见到她。

“宝宝，我和朋友在麦乐 KTV 唱歌呢，我想你了。”

收到赵逸短信的时候，梓涵正在商场里闲逛，看到短信的内容，不由得笑着回复道：“猪哥，这也太巧了吧！我逛街呢，麦乐 KTV 就在商场对面，我们要不要见一面？”

梓涵只随便一说，却不想赵逸很快回复道：“宝宝，你到商场门口等我，我几分钟就到。”

“这样不好吧？”梓涵没想到她的无心之语，赵逸竟然当真了。

“没什么不好的，我想你了，等我！”

这个男人，怎么这么肉麻！

梓涵笑着收起手机，乘电梯到了一楼门口。

她还没站稳，就看见赵逸小跑着过来。虽然有些气喘，却难掩兴奋。

柔和的灯光下，赵逸穿着梓涵送他的粉红色 T 恤。一双剑眉下是一对迷人的桃花眼，温柔而多情。厚薄适中的唇瓣漾着令人炫目的笑意，让人一不小心就会沦陷。

梓涵不由得看呆了，视线驻足在他的身上、脸上，舍不得离开。

“宝宝，你是不是也想我了？”

梓涵羞赧地点了点头。

“不然你和我们一起唱歌吧，我朋友一定喜欢你。”

赵逸拉着梓涵的手，就要往路对面走。

梓涵拖住他，笑着说道：“猪哥，我不去了。太晚了，我该回家了。我告诉妈妈，今天回家住。”

“那好吧，我不强求了。改天找个机会，咱们一起唱歌。”

赵逸略显失落。不过，当他低头迎上梓涵那含情脉脉的眸子时，所有的不快都烟消云散了。

他轻车熟路地把梓涵拥入怀中，越抱越紧。俊美的唇瓣贴在她耳边，似喃喃自语般，向她倾诉心底的思念。

“猪哥，你快回去吧，别让你朋友等急了。”梓涵看了看时间，催促道。

“好吧，宝宝，我回去了。我明天就回兴岭了，可能一早就走。”

想到就要离开梓涵，赵逸眼里心里满是眷恋。

“没事，猪哥。过几天有空，我去兴岭陪你。”

“嗯，我等你！”热恋中的赵逸，真正体会到“一日不见如隔三秋”的感觉。

望着赵逸离开的背影，梓涵微微叹了口气，“猪哥，我们什么时候能天天在一起，不再承受分别的痛苦呢？”

几天后，七夕情人节前日，梓涵准备去兴岭和赵逸一起过节。

这一次，她没买到卧铺票，只有硬座。

想到梓涵要坐在冰冷生硬的座椅上，经受八小时的煎熬，赵逸就心疼。

他劝她不要来，可梓涵很执拗，坚持上了火车。

车厢里挤满人，即便是坐着也不舒服。她睡不了，赵逸也没睡，不时给她打电话陪她聊天。直到凌晨三点多，车上的人渐渐少了，她才微微躺了一会儿。

一夜没合眼，梓涵到赵逸家差不多睡了一上午。她醒来的第一件事就是打开随身带的包给赵逸找礼物，那是一件精心挑选的淡紫色条纹衬衫，很衬赵逸的气质。

“猪哥喜欢我的礼物吗？”梓涵看着他，眼里都是爱意。

“喜欢，宝宝的眼光最好了。但是……我更想要另一件礼物。”说到这儿，赵逸停顿了一下，坏笑着看向梓涵。

梓涵懂他的意思，却假装不知道。

“什么呀，我不知道！还能有什么礼物比这个还好？”梓涵笑问。

赵逸走近梓涵，轻咬着她的耳垂，呢喃道：“我要你把自己给我。”

梓涵想到他会这样说，但还是很难为情。

赵逸想要梓涵，却不想勉强。最终还是理智占了上风，他走到客厅，点了一支烟，以压制越来越强烈的冲动。

梓涵起身穿好衣服，看着不远处的赵逸，心里很纠结。她还没想好，不能给予他最宝贵的第一次。

“猪哥，我们出去吃饭好不好？我饿了。”她想打破有些僵住的空气，故意说要出去。

赵逸默不作声，依然若有所思地抽烟。

梓涵走到赵逸身边，温柔地抚摸着他坚实的背，心里有些自责，“猪哥，对不起，我还没准备好。我爱你，可我心里很怕，你懂吗？”

听梓涵说怕，赵逸转过头来，不解地问：“宝宝怕什么？怕我吗？”

“不是怕你。是怕……你要了我，万一有一天厌倦了，要离开我，我会痛不欲生。”

梓涵很坦诚，她一旦决定把自己交给一个男人，就是抱定厮守一生的想法。

在她看来，清白的身体是女孩儿最好的嫁妆。

“宝宝，我理解你的想法，我不勉强。不过你放心，我要是要了你，就一定负责到底，更加珍惜你。”

这一刻，赵逸的心是真诚的。

听了赵逸的话，梓涵很感动，但她还不敢冒险。

她甚至想，除非赵逸娶她，否则两人的交往仅限于精神层面，绝无其他。

“猪哥，你帮我选选，看我穿哪件衣服出门，好不好？”为了转移话题，也为了哄赵逸开心，梓涵从包里取出几件衣服，娇声娇气地问道。

赵逸会意，欣然一笑，低头打量着，很快将视线落在他送给梓涵的月白色旗袍上，“就这件吧，我喜欢看你穿旗袍。”

“好，猪哥让我穿什么，我就穿什么。不过……还请猪哥先出去。”梓涵羞赧地轻推赵逸，力道不大，却很坚定。

赵逸无奈地轻叹了口气，乖乖走出卧室。

没过一会儿，卧室门被打开，梓涵袅袅婷婷而来。

那气质、那风韵、那身段，宛若上个世纪十里洋场走出来的女子，妩媚，风情，明艳动人。一时间，整个客厅都被她点亮。

赵逸的目光沿着她的曲线蜿蜒而下，最终落在她穿着 Hellokitty 拖鞋的脚上，又看向她脱在门口的粉红色平底鞋，不由得笑道：“宝宝，看来咱们得去商场逛逛了。旗袍很漂亮，可惜鞋不配。”

“是哦，鞋不配。”梓涵循着赵逸的视线望去，也笑了。

“走吧，宝宝，我们先吃饭，然后去商场买鞋！”

梓涵答应着，简单梳洗了一下，挽着赵逸出了门。

兴岭是个小城，只有为数不多的几家商场。不过，位于市中心的新天地购物广场，还是颇具规模的。

吃过饭，车在新天地门口停下。梓涵拉着赵逸，蹦蹦跳跳地往商场里走。调皮的样子就像个小孩子。

她素来喜欢逛街，更何况有赵逸陪她，她更开心。

在商场里走了一圈，梓涵也没找到她心爱的 Prada。问了店员才知道，这家新天地和京城的不一样，她喜欢的品牌都没有。

看出梓涵的失望，赵逸柔声安慰道：“宝宝，今天听猪哥的，让猪哥帮你选鞋好不好？”

听赵逸这么说，梓涵不好拒绝。虽然除了 Prada、Gucci，她还没穿过其他品牌的鞋。

赵逸牵着梓涵的手走过几家鞋店，最终在一双黑色绑带高跟鞋前停下。

没错，这就是他喜欢的风格！性感、华贵，充满诱惑！

这样一双鞋穿在梓涵脚上，一定风情万种、绰约多姿。

“小姐，帮我找一双 38 码的鞋，给这位小姐试一下。”赵逸指着那双鞋对店员说。

店员笑着答应，很快取鞋过来。

梓涵接过鞋，怎么看也不像她的风格。可是，谁叫她心爱的人喜欢呢？

在赵逸的注视下，梓涵换上鞋。高跟鞋的鞋跟足足有十厘米高，把梓涵的腿衬得更加修长、匀称。惹得围观的店员和顾客都连连称赞。

“这姑娘真漂亮，比明星还好看呢！”

“旁边的是她男朋友吧，他们看上去真般配。”

……

梓涵在镜子旁打量自己，周围的赞美声不绝于耳。

从小到大，她都是众人眼中的焦点，这样的场面见多了，并不以为意。倒是赵逸，高兴得合不拢嘴，男人的虚荣心得到了极大的满足。

他到款台付了款，又在众人艳羡的目光中，带着梓涵离开了商场。

“宝宝，我真幸福，有你这么漂亮的媳妇。”上了车，赵逸仍沉浸在刚才的氛围中。

“媳妇？谁是你媳妇，是说我吗？”梓涵故意逗他。

“傻丫头，不是你还有谁！”赵逸不置可否。

“媳妇，这个称呼不错，比宝宝好听。”梓涵细细品味着，心里像灌了蜜似的。

“若是你喜欢，我以后就叫你媳妇，好不好？”赵逸转头看向梓涵，顺势说道。

“那可不行，我要好好考虑下，到底要不要做你媳妇。”梓涵假装不经意地看向窗外，后视镜里映着她促狭的笑。

“宝宝，你怎么还考虑？难道我不够好吗？”赵逸知道她逗他，很配合地问道。

“猪哥，你看那边好像有个游乐场！”梓涵指着不远处，根本没注意赵逸说什么。

“宝宝，你不会想去游乐场玩吧？你穿成这样子，真不适合去那里。”

赵逸俊眉一挑，别有意味地说道。

他设想梓涵穿旗袍骑旋转木马的场景，不由得“扑哧”一下笑出了声，惹得梓涵一脸不解。

“猪哥，你干吗呢，有这么好笑吗？不就是去游乐场玩吗，穿什么不都一样！我要去嘛，你陪我去好不好？”

赵逸最怕梓涵撒娇，那软腻腻的声音撩拨着他的神经，让他失去了拒绝的勇气。

是呀，不就是去游乐场玩吗，穿旗袍也一样！

拿定主意，赵逸一个刹车，停在游乐场门口。

兴岭的游乐场很小，只有旋转木马、射击、碰碰车等几个游乐项目。

虽然没有摩天轮，但一想到她和赵逸登山远眺，整个兴岭城尽收眼底，和摩天轮并无二致，梓涵便不觉得遗憾。

“猪哥，我们去开碰碰车好不好？”从射击场走出来，梓涵抱着刚得的战利品，对赵逸说道。

“好是好，可是宝宝，你有没有想过一个问题，你穿成这样去开碰碰车，很容易走光。而且，你穿高跟鞋也不适合开车！”

身穿月白色旗袍的梓涵，举手投足间尽显端庄雅致，一颦一笑间流露出似水娇羞。这样的打扮，非要去开碰碰车，着实大煞风景，任是谁都会觉得不可思议。

旗袍本就开叉到大腿根部，若是坐在碰碰车上，不走光才怪。

梓涵兴致正浓，哪顾得了这许多。她推着赵逸，硬是把他按在座椅上。随后轻轻抬腿上了车，坐在他旁边的驾驶位上。

“猪哥，有你帮我挡着，走光也不怕。再说，你看这里除了咱们两个根本没人，咱们可以随便开，没人能看到我走光。”

没办法，赵逸只好和她一起胡闹。谁让他无法拒绝她的要求呢！好在这会儿没人过来玩碰碰车，暂时可以放心。

梓涵踩上加速脚踏，迅速向前行驶。可是，她只会加速，却不知道怎么转弯。一会儿把方向盘向左转，一会儿又向右转，一路磕磕绊绊地开着，把车开成了名副其实的“碰碰”车。

“宝宝，小心！前边有柱子！”

眼看梓涵就要撞到前面的障碍物上，赵逸忙侧身扶住方向盘，猛地向左转了两圈，成功将车停在护栏旁。

“猪哥，好惊险，好刺激！太好玩了！你干吗停车呀，我还没玩够呢！”

梓涵捂着因兴奋而剧烈跳动的胸口，大有意犹未尽之感。

“宝宝，我不行了。再这样玩下去，我非犯心脏病不可。听话，我们先玩别的，改天换上舒服的衣服再来开碰碰车，好不好？”

见有人过来，赵逸像看到了救星。一边看着不远处渐渐走近的一对男女，一边瞟向梓涵几乎完全裸露在外的莹白的大腿，向她使眼色。

梓涵会意，只好断了继续玩下去的念头，扶着赵逸，从车上下来。

赵逸迅速起身，挡在她身前。待她整理好旗袍的下摆，才揽着她的腰，一起走出游乐场。

“宝宝，没想到你这么开放，穿成这样还敢去游乐场玩!”上了车，赵逸忍不住感叹。

要知道，梓涵一向以端庄、高雅的形象示人，他还没见过她如此调皮、火辣的一面。

“有你在，我什么都不怕。你不是替我挡着吗？没人看到我走光。”

梓涵的话听似随意，却是发自心底的实话。

有赵逸在，她什么都不怕，什么都不在乎。这种安全感是其他人无法给予的。

赵逸微微挑眉，俊朗的脸上漾起足以让人迷醉的阳光般的笑容。脸颊两侧的酒窝伴随笑容一起浮现，淡淡的，浅浅的，有着男人少有的妩媚与妖艳。

思忖片刻，他才颇有意味地说道：“既然宝宝这么信任我，我一定努力，不辜负你的信任。”

梓涵不明白他话里的意思，只顾着看他笑，傻乎乎地点了点头。

从游乐场出来，吃完饭回到家，他们都累了，躺在床上闲聊。

正当两人聊得热闹的时候，门口传来“砰砰”的敲门声，赵逸一惊，心想，谁会在这个时候敲门?

他来兴岭不久，认识的人不多，他唯一能想到的是兴岭分公司的下属。可是，他和梓涵的关系暂时不能公开，若是被他们看到他和梓涵在一起，一定会乱说的。

慌乱中，他急切地说道：“宝宝，你去卧室躲躲，千万别出声!”

对赵逸的反应，梓涵大为不解。可在他情绪的感染下，她的心也开始狂跳，匆匆跑进卧室，把手机调成了震动。

“谁呀?”赵逸走到门口，大声问道。

“是于洪家吗?”门外是一个男人的声音。

听对方说的是房主的名字，赵逸悬着的心才放下，打开了门。

“这是于洪家，但是他把房子租给了我，现在不住这儿了。”赵逸对门外的人说道。

“那打扰了，我再和他联系吧。”对方表达了歉意，就下楼离开了。

虚惊一场，赵逸有些慌乱，不过很快恢复了平静。

“宝宝，出来吧，没事了。”赵逸推门进了卧室。

梓涵闻声从被子里探出头，一双大眼睛因惊慌显得更加楚楚动人。

看梓涵可怜兮兮的样子，赵逸心生怜爱，在她额头上轻吻了一下。

“猪哥，我不明白，不就是有人敲门吗，你怎么这么紧张?”

“哦，没什么，我只是担心是公司的同事。咱们的关系暂时不能公开，若是让他们知道了，就会传到刘艳那里，我怕她受刺激。”赵逸连忙解释。

之前，他不止一次对梓涵说他们的关系暂时不能公开。因为他和刘艳分开不久，若是让她知道他又有女朋友了，一定很不舒服。

对女人来说，离婚已经很伤了，他不想再惹她不开心。

梓涵理解赵逸的想法，所以很乐意配合他。换位思考，若是黄尚明知道她这么快就有了新男朋友，心里也会不舒服吧。

“猪哥，你放心吧，我不介意暂时做你背后的女人。不过，我希望我们的地下情早日浮出水面，我要正大光明地做你的女人。”

梓涵仰头看着赵逸，目光里透着倔强和笃定。

她可以为心爱的人做出牺牲，但这种牺牲是有限度的。

“宝宝，我知道你委屈。你再忍忍，用不了多久，我就会公开咱们的关系。”

说话间，赵逸揽过梓涵，把她紧紧搂在怀中。

第五章　宠爱如斯

七夕，空气里弥漫着甜蜜的味道。

赵逸早早下班，按梓涵的指示买了蜡烛和食材。梓涵说，想和他在家里过节。

他们一起做了三明治、煎牛排和意大利面，吃得格外香甜。

这个夜晚，没有唯美浪漫的西餐厅，只有温暖小家里互相呵护的两个人。

“猪哥，我好幸福。就算有一天我们分开了，我也会记得这一天，这是我这辈子最美好的回忆。”

摇曳的烛光中，梓涵眸光清亮，颇为动情。

“宝宝，干吗说这么不吉利的话！我保证，我们永远不会分开。就算你不要我，我也要缠着你。”

“真的吗？猪哥保证不抛弃我？永远和我在一起？”梓涵想听赵逸的承诺，也相信他的承诺。

“嗯，我说的都是真的，我发誓……”

“我不要你发誓，我信你！”梓涵连忙捂住他的唇，示意他别再说下去。

赵逸轻轻握住她的手，在她手背上吻了一下，故作神秘地说道：“好，我不说了。等一下，我去取点东西。”

赵逸从书房走出来，手里多了一瓶红酒。

他深邃的眸光与梓涵染着错愕的眸子，在静谧的空气中撞在一起。

他的心一颤，再无力移开双眼。

梓涵坐在餐桌旁，被灯光镀上一层淡淡的光晕。不施粉黛的脸颊上泛着耀眼的光，犹如晨露中亭亭玉立待放的荷苞。

只一眼，就让人心神荡漾。

片刻，他收回目光，拿起酒杯倒了一杯酒。修长的手指勾着高脚杯，优雅地啜了一口，“宝宝，我们要不要一起喝点酒？”

他斜倚在餐桌旁，表情慵懒，轻摇酒杯。酒汁沿着杯壁摇曳轻漾，泛起一层旋涡。

“不要吧，我从不喝酒。”梓涵有些尴尬，白皙的小脸顿时一片通红。

赵逸似没听到，自顾自地喝下杯中酒。随手又取了一个高脚杯，将面前的两只酒杯斟满，轻轻托起其中一只，递给梓涵。

梓涵望着他手中的酒杯，一脸茫然。甚至，有点不知所措。

这是什么状况？

难道，他不知道她不会喝酒吗？

梓涵向后挪了挪身体，紧咬着下唇摇头，脸上的红晕一直延伸到脖颈。

“怎么，害怕我在酒里下药？”赵逸倾身向前，凝视她睫毛乱颤的眼睛。

他身上散发着檀香的味道，夹带着烟草的气息，顿时将她紧紧包裹。

“嗯？”他剑眉一挑，手中的酒杯举在她眼前。

“猪哥，我不会喝酒，我记得我和你说过。”

梓涵直视着他深邃的双眸，随即，头扭向一侧。

说完，她恨不能马上咬掉自己的舌头，听到“酒”这个字，她就胆战心惊。

“既然你不想喝，就随意吧，我不想勉强你。”话音落下，赵逸转身欲走。

“对不起，我真的不会喝酒。”梓涵有些不好意思，忍不住地多说了一句。

细想一下，他对她很好，他只想她喝一杯酒，却被她无情地拒绝了。想到这儿，梓涵顿感愧疚，说道：“好吧，我喝！”

她仿佛下了很大决心，不就是一杯酒吗？不喝显得太矫情了。

“哦，你确定要喝？”赵逸脸上带着一丝戏谑，好似早料到这样的结果。

“嗯。”她接过酒杯。

“如果酒里下了药，你也敢喝？”他表情有点严肃，不像逗她。

“有什么不敢！”梓涵一脸决绝。

“宝宝，我可告诉你，酒最能乱人心智。也许你喝晕了，什么都不知道了，我们就……”赵逸表面上绷着，心里早就笑开了花。

有时候，逗逗这个傻丫头还挺有意思的。

梓涵垂眸，望着酒杯里腥红的液体，心微微一颤，他不会真在酒中动了手脚吧？

可是，话已出口。让她在他面前低头改口，还不如喝下这杯酒来得痛快。

即便酒中有药，凭她百米跑冠军的速度离开这里，应该不是问题！

“有魄力！”赵逸盯着她瞬息万变的小脸，勾了勾唇角。

他举起酒杯，轻轻碰了一下她手中的酒杯。清脆的声音，砸在她心上，让她莫名慌乱。

有那么几秒的闪神，身边男人散发的魅惑气息，让她沉沦。

不假思索，她仰头，一饮而尽。

杯中的液体，远没有她想象的辛辣刺喉。一股幽幽的果香，夹带着淡淡的酸涩，滑入喉中，浓郁的香气直抵肺腑。

梓涵一咬下唇，将手中的空酒杯举到赵逸眼前，“不错，酒很好喝！”

赵逸保持着端酒的姿势，手中的酒丝毫未动，唇角勾着一丝玩味，意犹未尽地望着她。

见他没反应，梓涵心一沉。

不会是酒有问题吧？不对，她怎么能这样怀疑他？

梓涵把酒杯放在他的手中，脸上强挤出一抹轻松的笑意，“猪哥，你看，我酒量还不错吧？怎么样，要不要再来一杯？”

“好了，宝宝，一杯足够了。你真当我是坏男人，要把你灌醉了，然后非礼你呀？不许喝了！”

这个小丫头，上来股倔强劲儿还挺像他。难道应了那句俗语“不是一家人不进一家门”？

“真不喝了？”梓涵睡眼微醺，带着些许醉意。

“不喝了，你去洗个澡，然后咱们一起看电视。”赵逸刻意让梓涵去洗澡，是想让她清醒一下。毕竟时间还早，不能这么早就睡觉。

“我不去，除非你陪我！”

都说酒能壮胆，果真没错。若是换做平时，梓涵肯定说不出这样挑逗的话。

赵逸不由得笑了。看来，还真得让这小丫头常喝点酒。不然，怎能看到她如此性感、妩媚的一面？

在酒精的作用下，梓涵樱唇微翘，脸颊绯红，通身散发着诱人的女人味儿。

“好了，宝宝，我陪你去。”赵逸扶梓涵到浴室，帮她调好水温。正准备往外走，感到一只柔软温热的小手拽住了他。

梓涵只是憨笑，赵逸的脸庞、声音，在她眼里耳里都变得模糊。

她，真的醉了。

赵逸不想乘人之危。他帮梓涵冲洗身体，又裹好浴巾，把她抱回卧室，轻轻放在床上。

赵逸走出去，过一会儿拿着一杯牛奶进来，嘴角带着笑意。

“宝宝，看你这样，不然就睡吧。先喝杯牛奶，喝完了再睡。”赵逸把杯子放在床头柜上，转身要走。

房间里满是梓涵沐浴后的蔷薇香味儿，醉人心智。他不敢多留，生怕做什么坏事。他匆匆离开卧室，去浴室冲澡。

待他回去，梓涵已经搂着被子，甜甜地睡着了。

“这小丫头，不会喝酒还逞能。”赵逸帮她盖好被子，眼底是无法掩饰的怜爱。

清晨，梓涵睡得很熟，双目紧闭，又长又密的睫毛像两把小刷子，白净的皮肤看上去如鸡蛋膜一样吹弹可破。

落地窗边丝柔质地的窗帘透着几丝光线，照射到床边。

赵逸蹲在梓涵身旁，脸部轮廓像一尊精心雕琢的雕像。他俯下身，呼吸轻轻扫过梓涵的脸颊。

梓涵敏感的肌肤像有小蚂蚁爬过一般颤了颤。

她没醒来，下意识地侧过身继续睡。

看着她可爱的表情，赵逸的大手不自觉地在她纤细的腰肢上摩挲。另一只手慢慢爬上她娇滴滴的红唇，轻轻摸索着。

他嘴角勾起一个戏谑的弧度，凑近她耳畔低声道：“宝宝，我上班了。餐桌上有蛋糕和牛奶，你醒了记得吃。”

梓涵“嗯”了一声。

她睡意正浓，扬起嫩白的小手推开赵逸放在她腰上的大手，蜷缩着身体，拉了一下真丝被继续睡。

赵逸没再吵她，在她额头上留下一吻就离开了。

梓涵还在沉睡中，好梦连连……

梓涵和赵逸的感情就像盛夏的天气一样，越来越炽热。

这几天，赵逸下班后都会推掉应酬，回来陪梓涵。

兴岭的每一条山路、每一条街道都有他们交错相依的足迹。

尚明不时给梓涵打电话，试图复合。但梓涵心里只有赵逸，不想再接受尚明的感情。对尚明，她有无数的感激和感动。在这个世界上，她可以伤害任何人，却不忍伤害尚明。

可是，感激和感动不是爱情，她必须正视一个事实，她不爱尚明。

面对尚明的痴情，她只能拒绝，别无选择。

这日，策划部有新的策划案要处理，王丽红忙不过来，几次打电话催梓涵回去上班。不得已，她不得不回京城。不过，这次不是她一个人回去，还有赵逸同行。

逸动传媒的年中会在两天后召开，身为兴岭分公司的总经理，赵逸必须参加。

“宝宝，你说我们是开车回去呢，还是坐火车回去?”临行前，赵逸征求梓涵的意见。

梓涵潜意识里想说开车回去，不过她担心赵逸开几个小时车太辛苦，便说道:“我们一起坐火车吧，一定有趣。”

当然，这不是她的真实想法，火车上的污浊气息早让她烦透了。若不是因为赵逸，她这辈子都不想坐火车。

“好吧，那就听宝宝的，咱们坐火车。不过，这个时候恐怕很难买到卧铺票。”

“啊，那怎么办?”想到独自在火车上那八小时，梓涵心有余悸。困到极致却没地方睡觉的滋味儿太难受了。

“没事，宝宝，也许能上车补票。咱们先上车，看能不能补票。如果不能，我让人把车开到下一站，咱们提前下火车，开车回去。”

赵逸以为梓涵喜欢坐火车，千方百计满足她的愿望。

“好吧。可是这样会不会太麻烦人了，从兴岭站到下一站要很久吧?”

“傻宝宝，不麻烦。下一站是个小站，从兴岭到那儿只要半个小时。放心吧，都安排好了，你安心坐车就好。”

赵逸的话像一剂定心丸，梓涵不再有顾虑。

吃过晚餐，赵逸一手拿着零食，一手拉着梓涵上了由兴岭开往京城的火车。

果然，和他预想的一样，火车上到处是人，车厢过道都被挤得水泄不通。看情况，根本不可能买到卧铺票。

为了不让梓涵受累，赵逸当即决定在下一站下车，开车回兴岭。

一个电话打过去，他在兴岭的下属立即发动车，沿着火车行驶的方向一路向南开。预计不出半个小时，就能到他们下车的地方。

“猪哥，你对我真好。”感动于赵逸的体贴，梓涵不顾周围人的目光，依偎在他身旁，甜甜地说。

“傻宝宝，你为了来看我，坐了八个小时的火车。不仅辛苦，还着了凉。我怎么舍得让你再坐八个小时火车回去?不过，宝宝，我们要走一会儿才能到取车的地方，你身体能受得了吗？”赵逸眉头微蹙，担心地问道。

梓涵微微一笑，娇声道：“我哪有那么娇贵，不就是走路吗？再说，只要和你在一起，我做什么都开心。”

“好，既然宝宝没意见，我们就走过去，估计他也快到了。”

给赵逸送车的叫郭小勇，是逸动传媒兴岭分公司的员工。梓涵只见过他一次，对他印象并不深。

火车缓缓行进，过了半个多小时，在一个小站停下。

兴岭晚上的气温比白天低很多，梓涵感冒没好，身体虚弱，一下车就冷得打寒战。

赵逸忙脱下外衣，披在梓涵身上，又紧紧搂住她，想用自己的体温温暖她。

在他壮硕身体的笼罩下，感受他周身温热的气息，梓涵渐渐好起来。

他们沿着小路快步向前走，很快到了公路上。郭小勇早把车停在路边，正倚靠在车门上等他们。

“赵总！”迎着路灯的光亮，郭小勇兴奋地朝赵逸挥手。

梓涵谨慎地跟在他身后，以免和郭小勇有正面交流。因为赵逸说过，他们的关系暂时不能公开。

“小勇，麻烦你了，这么晚还给我送车。”赵逸对下属一向和蔼。

“赵总，你客气了，不就是送个车嘛！举手之劳而已！”郭小勇和赵逸说话，却下意识地看向梓涵。

被赵逸身体挡着，又是在灯光下，郭小勇看不清梓涵的脸。

出于好奇和礼貌，他刚想和梓涵说话，却被赵逸打断了。

“小勇，我急着赶路，不多说了。改天我请你吃饭！”

赵逸语气里透着急切，郭小勇忙把车钥匙递给赵逸。

坐到副驾驶的位子上，梓涵轻吁了口气。这一路辗转，终于安稳下来。

为了赶时间，赵逸抄了近道。不过，经过一个小村子的时候迷了路，在村子里绕了几圈才找到出口。

“猪哥，我感觉好刺激，就像走迷宫一样。”梓涵忽闪着的大眼睛，难掩笑意。

赵逸哭笑不得，让他头痛的事儿，在梓涵看来却是个乐事。

“傻宝宝，等咱们真迷路了，只能睡在车里的时候，你就高兴不起来了。”

“睡在车里？那一定更有趣吧？猪哥，不然咱们不去酒店了，在车里睡好不好？”第一次和赵逸一起出门，梓涵的小心脏因为激动和兴奋跳得极为雀跃。

“哦？在车里睡？怎么睡？你的意思是我们在车里……”赵逸放缓车速，低头看向梓涵，眼里是她熟悉的戏谑和挑逗。

“你想哪儿去了，我是说在车里睡觉，不做别的。”梓涵想解释，却发现越解释越说不清，一时间急红了脸。若不是有夜色做掩护，非得羞死不可。

“别的？什么别的？”赵逸才不管她多难为情呢，扮作纯情少年的样子，煞有介事地问道。

“好啦，不说这个了，就算我没说。我们还是去酒店吧。”梓涵自知斗不过他，甘拜下风。

赵逸懂得见好就收，没再为难她。只不过，两人都不说话，未免有些尴尬。

过了一会儿，赵逸想到一个话题，试图融化车厢里凝结的空气，“宝宝，你想不想听我说说大学里的事儿？”

这个办法果然有效，刚刚还沉默的梓涵瞬间振奋起来，“好呀，我要听！对了，说说你和青青的故事。”

梓涵记得，一次闲聊时，赵逸无意提到他上大学时暗恋一个女生，名字似乎叫青青。

“青青？你还记得她的名字？”

“当然了，你说的话，好的坏的我都记得。”梓涵理所当然地说道。

她那么爱他，他说过的话，做过的事儿，她自然了然于心。甚至于他的一个表情，一个动作，她都印在脑海里。

这一刻，赵逸有片刻失神，或者说是感动。还没有一个女人这么在乎他。

“猪哥，你快说呀，我等着呢。”见他不说话，梓涵扯着他的胳膊，催促道。

赵逸缓过神来，笑问：“宝宝想听哪方面的？”

“说说她长什么样，漂不漂亮。再说说你为什么喜欢她，还有……你们还联系吗？”

出于女人特有的敏感，她最关心的是最后一个问题。

她深知初恋在每个人心中的地位，所以担心赵逸和那个叫青青的女人还有联络。

“哈哈，宝宝，这几句话，把你的小心思都暴露出来啦！”

赵逸被梓涵逗乐了，若不是开车，他非得鼓掌不可。

“别打岔，快说！”

梓涵不依不饶，赵逸的坏笑让她有点不舒服。

见梓涵急了，赵逸渐渐止住笑，正色道：“说实话，我们还有联系，不过不是你想象的那样。去年同学聚会我见过她，她和以前完全不一样了。变胖了，也变黑了。在那一刻，她在我心中的美好形象被打破了。”

“这样也好，不然你还对她念念不忘呢！”梓涵不得不承认，听到赵逸的答案，她有点窃喜。

“其实当时我只是喜欢她，并没向她告白。倒是有一个人，我很对不起她……”赵逸话说到一半，已黯然神伤，声音也越发低沉。

梓涵猜想，他接下来要说的恐怕是一个他很看重的女人。

在梓涵一瞬不瞬的注视下，赵逸缓缓说道：“她是我妹妹，不是亲妹妹。上大学的时候，我们六个人关系很好，她排行老六，我叫她六妹。她一直像对待哥哥一样对我，直到大学毕业那年，我才知道她喜欢我。我当时只把她当妹妹，没想那么多，她向我告白，我果断拒绝了。她一气之下嫁给了喜欢她的老三。到最近我才知道，他们结婚不到一年就离婚了，因为她忘不了我。到现在，她还是一个人。”

“啊，她也太痴情了吧！竟然为了你独身！”在梓涵听来，这像是小说里的情节。女人爱上一个男人，非他不嫁，为他放弃所有的人，孤独终老。

“我对不起她，可是我帮不了她。我曾经找她谈过，她就是执迷不悟。哎……”赵逸长叹了口气，语气里有心疼，更多的是无奈。

“猪哥，我理解她。你这么英俊，这么出色，这么完美，她若是先爱上你，恐怕很难再爱上别人。因为任何人都比不上你，她是不想将就吧。”

梓涵的话听似有讨好的意味，实则出自真心。

“你这小丫头，怎么成了她的知音了？不然，我介绍你和我六妹认识，你们一定聊得来。”

“才不会，我可是她的情敌，她怎么能和我聊得来！”梓涵斜睨着赵逸，酸滋滋地反驳。

“哈哈，宝宝吃醋了！宝宝你说你这吃的是哪门子醋？我根本不喜欢她，你还吃醋？”

梓涵没理他，兀自看向窗外，似乎在想什么。过了一会儿，她突然很严肃地说：“猪哥，答应我，不要离开我。不然我也和她一样，为了你终身不嫁，孤独终老。因为我也不愿意将就。”

梓涵话音萦绕，车厢里的空气瞬间变得凝重。

赵逸看得出，她是认真的。既然她是认真的，他就不能辜负她，必须认真回答。

思忖片刻，他把车停在路边，转过身，凝视着梓涵的眸子，一字一顿地说道：“相信我，宝宝，除非你不要我，否则我这辈子都不会离开你。”

“我们好不容易在一起，我怎么舍得不要你？我要你！只要你一个人！”梓涵紧紧抱住赵逸，好像一松手他就会离开。

赵逸张开双臂，揽住她，任她的小脸在他胸前摩挲。

他在心里暗暗发誓："此生此世，定不负她一片深情。"

夜色渐深，梓涵渐渐有了睡意。不过她担心赵逸一个人开车无趣，便强打精神陪他聊天。

"宝宝，咱们还有一个小时才能到酒店。你睡会儿吧，到了我叫你。"

见梓涵杏眼微醺，倦意正浓，赵逸体贴地说道。

"我不睡，我陪你说话。"梓涵依旧强撑着。

"你放心，猪哥不困，开车没问题。你乖乖睡，不然猪哥担心你，就没法安心开车了。"

赵逸知道梓涵的心思，柔声安抚道。

听他这么说，梓涵没再坚持。因为她实在困得不行，已经眼皮打架、思维混沌了。

她倚靠在座椅上，听着车内轻柔舒缓的音乐，很快就睡着了。

开车的人睥睨到睡着的人儿，将车窗升起来。

梓涵慵懒的睡姿，清丽又妩媚，像是静静绽放的莲，妖而不艳。

赵逸拨开她黏在唇上的发丝，指尖在猝不及防中触到她的唇瓣。

娇嫩，滑腻。

他带着薄茧的指，触感粗粝。

"唔……"睡梦中的梓涵嘤咛了一声，秀眉紧蹙。

她的嘴唇动了动，玫瑰花瓣一样潋滟的两片娇唇直接将他的指尖含住了！

梦中的人儿即使睡着，也不曾消停。

这小东西，实在太磨人！

赵逸凝视着她恬美的睡颜，清俊的眉眼一凛，直接抽出自己的手指。

他想快点到酒店，让这小丫头舒服地睡一觉，不由得加快了车速。

酒店坐落在通往京城的高速公路边上，虽不十分奢华，却也干净舒适。

在车上睡了一会儿，梓涵不但没清醒，反而更困了。她挽着赵逸的胳膊，昏昏沉沉进了房间。

"猪哥，我不洗漱了，去睡觉了。"一进门，梓涵就急切地脱下外套，向里间的卧室走去。

赵逸眼里闪过一丝温和的笑，宠溺道："好，你想怎样就怎样。"

待他从洗漱间出来，梓涵已窝在被窝里，发出轻微的鼾声。

赵逸躺在她身边，抬手替她拉高被子，顺势将她连同被子一起拥入怀里，食指缠绕着她的发丝有一下没一下地把玩着。

他的神情宁静且平和，就连平日里犀利冷漠的双眸也变得异常温柔……

一觉醒来，已是清晨。

酒店距离京城只有两个小时的车程，为了尽快到公司开会，吃过早餐，两人就出发了。

吃了药，又休息了一晚，梓涵的感冒好得差不多了，精神也越发振奋，一路上叽叽喳喳说个不停。

赵逸一边和她说话，一边轻轻抚摸她穿着黑色丝袜的长腿，光滑的触感和强烈的视觉刺激让他很享受。

他喜欢梓涵打扮得性感撩人的样子，当然，他只允许她在他面前这样。

动情时，赵逸恨不得立即停下车，和这小丫头亲热一番。可是没办法，谁让他们在高速公路上呢！

赵逸在京城停留三天，忙的都是公司的事儿。临时前夜，他约梓涵在一家五星级度假村见面。

走进宽敞的卧室，梓涵被棚顶的装饰所吸引。那是一面覆盖整个棚顶的造型精巧的水晶镜子。躺在卧室中央的圆形大床上向上望去，整个卧室尽收眼底。

“宝宝，在这么美妙的地方，我们不做点什么，岂不是辜负了这良辰美景？”

“才不，我困了，想睡觉。”

赵逸瞪着她言不由衷的笑脸，咬了咬牙，手一用力便扯过她，俯身吻上她的唇。

一番纠缠后，他凑到她耳鬓处，近乎哄劝：“宝宝，”他的呼吸浑浊滚烫，透着性感的蛊惑，“给我，好吗？”

虽然最后一句是询问她，但语气很坚定。

梓涵打了个寒战，脑子一下清醒过来，撇开脸，冷声说道：“猪哥，别这样，我不想。”

不是她矫情，而是她不想也不能想！

没有婚姻的承诺，她无法把自己交给他。

放在床头上的手机不合时宜地响了，梓涵扭过头看了下，“是我的电话。”

她用手肘顶了顶赵逸，微微侧过头，“我接个电话，你先放开我。”

“不放！”

这是赵总该说的话吗？那语调、那神情，分明像个调皮的小孩子！

“也许是谁有急事找我呢？”梓涵和他商量道。

赵逸一个标准的公主抱，将她腾空抱起，搂着她一起靠在床头。

他伸手拿过一直叫个不停的手机，只看一眼，便蹙紧了眉头。

梓涵凑近他，抢过手机，“谁啊？”

她低头一看，便明白赵逸蹙眉的原因，电话是崔荣昊打来的。

梓涵犹豫了一下，按下接听键，嗓音清脆却透着疏离：“崔总，你好！”

赵逸心里不痛快，将她圈紧在怀里，手指缓缓在她腰间游走。

“梓涵，你刚才怎么没接电话？是不是有什么事儿？”电话那端传来崔荣昊焦急的声音。

梓涵垂着头，面色尴尬，“我刚才……出门没拿电话。崔总，你找我有事？”

“你没事就好。”崔荣昊舒了口气，微微一笑，“梓涵，我明天想去你家，看看你爸爸妈妈。”

“什么？你明天要来我家？”梓涵诧异地嚷道。

正埋首在她颈窝的赵逸，慢慢勾起唇角，双眸划过一丝顽皮。修长的手指在她的腋窝处挠痒。

“啊！”梓涵按住他不安分的手，狠狠瞪向他，用唇语一字一句地警告道：“别—捣—乱！”

“梓涵，你怎么了？”

梓涵故作镇定地清了清嗓子：“没事，刚才有只蟑螂，我把它打跑了。”

崔荣昊宠溺一笑，温柔道：“难怪，你们女人都怕蟑螂吧。”

身上那无处不在的手，此刻正由下至上地滑动。

梓涵连脖子都红透了，她确定他是故意捣乱！

她羞愤得恨不得掐死眼前这个罪魁祸首，只希望这个电话快点结束，“崔总，我代我爸妈谢谢你了。只是他们最近挺忙的，都不在家，要不改天好吗？”

“梓涵，非要和我这么生疏吗？算了，改天我给金董事长打电话，我一定要去拜访的，无论你同不同意。”没说几句话，崔荣昊霸气专断的作风又显现出来。

崔荣昊说话间，赵逸倾身把她压在身下。她疼得咬紧下唇，不让自己发出声音，转过脸，用眼神询问他到底想干吗！

他粗重的气息鼓动着她的耳膜，“你说呢？宝宝。”

虽然声音很低，却还是传到崔荣昊的耳朵里，“梓涵，你旁边有人？”

梓涵紧眯双眼，暗忖怎会碰到这么调皮的男人。

他是在吃醋吧，或者生气了？

她怔了一下，抬手搭上赵逸的脖子，对着崔荣昊说：“崔总，太晚了，我要睡了。有什么事明天再说吧，晚安。”

话毕，她先挂断了电话。

她双手反扣住他的脖子，抬眼与他对视，目光真诚：“你故意捣乱的吗？其实你不必这样。我和崔荣昊之间，就是单纯的上下级关系。以前是这样，以后也是，不会改变。”

赵逸撑起身子，凝视着她，眸底深处窜过一丝喜悦，“听你这么说，我就放心了。只要你不给他机会，他再喜欢你也没用。”

她收回手，愧疚地低下头，说道：“猪哥，对不起，我让你担心了。”

赵逸的脸色渐渐缓和，嘴唇微启，双眸里是化不开的柔情，“宝宝，这不怪你。谁让你这么漂亮，这么可爱，还这么好。这么高端大气上档次的白富美谁不喜欢？”

“猪哥，你喜欢我是因为……我的家世吗？”听赵逸说到白富美，梓涵有些担忧地问道。她怕赵逸因为她是金海峰的女儿才喜欢她。

看着她有点滑稽的样子，赵逸不由得笑了，顿了顿说道：“宝宝，你就这么没自信吗？我说的只是显而易见的一面，真正打动我的，是你的善良和单纯，这才是最珍贵的。”

“猪哥……我哪有你说的那么好？”这赤裸裸的夸赞，让梓涵很难为情。

“宝宝，在我眼里，你是最完美的，没有人能比得上你。我想我明天还是不走了，留下来看看崔荣昊到底要干什么。”

想到梓涵差点被崔荣昊非礼，赵逸仍心有余悸。

听赵逸这么说，梓涵既感动，又着急。她可不想赵逸因为自己耽误工作。

“猪哥，你放心，我不会给崔荣昊机会的。你还是回兴岭吧，那边离不开你。”

“没事，我过两天就回去。”

崔荣昊的一个电话警醒了赵逸，以他对崔荣昊的了解，他觉得崔荣昊不会轻易罢休。所以，他必须留下来。

“猪哥，你真好！”梓涵心口一阵甜蜜……

翌日清晨，阳光从厚厚的云层穿过，一扫连日来的阴霾。

度假村花园里的紫薇花随着微风轻轻飞舞，飘逸而婀娜，别有一番景象。

吃过早饭，梓涵去上班，赵逸一个人在度假村休息。

想到赵逸在京城，梓涵工作起来格外有劲儿。临近下班，她和赵逸约了见面地点，便到更衣室换衣服。

在公司门口，梓涵遇见了早就等候在那里的崔荣昊。

“金梓涵！”崔荣昊不顾总裁的身份，在众目睽睽之下迎了过去。

梓涵本想跑开，但在人前不好驳他的面子，只得停住脚步。

“崔总，你找我有事?”

“这个……也没什么大事，就是想请你吃个饭。”

“崔总的好意我心领了。可是我晚上有事，不能和你一起吃饭。”梓涵避开他，径自向路边走去，准备打车离开。

崔荣昊追过去，拦住了她。

“梓涵，你是不是还为了上次的事儿记恨我?我真的很后悔……”

“崔总，我不想说这个，你走吧!”梓涵态度强硬。

门口的人越来越多，梓涵担心崔荣昊会不计后果地用强，决定暂时稳住他，再做打算。

“崔总，你给我点时间，我出去办点事儿，晚点找你。”

听她这么说，崔荣昊没再坚持，和她约定一个小时后在巴伐利亚西餐厅见面，不见不散。

摆脱了崔荣昊，梓涵忙去找赵逸。

得知崔荣昊约梓涵吃饭，赵逸极为不安。不过，他觉得梓涵可以利用这个机会和崔荣昊说清楚，让他断了念头，以免他越陷越深。

“你去吧，向他表明态度。你可以告诉他，你已经有心上人了。我在附近等你，你有事随时可以给我打电话。”想到梓涵一个人去见崔荣昊，赵逸还是不放心。

“嗯，我去，猪哥。有你我什么都不怕，我们走吧!”

到了巴伐利亚西餐厅门口，赵逸让梓涵下车，他把车停在距离餐厅较远的停车场。

对巴伐利亚西餐厅，京城人无人不知，无人不晓，但并非人人都有机会光顾。豪华的设施、高端的消费，让工薪阶层望而却步。

走进餐厅，梓涵不禁被它的高雅、奢华所折服。

餐厅里，华丽的水晶灯投下淡淡的光，使整个餐厅显得优雅而静谧。柔和的萨克斯曲充溢整个餐厅，如一股无形的烟雾在蔓延，慢慢占据人的心灵。

随处可见的百合花散发着阵阵幽香，不浓亦不妖。只是若有若无地改变人的情绪，令人的心湖平静得像一面明镜，没有丝毫涟漪。

走到二楼靠窗的位置，梓涵看到等候在那里的崔荣昊。

见到梓涵，他立即迎过来，“梓涵，你很守时，刚刚好!”

崔荣昊脸上漾着几近讨好的笑，不等服务生过来，就帮梓涵拉开椅子，像个绅士一样服侍她坐下。

“崔总，客人到了，可以点餐了吗?”服务生向崔荣昊半鞠一躬，客气地问道。

“好，把菜单递给这位小姐。她喜欢什么，就点什么!”崔荣昊唯恐照顾不周，极尽所能让梓涵满意。

“崔总，我很少到餐厅吃饭，更何况还是这样的西餐厅，还是你点吧!”

“也好，那我就帮你点了，保证你喜欢!”崔荣昊对这里的每道菜式，甚至是菜的做法都十分熟悉。让梓涵满意，并不是难事。

“尼可斯金枪鱼沙律、匈牙利牛肉汤、法式红酒牛排各两份，来一份提拉米苏给这位小姐，再来一瓶罗曼尼·康帝!”听崔荣昊点罗曼尼·康帝，服务生吃了一惊。但随即镇静下来，他相信崔荣昊有这个实力。

罗曼尼·康帝，产自号称天下第一酒园的法国勃艮第。每年仅产6000瓶左右，产量极少，质量高，要配额，十分昂贵。巴伐利亚只存了一瓶，收藏在老板的酒柜里，至今无人问津。

“好的，崔总，二十分钟后给您上餐。不过酒的事请您稍等一下，我去请示一下老板。”服务生依旧毕恭毕敬。

听说点一瓶酒还要请示老板，梓涵心中疑惑，不禁问道：“这家餐厅好特别，怎么你说要一瓶什么蒂尼，就要请示老板?”

“这个嘛，难怪你不知道，你一个小姑娘怎么会对酒感兴趣！你说的什么蒂尼，产量有限，每年全球只有6000多瓶的产量，更何况是在中国。我知道他们老板有存货，自然不能放过它。梓涵，我想让你尝尝这酒，它绝对是人间极品。它和你很配，你们都是极品……”崔荣昊面带微笑，意犹未尽地说道。

“这么说来，这酒岂不是很贵?”梓涵不想和崔荣昊有任何金钱上的瓜葛。

“没多少钱，也就十万多!”崔荣昊淡淡地说。

“十万多！一瓶酒十万多？崔总，我们不要这个……”梓涵有些慌乱，蓦地站起来，准备叫服务生。

崔荣昊起身把她按在座位上，笑道：“你呀，怎么就不懂我呢？只要能博你一笑，为你做什么我都愿意。一瓶酒算什么？就是把家产都给你，我也心甘情愿!”

崔荣昊说得很动情。梓涵看得出，他是认真的，并不是什么花言巧语。

“我不要，我什么都不要！你要的我给不了，我不能要你给的任何东西!”梓涵不想给他希望，索性说得很直白。

“梓涵，我不求你即刻接受我，我只希望你能让我为你做些事！昔日周幽王烽火戏诸侯，我也许做不到。但为了你，我可以舍弃一切!”崔荣昊真挚的话语敲击着梓涵的心，眼前的男人完全没有往日的霸气，就像一个缺少爱的孩子，目光里满是渴求。

面对崔荣昊近乎痴情的告白，梓涵有些感动。但感动不是爱情，她的心早被赵逸填满，容不下任何人。

“崔总，我理解你的心情，我也知道你对我是真的，可是我……”梓涵微微顿了一下，“我心里有人了，他对我很好，我不能辜负他。对不起，我真的不能和你在一起。”

梓涵下意识看了一眼窗外，想到赵逸在对面的茶馆等她，她心里很踏实。

“好吧，我们先不谈这些，今天我们见面的主题是赔罪。对不起，梓涵。让你看到我不光彩的一面，我很惭愧！”崔荣昊声音低沉，面露惭色。

梓涵的心微微一软，之前的怨恨也化解了几分。

“崔总，这件事儿我们不提了。我想把它忘了，好好工作，好好生活。”

听梓涵的语气有所缓和，崔荣昊才松了口气。

自从在办公室对梓涵用强，他一直很自责。连日来茶不思饭不想，公司的事儿也懒得管，整个人憔悴了许多。

梓涵是他的心病，唯有梓涵谅解他，他才能振作起来。

“崔总，这是您要的罗曼尼·康帝，我已经帮您打开了，请您享用。”服务生把酒倒在两只高脚杯中，摆放在桌上。

梓涵审视着杯里的酒，想探个究竟，到底是什么神仙佳酿，值这个价。

梓涵探究的表情惹得崔荣昊发笑，“小姑娘，看是看不出所以然的。你得尝尝，才知道它的与众不同呢！”

他拿起桌上的酒杯，递给梓涵。

梓涵轻抿了一口，只觉酸涩，并无其他感觉。

透过她的表情，崔荣昊知道她不懂红酒，笑着说道：“小姑娘，红酒可不是这么喝的，是要品的。要先闻其香，后品其味。”

他一边说一边给梓涵示范，“要摇转酒杯让酒打转，释放出各种香气。然后短促地轻闻几下，不是长长的深吸，最后再喝一口酒，同时吸入酒上方的空气。让酒在口中打转，使它到达口腔的各个部位，这样舌头才能充分品尝三种主要的味道：舌尖的甜味，两侧的酸味和舌根的苦味。”

崔荣昊深谙品酒之道，描述得惟妙惟肖。

两人品酒的工夫，桌上的菜上齐了。梓涵的肚子早就唱起了空城计，她顾不得吃相，大快朵颐起来。

崔荣昊看着她，越发喜爱她的真实、随性，心中的爱有增无减。相比于有些女人的做作、矫情，梓涵的个性弥足珍贵。

“梓涵，你不怕我了，是吗?”

“不怕，我从没怕过你。”梓涵的话半真半假。

在她内心深处，对崔荣昊，还是有一点点恐惧的，至少曾经有过。

“你就不怕我还想要你，在你吃的东西里动手脚?”崔荣昊言语中带着戏谑。连他自己都想不明白，在梓涵面前，怎么像变了个人似的。不苟言笑的他，竟然会开玩笑了。

“不怕！第一，不具备动手脚的条件，没有作案时机；第二——”梓涵拉长声音，看向窗外，笑着说道，“我的保镖了解我们的一举一动。一有风吹草动，他就会立即出现，救我于水火!”

梓涵的话可谓滴水不漏，一语双关。如果崔荣昊在开玩笑，她这话崔荣昊会当成笑话听。如果崔荣昊真有什么坏想法，她的话也会起到敲山震虎的作用，让他不敢轻举妄动。

崔荣昊哭笑不得，这小丫头的智商远远超出他的想象，看来他低估了她。

通过这段时间的接触，梓涵身上超于常人的发光点一一显现。她漂亮，聪明，有才华，有勇气，有胸怀，有着二十几岁女孩儿少有的稳重和淡定，举手投足间魅力尽显。

崔荣昊决定换种方式，先从朋友做起，再做打算。在他看来，做了朋友，之后的事儿才有希望。

赵逸在茶室等了二十多分钟，梓涵始终没联系他。他有些坐立不安，又没办法冲进去。情急之下，发了个信息给梓涵。

“宝宝，怎么样，有事吗？我在茶室等你。”

手机短信声提醒了梓涵，她看了看时间，打算尽快结束和崔荣昊的谈话。

“崔总，我吃饱了。不知道你介不介意我先离开？有个朋友约我。”梓涵客气地说道。

“那好吧！我送你!”

“不用送，我朋友来接我，我在门口等一会儿就好。”梓涵担心崔荣昊坚持送她，只好这样说。

“那我们一起下楼。”

两人正要下楼，服务生抱着一捧百合走过来。

“崔总，加上今天的账单，您刚好升级到我们店的钻石 VIP。另外，我们为这位女士送上百合一束，敬请笑纳!”服务生面带微笑，把花递到梓涵面前。

梓涵有些吃惊，不知该不该接过来。

“好，花我们收下了，你带我去结账吧。”崔荣昊一边说一边接过花，递给梓涵，“那我就借花献美人了！梓涵，百合很衬你！”

梓涵不好推辞，笑着接过花。百合是她的最爱，芬芳淡雅让她着迷。

梓涵和崔荣昊告辞后从餐厅里走出来。赵逸早就等急了，坐在茶室一楼靠窗的位置，一直向外张望。见她出来，顾不得许多，立即迎上前。

“宝宝，你可吓死我了！他没对你怎么样吧？”

“没有，他只是向我道歉。猪哥，咱们不多说了，赶快走吧！”梓涵回头向餐厅门口看了一眼，见崔荣昊没出来，心里才安稳。

“好，我们走！”赵逸拉着梓涵，一路小跑到了停车场。

上了车，赵逸如释重负，注意到她怀中的百合，问道：“怎么？他送你花了？”

“不是他送的，是餐厅送的。说他升级到钻石VIP，这百合算是答谢吧。”梓涵淡淡地说。

“这个我倒是听说过，崔荣昊在法国留学过，很喜欢西餐，而且独爱巴伐利亚。你觉得巴伐利亚怎么样？”赵逸若有所思地问。

“还好吧，我只喜欢餐厅里的百合，其他的没什么。不过他点了一瓶叫什么蒂尼的酒，一瓶要十万多。”梓涵的语气依旧波澜不惊。

“啊！”赵逸惊得叫出声来，他吃惊的不是崔荣昊的出手阔绰，而是他对梓涵的态度。若非动了真心，没有几个男人可以一掷千金。

“宝宝，崔荣昊来真的了。看来我得提起十二分的小心，不能让他把你抢走！”赵逸半开玩笑，眉眼间透露出一丝忧郁。

“这个我知道，我能看出他对我是认真的。可是你知道吗？我不在乎这些，我绝不会因为他有钱、对我用心就对他另眼相看。他只是我的上司，仅此而已。”梓涵目光笃定，没有丝毫动摇。

“宝宝，我不是担心你，我是担心我自己。崔荣昊地位比我高，身家比我丰厚。你要是和他在一起，一定过得更好，而我……”赵逸还想继续说下去，却被梓涵以吻封缄。

这是她第一次主动吻他，她唇里的粉嫩在他口中生涩地探索。

沉醉于梓涵的柔情中，赵逸揽住她，越抱越紧。

经过一段时间的交往，赵逸对梓涵的感情越来越深。他很纠结，他想给梓涵幸福，却还不能和她结婚。事实上，因为共同的孩子，他和刘艳还有联系。

梓涵的身体和心灵一样纯净，如果有一天他们不得不分开，失身加上失恋，对她的打击将是致命的。所以，他不能要梓涵，他和梓涵的亲密关系只限于身体上的碰触。

“猪哥，你知道我的心。我是你的，不会离开你，你不要把我推开！”梓涵眼里溢满泪水，声音有些颤抖。

看梓涵痛苦的样子，赵逸不忍再说下去，“宝宝别哭，我不会让你离开，我们不会分开！”

“猪哥，我是你的，我只能是你的。你忘了吗？我们还要生宝宝呢。”

赵逸的劝慰让她更难受。

“好，我们生宝宝！我还记得你给宝宝取的名字，叫雅雅对吧？不哭啦，好不好？”抽出一张纸巾，赵逸轻轻为她擦去脸颊上的泪。

梓涵梨花带雨的小脸儿让赵逸心动，他顺势吻了下去，她嘴角的苦涩让他心疼。

他横下心，决计不放手。哪怕一路荆棘，也要和梓涵走下去。

赵逸发动车，驶离停车场。

第二天一早，他便启程去兴岭。

第六章　如梦似幻

赵逸走后，梓涵除了上班就是在家，日子过得没滋没味儿。

这日，她随意翻看某宝，挑选了很多可爱的家居用品，还有萌哒哒的 Hellokitty 公仔，付款时填写了赵逸在兴岭的地址。

情侣家居服、情侣拖鞋、Hellokitty 公仔……赵逸每收到一个包裹，都兴奋地告诉梓涵。

当所有包裹都寄到兴岭的时候，梓涵不顾身体的不适，上了开往兴岭的火车。

十几日不见，刚一进家门，赵逸就迫不及待按住梓涵的肩，把她压在客厅的沙发上。他吻得很用力，眼神慢慢染上情欲的味道，渐渐变得迷离。

轻轻地，缓缓地，连梓涵自己都不知道，她的身体已做出最诚实的反应。她紧闭双瞳，微扬着头，好似沉醉其中。

不可以！她怎么会这样！

梓涵忽地睁开双眸，紧紧攥住赵逸的手臂，微微喘着气："猪哥，你真的爱我吗，想娶我吗？"

"当然，我爱你，我离不开你。"赵逸不懂她的意思，轻声安抚道。

"我……"梓涵难以启齿。她总不能告诉赵逸，除非他娶她，否则不会和他上床吧。

"怎么了，宝宝？"见梓涵一脸抗拒，赵逸不忍再做什么。

她不经意间流露出的忧郁，让他心醉，亦心碎……

“宝宝，你要是不想，我不会强求。”赵逸揽着梓涵的肩，把她扶到卧室的床上，在她额头上轻吻了一下，走了出去。

也许是太累了，赵逸走后，梓涵很快睡着了。

醒来时，她看到床头柜上放着一张便笺，字迹清秀：“对不起，宝宝，吓到你了。猪哥保证，再不那样了。”落款处是一个小猪头。

梓涵会心一笑，不由得心生愧疚。他爱她，情到深处自然想拥有她，这不是他的错。

她究竟怕什么？怕他以后不要她，抛弃她？还是，她太在意婚姻的承诺？

算了，不想了，去看看他在做什么。

走出卧室，客厅里空无一人。沙发上摆着几个包裹，都没拆包装。

“猪哥！”梓涵下意识叫了一声，却没得到回应。

梓涵又到书房、洗漱间看了看，赵逸并不在。

她猜想他可能出去有事，一个人无趣，便打开电视，坐在沙发上看。

没过一会儿，门口传来开门声，赵逸推门进来，手里拿着几个袋子，见到梓涵，欣喜地说道：“宝宝，给你买红烧排骨和可乐鸡翅了，中午咱们在家吃。”

“猪哥，咱们换上衣服再吃饭！”梓涵迫不及待地拆开其中一个包裹，拿起情侣家居服，递到赵逸跟前。

“宝宝，你买的家居服太萌了。我穿上会不会很可笑？”

家居服上的米奇图案让赵逸哭笑不得。

这小丫头，让他这么个大男人卖萌，还真有点为难他。

“不会可笑啦，除了我没人能看到，又不出去穿！”梓涵嘟哝着小嘴望着他，赵逸的心瞬间变得柔软，根本无法拒绝。

梓涵知道他是为了哄她开心才勉为其难，心里很感动。

吃过饭，梓涵把刚买的家居品一一摆放在合适的位置。经她的精心布置，家里顿时变了模样，格外温馨。

看着满是Hellokitty的床单，赵逸坏笑道：“宝宝，要不你在Hellokitty床单上献出第一次吧，岂不很完美？”

“才不要呢！猪哥就知道欺负人！”梓涵抬头，狠狠瞪了他一眼。

她身穿米奇家居服的样子实在太萌了，即便瞪人，也非常可爱。

赵逸无奈地笑了笑，没有勉强。

这丫头难道是上天派来折磨他的吗？这么可爱，这么诱人，却偏偏不让他碰。

赵逸舍不得离开梓涵，整整一下午都没去公司，陪她看电视，陪她聊天，陪她玩掷骰子游戏。

骰子一共六面，每一面上都刻着字，有“洗衣”“做饭”“掐大腿”“随意蹂躏”……

赵逸最喜欢“随意蹂躏”，每掷到这一面，他都很开心。他终于可以名正言顺地对这个小丫头上下其手了。

梓涵也喜欢这一面，“随意蹂躏”就意味着她的一双小手可以随意在他身上游移，想怎么样就怎么样。

“猪哥，来吧，让我随意蹂躏吧！”梓涵眼里放着光，活像个沉迷于男色的小花痴。

“宝宝，你这么挑逗我，就不怕我把你……”

眼看梓涵把他压在身下，赵逸猛地揽住她，假意威胁道。

这一招儿果然管用，梓涵马上从他身上翻下来，像个受惊的小兽，可怜兮兮的。

“哈哈，宝宝怕了！”

赵逸发现，偶尔逗逗这小丫头实在太有趣了！

她单纯天真得把他的每句话都当真。时而柔情似水，时而娇羞可爱，让他体会到前所未有的满足感。

这种感觉，简直妙不可言！

“猪哥真坏，就知道吓唬人家！”梓涵别过脸，气呼呼地不理他。

“好了好了，不逗你了。你怎么这么傻，我说什么你都信！”

吃过晚餐，两人互相依偎着，在床上闲聊。

偌大的房间里只亮着一盏壁灯，昏暗柔和的灯光照得梓涵的脸庞暖暖的，透着让人难以自持的妩媚。

她的眉眼因笑意而微微上扬，粉嘟嘟的小嘴噘得高高的，连带鼻子都堆起了细纹。

她气质空灵纯净，五官精致完美，那一低头的娇柔在他心头萦绕，宛若仙子般的诱惑令他痴迷沉沦。

赵逸呆呆的表情，让梓涵瞬间萌生了调皮的想法。

她掀开赵逸的衣服，把床头的 Hellokitty 塞了进去。

她握住赵逸的手，就好像他隆起的肚皮处有个宝宝要出生一样，笑着说道：“猪哥，用力呀，把宝宝生出来！”

看着眼前这个呆萌傻气的小丫头，赵逸简直无语了。好吧，就配合她一下，让她开心吧。

他眉头紧蹙，一张俊颜几乎扭曲，大声叫着："宝宝，我好疼，我不行啦！"

那声调、那神态、那风韵，活脱脱个待产的孕妇。

梓涵大笑，他的演技比她还要好，起码可以拿个京城电影节的影帝。

"再用点力，宝宝要出生啦！"一旦演起来，梓涵就停不下来了。

伴随着嬉笑声，Hellokitty公仔从赵逸的衣服里滚出来。

"猪哥，咱们给宝宝取个名字吧。"心有所动，梓涵突然很严肃地说。

"你取吧，京城大学的才女。"

梓涵把公仔捧在怀里，忽闪着大眼睛，颇为认真地说道："她是我们的孩子，不然就叫赵俊雅吧，小名雅雅。"

听到这个名字，赵逸很感动。原来，她一直把他的孩子放在心上。赵俊文、赵俊雅，不正是兄妹俩吗?

赵逸激动地起身，把梓涵压在身下。这个时候，梓涵的告饶毫无作用，反而激起了他的兴致，一阵热情过后，一切又恢复平静。

赵逸吻了吻她的发顶，静静地看着已经熟睡的女人。

真好，她在他的身边。

真好，她不再遥不可及。

真好，她是他的女人……

赵逸对梓涵的爱有增无减。梓涵买情侣装，他会很配合地穿上。梓涵喜欢看的电视剧，他会陪着看。两人还同时迷上了一部名为"案发现场"的电视剧。

每次看到恐怖、刺激的场面，梓涵都会躲到赵逸怀里。赵逸怜爱地搂着她，任她在怀中尖叫……

这个夏天，是梓涵生命中最美好的夏天。赵逸尽其所能满足她的要求，两人甚至从没拌过嘴。

梓涵觉得，她和赵逸永远不会吵架，他们会一直幸福下去。

一天晚上，两人吃完饭，躺在床上看电视。赵逸接到一个电话，有意避开梓涵，到另一个房间说话。

过了半个多小时，还不见赵逸回来，梓涵悄悄走到他打电话的房间门口，调皮地偷听他说话。

赵逸说话的声音很温柔："妹妹，你听哥的，参加竞聘。你到逸动传媒几年了，工作做得也不错。这是个机会，千万别错过。"

不知电话那边说了什么，赵逸只是不住地"好"呀，"嗯"呀的。

听赵逸对对方的称呼和谈话的内容，梓涵猜到给赵逸打电话的是逸动传媒的同事刘静。

赵逸还在京城的时候，两人就走得很近，以哥哥妹妹相称。同事们开玩笑，说他们关系一定不一般。

听他们聊这么久，梓涵有些不高兴，走到赵逸身边，故意噘起嘴。

赵逸见梓涵进来，还面露怒色，知道她生气了，忙借故挂断电话，过来哄浑身散发着醋酸味儿的小丫头。

“怎么了，臭宝宝？嘴噘得都能挂酱油瓶了！”赵逸笑着打趣道。

“猪哥背着我和别的女人说话，宝宝听了很生气，后果很严重！”梓涵的语气并不严厉，甚至带着撒娇的味道。

“哦，宝宝因为这个生气呀？都是猪哥的不对！可这个‘别的女人’是刘静，她有些工作上的事儿问我。你知道的，她是我妹妹，作为哥哥，我应当帮她出主意呀！你这个小嫂子，不会吃小姑子的醋吧？”话没说完，赵逸已忍俊不禁。

听到“小嫂子”这个称呼，梓涵转怒为喜，心里甜滋滋的。看来他已经认定了她，她又何必因为一个电话而责怪他呢？

她心里清楚，刘静和赵逸不见得有什么事，但她就是吃醋，无法控制地吃醋。她早把赵逸当成自己的男人，不希望她和其他女人走得太近。

听赵逸诚恳道歉，梓涵没再说什么，过了一会儿就恢复正常了。

第二天，梓涵在情侣主页上看到赵逸的留言：“一个电话引起的轩然大波”。

她笑了，看来他把这件事儿放心上了。

她有些自责，爱一个人就该给他足够的信任，不该有所猜疑。

临近中午，赵逸打电话让梓涵下楼，带她出去吃饭。

吃过饭，赵逸没去公司，一直陪着梓涵。

这小丫头有种魔力，让他不忍也不想离开。

梓涵已经不用搂着 Hellokitty 睡觉了，因为有了替代品。真人搂起来可比毛绒公仔舒服多了！

对赵逸来说，这可是一大福利！在每个夜晚，他都能大饱眼福。要知道，睡美人儿可不是谁都能看到的！

这日清晨，赵逸被电话铃声吵醒。他勉强睁开眼睛，拿过床头的手机，打电话的是崔荣昊。

“崔总，你好！”赵逸强打精神问候道。

不知崔荣昊说了什么，赵逸不住地说“好”，最后说了一句“我下午去接您”，就挂断了电话。

“怎么啦？猪哥？”梓涵尚未清醒。不过听他说“我下午去接您”，就猜到有人要来兴岭。

“没事，崔荣昊下午三点半到兴岭，让我去火车站接他。”赵逸有些无奈。

崔荣昊的突然到来，让梓涵和赵逸都很不安，本应美好的早上被他的电话扰乱了。

下午，赵逸到车站接了崔荣昊，把车开到郊外一处绿树成荫的大院门前，缓缓停下来。

朱红色的大门上是两个金黄璀璨的圆铜狮子头，在灯光的映射下熠熠发光，彰显着主人的地位。

“崔总，这家私人菜馆每天最多接待6个客人。我刚订了位子，你可以尝尝老板娘的手艺，绝对与众不同。”

崔荣昊向来热衷于美食，听了赵逸的介绍，心情徒然好起来。

他一边走一边欣赏院子里的布置。只见院内宽敞，通明，每走几步就有一个红木框方形玻璃灯，给人一种古朴、典雅的感觉。

两人走了十来分钟，才来到一座二层别墅前，辉煌明亮的灯光把小楼衬托得格外耀眼。

没等二人站定，一个身穿黑色礼服裙、手挽紫色挎包的年轻女人走出来，对赵逸淡淡一笑：“赵哥，你可有日子没来了。我刚才还想，是不是赵哥觉得我这里的菜不好吃，不愿意来了呢！没想到你竟然亲自打电话，说要过来吃饭，小店真是蓬荜生辉呀！”

女人口齿伶俐，说话间已走到他二人面前。女人有一双晶亮的眸子，明净清澈，灿若繁星。一颦一笑间，高贵气质自然流露，让人不得不惊叹于她清雅灵秀的光芒。

“紫萱，这是我们逸动传媒的崔总，他可是巴伐利亚的钻石VIP，对西餐极有研究。你今天得好好表现，拿出你的看家本事来！可别在崔总面前丢了手艺！”赵逸上下打量了女人一番，笑着说道。

听赵逸提到“钻石VIP”，崔荣昊不禁心生疑虑。这件事儿只有他和梓涵知道，并没告诉第三个人，赵逸怎么会知道？

留意到崔荣昊脸上表情的变化，赵逸不知缘故，还继续和紫萱说笑。

“崔总、赵哥，别在外边说话了。快进来吧，菜马上就上桌。我让人准备了最好的红酒，只等你们到了才开瓶。”紫萱推开别墅的门，让崔荣昊和赵逸进去，自己随后也跟了进去。

走进客厅，崔荣昊不禁感叹于女主人的独特品位：红红的宫灯、精致的屏风、镂空的窗花、大气的餐桌……整个客厅流露的典雅、浪漫让人心动。

“崔总、赵哥，你们坐，我先告辞了。祝二位用餐愉快！”紫萱的声音甜如浸蜜，让人倍感舒适。

崔荣昊点点头，算是给了回应。赵逸把她送到楼梯口处，才转身回来。

没过多久，身穿白色衬衫、打着黑色领结的服务生一行六人，依次走过来，把餐品放在桌子上。

“崔总，这里的菜单是固定的，每三天换一次，客人没有点菜的机会，不然一定让你亲自点餐。”恐崔荣昊误会，赵逸解释道。

“没事儿，不用在意这个。”崔荣昊一边说，一边拿起餐刀，切了一块牛扒放进嘴里，“不错，比巴伐利亚的更有味道！”他忍不住啧啧称赞。

说到巴伐利亚，他又想起钻石 VIP 的事儿，不免脸色有些黯淡，想了想，问道：“赵逸，你刚才和老板娘说我是巴伐利亚的钻石 VIP，这事儿我从没和人说过，你怎么知道的？”

崔荣昊的话问得突然，赵逸一时不知如何作答。不过他纵横官场多年，早已练就了临危不乱的从容，稍作思考，便想到一个拍马屁的说法：“崔总，我哪知道你是巴伐利亚的钻石 VIP 呀，是我猜的！我想以你的地位，以你对西餐的喜爱，早就是巴伐利亚的钻石 VIP 了吧？”

赵逸的话滴水不漏，既恰到好处地褒扬了崔荣昊，又消除了他的疑虑，可谓一举两得，一石二鸟。

“哦，是这样呀，我还以为……”崔荣昊话说一半，没再说下去。

赵逸心里清楚他后半句是什么，故意岔开了话题：“崔总，你之前在电话里说要和我谈公事儿，不知道是什么事儿。”

“这个嘛，本不想这么早告诉你，不过还是想让你有个准备。年底公司有人事变动，我和温总商量，把你调到安西分公司当总经理。”说到工作，崔荣昊神色略显严肃。

“调到安西？崔总，我刚来兴岭几个月，这里的人脉、关系刚刚打通就要调走，对我来说，是个考验。”和梓涵在一起之前，赵逸和崔荣昊关系一直不错，在他面前，他向来直言不讳。

“这个我知道，可是安西分公司的刘立峰是个扶不起的阿斗。我一再点拨他，他还是把安西搞得一团糟。逸动传媒在安西的业绩是最差的，你说我怎么放心他继续留在安西？赵逸，你是临危受命。我和温总都相信你能把安西的业绩提上去。”

崔荣昊言辞恳切，语重心长。听了他的话，赵逸似乎没有理由拒绝，只能接受。崔荣昊的赏识与信任，让他感动。

“好，崔总，我去！我一定努力，尽快把安西的业绩提上去，不让你和温总失望！”赵逸向崔荣昊保证道。

“好！为了安西，为了逸动传媒，干杯！”两人不约而同地举起酒杯碰了一下，相视而笑，极为默契。

眼前的崔荣昊，既像是兄长，又像是朋友。这一刻，赵逸对他的厌烦少了许多，久违的亲切感再次涌现。

作为传媒界的灵魂人物，赵逸的才华和能力深得崔荣昊的喜爱。自古英雄惜英雄，从赵逸身上，崔荣昊看到了自己的影子——洒脱、俊逸、才华横溢。他欣赏赵逸，就像欣赏自己。

两人越聊越高兴，不知不觉桌上的菜、瓶中的酒都见了底儿。

“赵逸，我看时间差不多了，你送我回去吧。”

再好的红酒也有后劲儿。崔荣昊双眼微醺，脚步踉跄。

结完账，在紫萱的引导下，崔荣昊和赵逸相互搀扶着走了出去。

虽然喝多了，崔荣昊的意识还清醒。见赵逸要开车，他连忙阻止：“赵逸，你别开了！你找东奇过来把咱俩送回去吧！酒驾被交警发现了，谁也救不了你！”

赵逸答应着，给兴岭分公司的张东奇打了电话。两人在车里无事，便闲聊起来。

“赵逸，你觉得金梓涵怎么样？”崔荣昊微睁眼睛，突然问道。

赵逸心下一惊，酒醒了一半。

“金梓涵？崔总怎么想起她了？”

“你别管，你只说怎么样就好！我要听实话！”崔荣昊坚持问。

“金梓涵是个很好的女孩儿。聪明，有能力，有才华。在京城的时候，她协助我写了很多策划案，都很出色。”对梓涵的优点，赵逸如数家珍。唯独没提及的，是梓涵出众的外表。

“你说得很好，但是你少说了最重要的一点，就是她的漂亮。你知道吗，自从第一眼看到她我就喜欢，她就像个女神，那么圣洁，那么骄傲！我试图靠近她，又怕自己配不上她！你说可笑吧，我堂堂逸动传媒的总裁，竟然这么自卑！”

崔荣昊不知是哭是笑，断断续续地向赵逸倾诉。

这一刻，赵逸能感觉到崔荣昊对梓涵是认真的，男人醉酒后说的话往往最真实。

在他面前，赵逸很惭愧。他也爱梓涵，却从没勇气在别人面前说起。反而还遮遮掩掩，唯恐别人知道。

“崔总，你真的爱梓涵?”赵逸明知故问。

“爱！我想娶她，给她最好的生活，让她幸福！可她总是拒绝我。赵逸你说她是不是嫌我年纪大了？可是，我还不到四十呀!”崔荣昊既像是问话，又像是感叹。

赵逸想劝他，却不知说什么好。毕竟他们爱的是同一个人，他还没高尚到安慰情敌的程度。

张东奇到了以后，先把崔荣昊送到他哥哥家，又把赵逸送回家。

赵逸到家时，梓涵还没睡。她见他双眼通红，一身酒气，就知道他喝多了。她扶他躺到床上，给他倒了一杯热水。

“猪哥，你怎么样？难受吗?”

“我和崔荣昊喝了一瓶红酒，没什么事儿，就是头晕。他好像不太清醒，和我说了好多话，关于你的!”

赵逸拉过梓涵，让她躺在自己的臂弯里，把崔荣昊说的话一一告诉给她。

“猪哥，我只做你的女人。”梓涵把头靠在赵逸的胸前，深情地说。

“嗯，你是我的，我不会让别人把你抢走!”说这句话的时候，赵逸很用力，下了很大的决心。

“崔荣昊透露说要把我调到安西当总经理，年底就上任……”

“啊！你刚来兴岭几个月，又调走?”没等赵逸说完，梓涵惊叹道。

“安西分公司比兴岭分公司规模大，而且我是临危受命，如果能做出成绩对我以后的升迁很有帮助。”

听赵逸说没有坏处，梓涵才放心。

赵逸身体乏力，没多久就睡着了。梓涵为他盖好被子，也关灯睡了。

赵逸这一觉睡得很沉，九点多才醒来。他急着上班，没吃饭就出门了。

临近中午，赵逸打电话让梓涵下楼。崔荣昊要到他家里，他必须带梓涵出去避避。

赵逸把梓涵带到附近的酒店，叮嘱道：“宝宝，你自己进去吧。等崔荣昊走了，我就来接你!”

梓涵走进酒店，刚到大厅，就看到一个熟悉的身影。待走近一看，不是别人，正是她避之唯恐不及的崔荣昊。

见到梓涵，崔荣昊吃了一惊：“梓涵，你怎么在这儿?”

梓涵的心猛地一跳，在头脑中搜索半天，才想到一个蹩脚但没什么破绽的理由：“我来兴岭参加一个朋友的婚礼，她昨天结婚。”

“哦，这样呀，那你今天得回去上班了，怎么还不走?”崔荣昊追问。

“我没买到车票，可能要晚点回去。”

“这样呀，我本来买的火车票，今天下午走。不过既然你也回京城，我就开我哥的车带你回去吧。”崔荣昊兴奋地说道。

“这……”梓涵有些迟疑，却想不到理由拒绝。

“就这么说定了！”不容梓涵再想，崔荣昊帮她决定了。

“崔总，你怎么也来兴岭了？”梓涵明知故问，她想知道崔荣昊为什么在酒店出现。

“我来兴岭看我哥，正好我一朋友到兴岭出差，住在这家酒店，我过来看看他。”崔荣昊没把梓涵当外人，很自然地把这些私事儿娓娓道来。

“那崔总忙吧，我进去了。”梓涵不擅撒谎，心里紧张，巴不得崔荣昊赶紧离开。

“你在哪个房间？我晚点来接你。”崔荣昊问道。

“我在二楼，崔总到了可以给我打电话，不用上来。”梓涵唯恐出破绽，并没有提及房间号。

“好！最多一个小时，我就来接你。”崔荣昊看了梓涵一眼，就匆匆离开了。

崔荣昊的突然出现，打乱了梓涵的计划。她从不相信缘分，可这会儿她信了。她和崔荣昊真有缘，在兴岭也能相遇！

梓涵不知道怎么办，情急之下，给赵逸发了个信息，说明了情况。

得知情况，赵逸既担心又着急，却不得不让梓涵和崔荣昊一起走，因为他想不到拒绝的理由。

想了想，他回复道：“和他一起走，别担心，没事儿。”

收到赵逸的回复，梓涵焦虑的情绪才有所缓解。

崔荣昊急着接梓涵，到赵逸家坐了一会儿，去了趟洗手间就离开了。

送走崔荣昊，想到梓涵还在酒店，赵逸立即给她打电话：“宝宝，崔荣昊马上去接你。你不用担心，有事儿就给我发信息，我随时候命。”

赵逸没办法，只能这样安慰梓涵。

“猪哥，我不想坐他的车。六个多小时，要我怎么熬过去？”言语间，梓涵难掩哀怨。

“没事，你要是不想和他说话，就说困了想睡觉，时间很快就过去了。”赵逸给梓涵支招。

“那好吧，我知道了！”

挂断电话没多久，崔荣昊就到了。梓涵打开车后门，还没等上去，就被崔荣昊叫住了。

“梓涵，坐前边，陪我说说话。我昨晚没睡好，怕开车没精神。”崔荣昊用略带恳求的语气说道。

梓涵不情愿地走到前边，坐在副驾驶的位子上。

崔荣昊细心地帮她系好安全带才发动车。

“梓涵，晚上咱们一起吃个饭吧?”车开出一段距离，崔荣昊试探着问。

“不了，崔总。上次已经让你破费了。”梓涵说得冠冕堂皇。

“那点钱不算什么，给你什么我都愿意。”崔荣昊微微一笑，嘴角上翘，划出一个好看的弧度。

“先不说这个了。崔总，我好困，想睡会儿行吗?”

“好，你休息会儿。”

崔荣昊把车停在路边，脱下上衣，盖在梓涵身上，“盖上点，别着凉!”

崔荣昊是GiorgioArmani的忠实拥趸。这款冬季最新款黑色夹克，厚重不失时尚，彰显了他不俗的品位。

对他的关怀，梓涵竟鬼使神差般地接受了。衣服还带着崔荣昊的体温，让人感觉很温暖。

“你把衣服给我了，你不冷吗?”梓涵很过意不去。

“没事，空调开着，等会儿就暖和了。你睡吧，不用管我。”崔荣昊贴心地说。

梓涵没再说话，闭上眼睛，准备装睡。车里实在太舒服了，柔和的空气夹杂着淡淡的香水儿，没过一会儿，她真睡着了。

有梓涵在身边，崔荣昊无法专心开车，不时打量她。她的嘴唇有着好看的弧度，睫毛像洋娃娃般纤长浓密，脸庞白皙水润，让人一看就有想触碰的冲动。

崔荣昊不由放慢车速，想亲吻这美得不可方物的睡美人……

越来越靠近梓涵，她身上的甜腻气息让崔荣昊陶醉，他不禁俯身在她的额头上轻吻了一下，又迅速逃离。他的心肆无忌惮地狂跳，仿佛要脱离他的躯体。

崔荣昊仿佛回到情窦初开的少年时代，慌乱而甜蜜。

梓涵的头微微动了一下，并没醒来。自从和崔荣昊在巴伐利亚吃过饭后，她对他的戒备少了很多。潜意识里，她已经把他当成值得信赖的人。

崔荣昊没辜负梓涵的信任，除了这个蜻蜓点水般的吻，再没做任何事。他只想静静享受这难得的幸福时光，虽然只有短短的几个小时。

不知睡了多久，梓涵被短信声吵醒，拿过手机一看，是赵逸发的信息：“宝宝，我在床上看到一串钥匙，是你家里的吧？你的手链也落在洗手间了。你这个笨丫头，怎么总丢三落四的。”

想到钥匙落在兴岭，梓涵很着急。家里的别墅正在装修，父母都不在家。若是进不了公寓的门，她只能住酒店了。

“猪哥，你什么时候回来？把钥匙带回来。不然我只能住酒店了。”梓涵回了个信息。

“别急，我过两天就回去，你先找个酒店住。”对这个小糊涂虫，赵逸哭笑不得。

美人在侧，崔荣昊感觉几个小时的行程过得很快。傍晚五点多，他的黑色宾利带着一丝不情愿，缓缓驶进京城。

“梓涵，你饿了吧，我们一起吃个饭吧。”崔荣昊不想放过这难得的机会，笑着邀请道。

“不了，崔总，我把家里钥匙落在同学家了。趁着天亮，我必须找个酒店住，不然就要露宿街头了。”

梓涵想，这是拒绝崔荣昊最合适的理由。却不想，给崔荣昊创造了一个更大的机会。

“你一个女孩子去酒店住？这怎么能行！这样吧，我京郊的别墅空着，你去住吧。”崔荣昊想也没想就说道。

“不用了，崔总，住酒店很方便，而且……”

梓涵拒绝的话还没说完，崔荣昊就加快车速。车子离开市中心，向郊外的方向开去。

“崔总，你带我去哪儿？”

“别着急，马上就知道了。”

梓涵差点忘了，崔荣昊可不是什么柔情暖男。霸道、说一不二才是他的常态。

她知道，她今天恐怕没法去酒店了。

二十多分钟后，一盏盏亮如白昼的独特路灯映入梓涵的眼帘。光影中出现一栋栋豪华美丽的别墅，它们占地面积一样，且都是两层建筑，具有浓郁的欧陆风情，和金家别墅的中式风格完全不同。

梓涵强作镇静，假装欣赏着沿途的风景。车子缓缓驶进其中一座别墅，停了下来。

“到了，下车吧！”崔荣昊难掩兴奋，“我送你进去，再让张妈给你做点吃的就离开。”

“张妈？这里有人住？”梓涵惊异地问道。

“是呀，张妈是我家里的阿姨，来我家五六年了，人很好。我让她把屋子重新布置了一下，随时准备迎接你的到来。”崔荣昊笑着说道。

他的良苦用心让梓涵感动，一时愣了神。

“想什么呢，傻丫头？快进去吧！”崔荣昊下车走到另一边，为梓涵打开车门。

梓涵把衣服递给崔荣昊，“你穿上吧，外边冷！”

只是简单的一句话，在崔荣昊听来却非同寻常。他觉得梓涵开始关心他了，是个好征兆。

他走在前面按了门铃。开门的是一个五十多岁的妇人，见到他二人，微胖的脸上立刻堆满笑容：“先生，你可把太太带回来了，我都盼好久了！”

太太，她竟然喊她太太！梓涵既吃惊又尴尬。

张妈的话很对崔荣昊的胃口，他笑了笑，得意之情溢于言表：“张妈，这个月给你开双倍工钱！好好干，把太太照顾好！”

“一切都听先生的，包太太满意。”

主仆俩你一言我一语，梓涵插不上话，也懒得解释。

她好奇地审视这个陌生的地方，竟有种似曾相识的感觉。

淡雅而不失品位的白色镶银色包边沙发放在客厅中央，上方是点缀着粉红色花瓣的奥地利水晶吊灯，长长的水晶串珠如流水般倾泻而下，给以白色为主色调的大厅增加了些许华丽感。墙上的壁纸、桌上的装饰，及地的窗帘都是柔和甜美的碎花图案，散发着清新闲适的田园气息。

仰头望去，通往二楼的楼梯扶手上也点缀着精致的水晶花。楼梯口旁边的花架上，一大束百合欣然怒放，为这个充满梦幻色彩的房子平添了一抹亮色。

梓涵如临幻境，不敢相信这是一个男人布置的家。

“怎么样？你喜欢这里吗？”看梓涵痴醉的神情，崔荣昊柔声问道。

“喜欢，这里的布置很好！不过崔总，这里真不像一个男人住的地方。”梓涵很坦白。

“好眼力！这里的确不是我住的地方。这个别墅我很少来，我找家装公司做了全面改造，都是按照女孩子的喜好布置的。碎花窗帘，水晶灯，公主床……我想你会喜欢。从今天起，这就是你的家啦！金梓涵，欢迎你正式入住梦幻水晶庄园！”崔荣昊神采飞扬地说。

“梦幻水晶庄园？我的？”梓涵反问，“可是崔总，我最多住一晚，明天天亮我就出去找酒店。”

梓涵从小家境殷实，见惯了别墅、豪宅，可这样一个水晶公主房还是第一次见到。

她喜欢这里，喜欢崔荣昊为她准备的一切。但她不能接受，她知道一旦住进来就再难脱身。万一哪天崔荣昊兴致大发，也搬进来，她的清白就岌岌可危了。

见梓涵态度坚决，崔荣昊不敢勉强。心想不如由着她，过了这晚再做打算。

想到这儿，崔荣昊说道："好了，就听你的。坐了一天车你也累了，让张妈给你做点吃的，吃完了好好睡一觉。明天还要上班呢，我可不准你请假!"崔荣昊半命令半怜爱地说道。

"先生，我这就去准备。一个银耳燕窝羹，一个清蒸藕粉糕，再来两个清淡小菜。"张妈自信满满地说。

"趁张妈做饭，我带你到楼上看看卧室。"崔荣昊走上楼梯，示意梓涵跟过去。

梓涵不好拒绝，跟在他身后。

楼上的装修风格与客厅如出一辙，都是梓涵最爱的都市田园风。房间的门是纯净的象牙白色，门边处蔓延着精致的雕花。

"梓涵，你的卧室在最里边。"崔荣昊指着走廊尽头的白色双开拱形门说道。

仅看做工精美的门，梓涵就能想象到内室的不同寻常。随着门缓缓被推开，她几乎被眼前的一切催眠：粉红色布艺圆床被轻柔飘逸、层层堆叠的纱幔包围，放在卧室中央；带有椭圆形化妆镜的乳白色梳妆台倚墙而置；粉红色嵌水晶贵妃椅在灯光的映射下，泛着柔和的光泽。

这明明就是超萌超粉嫩的公主房嘛!

一个三十多的男人，竟有这般细腻的心思和独到的鉴赏力，让梓涵暗自钦佩。

"这里太漂亮了！童话故事里公主的房间也不过如此!"梓涵难抑喜爱之情。

"梓涵，你就是公主！只有这样的房间才衬你！我要你幸福，每天都过着公主般的生活!"崔荣昊用情至深，声音有些颤抖。他揽过身边的梓涵，紧紧抱在怀中。

梓涵没有防备，深深陷入他胸前的温暖里，想挣扎却无法逃离。

"放开我，崔总！你不是说把我送到这里就回去吗？你该走了!"梓涵明知力量不如崔荣昊，力图用言语撼动他。

崔荣昊丝毫不理会她的话，反而越抱越紧，直到她感觉有些窒息。

"崔总，你出尔反尔，我不会再相信你！我要离开这里!"梓涵深知崔荣昊的弱点，果不其然，她话音刚落，崔荣昊就松开手。

梓涵跌坐在床边，仰头看着他，满眼委屈。

"对不起，是我太冲动了！你千万别走，我走!"崔荣昊唯恐梓涵离开，匆匆向门口走去。走了一半，又转身叮嘱道，"梓涵，等会儿张妈做好饭你多吃点!"

说完，他大步走出去，关上了卧室门。

梓涵惊魂未定，见他离开，马上跑过去锁门。

估计崔荣昊到楼下了，梓涵走到落地窗前，隔着玻璃向下看。

眼看他的车驶出庭院，她才走出卧室。

待张妈做好饭，梓涵只喝了点粥、随意吃了几口菜就上楼了。

回到崔荣昊精心布置的卧室，躺在大到可以容得下几个她的圆床上，拨弄着布满细碎水晶的纱幔，梓涵开始想念赵逸。

她想给他打电话，却不敢告诉他真相，怕他担心。毕竟住进崔荣昊的别墅，是她怎么也想不到的。

犹豫片刻，她发了个信息过去："猪哥，我到了。崔荣昊帮我找到住处就离开了。你放心，我没事。"

赵逸正一个人在家等梓涵的消息，见她发来信息，立即回过去："那就好，不过你一定要小心，晚上锁好门。"

对别墅的事儿，梓涵只字未提。

床很柔软，舒适。这一夜，她睡得格外香甜。

吃过早餐，梓涵推门走出别墅。一辆银色宾利在门口等候，一个身穿黑色西装的男子为她打开车门。

原来，崔荣昊安排了司机，专门接送她上下班。

崔荣昊是要把我软禁起来吗？别墅里有阿姨，上下班还有司机？

梓涵在心里暗暗叫苦，却不好说出口。

一路上，她无暇欣赏沿途的景致，苦苦思考脱身之法。不知不觉中，已到逸动传媒门口。

她刚刚下车，就看到崔荣昊迎面走来。

"怎么样，昨晚睡得还好吧？"

"好！怎么会不好？崔总想得那么周到。"见四周无人，梓涵小声说道。

"那好，你就接着住吧。晚上我带你出去买些衣服、护肤品。之前太匆忙，我没时间准备。"崔荣昊接着说道。

"不用了，崔总，今天晚上我去酒店住。谢谢你昨晚收留我。"梓涵语气坚决，但态度很温和。毕竟他对她一片真心，她不忍伤他。

"梓涵，你还是回去住吧，你一个人住酒店我不放心。相信我，这两天我都不去别墅，只有张妈一个人在。"

从他的眼神中，梓涵读到了真诚。她心软了，没再说话，算是默许了。

崔荣昊兴奋地挑了挑眉头，对司机小张说："好好照顾太太，一定要按时接送，别让太太等急了。干好了薪水翻番！"

“放心吧，崔总!”小张笑着应道。

崔荣昊和梓涵一前一后走进逸动传媒办公楼。

翌日，小张依旧送她上班，下班又来接她。

“太太，车后座上是崔总送你的东西。”微笑着看向梓涵，小张说道。

梓涵回头看了看，果然有几个大纸袋放在座椅上，Prada 的标志异常醒目。原来，他连她是 Prada 的忠粉都知道!

“小张，他送我的东西我不能要。你帮我还给他!”梓涵想都没想就说道。

“太太，算我求你了，要还也是你亲自还给崔总! 我要是完不成任务，一定会被炒鱿鱼的!”小张言辞恳切。

以她对崔荣昊的了解，相信他能做出这种事。

想了想，梓涵没再说什么。

回到别墅，吃过饭，张妈帮梓涵把东西拿回卧室，几个大纸袋堆满了床。

梓涵不经意拿起其中一件，不禁感叹崔荣昊的出手阔绰。Prada 羊毛大衣明显是今年的最新款，三万多的价格曾让她望而却步。不是她买不起，只是她不想当一个贪图享受的富二代。

梓涵想着，一定要把这些衣服还给崔荣昊。

躺在床上，看着屋子里的一切，她竟然有点舍不得。赵逸要回来了，她可以回家了。

可是，崔荣昊给她的梦幻水晶庄园，似乎有种魔力，深深吸引着她。

第七章　把最好的给你

兴岭，魅影 KTV 里，赵逸正和朋友唱歌，喝酒。

包房里光线迷离，蜜粉色的灯光映在他俊美的侧颜上，多了几分旖旎的味道。

几个人很兴奋，直到夜里十二点多才离开。

回到家，赵逸倒头就睡，不知什么时候被裤兜里的手机声震醒。

“谁呀？”赵逸接起电话，眼睛尚未睁开。

“猪哥，是我。你还没起来吧？今天回来吗？”

听到梓涵温柔甜美的声音，赵逸才清醒过来。

“回去，中午就开车回去。放心吧，我出发之前给你打电话。”赵逸爽快地答道。

“中午回来？现在已经是中午了，都 12 点半了！猪哥要回来就早点走吧。免得开夜车，不安全。”梓涵有些担心。

“啊！现在 12 点半了？我怎么睡了这么久！”赵逸从床上坐了起来，看了看时间，“宝宝，我昨晚喝了点酒。要不是你打电话，我还醒不过来呢。放心吧，猪哥没事儿，等会儿就出发，回去看你。”

听到梓涵的声音，他归心似箭。

想到赵逸在这种情况下开车不安全，梓涵忙劝道：“你要是难受，就明天回来吧。没事儿，你不用急着回来看我，我能等。”

梓涵的善解人意让赵逸很暖心。他挂断电话，到楼下取了车，向高速公路的方向驶去。

一路上，赵逸不时喝红牛提神，开了几个小时的车，才到京城。刚进入市区，他就迫不及待地给梓涵打电话。

在这个城市，梓涵是他最想见的人。

“宝宝，我到了。你在哪儿，我去接你，咱们回家！”电话刚刚拨通，赵逸就急切地说道。

梓涵正在收拾随身带的东西，听到赵逸的声音，格外兴奋，“猪哥，我怕影响你开车，一直不敢打电话。你不用接我，我自己打车回去，一会儿家门口见！”

听梓涵说自己走，赵逸没再坚持。他挂断电话，加快了车速。梓涵也拎着包，匆匆下了楼。

“太太，您这是要出去吗？给小张打电话了吗？”

崔荣昊送的衣服，梓涵都没带走，手里拎的东西并不多。不过，从她的神色中，张妈看出了端倪。

“不用了，我自己打车就好，不用打扰他。周末了，也该让他好好放松两天。”

“太太，你先等一下，我给小张打个电话。这附近都是别墅区，很难打到车。让你一个人出去，先生知道了会不高兴的。”

张妈一脸焦虑。自她到崔家做阿姨以来，崔荣昊对她一直不错。崔荣昊对梓涵的感情她看在眼里，急在心上，恨不得立即促成两人的事儿，让家里多个女主人。

“啊！怎么这样？早知道我早点给小张打电话了。”梓涵很着急，她的心早就飞到赵逸那里了，不想多停留一刻。

正当两人说话时，门铃响了起来，张妈跑过去开门。崔荣昊提着一个大纸袋走进来。看到梓涵穿戴整齐要出门的样子，有些惊讶。

“这么晚了，你要出去？”崔荣昊试探着问。

“哦，我同学从兴岭过来，正好把钥匙带给我。”

崔荣昊突然出现，让梓涵措手不及。

“梓涵，你住这儿有张妈照顾你饮食起居，有小张送你上下班，我很放心。你要是一个人住，我恐怕睡觉都不踏实。你要是出去有事，我开车送你。你要想回家，我是不会答应的！”情急之下，崔荣昊半温柔半霸道地说。

从他的眼神中，梓涵读到“不可能”三个字。

通过这些日子的接触，她越来越了解崔荣昊。她知道要想出去见赵逸绝非易事，必须从长计议。

“那好吧，我不回家了。可我同学从兴岭来，我总要见见她，请她吃个饭吧。”

梓涵的话听上去很合理，几乎无懈可击。

“那当然，同学来了一定要好好招待。这样吧，我带你出去，找个餐厅，请你同学吃个饭。”

姜还是老的辣，梓涵怎么耍心机，总瞒不过崔荣昊。他拿定主意，一定不让梓涵离开他的视线。不然再让她回别墅可就难了。

“崔总，不用你请！再说我和我同学在一起，你在旁边也不方便。而且，你也不是我什么人。”梓涵心里着急，没注意说话的口气，说完了才觉得有些伤人。

“我现在不是你什么人，以后会是的！”崔荣昊倒不介意，一副自信满满的样子。

“崔总，拜托你让我出去吧，我同学等着我呢！你要想让我回来，就别跟着我，否则我就不回来了！”

梓涵深知崔荣昊的软肋，他最怕她搬出别墅，再也不回来。

这招儿果然有效，梓涵话音刚落，崔荣昊就败下阵来：“好吧，我不跟着。我和你一起出去，让小张先送你见同学，再送我回家。”

梓涵跟着崔荣昊，上了停在门口的车。

赵逸早到梓涵家门口了，等了十几分钟也不见梓涵回来，不免有些烦躁。他拿出手机，给她拨了过去。

有崔荣昊在旁边，梓涵不好接电话，只好按了拒接键，发信息过去：“猪哥，你再等一会儿，等我甩开了崔荣昊就去找你。具体情况，见面再说。”

看了梓涵的信息，赵逸一头雾水。他不知道，也想不通，崔荣昊为什么总在关键时刻出现，横在他二人中间，推也推不开，躲也躲不掉。

崔荣昊的黑色宾利在别墅区间穿行，过了二十多分钟才到市中心。经过一家烤肉店门前，梓涵等不及了，急呼“停车”。

“怎么？你要在这儿吃饭？”不等小张停车，崔荣昊问道。

“对，就在这儿吃饭，我同学爱吃烤肉。”梓涵解释道。

“那好吧，就在这儿停吧。”

小张早放慢了车速，听崔荣昊说停车，立即停下来。

“梓涵，小张送我回家后，就到餐厅门口等你。你吃完饭，一定要和小张回家，听到了吗？”崔荣昊的话像是命令，又像是恳求。

“知道了，有小张守着，我想跑也跑不掉呀！”梓涵嘴角微微上翘，得意地笑道。

她早就拿定主意，他二人一离开，她就立即打车回家，和赵逸团聚。

梓涵坐在靠窗的位置，眼看崔荣昊的车开远了才走出来，在门口拦了一辆出租车，直接开到公寓门口。

赵逸在车里睡着了，梓涵拍打车窗，才将他叫醒。

见到梓涵，赵逸顷刻间睡意全无，“宝宝，你回来啦？”

“猪哥，等好久了吧？”梓涵心存愧疚。

“没事儿，等宝宝多久我都乐意，不过宝宝要是实在觉得过意不去，可以好好补偿我。”赵逸一脸促狭的笑。

在男女的感情中，性绝对是最好的调和剂，女人因爱而性，男人因性爱得更深。和梓涵分开几天，赵逸思念梓涵，也思念她的身体。

梓涵至今都没把自己交给他，赵逸不免有些着急。

“好吧，怎么补偿你都行！”梓涵知道他话里有话，羞红了脸。

一进房门，赵逸就把包扔在沙发上，抱起梓涵，幸福地欢呼：“终于到家啦！”

“猪哥，放我下来，别把你累坏了！”想到赵逸开了几个小时车，梓涵有些心疼。

“真的想，寂寞的时候有个伴，日子再忙，也有人一起吃早餐……”

梓涵的手机不合时宜地响起来，一遍接一遍。

她心下一惊，猜想打电话的人可能是小张，也可能是崔荣昊。小张回烤肉店找不到她，一定会告诉崔荣昊。

她掏出手机一看，如她所料，正是崔荣昊。

见梓涵脸色难看，赵逸从她手中拿过手机，看到屏幕上显示的名字。

“怎么？他还给你打电话？怎么总是阴魂不散，死缠烂打。”赵逸俊朗的脸庞因愤怒有些扭曲，刚要接电话，被梓涵拽住胳膊。

“猪哥，你疯了吗？崔荣昊知道你和我在一起，会杀了你的！”梓涵异常紧张，抢过手机扔在床上。

“宝宝，你告诉我，我不在的这几天他是不是一直找你，他没对你做什么吧？”赵逸何等聪明，从梓涵的神情中，已猜到几分。

梓涵不想隐瞒，便把在崔荣昊别墅住了几天的事儿告诉了赵逸。

“什么？宝宝，你竟然住进了崔荣昊的别墅！”赵逸听后大惊，情绪格外激动。

“猪哥，不是你想的那样！从兴岭回来那天，他送我回家，我告诉他钥匙落在兴岭了，要到酒店住一晚，他就把我带到了别墅。可是他没对我做什么，除了今天，他没回去过。”

“宝宝，我知道你情非得已！可是你为什么不告诉我？我要是知道你在崔荣昊的别墅住，就是有天大的事儿也会回来救你的。我相信你的为人，一定不会委身于他。我气的是你为什么不告诉我，为什么骗我，你还当我是你男人吗？”

赵逸又急又气又难过，吓得梓涵不敢再说什么。

这一次，她真的错了，不该瞒着赵逸，住进崔荣昊的别墅。

“对不起，猪哥。”梓涵的声音小得可怜。两人在一起几个月，这是她第一次见赵逸发这么大脾气。

“宝宝，你知道吗？我想过把你让给崔荣昊，因为我知道他对你的爱不比我少。我不能给你安稳的生活，他却可以给你一切……”

没等赵逸说完，梓涵就用手捂住他的嘴，不让他再说下去。

“猪哥，我什么都不在乎，只想和你在一起！”

凝视着赵逸的眼睛，梓涵的目光深情而坚定。

“我知道你不在乎这些，可我在乎！我想给你好的生活，让你幸福！可是……”赵逸停顿了一下，仰起头，不让眼角的泪落下，“对不起宝宝，这件事儿对我刺激太大了。我心里很乱，让我静静。”

赵逸走出卧室，坐在客厅的沙发上，若有所思地看着前方。

他烟瘾不大，但每每有烦心事儿，都喜欢抽上一根。淡淡的烟草味儿能缓解他烦躁、抑郁的心情，让他尽快平静下来。

梓涵的手机又响起来，情急之下，她按了关机键。

屋子里没有任何声音，静得让人心里空落落的。

接连打几次电话梓涵都不接，这会儿又关了机，崔荣昊气得把手机扔到一边：“金梓涵，我真不该信你！你太辜负我对你的信任了！”

在认识梓涵之前，还没有人这样牵动他的情绪和神经。她的一个眼神、一个微笑、一个不经意的回眸，都能让他回味许久。

真是个恼人又狡猾的小妖精！怎么就这么不听话呢！

崔荣昊发现，就算这样，他也没办法真生她的气。即便是气，也只是短暂的一瞬。

他开始不认识自己了，他还是说一不二的崔荣昊吗？

“金梓涵！我一定要把你找回来，我就不信，你明天不上班！”崔荣昊想，就算梓涵躲他也是要上班的，到时候再找她也不迟。

梓涵很纠结，毕竟逃避不是办法。想了想，她给崔荣昊发了个信息：“崔总，对不起。我陪同学，今晚不回去了！”

梓涵不擅骗人，但认真撒起谎来，竟也滴水不漏。

收到信息，崔荣昊的怒气平复了许多。

梓涵就是他的小克星，谁让他这么喜欢她呢！

第二天一早，赵逸和梓涵一起上班，车在公司旁边的路口停下。梓涵从车上下来，不巧被崔荣昊撞见。

“这一大早的，梓涵怎么和他在一起？”崔荣昊一眼认出赵逸的车，不由得心生疑窦。

“难道……”崔荣昊不愿再想，不想把他的猜测和眼前的这一幕联系在一起。

他急忙把车停在路边，追上梓涵。

“梓涵！等一下！”

听到崔荣昊的声音，梓涵着实吃了一惊，她没想到天下竟有这么巧的事儿。

逸动传媒这么多人，她从赵逸车上下来偏偏让崔荣昊看到了！

“崔总，你找我有事？”梓涵不情愿地转过身。

“没事，就想问你今天是不是回去住？”崔荣昊老谋深算，对刚才看到的一幕只字不提。

“崔总，我不回去了，同学把钥匙给我了，我可以回家了。”

梓涵暗自揣度，崔荣昊看到她从赵逸车上下来，却不闻不问，不知道他心里盘算什么。

“既然这样，我就不勉强了。明天我让小张把衣服给你送过去。那些衣服你要是不要，我可没人送！”崔荣昊看着梓涵，恳切地说。

“好吧，衣服我收下了，谢谢崔总！”

崔荣昊对她的关心和付出让她感动。可是，她心里除了赵逸再放不下别人，她只能辜负他。

国庆节，赵逸到A市参加同学聚会，带刘艳和赵俊文一起去。

梓涵纳闷，问赵逸为什么和刘艳一起参加同学聚会。赵逸给出的解释是他们离婚的消息没对外公布，不想让同学知道。梓涵虽然无奈，却也不好反对。

七天假期，梓涵想到赵逸和另一个女人在一起，做什么事儿都提不起精神来，简直度日如年。

6日上午，赵逸回到京城，才联系梓涵。

开往兴岭的火车上，梓涵和赵逸躺在各自的卧铺上。车厢里很热，赵逸把衬衫脱下来，放在了一边。

梓涵穿着紧身长裙，睡觉很不舒服。她以被子做掩护，脱下长裙，把赵逸的衬衫套在了身上。

她站在赵逸面前，挥舞着长长的袖子，神采飞扬，表情十分逗趣、调皮。

赵逸无法抗拒梓涵的天真和纯情，一把将她拉过来。梓涵顺势躺在他身边，两人挤在一张卧铺上，紧紧相拥。

“猪哥，我好幸福！”梓涵羞赧地依偎在赵逸的怀抱里，紧贴着他的胸膛，感受很踏实，很满足。

“傻丫头，这就幸福了，你的幸福底线还真低。”赵逸轻抚着梓涵的背，亲了亲她的额头，眼底尽显温柔……

承载着幸福的列车踏着初升的朝阳缓缓驶进兴岭站。

阔别多日，再次来到兴岭，梓涵难掩兴奋。

回到赵逸住所，梓涵换上嫩粉色丝质连衣裙，笑着问赵逸：“猪哥，你今天陪我出去走走好不好？我不想在家里待着。”

想到这几天冷落了梓涵，赵逸内心愧疚，想也没想就答应了。

“好呀，宝宝想去哪儿？我陪到底！”

“我想去逛街，咱们好久没一起逛街了。”梓涵的尾音拖得很长，声音像浸了蜜似的，惹得赵逸心痒痒，只有满口应承的份儿。

梓涵挽着赵逸的手臂，走在兴岭有名的步行街上，养眼的一对儿不时惹人注目。

看着橱窗里的一套性感内衣，设想着梓涵穿上的样子，赵逸不由得把嘴唇贴在她耳边，亲昵地问道：“宝宝，那儿有家内衣店，我送你件内衣好不好？”

沿着他的视线望去，梓涵看到模特身上的紫色蕾丝内衣。内衣的材质轻薄，透明，十分有韵味。

想到和赵逸一起进店选内衣，梓涵有些难为情，她微微别过脸去，言不由衷地说道：“我才不要呢，那么透怎么穿？”

梓涵的语调已经出卖了她，赵逸明白她的心思，宠溺一笑，拉着口不对心的小丫头进了内衣店。

他让店员找了梓涵平日穿的尺码，把她推进试衣间。半推半就中，梓涵换上了内衣。

“猪哥，你进来看一下。”隔着门，梓涵悄声唤赵逸。

赵逸闻言，推开门走进去。试衣间里柔和的灯光投在梓涵身上，她白皙的胸间是一道诱人的沟壑。若不是在公众场合，面对这样充满魅惑力的小女人，赵逸一定无法自持。

“宝宝，这款内衣真的很适合你。穿着吧，别脱了，我出去付款。”

赵逸强迫自己抽回迷恋的目光，转身走了出去。

待梓涵换好衣服出去，赵逸已经付好款，站在门口等她。店员帮梓涵把原来的内衣装在纸袋里，用艳羡的目光目送他们离开。

“宝宝，你知道吗，我从来没送过内衣给任何人，你是第一个。”走出内衣店，赵逸不经意地说。

“真的吗，也没送过她？”

赵逸知道，梓涵口中的她指的是刘艳。他淡然一笑，摇了摇头。

“猪哥，我太感动了，我是你第一个！”

梓涵兴奋得像个孩子，挽着赵逸的胳膊，紧紧贴着他，就好像一松手赵逸就会离开一样。

赵逸低头看向她的眼眸，一字一顿、颇为认真地说道：“宝宝，也许我暂时不能娶你，但是我要把能给你的全都给你。”

梓涵无心顾及他说的暂时是多久，有他这句话，她就知足了。

逛完街回到家，已是傍晚。

吃过饭，梓涵把新买的内衣穿给赵逸看。赵逸大加称赞了一番，但还是把握住底线，没做什么。

除非梓涵点头，否则他不会做违背她意愿的事儿。哪怕这让他很痛苦，很无奈。

枕着赵逸的胳膊，梓涵睡得很踏实。赵逸为她盖好被子，小心地抽出胳膊，下床到客厅点了一支烟……

一大早醒来，阳光灿烂，窗纱飞舞。窗台上一大束百合盛开，空气中弥漫着浪漫的味道。

梓涵朦朦胧胧醒来，习惯性地伸手摸手机看时间，没摸到手机，却摸到了某男的身体。

结实健硕的触感顿时把她的瞌睡虫都叫醒了，她侧过身去，看着身边熟睡的男人。

“醒了吗？”魅人的嗓音带着清晨初醒的慵懒，动听又性感。

梓涵笑了笑，她倒是乐意欣赏这美男初醒图。

赵逸裸露着上身坐起来，丝被从他身上滑下，露出他结实但不夸张的肌肉，健康而诱人。

梓涵不敢多看，红着脸进了洗漱间。简单梳洗打扮后，她换上清爽的T恤，牛仔裤，整个人看上去更加青春、靓丽。T恤上印着“Yes，I do.”和赵逸T恤上的“Would you marry me?”正好相配。

这是梓涵精心挑选的情侣T恤，在一顿威逼利诱下，赵逸才肯穿上。

T恤上的话，正是她希望他对她说的。可无论怎么威胁，赵逸都不肯亲口问出口。梓涵虽然失望，却没再强迫他。

她想，也许他没准备好吧。

吃过早餐，赵逸拉着梓涵的手，向城郊的方向走去。他们走的是一条老旧的街道，看上去十分破败。

越往前走越觉得人烟稀少，梓涵不由得问道：“猪哥，咱们这是要去哪儿?”

“咱们上山呀，这条路是通往山上最近的路。”

“上山？是咱们上次去过的山吗?”想到那晚一起看星星的情形，梓涵格外兴奋。

“不是那座山，是它旁边的一座小山。不过山上的景色不错，空气也很好。”

梓涵仰头看向赵逸，夏日的阳光打在他线条俊朗的脸上，他一双黑眸眯起，惹得她心潮微漾。

“猪哥，山上有野兽吗?”梓涵突然想到这个问题。

他认真低头看了她一会儿，微微皱眉，伸手挑起她的下巴，“小傻瓜，只有你才会这么问！放心，我做你的护花使者，你什么都不用怕!”

他俯身在她柔软的唇瓣上轻啄了一口。而且啄一口好像没够，还想要和她更亲密一点……

梓涵连忙推开他，红着脸向四周看去，幸好没人，不然就太丢人了。

真尴尬！他从什么时候开始这么随便了？怎么可以在大庭广众之下和她这样?

梓涵用手抹了下嘴唇，狠狠瞪着赵逸的眼睛。可他却像没看见似的，又仿若刚才什么都没发生，心情不错地继续向前走。

赵逸说的山是兴岭山的支脉，山不高，山路也不陡。可是对于恐高的梓涵来说，爬山可不是件轻松事儿。她紧张兮兮地跟在赵逸身后，连大气都不敢喘。

“宝宝，咱们要过桥了，小心脚下。”

听赵逸说要过桥，梓涵条件反射地止住了脚步。

眼前的桥由铁链和木板铺就而成，只有几米长，距离地面也不高。看着赵逸摇摇晃晃地走过去，梓涵心跳得厉害，任凭他在桥对面叫她，也不敢上前一步。

“宝宝，相信猪哥！这桥虽然晃，但是很结实，你只要扶住两边的锁链，一定能安全过来!”

在赵逸的柔声鼓励下，梓涵鼓足勇气，向前迈了一步，可脚下的感觉让她瞬间收回了脚。

“猪哥，我怕，桥好晃，我怕掉下去!”情急之下，梓涵掉下泪来。

赵逸特意带她到这里，本想趁她上桥的时候好好逗逗她。看她这个样子，瞬间改了注意。

这小丫头怯生生的样子，把他的心都融化了。他舍不得吓她，更舍不得让她哭。

“宝宝，你等我，猪哥过去接你!”

赵逸顾不得桥身的剧烈摇晃，跑过来紧紧抱住梓涵，轻拍着她的背："宝宝，牵着猪哥的手，咱们一起过去，你就不害怕了。"

"嗯，我和猪哥一起走。"梓涵眼角原本还悬着一滴泪，这会儿在赵逸怀里，即刻破涕为笑。

"傻丫头！胆子真小！"赵逸爱怜地握住她的手，尽量保持平衡不让桥身晃动，带梓涵走到对面。

"猪哥，我们过桥啦！"回望身后的铁索桥，梓涵兴奋得叫起来。

梓涵的单纯和天真让赵逸心存愧疚，他不该这样吓她。

"宝宝，对不起，我是故意带你来这里的，就想吓吓你，没想到把你吓哭了……"

未等赵逸说完，梓涵止住他的话，微笑道："不怪猪哥，是我胆子太小了。不过刚才和你一起过来，我好有安全感。有你在，我什么都不怕！"

"傻丫头！"赵逸轻轻捏了捏梓涵的小鼻子，心里说不出的感动。

上山的路，赵逸把梓涵的手拉得更紧了，直到爬到山顶才松开。

"宝宝，你看那边有个小凉亭，我们可以去休息下，顺便看看山下的风景。"

梓涵抬眼望去，山顶的一棵百年古树旁，依偎着一个绿顶红柱的凉亭。虽不十分华丽，却也精致可爱，像是一个娇羞的少女，迎风而立。

走进凉亭，扶着栏杆向下看，梓涵有种超脱于俗世的感觉，就好像来到世外桃源。

没有尘嚣，没有烦恼，只有彼此相爱的两个人。

"猪哥，我好喜欢这里，以后你可以常带我过来吗？"坐在凉亭里的长椅上，梓涵倚靠在赵逸肩膀上，柔声问道。

"当然可以呀。只要宝宝来兴岭，想过来，我都会带你来。不过宝宝，刚才的铁索桥可是通往这里的必经之路，你不怕吗？"

赵逸低头看向梓涵，眼里闪过一丝调笑的意味。

"我不怕，只要拉着猪哥的手，我什么都不怕！"她呵呵地笑了两声，如水的美眸似清波荡漾般让人炫目。

这一刻，赵逸感到前所未有的感动和满足，还没有一个女人像梓涵这么信任并依赖他。在她眼里，他仿佛是无所不能的神。

"好，我一直拉着宝宝的手，保护宝宝。"

赵逸缓缓俯身，将满心的柔情与怜爱，化作一个甜蜜的、宠溺的吻，印在梓涵光洁如玉的额头上。

他爱她，宠她，被她的天真、纯净打动；已超脱于男人对女人的欲望，更多的是灵魂的吸引，精神的契合。

在凉亭里坐了会儿，两人沿着下山的小路，一步步小心翼翼向山下走去。

梓涵一向对山心存敬畏，不敢爬山。不过有赵逸在，这一路，她的心被幸福和甜蜜填满，已忘记恐惧。

爱，可以改变一个人。

回到家，梓涵倚靠在床头，看着打着赤膊的赵逸收拾东西。

天棚上的吸顶灯映射着他的身影。白皙的肌肤无一丝赘肉，胸部肌肉均匀而结实，腰侧的人鱼线清晰可见。经过这段时间锻炼，他微微凸起的小腹早就平坦如初了。

梓涵只看一眼，便有要流鼻血的感觉，赶紧收回目光。她醉了吗？

看到她眼底的迷恋，他微微一笑，静静走到她身后。

梓涵还没反应过来，已被他从身后抱住。他圈住她的腰，扳过她脸颊，霸道强势地封住了她的唇……

梓涵的呻吟声被他吞进喉咙里，她的口腔占满他阳刚的味道。

她的脸红通通的，忽然感觉身体一轻。他一手揽着她纤细的肩膀，一手环上她窄软的腰际，腾空将她抱起来。她急忙惊呼："猪哥，你要干吗？"

他不说话，将她抱到卧室的床上，强壮的身体压上她，挣扎在他面前都是徒劳。

梓涵双手抵着他健硕的肩膀，有那么一刻，她想放弃抵抗。

与其挣扎，不如顺从他一起享受。

脑子里产生这个念头后，她慢慢对上他炙热黝黑的眼睛……

他的动作停下来，一边看她，一边伸手抚摸她柔软光滑的长发，"乖宝宝，你知道我想要什么……"

他的声音低沉嘶哑，魅惑至极，一种强烈的渴望徐徐诱惑着她。

当赵逸的唇再次膜拜似的落到她的眼、鼻子、嘴唇……梓涵的抵抗能力变为零，抵制在他肩膀处的双手慢慢掉落下来。

他终究没越过最后一道屏障。

窗外的月色澄澈皎洁，透过窗边的白纱帘洒下一片迷蒙的清光。这样的夜晚，好像闻着空气都能醉人……

第二天是周末，赵逸开车和梓涵一起回到京城。

逸动传媒一年一度的网球赛要开始了，赵逸是主力选手，当然不会缺席。

网球赛当日，梓涵早早起床，换上赵逸喜欢的修身齐膝连衣裙，画了个淡妆，对着镜子摆了个诱人的“S”形，才自信满满地出门。

梓涵是球赛的服务人员，也可以说是赵逸的服务人员。比赛前，她准备了巧克力、果汁，确定了赵逸上场的时间，只等着为他加油，助威。

眼看着比赛就要开始了，赵逸还没到，梓涵不免有些着急。她拨了几次电话，赵逸都没接，直到过了一会儿，她才知道他不接电话的原因。原来他不是一个人来的，身后还跟着刘艳和他们的儿子赵俊文。

梓涵很不自在，满腹的期待化成泡影，甚至觉得为赵逸打扮都是多余的。但出于礼貌，她还是上前和刘艳打了招呼。

梓涵为她们母子二人找好位置，就和服务组的同事一起准备饮料和毛巾。

梓涵蛾眉轻描，杏眼微醺，朱唇淡抹。脚下的一双高跟鞋衬得她双腿更加完美、修长。这样的姑娘，任是谁见了都会动心。

刚进门时，有刘艳在身旁，赵逸不好意思正眼看梓涵。此时此刻，在众人痴迷的目光中，赵逸专注地看着自己的心上人，一种自豪的感觉瞬间涌现：“梓涵是我的，这样一个美得不可方物的女孩儿是我的！”

“赵总，小组赛马上就开始了，你过来做准备吧！”张东奇在不远处喊道。

赵逸缓过神来，虽然舍不得梓涵，但不得不离开。

“我等会儿给你加油，争取得第一呀！”梓涵挥舞着小拳头，做出鼓励的手势，看上去十分呆萌可爱。

梓涵的话无疑像一支兴奋剂，让他瞬间有了斗志：“放心吧，猪哥不会让你失望的！”

赵逸走出人群，向赛场跑去。

梓涵急着给赵逸鼓劲儿，帮几名参赛队员倒了果汁，就匆匆走进赛场。

相对于场外的冷清，场内可热闹多了。看台上，赵俊文戴着熊猫头的帽子，格外显眼。

“爸爸，加油！”赵俊文用充满稚气的童声大声喊道。

听到儿子的声音，赵逸乐颠颠地跑了过去。

看到他们其乐融融的样子，梓涵突然觉得自己像个多余的人。也许，有赵俊文，赵逸和刘艳会一直藕断丝连吧。

回到服务台，梓涵见韩鹏在，勉强挤笑道：“鹏哥，帮我给赵逸家孩子送杯果汁，我累了，想坐一会儿。”

“没问题！金大美人的要求，我有求必应！”韩鹏爽快答应了。

韩鹏走后，梓涵趴在桌子上，心里酸楚，不由得掉下泪来。

“宝宝，你怎么了，怎么不去给我加油?”不知什么时候，赵逸出现在她身后，“还有给我准备的巧克力呢?”

梓涵偷偷擦了擦脸上的泪，起身拿过放在旁边的包，掏出一盒巧克力，递给赵逸，“给你，答应你的事儿我什么时候没做到?”

看梓涵神色不对，赵逸已猜到几分。见周围没人，他贴近梓涵耳边，悄声道：“宝宝，你放心，我中午就送他们回去！你高兴点，等会儿过去给我加油!”

赵逸的软语温存让梓涵宽慰了许多，她笑道：“猪哥，你先回去吧，我等会儿就去。你9点半开始比赛，时间还没到呢。”

“哈哈，我说我家宝宝怎么不着急呢，原来早就知道时间了！好，我先进去，等会儿见!”

赵逸走后，韩鹏拿着空杯子回来，在她身边坐下：“梓涵，快进去看看吧，我刚看了一会儿，挺有意思的。”

“我等会儿再去，有点累。”梓涵还是提不起精神。

9点半，梓涵和韩鹏一起走进赛场，顿时被热烈的气氛感染。

赵逸已换上网球衫，越发显得他身材壮硕，气宇轩昂。赛场上的他活力四射，邪魅而俊美的脸上噙着一抹放荡不拘的微笑。他爱这个赛场，喜欢众人瞩目的感觉。

见梓涵进来，赵逸做了个胜利的手势。除了梓涵，没有人知道这其中的用意。

赵逸的对手很强悍，第一场他稍显逊色。到了第二场，他奋起直追，领先对方2分，第三场则以大比分完胜。

梓涵一直在不远处观战，在心里默默支持他。观众席上的孩子早已欣喜若狂：“爸爸，加油!”

赵俊文的呐喊声刺痛了梓涵，她和赵逸的关系还不能公布于众。不知情的人看来，观众席上那个女人才是赵逸的妻子。而她，不过是个外人。

“梓涵，崔总让你找十个啦啦队员，组织个啦啦队给选手加油。”广告部的张萱跑过来，兴奋地说道。

梓涵答应着，应下了这差事。

第二轮比赛结束，赵逸走下赛场，一边擦汗一边走向梓涵。

得知梓涵要找十个啦啦队员，赵逸当即毛遂自荐，亲自帮梓涵选啦啦队员。

以他的个人魅力，在逸动传媒找十个啦啦队员，并非难事儿。只要他出马，还没有拿不下的小姑娘。

“梓涵，等着吧，我马上带人过来!”撂下一句话，赵逸自信满满地走向观众席。

赵逸说到做到，只用十几分钟就完成了任务。

梓涵带着十个女同事一起上楼。这么快见到她，崔荣昊有些吃惊：“梓涵，你挺厉害呀，这还不到半个小时呢!”

梓涵并不接话，淡淡说道：“崔总，队员选好了，你看看吧。”

崔荣昊随便看了一眼，道：“你定吧。你到财务那里取点钱，给她们每人买一套衣服。”

“好的，崔总，我们走了。”梓涵头也不回就要下楼。

能见到崔荣昊真身，女孩子们一阵欢呼，个个都是花痴的表情。

因为她们的热情，更显得梓涵冷若冰霜。

对崔荣昊安排的任务，梓涵很抗拒。见赵逸在，就把买衣服的任务交给他。赵逸自然乐意帮她分担，痛快地答应了。

下午比赛前，女孩子们换上了赵逸帮她们挑选的衣服。

赵逸了解梓涵的喜好和尺码，帮她选了粉红色运动套装，很合身。

身穿靓丽网球衣的女孩子们一出现就惹得男同事们纷纷侧目，掀起了一阵狂潮。

如花的女孩子是一道不可多得的风景，甚至比球赛本身更有吸引力。

赵逸一直看向门口，期待梓涵出现。待看到眼前越走越近的美人儿时，不禁心花怒放。

梓涵低着头，笼罩在一片宁静、柔美的气氛之中，仿佛不属于这个喧闹的赛场。

一件吊带装，露出她圆润滑腻的珍珠肩，把她的身材衬托得玲珑有致。两条修长白皙的嫩藕一样的手臂，自然而然地垂在细若水蛇一样的腰肢上，让人心生艳羡。

因为梓涵，整个网球场沸腾了!

崔荣昊的目光一直聚焦在梓涵身上，片刻不肯离开。直到这一刻，他才知道什么叫天生尤物!

看到梓涵的身材，男人们会两眼充血，恨不得即刻扑上去。可看到梓涵的容貌，他们又会心无杂念，心生呵护她的欲望。她那张面孔简直美得超尘脱俗，宛如仙子，绝对是人间鲜有!

“梓涵，你今天真漂亮!”赵逸由衷赞叹。

在人前他不敢有太多的溢美之词，只这一句，就让梓涵心满意足了。

她的美不容别人亵渎，唯一能靠近她的，只有赵逸。

“梓涵，你这么漂亮，我们都不敢和你站在一起了!”王蔷带着醋意说道。

“哪有呀，大家都很漂亮呀!”梓涵不忘称赞队友。

“好了，大家别互相夸了，还是练习一下吧，决赛马上就要开始了!”赵逸不忘提醒梓涵。

梓涵感激地看了他一眼，两人眼神交会，无限情意包含其中。

崔荣昊占据绝佳观赛位置，梓涵等人的一举一动尽收眼底。可由于身份的关系，他不能和她们近距离接触。眼看着梓涵和赵逸说话，坐在看台上的他，第一次感觉做老总不是什么好事儿。

在啦啦队员的奋力呐喊声中，场上选手越战越勇，冠军赛越来越精彩。看到激烈处，崔荣昊不顾身份走下看台。

场上场下一片沸腾，女孩子们的尖叫声甚至超过了呐喊声。

“崔总，你太帅了!”

“崔总，你能和我们啦啦队合个影吗?”

……

崔荣昊并不答话，只远远地看着梓涵。她活泼灵动的身姿让他着迷……

梓涵神情专注，尽职尽责地为选手加油，没注意到崔荣昊。

“挥动青春，放飞梦想，青春无悔，兴岭必胜!”梓涵不由自主地呐喊，她还是有私心的，希望赵逸能获胜。

听到梓涵的声音，赵逸精神振奋，充满斗志，心想：“宝宝，我一定会拿下冠军的，等着吧!”

赵逸发挥得很好，以较大比分击败了对手，拿下了冠军。

梓涵满心欢喜，好想给他一个拥抱，一个吻，却不能够。

“崔总，可找到您了。”王志军气喘吁吁地跑过来。

“怎么啦，这么急?”崔荣昊问道。

王志军笑了笑，道：“没什么大事儿，就是比赛结束了，请您给冠军颁奖。”

“哦，这个我知道，你把梓涵叫来，我有话和她说。”

“好，好，我马上去!”王志军连声答应。

没过多久，梓涵跟着王志军走过来。

梓涵一出现，崔荣昊的神情瞬间变得温柔。

那灼热的目光，那堆笑的表情，让王志军都觉得好笑。

自古英雄难过美人关，一个金梓涵，让平日里不苟言笑、高高在上的总裁，高兴得像个孩子。

“梓涵，你等会儿陪我给冠军颁奖。你跟在我身后，把奖杯和鲜花递给我就行。”崔荣昊和声细语，事无巨细地叮嘱，唯恐梓涵听不明白。

想到能给赵逸颁奖，梓涵心中欢喜，难得一见地对崔荣昊笑了笑，答应道：“好的，崔总!”

崔荣昊不知其中缘故，以为梓涵对他的态度有了转变，满足地走出赛场，留下王志军在原地发呆。

回到休息室，崔荣昊整理好头发，换上一身宝蓝色定制西装。镜子中的他，身材挺拔，目若朗星，神采奕奕，散发着成熟男人特有的魅力。

这时的赛场上，女孩子们都围绕在赵逸身边。

“赵总，你球打得太帅了！那招式，那动作，那神采……”

“是呀，我们都看呆了！”

大家叽叽喳喳地议论着。

“赵总，我们合个影吧！”王一梅提议，韩鹏自告奋勇当摄影师。

“好呀，大家都一起来！”赵逸走到梓涵身边，把手搭在她的肩上，招呼其他女孩子一起过来。这是他二人在人前最亲密的举动。

女孩子们蜂拥而至，簇拥着中间的赵逸和梓涵。

“茄子……”韩鹏用相机将这一美好画面定格。

赵逸和梓涵，一个是赛场上挥洒自如的新科冠军，一个是赛场下魅力四射的绝色宝贝，不知谋杀了多少男男女女或羡慕或嫉妒的目光。

看着赵逸，梓涵又多了一分欣赏。望着梓涵，赵逸又添了一丝爱意。

两人不时眉目传情，恨不得立即离开这喧嚣，享受只有他二人的甜蜜时光。

17 点整，颁奖典礼准时开始，梓涵跟随崔荣昊来到颁奖台前，看着他把鲜花和奖牌递给赵逸。

崔荣昊和赵逸靠得很近，却貌合神离。

“梓涵，我给你和崔总、赵总合拍一张。美女加帅哥，绝配！”王志军知道崔荣昊的心意，又不好让崔荣昊和梓涵单独合影，便想到这个办法。

对王志军的提议，梓涵很抗拒。在她看来，崔荣昊就是个 1800 瓦的大灯泡，横在她和赵逸中间。而在崔荣昊看来，赵逸只是个摆设，完全可以视为空气。

镜头里的三人就是这样子：崔荣昊在中间，面带难得一见的微笑。梓涵在他左侧，与他保持大约 15 厘米的距离，且上半身向左倾斜 20 度。赵逸在崔荣昊右边，笑得比哭还难看。

王志军是个聪明人，看得出梓涵对崔荣昊的抵触，但他就是不由自主地想讨好崔荣昊，极力制造二人在一起的机会。

“崔总，我去收拾东西，先走了。你们继续拍照吧！”没等崔荣昊答话，梓涵就跑开了。崔荣昊不好挽留，只能眼看着她离开。

比赛结束了，颁奖结束了，他找不到合适的理由把她留下。

“崔总，我陪你回休息室吧，这边太闹了。”王志军谄媚笑道。

“不用，我自己去，你不用管我。”

在众女孩儿火辣辣目光的注视下，崔荣昊离开了赛场。

在逸动传媒，崔荣昊有个雅号，叫“玉面霸王”。他身居高职，冷峻，霸道，帅气，多金。这样一个成功人士，身边本不该缺女人。但他的个性却让很多女人退避三舍。

他讨厌女人的刻意逢迎、逢场作戏。对不喜欢的女人，他从不留情面。曾经有个女下属，在递送文件的时候借机向他示好，第二天就收到了解聘通知书。

他很少笑，也很少表露感情，没有人了解他的喜好。

但凡是这样的男人，除非不爱，爱了就必然轰轰烈烈。

崔荣昊在心里暗暗发誓，非梓涵不娶，不惜一切代价。

第八章 小风波

临近年底，赵逸回京城开会，顺便带梓涵回兴岭玩几天。

夜里，隆隆的火车声夹杂着赵逸的鼾声，伴梓涵进入了梦乡。

清晨，梓涵醒来时，外面已是银装素裹的一番景象。刚下过雪，兴岭气温骤降，阵阵寒气透过车窗袭来。

“好漂亮呀！猪哥，你看兴岭下雪了！”见赵逸睁开眼睛，梓涵兴冲冲地说。

“嗯，兴岭的雪总比京城的早，温度也低得多。”半睡半醒中，赵逸说道。

二十几分钟后，火车停在兴岭站。

“宝宝，你先回家，冰箱里有饺子，你自己煮点吃。我找同事有点事儿，晚点回去陪你，好不好?”下了火车，赵逸笑呵呵地问道。

“你去吧，猪哥，我在家里等你!”梓涵像个贤惠的小媳妇，接过赵逸手中的钥匙，一脸幸福。

一个多月没来，她早就想兴岭的家了。

推开房门，沙发上、桌子上都很凌乱。赵逸似乎走得很匆忙，没来得及收拾。

床上铺的还是 Hellokitty 床单，一只只小猫娇憨可爱。梓涵掀开被子准备躺下，在枕头附近发现一个塑料瓶，里面装着油状的液体。她本以为是沐浴乳之类的东西，待拿在手中仔细一看，淡蓝色半透明的瓶身上“人体润滑液”几个字清晰可见。

梓涵知道，这是男女欢爱时用的东西，不觉心头一震。

赵逸一个人住，床上怎么会有这种东西呢？

来不及多想，梓涵听到开门声。赵逸回来了。

“宝宝，我回来了！我上午不上班，在家陪你！”赵逸在门口喊道，语调里难掩兴奋。

梓涵拿着瓶子坐在床边，并不答话。赵逸走进卧室，才看到她手中的东西。

“宝宝，你在哪里找到的这东西？”赵逸明知故问。

梓涵还是不说话，只有眼泪无声地从眼角流下。

赵逸很愧疚，也很心疼。都怪他一时糊涂，在酒精的作用下和一个女人有了一夜缠绵。

如今，这东西在家里，在床上，任是怎样的谎言都不能让梓涵信服。

情急之下，他想了一个拙劣的说法：“宝宝，别哭了。这东西不是我的。你知道的，咱们家的房子是租的，好几个同事都有咱们家的钥匙。也许是他们当中的什么人，趁我不在，带女人到咱们家。你想，猪哥这么喜欢你，怎么可能有别的女人呢？”

赵逸的解释太牵强。梓涵冰雪聪明，料定他说的是谎话，却不忍去拆穿。她太爱这个男人，爱到可以忍受他犯下的任何过错，包括对她的背叛。

见梓涵情绪有所缓和，赵逸揽住她的身体，让她靠在自己的肩上。两人都不说话，只是静静地相互依偎。

赵逸知道，梓涵不想追究。他编造的理由连自己都不信，何况是梓涵？

在她最爱的 Hellokitty 床单上，赵逸和其他女人亲热，这是梓涵无法接受的！

她推开赵逸，擦干了脸上的泪，默默地把床单、被套撤下。她的 Hellokitty 床单，已不再干净，她只想把它丢掉。

“宝宝，你躺着吧，我来收拾。你放心，我一定把它们洗干净。”

赵逸把梓涵扶到床上，又把床单、被套丢进洗衣机里。

听着洗衣机的轰鸣声，梓涵心如刀绞。

躺在床上，她睡不着，闭着眼睛不想说话。

“宝宝，你睡了吗？”赵逸走进来，轻声问道。

梓涵依旧不说话，脸上没有任何表情，宛若平静的湖水。

赵逸知道她没睡，只是不想理他。他悄悄走出去，关上了门。他想给她点时间，让她平静。

坐到沙发上，赵逸心中烦闷。面对这样的事儿，梓涵的反应让他不知所措。她既没大吵大闹，也没放声哭泣。只是沉默，沉默到空气几乎凝固。

“砰!”卧室里传出一声闷响。

赵逸一惊，推门一看，梓涵刚把枕头扔在地上。

“我不要别人用过的东西，把它扔掉!”梓涵用尽全身力气，几乎声嘶力竭。

不等赵逸反应过来，她扑倒在床上大哭起来。听到她的哭喊声，赵逸反而放心了。他宁愿梓涵打他、骂他，也不希望她把痛苦藏在心里。

“宝宝，别哭了！猪哥真没骗你，那东西我也不知道怎么回事!”赵逸依然坚持之前的说法。他下定决心，绝不松口。

他不想因为不相干的女人伤了梓涵的心。那只是个意外，充其量只是一夜情，不会再有任何纠葛。

梓涵哭得撕心裂肺，赵逸的心也被她刺痛，伏在她身旁，任她厮打。

“猪哥，你为什么让别的女人来咱们的家，碰我的东西！你知道的，我最爱 Hellokitty，你为什么让别人玷污它，为什么?!”

梓涵的话，既像是责问，又像是控诉，字字句句泣血而出。一张俏脸血色全无，乌黑的长发散落在脸上，眼神哀怨而凄迷。

“宝宝，我知道，这东西出现在床上，我怎么解释你都不相信。我不想多说，我只能告诉你，猪哥真的只爱你一个人!”赵逸信誓旦旦地说。

男人一旦决定说谎，便会把谎言坚持下去。说到最后，谎言都像真的了。

看着赵逸的眼睛，梓涵动摇了。她宁愿相信赵逸的话，当什么事儿都没发生。

“我累了，我想一个人待会儿，你先出去吧!”梓涵渐渐恢复平静，神色黯淡，眼神空洞地看着前方。

“你静一静也好，我出去一下，买点你爱吃的菜。”赵逸轻轻拍了拍梓涵的头，走出卧室，下了楼。

“金梓涵，我看你还是算了吧。你那么爱他，就算他真的和别的女人上床了，你又能怎么样？还不是舍不得他吗？睁一只眼闭一只眼算了!”

梓涵自言自语地劝慰自己，随即又开始傻笑，像个精神病患者。

拿起那瓶东西，她不忍再看，对准门口的垃圾桶，奋力扔了过去，可东西没扔进桶里，却掉在赵逸的拖鞋上。她懒得去捡，和衣躺在床上。

她只想睡一觉，醒了，就当之前发生的事儿是一场梦。

赵逸从超市回来，拎着大包小包的东西跑上楼。他急于补偿梓涵，这次的事儿让他极为愧疚。

他推开门，放下东西，正准备换鞋，发现了拖鞋上那瓶东西。他很懊恼，把东西扔进垃圾桶，换上拖鞋，走进卧室。

见梓涵睡得熟，赵逸不忍打扰。他关上厨房的门，忙了快两个小时，才带着一身油烟味儿走出来叫梓涵吃饭。

一路的颠簸，再加上精神上的刺激，让梓涵疲惫不堪，她还睡着。赵逸走过去，轻吻她的脸颊，“宝宝，起来吃饭吧，吃完了再睡！”

梓涵还是沉沉地睡着，丝毫没有要醒来的意思。赵逸不忍再叫她，坐在床边，等她自己醒来。

梓涵脸上的泪痕依稀可见，眉头微蹙，樱唇紧闭，显得格外憔悴。看着眼前可怜的小人儿，赵逸眼里满是柔情。

“不要，你走开！不要碰我猪哥，不要……”梓涵在梦中呓语，身体有些颤抖。

“宝宝，猪哥在，没人能抢走我！”赵逸凑上前，心里说不出是什么滋味。

梓涵醒过来，朦胧中看见赵逸，猛地起身搂住他，“猪哥，你不要走，不要和别的女人在一起！”

梓涵做了个梦，梦见一个女人在赵逸面前搔首弄姿地勾引他，她没来得及阻止，就被赵逸叫醒了。

“宝宝，我不会走，会紧紧粘着你，你想推都推不开！”赵逸轻拍梓涵的背，温柔说道。

梓涵不作声，只是抱着赵逸，越抱越紧，就好像曾经失去过他，如今失而复得。

“好了宝宝，我做了一桌子菜，都是你爱吃的。先起来吃点东西，吃饱了再睡！”

赵逸掀开被子，把梓涵抱起来，放在餐桌旁的椅子上。

梓涵没挣扎，她对赵逸的不舍已经胜过一切。她不想再追究，只想享受这难得的相聚时光。

“宝宝，宝宝我爱你，阿弥陀佛保佑你，愿你能够原谅我，不要再生气……”赵逸用 Hellokitty 公仔挡住脸，深情款款地唱起情歌。

看赵逸极力讨好的样子，梓涵心有不忍，夹起一块香辣蟹，放进了嘴里。

她表面上冷冰冰，心却渐渐融化了。

见梓涵开始吃东西，赵逸悬着的心才放下，坐在她对面的椅子上，看着她吃。

折腾一上午，梓涵早就饿了，足足吃了一只螃蟹、两块鸡翅才放下筷子。

“我渴了，给我倒水去！”梓涵看向赵逸，命令道。

“好嘞！我给宝宝倒点喝的！”赵逸打开一瓶蓝莓汁，倒在梓涵最爱的 Hellokitty 杯子里。

“宝宝还有什么需要？我一定做个称职的服务生。”赵逸脸上堆笑，极尽谄媚、讨好之能事。

梓涵强压住想笑的冲动，紧绷着脸，故作严肃。

“宝宝，你再吃点东西，吃完了带你去逛街，好不好?”梓涵红肿的眼睛刺痛了赵逸，他想尽办法哄她开心。

“我们买漂亮衣服，买好吃的。你喜欢什么猪哥就送你什么，好不好?”见梓涵不说话，赵逸凑到梓涵跟前，接着说道。

梓涵还是没反应，只顾低头吃东西。

赵逸继续逗她，一会儿做鬼脸，一会儿扮作小猪。

梓涵绷不住，还是笑了：“早知今日，何必当初！这次先放过你。如果再让我发现什么东西，或是捉奸在床，我就永远离开你，让你永远都找不到我!”

梓涵杏目圆睁，挥舞着小拳头。

“宝宝放心，一定不会了！咱们的床上除了你、我，咱们的枕头和被子，不会再有其他东西。除非宝宝喜欢刚才那个东西，否则……”

没等赵逸说完，梓涵就站起来，用力掐住他的脖子，“让你再说，让你气我!”

“不敢了，再也不敢了，宝宝饶命!”赵逸很配合，假装求饶。

梓涵那点小力气，对他来说如同隔靴搔痒，没有任何作用。

“宝宝不闹了，再吃点东西，猪哥带你出去逛逛。兴岭这几天降温了，你穿得太少了，咱们买件厚衣服。”

梓涵不在乎物质，嘘寒问暖的贴心关爱最让她感动。

一场雪刚过，兴岭又飘起雪花，到处都罩上一层厚厚的雪，变成了粉妆玉砌的世界。

落光叶子的柳树上，挂满了毛茸茸、亮晶晶的银条儿。冬夏常青的松树，堆满了蓬松松、沉甸甸的雪球。一阵风吹来，树枝轻轻摇晃，银条儿和雪球簌簌地落下来，玉屑似的雪末儿随风飘扬。

许久不见雪，梓涵被这雪景迷住了。

“兴岭太美啦，我太爱这里啦!”梓涵举起双臂，仰望天空，任凭雪花飘落而下，轻轻拂过她的脸颊。

“宝宝，如果你喜欢这里，咱们就在这里安家。我给你买个大房子，到处都放满Helloktiiy!”赵逸情不自禁说出这句话，不过话一出口，他就觉得底气不足，毕竟他还没能力给梓涵一个像样的家。

赵逸的话触动了梓涵内心最柔软的所在。她想要一个家，一个只有他们两个人的家，一个承载着爱和温暖的家，一个可以肆意欢笑的家。

她心里清楚，和赵逸在一起，“家”这个字未免太奢侈，可遇而不可求。

从梓涵的眼神中，赵逸读懂了她的疑虑，道："放心吧，宝宝。我会努力的，给我点时间，到时候一定做到!"

赵逸的语气很坚定，至少在这个时候，他想给梓涵一个家。

梓涵没搭话，摆在她眼前的路，就像这笼罩着一层白雾的天气，让人看不清方向，只有忐忑和迷茫。

"好了，不说这个了，咱们走吧，我带你去步行街。记得那里有一家皮草店，一定有适合你的衣服。"

赵逸没开车，两人在风雪中相互搀扶，踟蹰前行。

好在步行街离赵逸家不远，没走一会儿就到了。

在一家名为"舒兰皮草"的店铺前，赵逸停下了脚步。

"应该是这里了，咱们进去看看!"赵逸拉着梓涵，走进店里。服务员很热情，立即迎了过来。

"欢迎光临！请问先生和女士打算选一件什么样的皮草，我可以给二位推荐。"

"宝宝，你喜欢什么样的？让她找给你试试。"赵逸一边将衣服上的雪拍落，一边问梓涵。

"还是不要了吧，我们买件羽绒服就好。"梓涵身上的衣服很单薄，冻得有些发抖。但她不想赵逸多花钱，坚持拉着他离开。

"你呀，还逞强！兴岭可不比京城，明天还要降温呢。你快去看看，不然我帮你选一件。"赵逸揽着梓涵往前走。

"听你的，你喜欢哪件我就穿哪件。"梓涵一副夫唱妇随的架势。

"先生，女士真羡慕你们，先生这么体贴，女士这么温柔，你们简直是太般配了!"跟随在他们身后的店员感叹道。

梓涵羞赧一笑，揽着赵逸的胳膊，就像新婚夫妻一样甜蜜。

"宝宝，你试试这个。这个好看，颜色也好，我记得你最喜欢紫色。"赵逸选中了一款紫色带毛领的貂绒大衣。

梓涵定睛一看，十分喜欢，"猪哥，这个真好看，就是我想象中的样子。"

梓涵难掩心中喜悦，轻轻抚摸穿在模特身上的衣服。

"就这件吧，找个小号的让我媳妇试试!"看出梓涵喜欢，赵逸对服务员说道。

这是他第一次在公众场合叫她"媳妇"。

刹那间，梓涵的心被幸福感填满。"媳妇"这个称呼对她来说弥足珍贵。

"好的，先生女士稍等。"服务员笑着应道。

"猪哥，还是不要这个了，太贵了。"

两万多的价格对她和赵逸来说都不算什么，可她就是舍不得让他花钱，俨然一个勤俭持家的小媳妇。

“宝宝听话，价格不是问题，关键是你喜欢。”

见服务员拿来衣服，赵逸接过来，强行把梓涵的外套脱下，把紫色貂绒大衣套在她身上。

梓涵肌肤胜雪，且身材高挑，气质高贵。一袭紫色貂绒大衣越发衬得她雍容典雅，超凡脱俗，引得周围的店员和顾客纷纷称赞。

“宝宝，你穿这衣服太漂亮了！我这就去交钱，咱们就要这件了！”不容梓涵再说什么，赵逸当即走向收银台。

见赵逸态度坚决，梓涵没再阻止，付完款，两人一起走出皮草店。

兴岭市中心的步行街是当地有名的商业区，每到节假日都是熙熙攘攘逛街购物的男女，热闹非凡。

莹莹白雪中，梓涵皓齿朱唇，明眸善睐。

有这样一个绝色佳人陪伴在身侧，赵逸的虚荣心得到了极大的满足。

买完衣服，两人又在蛋糕店里选了点心就回家了。一进房间，赵逸就抱住梓涵，一手扣住她的肩膀，一手抬起她的下巴，闪电般吻住了她。

这吻，对梓涵来说不陌生。可之前在床上发现的东西在她心里留下了阴影。

她突然清醒，反射性地推开他。

她原谅了他，但还不想和他亲热。

赵逸心中一空，失望地看着她。良久，他坐到沙发上，点了一根烟。

他还是那个习惯，一有烦心事儿就坐在沙发上抽烟，一句话也不说。

梓涵愣了半刻，走过去，发现赵逸的脸色仍然愁云惨淡，不由道：“对不起，再给我点时间，我需要时间。”

赵逸不语，脸上不见任何表情。

梓涵也沉默下来，只是偶尔瞄他一下，两人就这样静静地待着，过了很久。

“宝宝，明天晚上我送你回家，下个月回京城我再去看你。”赵逸率先打破安静的气氛，毕竟错在他。

“好，我明天晚上走，后天也该上班了！”

“你知道我为什么下个月回去吗？”赵逸道。

“不知道。你回京城办事？”梓涵低声问。

“年底温总要组织个联欢会，公司所有员工都参加，我是联欢会的总导演。下个月回去，我可能在京城待上一段时间，给联欢会选演员。”赵逸淡淡地说。

梓涵恍然大悟："我听同事说过，我当时不信，原来是真的!"得知赵逸能回京城，梓涵难掩兴奋。

她就是这样，离不开他，愿意包容他任何过失。

"你呀，刚才还对我一脸拒绝呢！这会儿听说我要回京城，又这么高兴!"

"猪哥，我不想提这事儿了。明天我就走了，只想和你在一起，什么都不想了。"

梓涵抱住赵逸，眸子里闪着萤光。她太珍惜和赵逸在一起的时光，一分一秒都不想虚度。

"你想做什么，猪哥陪你。"低头看着怀里的人儿，赵逸柔声问道。

"我想看《案发现场》，你陪我——"梓涵仰起头，尾音拖得很长，娇嗔地说道。

"好，干什么猪哥都陪你!"赵逸说话的语气像是在哄一个顽皮的小孩子。

梓涵享受他给的宠溺，揽着他的腰，两个人一起进了卧室。

电视里传出《案发现场》的片头曲，屏幕上不时出现尸体和血迹，引得梓涵阵阵尖叫，躲进赵逸怀里不肯出来。

"宝宝，你这么害怕还看什么呀，要不咱们看别的。"赵逸拍着她的头，安抚道。

"没事的，我要看，有猪哥在我不怕!"梓涵紧贴着赵逸，用被子盖住身体，只把娇俏的小脸儿露在外面。

两个人依偎着，不时讨论剧情。

这一刻，他们心里只有彼此，恨不得融为一体，永远也不分开。

崔家别墅书房里，崔荣昊一个人对着空荡荡的屋子，看着电脑屏幕上和梓涵的合影发呆。

他把网球赛颁奖礼上拍的照片做了处理，本来三个人的照片，被 PS 成只有他和梓涵两个人。

为了梓涵，他已经放下身段，可她还是不为所动。看着梓涵可爱的笑脸，审视着她的每一寸肌肤，崔荣昊想恨却恨不起来。

"你这个小丫头，是上天派来折磨我的吗？我怎么就这么喜欢你呢?"崔荣昊把手放在屏幕上，轻轻地抚摸着，从梓涵的脸、到肩膀……

照片上，梓涵的手微微抬起，搭在腰上，手腕处一串紫色的珠子引起了崔荣昊的注意。

这珠串，好像在哪里见过?

崔荣昊努力回忆着，突然想到上次去赵逸家，在洗手间里看到一串紫色的水晶手链，和梓涵手上的这条几乎一模一样。崔荣昊将照片放大后仔细看了看，更确定了他的判断。

“难道赵逸家的手链是梓涵的?”崔荣昊惊叹道。

崔荣昊向来思维缜密，绝不妄下定论。心想即使两条手链一模一样，也不能说明赵逸家的那条就是梓涵的。不过他已经开始怀疑赵逸和梓涵的关系了。

几天之后，赵逸回到京城，着手准备逸动传媒年末联欢会。刚一进市区，就迫不及待地到梓涵家找她。

“猪哥，从今天开始，你是不是就要准备联欢会的事儿了?”上了赵逸的车，梓涵欢喜地问道。

“嗯，温总找我好几天了，他很重视这次联欢会。可能还需要你帮忙呢。”赵逸一边开车一边说道。

“帮忙没问题，要人出人，要力出力。我们策划部的人都能上，唱歌跳舞都没问题。”梓涵自信满满地说道。

“那好，到时候找你。”赵逸在梓涵的小鼻子上戳了一下，笑着说道。

“猪哥，你要不要小品，我给你写个剧本吧，包你满意!”

“好呀，有小品最好不过了，温总一定满意，他最喜欢有创意的东西。你写一个吧，我帮你改改。”听到梓涵的提议，赵逸很兴奋。

“写小品可以，不过我有个条件……”梓涵坏笑。

“什么条件?”看她调皮的样子，赵逸觉得好笑，反问道。

“很简单，我既要当编剧，还要当演员。我还没演过小品呢，我要上台露露脸，没准儿被哪个大导演看上了，让我去演戏呢!”梓涵越说越开心，就好像站在舞台上，受万人瞩目。

“这个嘛，可以考虑一下。我家宝宝这么漂亮，不当演员可惜了。不过宝宝，要上台可不那么简单，总得付出点什么吧!”赵逸顺势开玩笑。

“这个我知道，如果赵导让我上台，可以潜规则我，我愿意为艺术献身。”话没说完，梓涵已笑得上气不接下气。

“我的天哪!为了这么个小角色你就向导演投怀送抱，也太不值了吧?这脸蛋儿，这身材，便宜导演了。”赵逸很配合梓涵，两人你一句我一句，互相打趣。时间过得很快，没一会儿就到了公司门口。

“宝宝，你下车吧，我去停车。”

“好吧，我进去了，等会儿见。猪哥记得到办公室看我。”只和赵逸分开一会儿，梓涵就依依不舍。

“放心吧，一定去看你!”赵逸凝望着她，恨不得把她搂在怀里亲热一番，可这是在公司门口，他要注意影响。

赵逸停好车，直接乘电梯到了副总裁温静初的办公室。

温静初为人谦和、幽默，颇受员工喜欢。这次年末联欢会，他特意把赵逸从兴岭找回来做总导演，落实他的一些想法。

“赵逸，对这次联欢会的节目安排你有什么想法?”一阵闲聊过后，温静初说到正题。

“具体的我还没想好，但是大框已经有了。我想节目形式丰富些，歌曲、舞蹈、小品、相声都要有，加起来一共十几个节目吧。金梓涵说有个小品本子要给我，我准备看看。”赵逸不忘推介自己的爱人。

“嗯，梓涵的本子值得看看，这孩子向来想法多，这几年进步不小。我正准备和崔总说，让她做策划部的副经理呢，这个位置不能再悬着了。”

听了温静初的话，赵逸心中一喜，恨不得立即把这个好消息告诉梓涵。

“好，我先看看，另外我再构思个相声本子，一起拿过来给你看。”梓涵升职的消息让他兴奋，语调都是雀跃的。

“好！你可以让梓涵帮忙，让她做总策划。有什么需要，就去找财务。一个月后，我希望大家能看到一台精彩绝伦的晚会!”温静初站起来，情绪振奋。

“放心吧！一定圆满完成任务!”赵逸也站起来，向温静初敬了个礼。兄弟二人都笑了。

离开温静初的办公室，赵逸迫不及待地到了三楼，他的心早就飞到梓涵那里了。

听说能做晚会的总策划，和赵逸一起工作，梓涵很兴奋：“猪哥，我们一起排练，一起演出，我每天都能看到你，感觉好幸福!”

“宝宝，我把你的小品推荐给温总了，你打算怎么谢我?”赵逸邪魅地笑着，一双俊眼脉脉含情。

“人家不是说你可以潜规则嘛，大不了以身相许呗!”梓涵忍住笑，假装一本正经地说道。

“那可说好了，这次可别变卦，表现好了让你演女一号。”赵逸回头看了一下，见没人进来，把梓涵按在墙上，深深吻了下去。

梓涵被他突如其来的举动吓到了，连忙推开他。

“猪哥，这是在办公室，让别人看见怎么办!”梓涵红着脸，压低了声音。

看她既含羞又紧张的样子，赵逸更加喜欢，不顾梓涵反抗，又吻了下去，一双大手也不安分地在她身上摸。

梓涵还清醒，奋力挣扎。

“看把你吓得，逗你呢！猪哥还没那么笨，知道这是办公室!”赵逸狡黠一笑，顺势松开梓涵。

“你呀！简直坏透了，就知道吓我！”梓涵整理好衣服，把赵逸推到沙发上，自己坐在对面的椅子上。

“不闹了，说正事儿吧。这几天你抽空把小品本子写好，发到我邮箱，我先看看，帮你改改。”赵逸一向公私分明，说到工作上的事儿，一脸严肃。

“好，放心吧，小品就包在我身上。策划部有几个同事歌唱得不错，我觉得可以考虑让他们各自独唱，或组成个乐队。我这几天联系他们，准备一下。”梓涵答道。

“乐队！这个主意不错！我记得韩鹏吉他弹得不错，我们兴岭的张东奇是架子鼓高手，再找几个人，组成个乐队一定轰动。”

听了梓涵的建议，赵逸相当兴奋，眼里闪着明亮的光。

“嗯，我想想，再问问其他同事，集思广益，一定能组织个完美的乐队。赵导放心，我一定完成任务！”梓涵调皮地笑着，向赵逸做了个鬼脸。

“好！我们大才女最能干了，做我的助手，如虎添翼呀！”赵逸夸梓涵，也不忘称赞自己。

“那当然，没看我是谁的徒弟！我师傅可是有名的才子，撑起逸动传媒半边江山。他徒弟我得师傅真传，自然不会太差。”梓涵表情夸张，极尽吹捧之能事，说得赵逸心花怒放。

“徒弟这话，师傅很受用！师傅高兴，再告诉你一个好消息。我听温总说，最近就升你的职，让你做策划部的副经理。”

“真的？让我当副经理？我没听错吧！”梓涵不敢相信自己的耳朵，毕竟之前没有任何征兆。

“师傅能骗你嘛！是温总亲口和我说的，你就等通知吧，估计一周之内就能在办公网上公布。”赵逸站起来，拿起梓涵桌上的水杯，走到饮水机前接了一杯水。

“猪哥，今晚我请客，咱们庆祝一下！”梓涵喜不自禁。

“今晚不成，温总约我吃饭。”

“好吧，你去吧，晚上少喝酒。”梓涵猜想，赵逸吃完饭后多半是去看赵俊文，不会来找她，刚刚由于兴奋变得异常明媚的脸色渐渐黯淡下来。

赵逸知道梓涵的心事，怜惜地看了她一眼，推门出去了。

整整一上午，赵逸都在各部门物色演员人选，梓涵则在电脑前写小品稿子。两人分工明确，为了同一个目标努力。

直到中午，赵逸才回到梓涵的办公室。梓涵把小品初稿给他看，他很满意，只提出几点修改建议。

到了下午，歌曲类的演员基本确定，梓涵的小品稿子也改完了，赵逸才松了口气。

第二天，梓涵很早就到公司，期待赵逸到办公室找她。可直到中午，赵逸都没露面。没有赵逸，她做什么都没兴致，饭也不想吃。

“砰砰砰！”

正当梓涵百无聊赖之际，门口传来敲门声。她起身开门，站在门口的是崔荣昊的助理，手里拎着一个食品袋：“梓涵，这是崔总让我给你的。”

见梓涵不接，他笑着把东西放在桌子上，转身便离开。梓涵追过去，他已快步走进电梯。

梓涵无奈，打开桌子上的袋子，里面的藕粉糕还冒着热气。

她拿起一块藕粉糕放在嘴里，甜甜的味道沁人心脾。

前一天晚上喝多了，赵逸睡了一上午，直到中午才醒来。

到了梓涵的办公室，赵逸吃了块藕粉糕就去给演员们开会了。临走前特意叮嘱梓涵，让她再推敲一下小品本子。

梓涵编写的小品剧本名叫《报社主编相亲记》，写的是一个大龄男主编几次相亲的经历。

男主角只有一个，女主却有三个。梓涵喜欢女二号，准备亲自出演。其他演员人选由赵逸决定。

临近月底，逸动传媒上上下下都分外忙碌，崔荣昊刚到公司就组织开会。有梓涵在场，他有些心不在焉，不时盯着她看，讲话的语气也温和了许多。

几个部门经理都看出端倪，相视而笑。

要知道崔荣昊是出了名的冷面霸王，让他在工作场合展现出有亲和力的一面，难度系数不亚于彗星撞地球。

散会后，崔荣昊让其他人离开，独留下梓涵。

“崔总，你找我有事？”众人走后，未等崔荣昊说话，梓涵先问道。

“嗯，有事，而且还是好事儿。”崔荣昊递了一瓶咖啡给梓涵，接着说道，“我和温总研究过了，准备让你做策划部的副经理。如果你没什么意见，明天就公布。而且我们还决定以此为契机做个宣传，让你做咱们公司的形象代言人！把你包装成逸动传媒，乃至整个传媒界的明星。你出名了，逸动传媒就更有名了。”

崔荣昊深谙经营之道。如果让梓涵做逸动传媒的形象代言人，不仅可以提升梓涵的知名度，还可以省去一大笔宣传费用，可谓一举两得。

当然，他是有私心的，心爱的女人出了名，他也有面子。

听崔荣昊说让她做副经理，梓涵并不吃惊，因为赵逸之前说过。可让她做形象代言人，完全出乎她的意料。她一向不爱出风头，对这样的事儿不感兴趣。

“如果崔总信任我，我愿意担任策划部副经理一职，可做逸动的形象代言人，我真不行。”

在崔荣昊面前，她不想绕弯子，说什么冠冕堂皇的话。

“梓涵，我了解你，我知道让你抛头露面，你会不舒服。可这不仅是为了你，更是为了公司。你想想，现在的人，谁不喜欢看帅哥美女，更何况是你这么有才华的美女，岂不是人人都要趋之若鹜？”猜到梓涵会拒绝，他坐到她对面的椅子上，耐心地劝解道。

“你说的我都懂，可是……”梓涵有些犹豫。

“没有可是，只有必须！梓涵，这是为了公司，你懂吗？不过你放心，我保证你的生活不会受到影响。我只是打造一个明星，又不是开娱乐公司。你只要安心工作就好，其他的自有人运作，不用你操心。”崔荣昊的话软中带硬，容不得梓涵拒绝。

“好吧，崔总，就按你说的做吧，我会积极配合。”在大局面前，梓涵还是屈服了。毕竟是为了工作，她不好再推脱。

“好！我就喜欢你这么爽快的女孩子。梓涵，和你接触越多，我越能发现你身上的优点。好好干！逸动传媒给你提供施展梦想的平台！”崔荣昊慷慨激昂地说。他的目光炙热而明亮，梓涵不敢直视，低下了头。

“梓涵，你还记得咱们一起拍的那张照片吧，我把它做成电脑壁纸，每天打开电脑都能看到。说出来不怕你笑话，照片上本来是三个人，我把赵逸 PS 掉了，变成了我和你的合影。我们两个人的世界，不需要第三者。”

说完工作的事儿，崔荣昊突然提到网球比赛上拍的照片。梓涵是个聪明人，知道他话中有话，早就听出其中的含义。

“崔总，你这么做我很感动。但是有些人，有些事，不是 PS 能解决的。照片能做 PS 处理，我们的关系却不能。”梓涵的话就像把软刀子，触痛了崔荣昊的心，让他什么也说不出。

沉默片刻，崔荣昊才回过神来，笑道：“你和赵逸关系还不错吧？前些日子去兴岭，你去看他了吗？”

“那天我联系过他，他有事，我急着走就没见面。”

从小到大，梓涵就不会撒谎，这个笨拙的谎言进一步印证了崔荣昊的判断。

如果她说去过赵逸家，一切都好解释。手链可能是洗手时摘掉，忘记戴了。可她偏偏说没去过，任是谁都会觉得她欲盖弥彰、掩耳盗铃。

梓涵一时疏忽，让崔荣昊找出了纰漏。

“不说这个了，无论你和谁在一起，无论你怎么拒绝我，你都是我心中最完美的女孩儿。你可以阻止一切，却不能阻止我爱你。梓涵，相信我，我对你是认真的，我不想你受到任何伤害。”

观察梓涵的反应，联想到赵逸家那条手链，再联想到梓涵在兴岭出现。崔荣昊几乎可以断定，梓涵口中那个男友，就是赵逸。

看着眼前这双纯净得像一汪清水似的眼睛，崔荣昊又急又气，却不好发作。

就算推断是正确的，他也不想在没有证据的情况下大发雷霆。

“我不是傻子，你对我的感情我知道。放心吧，没人能伤害我。”

梓涵感激崔荣昊。他似乎猜到了，却没挑明，给她留足了面子，不然她真不知道怎么办。

毕竟她和赵逸的关系暂时不能公开，不能光明正大地让人知道。

“我不会放弃。从今天开始，我正式和你男朋友竞争！记得帮我告诉他，我是个很强势的对手。到最后谁输谁赢还不一定呢！”

崔荣昊说得直白，但他坚定地把握住一个底线，就是不能说破梓涵和赵逸的关系，让她难堪。

从崔荣昊的办公室出来，梓涵无心工作。打开某宝网站，随便看了看，才知道第二天是双十一，各种打折促销的广告充斥了整个页面。

对于光棍节，梓涵一向不来电，她不理解，单身有什么值得庆祝的呢？谁不想有个心爱的人陪在自己身边，天天都是情人节？

每年光棍节，没见欢天喜地过节的，商家赚了个钵满盆满倒是真的。

想到赵逸还在路上辛苦奔波，她心里总是静不下来，直到下午接到赵逸的电话，悬着的心才放下。

“猪哥，你走了，我这一天都没心思工作。”对着电话那头的赵逸，梓涵娇声说道。

“宝宝乖，我有事，不然怎么舍得这么早走。”刚刚离开梓涵，赵逸就体会到思念的滋味。

“我知道了，猪哥。你回去注意休息，少抽点烟。”梓涵像个贤惠的妻子，温柔叮嘱道。

“好的，宝宝说什么我都听！宝宝，明天就是 11 号了，猪哥不在你身边，看来我们要过光棍节了。”赵逸无奈地说。

“猪哥，听我的，咱们不过这个节。谁说 11 月 11 日是光棍节？你知道我理解的

11 月 11 日是什么意思吗?”梓涵笑着问道。

“什么意思?”赵逸不解地反问。

“我觉得 11 月 11 日的真正含义是 1 生 1 世 1 辈子只爱 1 个人。金梓涵一辈子只爱你赵逸一人，永远都不和你分开!”

梓涵说得很动情，赵逸被她的话深深震撼了，沉默许久才说道:“我也是，一辈子只爱金梓涵一人，长相厮守，不离不弃!”

这一刻，赵逸的誓言是真诚的。他珍惜梓涵对他的感情。

她默默给予，无私付出，用她那颗纯净而明媚的心慰藉他疲惫不堪的灵魂。

在他内心深处，他已经把梓涵当成最亲密的爱人，愿意与之倾诉痛苦，分享快乐。

第九章　你是我的眼

赵逸即将离开兴岭，去安西赴任，对梓涵来说，是个不小的打击。

兴岭的家、兴岭的山、兴岭的街道都印在她脑海里，抹也抹不掉。那是她和赵逸爱开始的地方，承载了太多美好回忆。

几天后，赵逸再次被温静初召回京城。

如梓涵所愿，赵逸回京城的第一站是她的公寓。知道赵逸快要到了，梓涵精心打扮了一番才下了楼。

黑色越野车在梓涵身旁停下，赵逸从车上下来，绅士地打开车门，扶她上车。

车里放的是郑源的歌，正唱到高潮处："为什么相爱的人不能够在一起，偏偏换成了回忆，我就算忘记时间也忘记你，也忘不了我们有过的甜蜜……"

听着歌，梓涵想到她和赵逸的境遇。他们虽然相爱，却不能对外公布关系。未来如何，还是个未知数。

"宝宝，你怎么了？发什么呆?"见梓涵不说话，赵逸关切地问。

"哦，没什么。郑源的歌，很好听。"梓涵若无其事地答道。

"宝宝，你的眼睛告诉我，你没说实话。是不是听到这句为什么相爱的人不能在一起，让你想到了我们?"赵逸问得很直接，一语中的。

"猪哥，我不想说这个，说了心里难受。"梓涵低着头，强忍着眼泪，不让它掉下来。

“宝宝，别想太多了。虽然我现在不能给你承诺，但我保证，一定会加倍对你好。相信我，终有一天我们会在一起。”赵逸若有所思地看着前方。

“猪哥，我不敢奢求什么，你有时间多陪陪我就好。”梓涵说得极为可怜，听得赵逸心里酸酸的。

他趁梓涵不备，猛地把她揽在怀里，把脸埋在她浓密而清香的秀发里，轻嗅她的甜蜜，感受她的温热。

“宝宝，我好想你！每天都想！终于见到你了，又能这样搂着你，真好！”赵逸轻声呢喃，一脸享受。

再多的电话、再多的信息，都抵不过这个看得见、摸得着的温暖怀抱。紧贴赵逸厚实的胸膛，梓涵格外踏实。

“宝宝，咱们不说这个了。高兴点，想想咱们的小品怎么拍，我的大编剧！”

赵逸不忍见梓涵伤心，故意转移话题。梓涵知道他的用意，随着他说道：“你是导演，你说了算。本子我写好了，拍的事儿就交给你了。”

“我选了几个演员，但不是特别称心。等会儿到公司你先看看，不合适咱们再选。”赵逸知道这小品剧本是梓涵的心血之作，很在意她的想法。

“没事的，赵导。你选谁当演员都不用征求编剧的意见，只要让编剧演女二号就好。我很喜欢这个角色，和我本人的反差很大，好演员都喜欢挑战这样的角色。”梓涵煞有介事、一本正经地说道，就好像是个颇有表演经验的老戏骨。

赵逸发动了车，两人一路说笑，很快到了公司。赵逸把车开到地下停车场，梓涵一个人先上楼。

会议室里，除了梓涵，其他演员都到齐了。在赵逸的要求下，王一梅特意从兴岭赶来排练小品，出演女一号。

她正站在门口，见梓涵进来，笑着迎过来：“梓涵，听赵总说，小品剧本是你写的？”

“嗯，是我写的。一梅姐，你怎么来了？”梓涵面露惊讶。

“赵总让我演小品的女一号，我本不想来的，但听说是你写的剧本，我就来了。”

见梓涵和王一梅聊得热闹，其他演员都围过来。

“梓涵，你的剧本我看过了，写得真不错，我们几个都争着演男一号呢！”说话的是人力资源部的张威，一向对梓涵有好感。

“我是一时感兴趣，随便写的，哪有你说的那么好！多亏赵总不嫌弃，采用了我的剧本。”

“谁这么谦虚呀？谦虚过度可就是骄傲了！”说话间，赵逸走进来，高声说道。

“赵导，你可是姗姗来迟呀，我们等很久了！”看到赵逸，王一梅眼里闪着光，声音也娇滴滴的，那含糖量足够做一盘糖拌柿子了。

“让大家久等了！大家看剧本了吗，想好自己演什么角色了吗?”

“我演女一号，这个是你定的，我没什么意见。”王一梅首先说道。

“我演主编母亲，我反串老太太最像了。”

财务部的王晓磊把围巾缠在头上，扮成老太太的样子，弯着腰走了过来，俨然一个活宝，惹得众人一阵哄笑。

“大家不要笑，严肃点，我看晓磊的想法很好。到时候晓磊一上台，台下一定笑成一片！”赵逸强忍着笑，对王晓磊竖起大拇指。

“我本想演男一号的，不过我可不想给他当儿子！谁愿意演男一号就演吧，我还是演男一号的朋友石头吧！”张威看着王晓磊，脸上一副嫌弃的表情，惹得大家笑得更欢了。

“我演女二号，这个角色我特别喜欢。赵导，你没意见吧?”梓涵看着赵逸，假装问道。这是他们早就商量好的。

“当然没意见，编剧想演哪个角色就演哪个角色。没有编剧，就没有这个小品，没有这个小品，就没有我这个小品导演！金大编剧，我们这一群人都靠你养活呢！”

赵逸说得很夸张，滑稽的表情引来一阵笑声。

很快，经过一番自荐，出演小品的几个演员都定下来了。

“说什么呢？这么热闹！”

门口传来一个熟悉的声音，待那人走近，众人转头一看，不由得惊呼：“崔总！”

不仅是众人，连赵逸都很吃惊，崔荣昊为什么在这个时候出现。

“我刚过来，听你们这里热闹，就过来看看。怎么？要排练小品?”崔荣昊环视一周，笑着问道。

“是的，崔总，我们正要排练小品，叫《主编相亲记》。剧本是梓涵写的，特别有趣，我们正分配角色呢！”张威抢先答道，唯恐别人不知道梓涵是编剧。

“梓涵还会写小品？快让我看看！要是真像你说的那么好，我给你们投资。服装、道具都选最好的。”

听了张威的话，崔荣昊兴致大增，不顾总裁形象，迫不及待地要看剧本。

接过赵逸递来的剧本，崔荣昊认真翻看起来。众人不敢出声，会议室瞬间安静下来。

“嗯，不错，写得真不错！我只看剧本就想笑了。”崔荣昊边看边赞叹。他一目十行，没过多久就看完了剧本。

“赵导，年底联欢，这个小品必须上！你们赶紧排练吧，我在旁边看。排练完了，晚上我请大家吃饭！”

崔荣昊话音刚落，众人就欢呼起来。赵逸和梓涵却高兴不起来，他们定在晚上的约会，就这样泡汤了。

崔荣昊和温静初不一样，他一向不爱热闹，这在逸动传媒是人尽皆知的。

听崔荣昊说要坐在旁边看排练，大家高兴之余都十分诧异，不知其中缘故。

只有赵逸明白，崔荣昊是醉翁之意不在酒。和大家一起排练，正是接近梓涵的绝好机会，他岂能轻易放过？

见他留下来，赵逸不敢含糊，为演员们一一分配了角色，排练正式开始了。

小品展现的是一个一心忙于工作、年过30还没找女朋友的报社主编相亲的故事，场景设定在西餐厅。人物有七个，分别是主编、主编母亲、主编朋友、餐厅服务员和前来相亲的三个女孩儿。第一次排练，他们把会议桌当成餐桌，人手一本剧本，一边看剧本一边表演。

首先上场的是主编的好友石头。张威表现欲极强，短短几句台词，就把现场气氛带动起来，让接下来上场的王晓磊很快找到了感觉。

只见他微微弯着身子，略显老态地走上前来，看着剧本缓缓说道：“我这儿子呀，整天就知道工作、工作，都三十好几了，对象也没个着落。我还想早点抱孙子呢！今天我就给他找一个！这刚子怎么还不回来，可急死人了！”

王晓磊话音刚落，出演石头的张威就迎过来，扶住他，“阿姨，您慢点！雪天路滑！”

听张威叫自己阿姨，王晓磊一时忍不住，笑了场。大家见他二人滑稽的表情和动作，也都笑起来。

“王晓磊，以前见你文质彬彬的，没想到你演中年妇女还挺像！”梓涵几乎笑出眼泪，捂着嘴对王晓磊说。

“演得像就好！编剧满意，就是演员的最大荣幸，说明我把你笔下的人物演活了！”王晓磊笑呵呵地答道。

王晓磊对梓涵仰慕已久，好不容易有机会接近她，自然卖力表现。

“下一个演员上场！”赵逸挥动着手臂，让出演主编的高毅上场。

高毅拿着剧本，唱着走上台：“没有花香，没有树高，我是一棵被人冷落的小草，又是寂寞又是烦恼，你说我的心情它怎么能够好？”

高毅第一次看剧本，还要唱一首改编歌，难度比其他演员都大，可他的表现毫不逊色。梓涵暗自佩服，心想还是赵逸眼光好，挑选了这么优秀的演员。

没等高毅再说什么，大家都不约而同地鼓起掌来，高毅不为所动，依旧敬业地说台词。

排练进行得很顺利，接下来的几个演员依次登场，就连只有几句台词的餐厅服务生的表演也引来阵阵笑声。崔荣昊十分满意，未等排练结束就给秘书小张打电话，让她在京城大酒店订了包间。

崔荣昊之前说请大家吃饭，众人都未当真。因为崔总请吃饭，那是前所未有的事儿。直到崔荣昊订了酒店，大家才相信眼前发生的一切是真的，心下暗自揣度，不知一向以冷面孔示人的老总，为什么突然变得如此热情。前后差距，简直有天壤之别。

“好了，大家别愣着了，崔总请吃饭，咱们一起谢谢崔总吧!”眼看着有些冷场，赵逸连忙提醒这群发呆的年轻人。

“谢谢——崔——总!”张威带头拉长声说道。其他人见他带头感谢崔荣昊，也都活跃起来。顷刻间，会议室里“谢谢崔总”的声音连成一片。

京城大酒店，崔荣昊和赵逸、梓涵以及参加联欢会的演员围坐在一起。

酒过三巡，看出崔荣昊和赵逸、梓涵的微妙关系，张威等人先后借故离开，只剩下崔荣昊三人。

“他们都走了，咱们三个喝!”崔荣昊喝了一杯多白酒，意识有些不清醒，眼神迷离，“赵逸，你知道吗？我们两个的关系很特别，我们喜欢的是同一个女孩儿。”

“什么？我们喜欢同一个人？不可能的，崔总，你真会开玩笑!”赵逸很少喝白酒，一杯酒下肚，周围发生了什么一概不知，就连包房里只剩下他们三个人，他也是抬头才看到。

梓涵喝得不多，只觉得头晕晕的，神志还清醒。崔荣昊的话让她心头一惊，酒也醒了几分。她强撑着身体靠在椅背上，想听崔荣昊接下来说什么。

“赵逸，我是你上司，也是你大哥，这么多年了，咱哥俩儿关系一直不错。大哥劝你一句，千万别做错事儿，害了你自己，更害了人家小姑娘。你没资格接受一个小姑娘的感情，你懂吗?”崔荣昊的话说得足够直白，梓涵不用想也猜得到，崔荣昊知道她和赵逸的关系。

酒后吐真言，他把压在心底的话都说了出来。

“什么小姑娘呀，我哪敢喜欢什么小姑娘？崔总，你说什么呀……”赵逸含糊地说。

他和崔荣昊不一样，即使喝再多酒，潜意识里也会控制自己。

梓涵在旁边为他捏了一把汗，唯恐他说出什么不该说的话来。

“崔总，你喝多了，让小张过来接你吧。”

梓涵唯恐出事，不等崔荣昊回答，就拨通了司机小张的电话，让小张过来接他。

接到梓涵的电话，小张先是一怔，随后马上笑着答应了。他以为梓涵和崔荣昊在一起了，不由得为自己的老板开心。

崔荣昊和赵逸扶着桌子，你一句我一句不知所以地聊着。没过一会儿，小张就到了，搀扶着崔荣昊下了楼，帮他在款台结了账。

在服务生的帮助下，梓涵把赵逸扶上了车。赵逸喝得不省人事，根本不能开车，梓涵只得坐在他身边，等着他醒来。

许是喝多了酒，在车厢温暖的环境中，梓涵也睡着了。睁开眼时，东方已露出鱼肚白。

睡了这一觉，赵逸已醒酒。他把梓涵送回公寓就出发回兴岭了。

临行前，他们相约在兴岭过周末。

星期六的清晨，赵逸打开窗帘，向窗外望去，不禁一阵惊喜。远远望去，对面山头被白雪覆盖，已然变成一个粉装玉砌、充满诗情画意的童话世界。

“宝宝最爱雪，下车看到雪一定特别高兴！”

兴奋之下，他迅速换好衣服，开车到车站，找了个显眼的位置等梓涵。

半个小时后，从京城开来的火车缓缓停在兴岭站。赵逸推开车门走出去，很快看到刚从火车上下来的梓涵。

人群中，她是那么耀眼，那么夺目，任是谁都会被她吸引，一眼就发现她。

低头间，赵逸仔细打量梓涵，发现她的衣着风格和往日有些不同。白色短款貂绒外套、黑色紧身牛仔裤搭配过膝长靴，把她的优点彰显得淋漓尽致，既端庄高贵，又清丽脱俗。顾盼飞扬间，散发着浓浓的女人味儿。

赵逸不得不承认，他爱梓涵，有一部分原因是因为梓涵的漂亮。

当一个女子美貌到这个程度的时候，不知是她的幸运还是悲哀。

崔荣昊迷恋她，尚明深爱她，身边的男孩子也暗自喜欢她。可弱水三千她只取一瓢，对任何人的追求，梓涵都不动心。她爱的，始终只有赵逸一人。

这时的兴岭，足足有零下二十几度，可梓涵一点也不觉得冷。

有赵逸，她的心是暖的。

梓涵舍不得兴岭的家。赵逸上班后，她一个人在家，审视家里的每一个角落，俯瞰兴岭的街道，仰望兴岭的山。

这个城市，有太多她和赵逸的美好回忆。在这里发生的一切，她将终生难忘……

几天后，赵逸和梓涵一起回京，为即将到来的联欢会做准备。

火车上，梓涵挤到赵逸身边躺下，伏在他胸前，痴痴地看着他。

“宝宝，你说你为什么会喜欢我呢？我虽然长得还不错，但家境远远比不上崔荣昊，你为什么选我不选他？”赵逸眸底带着一丝忧伤，毫无征兆地突然问道。

梓涵有种说不出的感觉。她不懂，他们在一起这么久了，他怎么还问这样的问题。

她微微停顿了一下才答道：“真正的爱是说不出原因的，非要找个原因，就是你满足了我对男人的所有幻想。我想象中的爱人就是你这个样子，儒雅、体贴、帅气、有才华。”

赵逸没想到会是这样的答案，苦涩地笑了一下：“宝宝，你真的觉得我体贴吗？不，我不体贴，我要是体贴，就不会让你受这样的苦了。”

和梓涵在一起后，赵逸总有一种恐惧，到底怕什么他也说不清。

也许是因为梓涵和其他女人不同，她是个小女孩儿，感情经历很少，单纯得有些傻气。

赵逸的话触及到梓涵的心事，她没再说话，回到自己的卧铺上。

回京城的几天，赵逸一直忙着排练。12 月 25 日这天，他早早地约了梓涵，晚上一起过圣诞节。

每年这一天，京城的大小酒店、宾馆都爆满。如果不提前预订，想寻找激情刺激的男女恐怕只能狠心浇灭熊熊燃起的欲望之火。

赵逸何尝不是这样，和梓涵交往这么久，他已经不满足于精神上的恋爱。他渴望梓涵的身体，想和她达到真正意义上的契合，无论肉体，还是灵魂。

吃完饭已是夜里八点多。梓涵本想看电影，但怕赵逸累，就作罢了。

从餐厅出去，路过一家拍大头贴的小店，梓涵拉着赵逸过去，想和他一起拍大头贴。赵逸觉得幼稚不肯拍，不过答应梓涵可以站在她身边陪她拍。有赵逸在，梓涵一个人玩得也很 high，不停变换姿势、表情，拍了十几张，才恋恋不舍地离开。

拍大头贴的小店旁边是一家礼品店，梓涵被橱窗里琳琅满目的毛绒公仔吸引，不由得止住了脚步。

“宝宝，咱们进去看看吧，你喜欢什么猪哥送你。”赵逸被梓涵一脸痴迷的小表情打动，笑着道。

梓涵欣然一笑，挽着赵逸进了礼品店。

她满心欢喜地在 Hellokitty 和蒙奇奇间穿梭，最后选中了一个大号 Hellokitty，“猪哥，我要这个，你看它多可爱！”

赵逸寻声走过去，看着足一人高的毛绒公仔，不禁犯了难："宝宝，这个 Hello-kitty 太大了，咱们没地方放。再说你都有几个小的了，不如买个蒙奇奇吧。"

说话间，赵逸指向不远处一个手掌大小的蒙奇奇公仔。

"好吧，听你的，就要这个吧。"没有 Hellokitty，梓涵有点失望，但看着蒙奇奇呆萌的样子，她的不快很快就烟消云散了。

再说，无论什么，只要是赵逸送的她都喜欢。

"好，就要这个，宝宝真乖！"赵逸答应道，果断付了钱。

从店员手里接过蒙奇奇，梓涵小心翼翼地放进包里。赵逸送的每件东西，她都很珍惜，哪怕是一个小到不能再小的公仔。

圣诞夜的京城格外动人，五彩斑斓的圣诞树随处可见，扮成圣诞老人的店员在人流中穿梭，发放一些小礼品，招揽顾客。

十二月的京城，虽然没下雪，但一阵风吹来，冻得梓涵瑟瑟发抖。想到他们所在的地方和梓涵的公寓只隔一条街，赵逸提议跑着回去。

跑到家，两人都气喘吁吁。赵逸躺在沙发上，不想起来。

手机里有一条信息，是前女友于曼丽发来的，只有几个字，却让他的心为之一动："赵逸，圣诞快乐，想你了！"

于曼丽好久没和他联系了，却在圣诞节这天发来信息，说想他了。这让赵逸大为不解，他不懂这个女人到底在想什么。

他打算第二天见于曼丽一面。许久没和她联系，她的身体状况让他担忧。

夜深了，窗外不知何时飘起雪花。透过阳台的落地窗，梓涵看得很真切。

赵逸不知是睡着了，还是闭眼想什么，躺在被窝里，没有一点声音。

梓涵不喜欢这样的安静，她回到卧室，掀开被子，依偎在赵逸身边。

赵逸的身体微微一动，睁开眼睛。

"宝宝，今天晚上能答应我不？别再让猪哥搂着你睡了，猪哥是个再正常不过的男人，美女入怀，我岂能坐怀不乱？"赵逸眉梢微蹙，一脸委屈的样子。

"哦，是这样呀，猪哥不想搂着我睡，那就去沙发上吧，我帮猪哥铺被。"梓涵假装起身拿被子，却被赵逸一把按住，压在身下。

"宝宝，你走不了了！今天我一定要了你！"在酒精的作用下，赵逸兴致渐浓，不等梓涵再说什么，就吻上她的樱唇，越吻越深。

梓涵用细弱的手臂推向赵逸俯下的身体，口中不停喊着："不要……不要……"

赵逸似乎没感觉到、没听到，继续他的动作。

莹白的肌肤、细腻的触感、诱人的光泽、纤细的腰肢……任是哪个男人都会欲罢不能，赵逸无心再欣赏，只想去品尝。

“不要——”梓涵不知哪来的气力，猛地喊出来。赵逸被惊到，低头一看，两行清泪，已从梓涵眼角滑落。

“宝宝，你还是不想，是吗？”看着梓涵的样子，赵逸心中不忍。

他爱梓涵，想要她也不是纯粹地占有，只是爱情的升华。

如果梓涵不答应，他绝不会强求，否则和畜生有什么区别？

梓涵不说话，只是狠狠地点了点头。

“那……猪哥不为难你了。”赵逸拉过被子，翻身躺到床的另一边。

这一晚，梓涵睡得很不踏实，时睡时醒，刚刚过去的一幕不时在眼前浮现。

赵逸早已熟睡，沉重的鼾声在屋子里回荡。

第二天清晨，梓涵很早就醒了，她本打算再睡一会儿，可想到三天后的策划部的联欢会就睡不着了。趁赵逸在，她想让他看看节目的安排和主持词的设计。毕竟，他比她有经验。

睡到8点多，赵逸才睁开眼。看见梓涵坐在电脑前，不禁问道：“宝宝，你怎么这么早就起来了，怎么不多睡会儿？”

“我在做联欢会的节目编排呢。你醒了？睡得好吗？”梓涵走到床边，看着赵逸俊朗、轮廓分明的脸，满眼爱意。

赵逸欣然一笑，点了点头。

“猪哥，策划部的联欢会，王经理让我邀请你参加，你要不要给我奉献个节目？”梓涵笑问，语气里带着讨好的味道。

“这个嘛……如果是别人要求我表演节目，我肯定不答应。不过既然是宝宝说的，我一定同意。就是有个条件……”赵逸故作神秘，斜眼瞟向梓涵胸前。

梓涵身上的粉红色蕾丝睡衣胸开得很低，微微有些透明。柔滑的丝绸材质，将她的身材勾勒得凹凸有致，惹得赵逸心痒痒的。

“好了，知道你的条件，满足你就是……”梓涵向前挪了挪身体，坐在赵逸身边，闭上了双眼，装作一副任人宰割的样子。赵逸顺势把她拉过来，在她身上一阵凌乱地狂摸。

“咱们不闹了，你快想想，咱们策划部的联欢会，你唱什么歌，我准备主持词。”梓涵坐回电脑边，看着屏幕问道。

“你突然问我，我还真想不出唱什么。要不这样吧，我先不告诉你，到时候你就知道了。”赵逸从床上起身，站在梓涵身后。

“好吧，不过我的主持词该怎么说呢？让我想想……”梓涵想了一会儿，灵机一动道，“要不我就这么说吧。我说接下来有一位神秘人物登台，为我们送上一首神秘歌曲。那么，这个人是谁呢？他将为我们唱一首什么歌呢？我不知道，大家也不知道，让我们以热烈的掌声把他请出来吧！”

梓涵的串词赵逸很喜欢，狠狠地表扬了她一番：“宝宝不愧是经验丰富的主持人，这么快就想好了！我觉得不错，就这么说吧。”

“好，就这么定了，猪哥的节目这么神秘，我也很期待呢。一早起来就忙着写这个，我都忘了做早饭了，你想吃什么？”梓涵身体向后微倾，靠在赵逸的肚子上，柔声问道。

“出去吃吧，吃完了你上班，我出去办点事儿。今天晚上我回家看看文文，就不陪你了。”赵逸抚摸着梓涵的头发，柔声道。

收拾妥当，两人到粥铺喝了粥，梓涵就去上班了。

赵逸不放心于曼丽，待梓涵走后，给她打了电话。

听于曼丽说在京城，赵逸止不住兴奋。对这个女人，赵逸有种特别的情愫，也许是因为她长得和他大学时代喜欢的女孩儿有点像吧。

对赵逸，于曼丽虽然没什么热情，但想到他给她汇钱，帮她父亲治病，偶尔还会和他联系。

两人约好时间，赵逸在酒店订了房间。

也许男人天生有英雄情结，有保护弱者的欲望。无论从外表还是家世看，于曼丽都无法和梓涵相比，可赵逸就是想保护她。于曼丽在外地的公寓是他帮忙租的，还会定期给她生活费。

赵逸把酒店的房间号发给于曼丽，早早在房间里等她。

这一夜，他们抵死缠绵。赵逸就像一匹脱了缰的野马，在广袤的草原上驰骋……

圣诞节过后，街头大大小小的圣诞老人都被商家撤下，换上憨态可掬的卡通蛇宝宝，迎接即将到来的蛇年。

吃过早饭，梓涵无心留恋风景，匆匆赶到公司。作为策划部联欢会的导演兼主持人，她事无巨细，无一不亲自过问。

赵逸早在公司大厅等候，他陪梓涵出去，买联欢会用的道具。

和往日的健谈不同，一路上赵逸很少说话，梓涵能感觉到他的心不在焉。

买完道具，正好路过一家饰品店，梓涵要赵逸陪她逛逛。赵逸先是不同意，在梓涵的央求下，勉强答应了。

与往年相比，梓涵更重视这次联欢会。以前这个时候，赵逸是联欢会的导演，和她一起张罗节目、布置会场。今年是赵逸第一次以名誉员工的身份回策划部参加联欢会，并坐在台下观看节目。梓涵想好好表现，让赵逸为她骄傲。

饰品店的发型师按照梓涵的要求为她梳起了盘发，配上一个小巧精致的皇冠，使她看上去格外有气质，赵逸也颇为赞许。两人从店里出来，已是四点多了。

为了尽快去见曼丽，赵逸只得骗梓涵说回家陪儿子。梓涵向来不与赵俊文争宠，爽快地答应了。

看梓涵依依不舍的样子，赵逸心有不忍，答应梓涵联欢会当天陪她化妆、做造型。得到赵逸的允诺，梓涵高兴地下车了，只等着 12 月 29 日策划部的大联欢。

送走梓涵，赵逸直奔于曼丽所在的酒店。

29 日这天，梓涵忙了一上午，直到中午才和赵逸出去。

吃过午餐，赵逸把车停在一家高档会所前。

会所的老板叫 Steven，是京城有名的化妆师，也是赵逸的朋友。

坐在化妆镜前，梓涵一副豁出去的样子，闭上眼睛，任由他在自己脸上涂涂抹抹。

没过多久，他止住化妆的动作，走到梓涵的身后，给她编起了头发。

大功告成后，看着镜中梓涵那张美若天仙的小脸，Steven 满意地笑了。

“好了，大美人，睁开眼睛看看吧！”

梓涵闻言，缓缓睁开双眼，看向面前的镜子。

映入她眼帘的是一张更加娇美的脸，镜子里的人好像一个高傲的公主，雍容华贵，仪态万方。

“这是我吗？”她惊讶地开口，小手慢慢抚上自己的脸颊。

“货真价实，如假包换。”

Steven 看起来比梓涵还激动，笑得合不拢嘴。

说着，他转身走进旁边的房间，出来时手上挂着一条高贵的晚礼服。

“大美人，这是我最喜欢的裙子。”他拿着裙子在梓涵的身上比了比，“嗯，一定适合你。”

“谢谢。”梓涵接过裙子，礼貌地道了声谢，进了更衣间。

当她换好裙子走出来时，Steven 再次被她惊艳了。

她身上是一袭黑色露肩长裙，贴身的剪裁像是为她量身定做般，勾勒出她窈窕玲珑的曲线。裙子的下摆优雅地蓬起，露出她白玉般修长无瑕的美腿，衬着她精致的妆容。优雅的盘发，使她整个人看起来更加神秘、高贵。

Steven 就这么呆呆地看着，看得梓涵有些难为情。

“咳咳……”她低下头，右手做握拳状放在嘴边轻咳了两下。

Steven 回过神来，笑眯眯地走到梓涵身边，拉住她的手在一旁的沙发上坐下。

“大美人，还差一样东西就完美了。等着我，我去拿。”说着，他用手比了个兰花指。

待他再回来时，手上多了一个盒子。里面是一双晶莹剔透的缀满水晶的鞋。

梓涵惊讶地捂住嘴巴，他是把全部家当都拿出来了吗？怎么有这么好看的鞋子？

Steven 抬起梓涵的双脚，为她换好鞋子。

“大功告成，大美人换装完毕。”

他满意地看着眼前这个美得不食人间烟火的女人，他敢打包票，这绝对是他最完美的作品。

梓涵起身，看着落地镜子前华贵的自己，不觉失神。

“好了，我们赶紧下去吧。”Steven 伸出手臂，让梓涵挽着她，一起向楼下走去。

当他们从楼梯上走下时，一眼便看到坐在大厅沙发上那气场十足的男人。赵逸像是感应到什么，抬起头，看向梓涵所在的方向。

只一眼，他就被梓涵惊艳。

此刻的她，像是一个高贵的公主，如此光彩夺目，周围的一切和她相比都黯然失色。

赵逸起身，走到梓涵面前，一手揽过她的肩，把她拉至自己身边，似乎在向 Steven 宣示主权。

“我们还有事，不久留了。”赵逸不喜欢 Steven 停留在梓涵身上的目光，揽着她就准备离开。

Steven 耸耸肩，无奈地笑了笑，慵懒道：“赵哥慢走，不送了。”

京城大酒店宴会厅，华丽璀璨的水晶吊灯散发着梦幻般的光芒，很多员工都到场了，三三两两围坐在一起，不知在谈论什么。

梓涵的到来，立即吸引了所有人的注意。

完美的轮廓，精致的五官，如白雪般细致的肌肤，她如同从画里走出来的女神，美得不真实。

在同事们或赞美或艳羡的目光中，梓涵微笑着走向和她一起主持晚会的同事张博。联欢会开始前，她必须和他对一遍台词。

联欢会的开场曲是韩鹏演唱的《恭喜发财》，可韩鹏因为准备不充分，想退出演出。情急之下，梓涵想到正和王志军聊天的赵逸。她听赵逸唱过这首歌，很好听。

对梓涵的要求，赵逸答应得很爽快。给自己女人救场，他义不容辞。

几十分钟后，联欢会在《恭喜发财》的歌声中正式开始。之后的演出很顺利，每个节目都非常精彩。

赵逸一直保留神秘感，直到梓涵再次把他请上台，才知道他唱的是《你是我的眼》。

“你是我的眼，带我领略四季的变换。你是我的眼，带我穿越拥挤的人潮。你是我的眼，带我阅读浩瀚的书海……”

台上，赵逸唱得很投入。台下，梓涵听得很陶醉。

因为临上台前，赵逸给梓涵发了一条信息，只有短短十个字，却让梓涵感动不已：“宝宝，这首歌，我为你而唱。”

“赵总，再来一个！”

赵逸的歌声很动听，一曲唱毕，台下的观众意犹未尽，有人带头要求再来一曲。

“不行了，算上之前的《恭喜发财》，我已经唱两首了，把机会留给大家吧！你们王经理唱歌也很好听，可以让他唱！”赵逸摆了摆手，走下台，把麦克递给王志军。

“我可不行，我唱歌最难听了，不过我知道梓涵唱歌好听，让梓涵替我唱吧！”

梓涵没准备，一时愣住了。无奈台下同事一再要求，没办法，她只好唱了一首金莎的《星月神话》。

“我的一生最美好的场景，就是遇见你。在人海茫茫中静静凝望着你，陌生又熟悉。尽管呼吸着同一天空的气息，却无法拥抱到你……如果当初勇敢地在一起，会不会不同结局……”

站在台上，梓涵与坐在嘉宾席的赵逸两两相望，能感觉到赵逸眼中饱含的深情。

回想四年前，他们一见钟情。是命运的安排让他们在四年后知晓了彼此的感情。也许是压抑得太久，这感情爆发后便一发不可收拾。在眼神的交会中，他们只看到彼此，完全忽视了周围的人。

就像歌中唱的“我的一生最美好的场景，就是遇见你”，四年前第一次见面的情形历历在目。梓涵心中有太多的不确定和无可奈何，她不知道，赵逸给他的是昙花一现的爱情，还是守护一生的承诺……

联欢会结束后，赵逸送梓涵回家。梓涵的兴奋劲儿还没过，直呼唱得不过瘾。

“宝宝，要不我带你去 KTV 吧，咱们唱会儿歌再回家？”

赵逸的提议很合梓涵的心意，她想都没想就答应了。

到了 KTV，在梓涵的要求下，赵逸点了一首《为什么相爱的人不能在一起》。

赵逸拿着麦克风忘情地唱着，没注意到他身后的梓涵已泪流满面。

这首歌触动了梓涵内心深处无法向人诉说的苦楚。和赵逸在一起的时间越长，她越渴望与他长相厮守。但她也清楚，这种想法只是一种奢求，至少在短时间内无法实现。

眼看青春一点点从指间滑落，她却只能在等待和期盼中度日，用一次次短暂的相聚化解从未停息过的思念。她不喜欢这样的日子，她想要阳光底下正大光明的爱情。

她虽然心里难过，但从没想过离开他。这半年多来，赵逸已深深植于她的生命中，要想把他连根拔起，相当于要了她的命。

一曲唱毕，梓涵强挤笑容给赵逸鼓掌："猪哥唱得真好!"

"我唱完了，该宝宝唱了。宝宝想唱什么？我帮你点歌。"赵逸笑着问梓涵。

"我唱邓丽君的《我只在乎你》吧，这是我的必唱曲目。"梓涵不假思索地答道。

梓涵最喜欢这首歌，这一次，她终于可以对着他唱了。

梓涵一边唱，赵逸一边打节拍。唱到高潮处，他拿着麦克和梓涵一起唱："任时光匆匆流去，我只在乎你，心甘情愿感受你的气息……所以我求求你，别让我离开你，除了你我不能感到一丝丝情意……"

赵逸唱得很用心，梓涵依稀看见，他眼里闪着晶莹的光。

唱完这首歌，梓涵点了一首对唱情歌《心雨》，让赵逸和他一起唱，赵逸欣然同意了。

当唱到"想你想你想你想你，最后一次想你，因为明天我将成为别人的新娘，让我最后一次想你"的时候，梓涵情不自禁地哭起来。

赵逸不知缘故，忙放下话筒哄她："宝宝，你怎么哭了?"

"猪哥，我好难受，我好怕有一天我们像歌里唱的这样，你不要我了，我带着痛苦嫁给别人。"

梓涵梨花带雨的小脸儿分外娇俏动人，惹得赵逸一阵心疼。他抬起手，帮她擦去脸上的泪，道："不会的，无论发生什么事，猪哥都不会不要你。看你，这么多愁善感，都快成林黛玉了!"

"猪哥说的是真的吗？不许骗我，骗我就是这么大个儿的大乌龟!"梓涵仰头看着赵逸，唇边噬着笑，边说边比画着。

"放心吧，我要是骗人，就变成这么大个儿的乌龟，绝无怨言!"

梓涵的纯真让他打心眼儿里喜欢，仅仅几句话，就让她这么开心。要是和于曼丽在一起，恐怕用多少钱都换不来这么温暖、贴心的笑容。

赵逸揽过梓涵，把她抱在怀里，下颌在她柔顺黑亮的头发上摩挲，幸福得整颗心都要融化。他想象不到，在这个世界上，还有谁比眼前这个女孩儿更在乎自己！

在她的心里，有那么纯洁、美好的感情，让人不忍亵渎。

“爸爸，爸爸，接电话了……”正当二人浓情蜜意之时，赵逸的手机响起来，这铃声是赵俊文的专属铃声。

赵逸松开梓涵，掏出手机接电话：“文文，怎么这么晚还没睡?”

见赵逸接电话，梓涵把音乐关了，让他听得清楚些。

从赵逸说话的内容，梓涵猜到赵俊文一定是想他了。梓涵不忍耽搁，穿上大衣，拿起赵逸的衣服，示意他一起离开。

“宝宝，今天本想陪你，可文文说想我了，我实在不忍心拒绝他，还是回家吧。”赵逸试探着商量道。

“没事，你回去吧。我都这么大了，不会和孩子争风吃醋的。”

梓涵虽然舍不得赵逸，但不想他为难，只得让他离开。

“宝宝，你真好!”赵逸习惯性地掐了一下梓涵的小鼻子，拉着她的手，一起走出包房。

第十章　醋味浓郁

联欢会结束的第二天，赵逸因为有事不得不赶回安西。这个元旦，他一个人在安西过。

说到安西分公司，就不得不提到一个人，就是赵逸的老熟人白雪。这女人和赵逸交情匪浅，但两人只是偶尔电话联系，并无暧昧。

赵逸到安西的第一天，她就安排酒店给他接风。白雪的老公冯峰和小姑冯雪也参加了欢迎宴，几个人相谈甚欢，冯雪更是对赵逸崇拜有加。

一个男人，如果相貌出众，有才华，有地位，且幽默、风趣，不管他是单身还是已婚，都会引起身边女性的注意。

自从见赵逸第一面起，这个比他小十一岁的小姑娘，就暗暗萌生了爱意。整个饭局，她的视线始终没离开赵逸。赵逸只顾和白雪说话，并没在意。

“赵哥，你自己能做饭吗？不然来我家吃吧，我老公厨艺特好，包你来一次想第二次。”酒过三巡，几个人开始闲聊，白雪问道。

没等赵逸答话，冯雪先开心起来，附和道：“是呀，我哥做饭可好吃了，赵哥你过来吃饭吧。”

冯雪其貌不扬，之前一直没说话，并没引起赵逸的注意，这会儿突然说话，他愣了一下，才反应过来：“没事，我会做饭。再说在京城的时候，我也很少在家吃饭，你们不用担心。”

赵逸看了一眼冯雪，礼貌性地笑了笑。仅仅这一次眼神的交流，就让冯雪心花怒放。

京城大酒店，梓涵正和家人聚餐，她心里一直惦记赵逸，怕他一个人在安西孤独、寂寞，走出包房给他打了个电话。

见是梓涵的电话，赵逸立即接起来，但并没有叫她“宝宝”，而是唤她“媳妇儿”。

“媳妇儿，你不用担心，我不是一个人跨年，有朋友陪我。我们一起吃饭呢！”

梓涵一下子怔住了，他竟然在朋友面前这么叫她！

“有人陪你就好，你少喝酒，早点回家。”

“放心吧，我一定少喝！”赵逸嘴上答应，而事实上，他已经喝了三瓶啤酒。对他来说，已经超量了。

旁边的白雪和冯雪都忍不住笑起来：“赵哥，看不出你挺怕嫂子的！”

隔着手机，梓涵听到她二人的声音，有些纳闷，警惕地问道：“猪哥，我好像听到女人的声音。”

“媳妇儿，你这小耳朵挺好使的呀，是朋友的声音，她们说我怕老婆。”

赵逸话音未落，又惹来一阵哄笑。

“老婆”这两个字，触及了梓涵心底最柔软的所在，她喜欢这个称呼。欣喜中，她嘱咐赵逸几句，就挂断了电话。

白雪和冯雪都很喜欢赵逸，在这姑嫂二人的吹捧下，赵逸有些飘飘然，加上多喝了点酒，很快就不省人事了。

冯峰把他送回酒店，帮他脱下外套才离开。赵逸倒在床上便睡，其他的一概不知。

梓涵想赵逸，想和他一起跨年。

为了给赵逸制造个小浪漫，在新年的第一刻为他送上祝福，梓涵强迫自己不睡，熬到凌晨 12 点整，才兴奋地拨了赵逸的电话。

过了好一会儿，赵逸才接起电话。

电话那边传来的不是梓涵想象中的惊喜的声音，而是有些不耐烦：“干吗呀，宝宝？怎么这么晚还打电话？”

赵逸的反应让梓涵很失落，不过她还是强做笑颜道：“猪哥，我想第一时间和你说新年快乐！”

“快乐什么呀，好觉都被你打扰了！我睡了，你也睡吧！”说完赵逸就挂了电话。

听到手机那端“嘟嘟”的声音，梓涵越来越委屈，她好不容易熬到 12 点，就是为了给他送新年祝福，却被他无情地嫌弃了。

新年的第一天，第一刻，梓涵很失落……

赵逸喝多了酒，睡到中午才从浑浑噩噩中醒来。

前一晚的事儿，他几乎都忘了，只恍惚记得梓涵给他打电话。至于说了什么，就没有印象了。想了想，他发了个信息过去："宝宝，新年快乐！昨晚你是不是给我打电话了？我想你了！"

看到赵逸的话，梓涵心里舒服了许多。一句"我想你了"让她把前一晚的不快都抛到了九霄云外。

赵逸这次来安西，是和前一任总经理做工作交接，之后还要回兴岭处理些事情才能正式上任。

知道赵逸一个人过元旦，白雪和冯峰盛情邀请，让他去家里吃饭，赵逸不好推辞就答应了。

听说赵逸要来，冯雪兴奋极了，自告奋勇出去买菜。白雪见小姑这样热情，心里很高兴。冯峰却在心里犯嘀咕，觉得妹妹有点反常。

冯雪年纪虽小，厨艺却不一般，和嫂嫂一起下厨做了几个菜，赵逸都赞不绝口。这一餐，几个人吃得很开心。谈话间，赵逸提到逸动传媒联欢会的事儿，想请白雪参加。

听赵逸邀请，白雪果断答应了，还推荐小姑冯雪一起参加。赵逸不好驳她的面子，只得让冯雪也参加。

他准备编排一个歌曲联唱，由兴岭分公司的张东奇、京城总公司的梁栋，安西分公司的白雪、冯雪、于红艳共同演绎。

他通知张东奇、梁栋第二天到总公司办公大楼排练，让白雪、冯雪和于红艳坐他的车回去。

吃完饭回到酒店，赵逸打开电脑，登录他和梓涵聊天专用的 QQ 号，惊喜地发现梓涵也在线，立即点开对话框，写道："宝宝，宝宝，猪哥呼叫宝宝……"

和梓涵在一起，赵逸有时候像个孩子。

梓涵正在看网络小说，无意中见赵逸的头像闪动，喜不自禁地打开了对话框，两个人你一句我一句地聊起来。

赵逸哥哥："宝宝，我怎么记得你昨天晚上给我打电话了呢，但你说什么我不记得了。"

梓涵妹妹："昨晚我一直熬到 12 点，想让你在新年的第一天、第一刻听到我的声音。可是你接到我的电话似乎很不耐烦，挂断电话我就哭了，差不多一夜没睡。"

梓涵忍不住说了实话。

赵逸哥哥："啊，原来是这样呀！宝宝给我打电话祝我新年快乐，我不仅没感谢宝宝，态度还很恶劣。这肿么能行！我必须检讨，面壁思过！"

两人在QQ上聊天时，赵逸说话更幽默、风趣，常常逗得梓涵对着屏幕傻笑。

梓涵妹妹："没关系，我大人大量，已经原谅你啦！不过，下不为例，猪哥不许再凶我，不然……"

赵逸哥哥："不然肿么样，不然你欺负我吧，我让你占便宜还不行吗？"

梓涵妹妹："不要，你身材又不好，我不喜欢。"

赵逸笑了，这小丫头一直这么好哄。

聊天中，赵逸告诉梓涵他第二天回京城，和她一起排练。梓涵兴奋难耐，表哥送她最新款Prada包包时，她也没这么开心。

临睡前，赵逸打开他和梓涵的情侣主页，写下一段话："新的一年，新的一天，希望我和媳妇儿的明天更美好！"

翌日清晨，赵逸开车载着白雪三人开向通往京城的高速公路。赵逸为人随和，很有女人缘，四个人一路上说说笑笑，几个小时的路程过得很快。

回到逸动传媒，赵逸先到副总裁办公室见温静初。得知他组织歌曲联唱，温静初兴致大增，亲自到现场指导排练。

赵逸和白雪几个人一起选歌、试唱、排练，忙了整整一下午。

赵逸告诉梓涵到京城会给她打电话。梓涵不知赵逸已经到了，一直等他电话，直到晚上，迟迟没有他的消息，才发了个信息问他。

这时候，赵逸已经忙完了，正和温静初一起请演员们吃饭。收到梓涵的信息，他才想起答应梓涵的事儿。这一下午，他只顾排练，把梓涵给忘了。

听到电话那边不时传来的说笑声，梓涵心里酸酸的，她觉得她在赵逸心里并不重要，甚至比不上他的同事。

她越想越委屈，忍不住哭出声来："猪哥，你知道吗，这一天我什么事儿都没做，一直等你电话。没想到你已经回来了，要知道你在公司，我就去找你了。我也是演员，你怎么不找我排练呢？"

听梓涵这么说，赵逸才想到她唱歌也很好听，完全可以参加歌曲联唱。可是，他终究没意识到这一点，让她盼星星盼月亮地等了一天。

排练时，他能感受几个女孩子对他的欣赏和崇拜。这种感觉很奇妙，满足了他作为一个上司、一个男人的虚荣心和骄傲。特别是冯雪，嘴甜得很。在她们的前呼后拥中，他忘了正在等他的梓涵。

梓涵的哭声打动了赵逸，他很愧疚，不知怎么哄她才好，想了想道："宝宝，别哭了！猪哥吃完饭把温总送回家就去找你！"

"你不用来，我不在公寓，在京郊的别墅。吃完饭你就回家吧，不用管我！"梓涵带着哭腔说道。

"宝宝，你等我，我很快就到！你不用出来，在楼上看我一眼就行。乖，等我！"不等梓涵反对，赵逸已挂断电话。

赵逸知道金家别墅的地址，吃完饭，把温静初送回家，他把车开上了望京高速。

梓涵的哭声把他的心揉碎了，他不忍再让她失望。

夜里的高速路上，车很少，赵逸加快车速一路飞车，不到一个小时就到了金家别墅门口。

梓涵心情不好，根本没睡着。手机铃声一响，她马上接起来。听赵逸说到楼下了，她不禁又喜又惊。

喜的是马上就可以见到朝思暮想的人了，惊得是赵逸这么晚来她没有出去的理由。如果悄悄溜出去，万一被爸妈发现就不好解释了。

纵使有太多为难，心上人就在楼下，梓涵顾不得许多。她穿好衣服，换上鞋，轻轻推开房门，蹑手蹑脚地走了出去。

站在院门口，她看到赵逸的越野车停在对面。

猪哥真来了！

梓涵缓步走过去，可怜兮兮的样子让赵逸彻底缴械投降了。他推开副驾驶的门，让她上车。

"宝宝，我是来道歉的，对不起，这两天一直疏忽你。"

赵逸说得很动情，声音微微颤抖。

在梓涵心里，她从来没真正责怪过赵逸，这次也一样。

见到他的一瞬，梓涵已释然。她侧过身体，靠在他的肩膀上，幽幽地说道："猪哥，你没必要这么晚来看我，开夜车太危险了。"

"没事，我开十多年车了，什么路都不怕。"

"猪哥，都怪我，是我小题大做，害你这么晚还来看我。我就是太想你了，一听你回来，就特别想见你。"梓涵难掩愧疚。

"宝宝，我知道你是怎么想的，我又何尝不想天天和你在一起。但是天天在一起就意味着要公布我们的关系，要结婚，这个我还做不到。说句实话不怕你伤心，我爱你，但我也要顾及文文的感受，等他大一点，懂事了，我们再结婚，好吗？"

赵逸的话，在梓涵意料之中，可听他亲口说出来，她还是不好受。她强忍着眼泪，勉强笑道：“你说的我都明白，我没有别的要求，你常陪陪我就好。”

赵逸知道自己话说重了，惹梓涵难受，懊恼不已。

他揽过梓涵，柔声安慰道：“宝宝，你放心，虽然我暂时不能娶你，但我发誓，一定给你最好的爱，陪你一生一世。”

“最好的爱”“一生一世”，多么美好的字眼儿。在梓涵听来，既暖心，又刺心。

没有婚姻做保障，这“最好的爱”，这“一生一世”，怎经得起路上的风风雨雨！

梓涵转过头，悄悄拭干眼角的泪，道：“猪哥，我相信你，我也要陪你一生一世。”

梓涵从不随便许诺，一旦说了就会做到。对赵逸的许诺，她深信不疑。

“我就知道宝宝体贴我，不会让我为难。看你没事我就放心了。太晚了，宝宝回去吧，我也回家了。”

见梓涵的情绪渐渐平复，赵逸看了看时间，准备离开。

“猪哥，这么晚了，你还是在我家附近找个酒店住吧。”已是夜里两点多，梓涵担心赵逸疲劳驾驶，劝他留下来。

“没事，宝宝，我不困。今晚我必须回去，不然文文会想我的。”

赵逸的理由让梓涵不好阻拦，她在他脸颊上轻吻了一下，推开车门下了车。看着他的车消失在视线外，才悄悄回到家。

距离逸动传媒年底联欢只有几天时间，其他节目都已准备就绪，唯独梓涵编排的小品，让赵逸不放心。

小品是梓涵的心血之作，他很重视。

吃过早饭，他早早召集小品演员到公司，准备再排练几次。

由于之前出演女三号的演员身体不适，赵逸不得已找来白雪顶替她。得知嫂子白雪出演小品的女三号，冯雪也跟过来。一是为了看排练，二是为了找机会接近赵逸。

除了梓涵的电话打不通，其他演员都已到场，情急之下，赵逸看到白雪身旁的冯雪，心里有了主意。

“冯雪，梓涵不在，你暂时替她一下，不然排练就进行不下去了。”赵逸边说边拿过剧本，递给冯雪。

能有这样的机会，冯雪自然求之不得，她当即接过剧本仔细翻看。

冯雪个子不高，皮肤微黑，矮矮胖胖的，容貌并不讨巧。但天生一副巧嘴，极会说话。

整个上午，她都围绕在赵逸身边，赵逸说什么，她都恰到好处地称赞一番，说得赵逸心花怒放。几次排练下来，赵逸差点让冯雪做正式演员。

梓涵感冒不舒服，睡了一上午，直到中午才赶到排练现场。女一号王一梅下场，她刚想脱大衣上场，就看到一个女孩儿走上台。冯雪刚来逸动传媒不久，而且一直在安西，梓涵不认识她，见有人顶替自己，有些纳闷。

若只有赵逸一人在场，梓涵一定会上前询问，可排练厅里人很多，她不好上前，只好悄悄坐在后面的椅子上。

没过一会儿，冯雪下场，接着是女三号白雪上场。

排练结束，众人散去，赵逸才看到梓涵。

"梓涵，你什么时候来的，怎么不去排练?"

梓涵起身站起来，走到赵逸身边，悄声道："我刚到，见有人替我上场，我就没去。"

"我们急着排练，见你没过来，正好冯雪在，就让她上场了。"赵逸不经意地说道。

"不是说好让我演女二号吗？怎么不经我同意就临时换人了?"

女二号是梓涵喜欢的角色，赵逸临时找人顶替，让她很不舒服。她在乎的不是这个角色，而是她在赵逸心中的分量。

"你没来，我急着排练，只好让冯雪替你。不过就是替你几次而已，你来了，这角色还是你的。你放心，我会和冯雪说的。"

"好吧，我信你……"

没等梓涵说完话，张东奇从门外走进来，笑着说道："赵总，我们在隔壁排练歌曲联唱，想请你帮忙把把关。"

见梓涵在，张东奇向她笑了笑，算是打了招呼。

"好！我马上去!"赵逸回头看了梓涵一眼，跟着张东奇离开了。

过了一会儿，梓涵收到赵逸发来的信息："宝宝，今天是我不对，待会儿请你吃饭赔罪。晚上5点半，公司门口等你。"

赵逸暖心的话语让梓涵之前的不快都烟消云散了。

没错，他很在意她。

第二天，赵逸陪梓涵吃过早餐，把她送到逸动传媒门口，才到酒店接白雪、冯雪和于洪艳。

这日的逸动传媒演播厅分外热闹，到处都是穿着演出服的演员。赵逸穿梭其中，不时嘱咐几句，俨然一副大导演的派头。

梓涵正要找王一梅等人对小品台词，却发现冯雪还和他们在一起。梓涵猜想，赵逸还没找冯雪谈。

她远远看着，并没走过去，过了一会儿，赵逸把几个小品演员召集在一起，不知和他们谈论什么。一时间，梓涵觉得自己像个局外人。她抑制不住满心的委屈，走到门外给赵逸打电话。

“猪哥，我准备退出晚会，什么都不演了！”赵逸一接起电话，梓涵就激动地说。

“宝宝，你怎么了？我刚才正要找你，你怎么出去了？”赵逸无奈道。

“猪哥，我们说好的，那个角色是我的，为什么给她？”梓涵不想绕弯子，直截了当地问。

得知梓涵生气的原因，赵逸不由得笑了，连忙解释道：“我们刚才聚在一起就是讨论换人的事儿，我以温总不满意的名义把冯雪换下来了，这会儿正准备找你呢！”

“你说的是真的？”梓涵反问。

“当然是真的！宝宝，你快回来，听话！”赵逸刻意压低声音，梓涵听得出他很着急。

她不想再计较，又回到排练现场。如赵逸所说，冯雪被换下了，梓涵还是女二号。

在赵逸的安排下，梓涵和其他几个演员开始对戏、排练。

不远处，一双眼睛正死死盯着她，那眼神里有羡慕，但更多的是嫉妒和愤恨。

经过两天的排练，联欢会的节目越来越完美，崔荣昊和温静初都非常满意。

正当排练进行得如火如荼的时候，赵逸因为有事，不得不回兴岭分公司一趟。他走后，梓涵接替他继续组织排练。直到第二天中午，赵逸才风尘仆仆赶回来。

“大家辛苦了！不好意思，我来晚了！”刚一到门口，赵逸就对着不远处的演员们喊道。

“赵导回来啦！”

“赵导！”

……

赵逸人缘极好，他一出现，众人都纷纷打招呼。

梓涵一阵狂喜，撇下旁边观看彩排的崔荣昊，快步走过去。

“你回来太好了，崔总说彩排结束后请大家吃饭。”梓涵一边说，一边以目示意，赵逸才看到坐在观众席上的崔荣昊。

“崔总，不好意思，兴岭那边有事儿，我回来晚了。”

“回来就好，快组织他们彩排吧。完事儿了我让温总请你们吃饭，我晚上有个局，就不陪你们了。”

崔荣昊满脸笑意。对赵逸，他不想表现出哪怕一丝敌意，尽管在心里早把他当成情敌。

赵逸眼里，看到的是一场演出，而崔荣昊眼里，看到的只有梓涵。整场演出，他的视线始终追随梓涵，为她喝彩，为她着迷。

彩排结束后，温静初在京城有名的华盛饭店设宴，犒赏各位演员，几十个人，整整坐了三桌。

在赵逸的建议下，演员们依次给温静初敬酒。

在这些年轻人的簇拥下，这位五十多岁的副总高兴得像个孩子，现场气氛热烈，还有几个同事不时拿赵逸开玩笑。

赵逸的随和、活跃，在逸动传媒是出了名的。梓涵劝过他几次，希望他保持领导的威严，不要随便和下属开玩笑。

无奈她的良苦用心，赵逸并不理解。梓涵又急又气，却也没办法。

赵逸的女人缘一向不错，吃饭时，不时有女同事过来给他敬酒。梓涵坐在赵逸对面，看到那些女人在他面前撒娇发嗲，心里不舒服，脸色也越来越难看。

赵逸何等聪明，早就读懂梓涵的心思，知道她生气了，趁人不注意，发了个信息给她："宝宝，别生气了。我也不喜欢她们这样，但我总不能对人太冷淡吧。乖，吃完饭我送你回家！"

看到赵逸的信息，梓涵哭笑不得。这男人，真拿他没办法，让她恼也不是，乐也不是。

吃完饭，梓涵和赵逸一起离开，白雪、冯雪、于红艳跟在他们身后，一起上了车。赵逸把她们送回酒店，车里只剩下他们两个人。

"宝宝，你今天生气了，我看出来了。"赵逸边开车边说道。

"猪哥，我不是气你，我是气那些人。她们对你不礼貌，特别是冯雪，说话的声音真让人讨厌。你又不是她什么人，她干吗对你撒娇？我要是你，一定不留情面地教训她们，让她们再不敢这样。"回想刚才的场面，梓涵难抑气愤。

"宝宝，你想多了，她们没别的意思，就是……"赵逸话到嘴边又咽下，没再说下去。

"你想说，她们是习惯了，对吧？猪哥，我说过，你不要总和下属闹，特别是女下属，会让人说闲话的。"迎向赵逸的目光，梓涵语重心长地说。

"放心吧，我会注意的，以后不这样了。看你，脸都急红了！而且，我还闻到了一股醋味儿。某些人，好像——"赵逸刻意拉长声音，坏笑道。

"讨厌！猪哥就喜欢取笑我！不理你了，我要下车！"眼看到了家门口，梓涵红着脸，急着下车。

“好了，宝宝，你也累一天了，回家好好休息。明天早上我来接你，咱们去买件小礼服。我希望我的宝宝是最漂亮的，是所有人的焦点。”

赵逸低头在梓涵额头上轻吻了一下，看着她下了车。

第二天一早，赵逸如约而至，先带梓涵吃早餐，又带她去找 Steven，给她好好打扮了一番。

看到镜子里的自己，梓涵又一次被震撼了，“这……真是我吗?”

她披肩的直发被挽成高贵的发髻，在湖蓝色丝质长裙和钻石首饰的点缀下，整个人散发出更加耀眼的气质。既清丽脱俗，又高贵艳丽，美不胜收。

“漂亮！真漂亮!”不知何时，赵逸站在她身后，深邃的眸光投射在眼前的全身镜上，眸中蕴藏着赞许与惊艳。

他拿起一件白色皮草外套披在梓涵裸露的肩上，又递给她一个晚宴包，和 Steven 打过招呼，便揽着她出去了。

“宝宝，你简直是太漂亮了！是让人眼前发亮的那种美，没法形容的那种美……你懂吗?”赵逸无法专心开车，不时转头看梓涵。

“猪哥的意思是我平时不漂亮，只有这样打扮才漂亮，是吗?”梓涵故意嗔怪道。

“才不是呢！你平时素颜就很漂亮，现在这么一打扮就更漂亮了！我在旁边观察了，Steven 只给你化了淡妆，没化浓妆。他说你不适合浓妆，化浓妆反而把你的天生丽质掩盖了。”

“我无论怎么打扮都是给你看的，女为悦己者容嘛！猪哥喜欢比什么都重要!”梓涵娇滴滴地回应，声音甜腻得让赵逸瞬间不淡定了。

两人一路说笑，没过一会儿就到了京城大酒店。大厅里只有几个工作人员，其他演员还没到场。

赵逸打电话叫了午餐，陪梓涵吃完饭才到舞台上检查灯光、音响。

这时候，演员们都陆续到场了，见到梓涵，都忍不住过来称赞。特别是王晓磊，细长的丹凤眼眨也不眨，直勾勾地盯着梓涵看：“梓涵，你简直是人间尤物，美得让我不敢直视……”

他谄媚的表情配上夸张的声音，惹得梓涵一阵肉麻。

到场的人越来越多，每个进来的人都忍不住在梓涵身边驻足，或是赞美，或是默默欣赏，之后才恋恋不舍地走进化妆间。

赵逸一直忙前忙后，无暇顾及梓涵。直到灯光、音响都调试好了，才拿着麦克，向梓涵这边喊道：“金梓涵、王晓磊到台上来，确定你们的出场位置。”

梓涵和王晓磊按赵逸的要求走了一遍过场。

随着崔荣昊、温静初到场，酒店演出大厅越来越热闹。

演员们意识到，真正的演出就要开始了。

他们努力十几天的成果即将接受几百人的检验，每个演员都很紧张。赵逸不时鼓励大家，给大家减压、打气。

晚六点三十分，逸动传媒“龙腾盛世联欢会”正式开始。热闹喜庆的开场舞后，梓涵和王晓磊踏着欢快的步子走上台，还未站稳，就收获一片惊异和欢呼声。

柔和的灯光下，梓涵美得不可方物的俏脸像是镀了一层荧光，越发娇艳、靓丽。她折纤腰以微步，呈皓腕于轻纱，眸含春水清波流盼，一颦一笑都动人心魂。

她的声音婉转悠扬，甜如浸蜜，宛若天籁，台下的赞叹声此起彼伏。

演出进行得很顺利，无论是情景剧、小品、舞蹈，还是歌曲联唱都赢得阵阵掌声。

梓涵无论主持还是表演都收放自如。崔荣昊享受其中，目光始终没离开她，对她的爱意越来越浓。

伴随着《难忘今宵》的歌声，两个多小时的演出在欢声笑语中结束。崔荣昊、温静初走上舞台，和演员一一握手并合影留念。

闪光灯下，所有的美好都定格在这一刻，几十张青春的脸庞笑颜灿烂。

“逸动传媒龙腾盛世联欢会到现在就结束了，请各位领导、同事到宴会厅就坐，晚宴即将开始!”

伴随着梓涵的莺声燕语，会场上的几百人纷纷向宴会厅走去。

晚宴的菜品十分丰富。一品梅花参、蜜汁烧鸡翅、碧绿趴鲍片……都是梓涵爱吃的菜。

梓涵心想，到底是谁这么会点菜？差不多每一道菜都是她喜欢的。

“怎么样？大家都满意吧？这些菜可是我亲自点的，前几天就预订了。”赵逸坐到梓涵旁边的椅子上，笑着问道。

“原来是赵哥点的菜！我说的嘛，一看就是行家!”王晓磊油嘴滑舌惯了，没等其他人说话，就笑嘻嘻地夸赞道。

王晓磊的话让赵逸很受用，不由得欣慰地笑了。

没等散场，崔荣昊有事先离开，各部门经理也陆续走了，只剩下温静初、赵逸和一群年轻演员。

温静初一向温和可亲，和下属们打成一片。他责成秘书找了一家 24 小时营业的烧烤店，准备带大家乐呵乐呵，顺便尝尝年轻人爱吃的东西。

烧烤店很大，但没有能容下三几十个人的桌子。在赵逸的组织下，几个服务员把几张小桌子拼成了一个大桌子，三几十个人围坐在桌子旁，吃烤串、喝啤酒。

“赵逸，要说今天的晚会，贡献最大的就是你了。要不是你这么用心，也不能有这么精彩的演出。所以我提议，在座的演员以节目组为单位，给你们的导演敬酒。哪个节目组先来呀？”见众人坐好了，温静初别有深意地笑着问道。

“我们相声组先来，我们这个相声本子是赵哥写的，自然是我们先敬酒！”张威先提议，他旁边的高阳表示赞同，两人一唱一和，像是说相声一般。

赵逸不胜酒力，看这场面，自知在劫难逃，只好硬着头皮喝了。几番敬酒下来，他渐渐有了醉意。

梓涵不好上前照顾他，心里着急也没办法。

演出的成功让大家都很兴奋，直到凌晨一点多，在温静初的“天下没有不散的宴席”的话语中，才结束这场聚会。

演员中有赵逸京城的下属、安西的下属，还有兴岭的下属，依次敬酒让他不省人事。待大家走后，赵逸躺在椅子上，再也不想动了。

除了梓涵，只有韩鹏和刘静没走。韩鹏建议赵逸到对面的 KTV 休息一会儿，唱唱歌醒醒酒。

韩鹏和刘静走在前边，梓涵扶着赵逸走在后边。经凉风一吹，赵逸清醒了许多。看着身边美得让人惊艳的梓涵，他忍不住俯身在她唇瓣上轻吻了一下。

虽然在一起很久了，赵逸突如其来的举动还是让梓涵很羞涩。

“猪哥，别这样，他们在前边，万一看到怎么办？”

“没事，看不到！要是看到了，我就大方地承认呗，怕什么！”

明知赵逸尚未醒酒，说话不经大脑，梓涵还是幸福了一瞬间。

她一向喜欢有担当的纯爷们儿，赵逸的话正中她的心意。

梓涵扶着赵逸，进了 KTV。见她进来，韩鹏笑道：“涵涵，你和小静去选点吃的，我扶着赵哥。”

梓涵笑着应道，随着刘静拿了整整一购物筐的话梅、瓜子、薯片、果汁……

韩鹏订好包间，四个人一起上了电梯。

赵逸醉眼微醺，还没清醒，但是作为当之无愧的麦霸，见到麦克风就格外兴奋。

“韩鹏，帮我点歌，我要唱《贵妃醉酒》。”赵逸边说边解开衣扣，脱下大衣，随后又解开衬衫扣，露出里边的背心。

“赵哥，我记得你在联欢会上唱过这首歌，超赞！今天我们几个有耳福了，能再听一遍。”韩鹏假装恭维，一脸坏笑。

“只要你们喜欢，唱一宿都没问题。”

赵逸眼皮直打架，拿过麦克风，半闭着眼，娴熟地唱起来：“那一年的雪花飘落梅花开枝头，那一年的华清池旁留下太多愁，不要说谁是谁非感情错与对，只想梦里与你一起再醉一回……”

一曲唱毕，韩鹏带头鼓起掌来：“赵哥，这首歌太适合你了！我刚才仔细看了看，你真有杨贵妃的韵味。”

韩鹏和赵逸很熟络，一贯喜欢和他开玩笑。

“接着点，你们想听什么，我就唱什么。”赵逸坐回沙发上。

在酒精的作用下，他浑身燥热，不觉把背心掀起来，露出坚实的腹部。

刘静如获至宝，乐颠颠地坐到赵逸身边，在他的肚子上轻拍了几下，“哥，你锻炼得不错嘛！腹肌都出来了。”

她一副旁若无人的样子，完全不顾忌身边的梓涵和韩鹏。

赵逸只觉眼睛睁得费力，并不答话，恨不得躺在沙发上睡上一觉。

“哥，咱们合唱一首吧，好久没和你一起唱歌了。”

赵逸笑了笑，没同意，也没反对。

刘静已经迫不及待，未等赵逸回应，点了一首《水晶》。

赵逸被她拉着站起来，随着前奏声响起，他又开始振奋。

“我和你的爱情好像水晶，没有负担秘密干净又透明……”

不知是有意还是无心，唱到高潮处，刘静抱住赵逸，赵逸也给她以热情的回应。

两人旁若无人地“哥哥妹妹”地叫着，韩鹏不觉怎样，只在一旁笑。梓涵妒火中烧，却不好发作。

待赵逸坐下，梓涵用手机记事本写了一段话，趁刘静、韩鹏不注意，拿给他看：“大胖猪，刚才的事儿，我很生气！你要再这样我就揍扁你！”

赵逸并非完全没意识，见梓涵生气，不好意思地笑了。两人的举动被韩鹏看在眼里，心生无限遐想。

为了气他，梓涵接连点了两首情侣对唱，一首是《神话》，一首是她最喜欢的《小酒窝》，点名要和韩鹏一起唱。

韩鹏似乎猜到梓涵的用意，却不十分确定，他微微犹豫了一下，才接过麦克风。可还没拿稳，就被赵逸抢了过去，“来，梓涵，我陪你唱！这两首歌我唱得最好了。”

喝了点冰镇果汁，赵逸的意识越来越清醒，为了哄梓涵，他不遗余力地陪她唱了两首歌。

观察赵逸和梓涵的表情、神色，韩鹏几乎可以确定，他们的关系非同一般。可是他不愿也不敢相信，他心爱的梓涵妹妹会和赵逸在一起！

虽然赵逸的相貌和才华都鲜有人及，但他毕竟结过婚，还有孩子。在韩鹏看来，他配不上梓涵。

三个人接连唱了十几首歌，直到夜里三点多，才相互搀扶着离开。

韩鹏和他们不顺路，先打车回家了。

赵逸刚发动车刘静就抢先坐在副驾驶的位子上，梓涵只得坐到后面。

一路上，刘静不时和赵逸说笑，言语间尽显暧昧。

女人的直觉告诉梓涵，她对赵逸，绝非只有兄妹之情。赵逸对刘静，似乎也有好感。

车开到小区门口，刘静恋恋不舍地和赵逸道别。梓涵狠狠憋了口气才没发作。

刘静走后，车里只剩下他们二人，且都不说话，显得极为静谧。

“宝宝，你到前边坐吧，后边太冷了！”过了一会儿，赵逸转头对梓涵说。

“我不去，我不怕冷，不像你妹妹那么柔弱。”

赵逸不傻，早就看出梓涵的小情绪。他心里明白，梓涵毕竟是个女人，就算再宽宏大度，也受不了他和别的女人亲热，更何况还当着她的面。

“宝宝，我知道你生气了。可你别被表象迷惑，我和她之间，什么事儿都没有，她只是我妹妹。”

“我知道你把她当妹妹看。可我看得出来，她喜欢你，绝不是妹妹对哥哥的喜欢。”

为了方便说话，梓涵让赵逸停车，坐到刘静刚刚坐过的位置上。

近距离凝视着梓涵因激动而微微泛红的小脸儿，赵逸哭笑不得道：”宝宝，你什么时候开始喜欢吃醋了，这个醋吃得有点不值得吧？你想想看，如果我们两个真有什么，她敢在人前抱我吗？就像你和我，暂时不能公开关系，就不能在人前表现得太亲密。”

赵逸的话让梓涵无以应对，可她嘴上不说什么，心里还是犯嘀咕。她坚定地认为，刘静喜欢赵逸。

见梓涵不说话，赵逸接着说道：“好了，别想那么多了！你放心，有你我就知足了，不会再找别人。我送你回家吧，太晚了，回去好好休息。”

“我今晚很生气！作为惩罚，我要你陪我，不许走！”梓涵半嗔怒半撒娇道。

“好！猪哥陪你，不走了。算是向你赔罪，好吧？”

梓涵只是随便说说，没想到赵逸会答应，不由得喜不自禁，“你真陪我？不怕文文找你？”

“不怕！文文这会儿早睡着了。明天我得回安西，这阵子一直忙联欢会，好多事儿没处理呢！”

见赵逸语气坚决，梓涵没再说什么。

回到公寓，已经是夜里四点多。赵逸脸都没洗就躺下了，

梓涵还在洗漱间，就听到卧室传来沉重的鼾声。

忙了这几天，赵逸累透了。

翌日，两人睡到很晚才起床。赵逸来不及吃早饭，就匆匆出门了。

“宝宝，我回家看看文文，中午回安西。过些天再回来看你。”

“嗯，回去吧！慢点开车，准备点提神的饮料！”

“放心吧，没事！”

见梓涵走过来，赵逸猛地揽过她，吻住她的唇。

这突如其来的举动，让梓涵毫无准备。

他越抱越紧，越吻越热烈，一双大手沿着她玲珑有致的身体蠕动。

“宝宝，我想要你！”

情到浓时，赵逸顾不得脱鞋，抱起梓涵，把她放在床上，倾身压住她。

“猪哥，我说过，我需要点时间，现在真不行。对不起……”

两人身体紧密贴合，赵逸能感觉到身下的战栗。他不忍强迫她，深深吸了口气，把翻滚的情欲压抑下去。

“好了，宝宝不同意我不强求，不然就成流氓了。你再睡一会儿吧，我先走了。”

目送赵逸进电梯，梓涵才关上门。

这是一场精神上的恋爱。

梓涵曾冲动过，想把自己完完全全交给赵逸。可她头脑中有个根深蒂固的想法，就是只能把第一次交给为自己披上婚纱的男人。

即便赵逸是她最爱的人，她也犹豫不决。

没有一纸婚书做保障，她不敢轻易交付。

风雨飘摇中的爱情，让她享受甜蜜和幸福，也承受由此带来的忧虑和不安。

临近下班，梓涵接到表哥秦卓君的电话，邀请她到家里吃饭。想到许久没见姑姑，梓涵爽快地答应了。

到了姑姑家，梓涵才知道，晚上有一位客人要来，是表哥的朋友，名叫辰鸿轩。梓涵依稀记得，小时候好像见过表哥这个朋友。

梓涵和姑姑正在厨房忙碌，门铃响起来，想到可能是鸿轩来了，卓君忙起身开门。

打开门，看到辰鸿轩，卓君先是一愣，随即用力在他肩膀上拍了一下，感叹道：“偶的神呐，你这老东西，莫非是逆生长了？怎么越来越年轻了？”

“大秦，你也不赖呀，一年多不见，还是老样子。怎么，不让我进去？”见卓君只顾上下打量他，鸿轩忙催促道。

“你这老东西，进来吧，我带你去见我妈和涵涵。”

卓君收回目光，带鸿轩走进客厅，对着厨房喊道：“妈，涵涵，鸿轩来了！”

听到儿子的声音，金舒雅放下手里的盘子，示意梓涵一块儿出去。

一见到鸿轩，梓涵不禁被眼前的男人惊住了。

她可以确定，鸿轩绝对是她见过的最帅，不，是最俊美的男人！

他的脸庞如雕刻般棱角分明，嘴唇的弧线相当完美，仿佛随时噬着笑容。身上的浅灰色西装剪裁精致，勾勒出他刚劲挺拔的身姿，彰显出他卓尔不凡的气质。

从外表上看，辰鸿轩无可挑剔，甚至比赵逸更胜一筹。

梓涵只惊异于鸿轩出众的外表，别无他想。却不知，看到梓涵的第一眼，鸿轩就被她深深吸引了。

梓涵不施粉黛，白皙的皮肤水嫩欲滴，俏丽的容颜清丽脱俗，双目犹似一泓清水，眉宇间隐然流露出清幽高雅的书卷气。

她像一汪清冽的泉水，浸润了鸿轩干涸枯萎的心。一时间，掀起无数涟漪，让他无法平静。

“这位是梓涵妹妹吗？”鸿轩走上前，目光始终没离开梓涵。

“怎么？不认识了？刚才还在电话里说记得我妹妹呢，这会儿就忘了？”看鸿轩陶醉的样子，卓君打趣道。

“我当然记得梓涵，不过……梓涵变了，比小时候更漂亮了。”

看着眼前这个神仙般的哥哥，听他说出如此直白的赞美的话，梓涵纯净的脸上浮现出一丝若有似无的红晕，衬得她更加娇俏可人，妩媚多姿。

“小雪花，你再说，我妹妹可要不好意思了。”卓君无意中叫出他对鸿轩的昵称。

这次，是鸿轩不好意思了。

“秦卓君，阿姨和梓涵都在，你别这么叫我！”鸿轩面带愠色。

“好了，我不叫了！都叫习惯了，哪顾得上我妈和我妹。你大人有大量，别和我一般见识了。”

卓君抱拳向鸿轩鞠躬，逗得鸿轩、梓涵、金舒雅都笑了。

“你这坏小子，别拿鸿轩开玩笑了！你陪鸿轩坐会儿，我和涵涵去厨房，饭马上就好了。”

卓君了解鸿轩的性格，他一向内敛，情绪很少外露。可今天的他与往日截然不同，直到梓涵进厨房，他才敛回视线。

“怎么？喜欢我妹妹？”卓君问得直白。

“喜欢！”鸿轩回答得也直白。

“哈哈，这很正常，没有人不喜欢我妹妹！”卓君表面上不以为然，心里却乐开了花。

在他眼里，鸿轩可是未来妹夫的绝佳人选。

作为辰氏集团的少东家，辰鸿轩可以说是含着金汤匙出生的。他家世显赫，器宇不凡，虽说已经28岁，却只有一段感情经历。女孩儿是他哈佛商学院的同学，两人交往3年多。他回国，那女孩儿执意留在美国，他们才分开。

这段感情结束后，鸿轩一直没遇到让他心动的女孩儿，直到这日再见梓涵。

梓涵空谷幽兰般的气质让他迷醉。她是那么纯净、明澈、不染纤尘。只那么几分钟，他沉寂许久的心豁然开朗，重新燃起希望。

在好兄弟卓君面前，他乐意承认自己的想法，不想隐瞒。

没错，他喜欢梓涵，一见就喜欢！

当然，这不是他们第一次见面，上次见面是十年前，梓涵还是个不经事的小丫头。

两人聊得热闹，梓涵面带微笑走过来：“两位哥哥，饭好了，过来吃饭吧。”

卓君和鸿轩相视一笑，跟着梓涵进了餐厅。

“阿姨，你怎么做这么多菜呀！”许久没在家里吃饭的鸿轩，看到一桌子的家常菜，格外兴奋。

“不全是我做的。这个可乐鸡翅、红烧排骨是涵涵做的，其他的菜是我做的。”金舒雅指着两个菜，一脸骄傲，“我侄女儿漂亮，乖巧，还做得一手好菜。将来不知谁有福气，能把她娶回家呢！”

“姑姑，你说什么呢！”梓涵羞得低下头。

卓君听得出，母亲似乎也有意撮合梓涵和鸿轩。

看侄女难为情，金舒雅忙转移话题：“鸿轩，快坐下吃饭吧，尝尝涵涵的手艺！”

她带头坐下，鸿轩、卓君、梓涵也都跟着坐下。一时间推杯换盏，其乐融融。

吃完饭，鸿轩和梓涵一起出门，送梓涵回家。

冬日的京城，刚下过一场小雪，路面有些滑。

鸿轩把车开得很慢，一方面为了安全，另一方面也想和梓涵多待一会儿。

“涵涵，你知道你哥为什么叫我小雪花吗？”为了打破宁静的氛围，鸿轩问道。

“是因为鸿轩哥在下雪天出生的吗?”梓涵笑着反问。

“不是，说起来蛮有趣的。小时候，我们在一个小学上学。有一次，学校排练儿童剧，你哥演雪人，我就拿着雪花形状的道具，在舞台上跑来跑去，装作漫天飞雪的样子。从那个时候，你哥就叫我小雪花，我就叫他小雪人，这是我们之间的秘密，之前谁也不知道。”

鸿轩凝视前方，回忆过去，脸上浮现出暖阳般的笑容。

“小雪花，听上去很温馨，就像鸿轩哥给我们的感觉一样。你很适合这个名字!”

梓涵不敢直视鸿轩，一直望着窗外。

“既然涵涵喜欢这个名字，我就给你一个专利。只有你可以叫我小雪花，秦卓君都不可以，好吗?”

鸿轩转过头，探究般地看向梓涵的小脸儿，见她不敢看自己，心里越发喜欢。

好一个单纯的小姑娘，这么容易害羞!

感受到他火辣的目光，梓涵更不好意思抬头，轻声应道:“好，以后我就叫鸿轩哥小雪花!”

车缓缓停在金家别墅门口。目送梓涵离开，鸿轩心中不舍。十年后再见梓涵，他只觉相见恨晚……

第十一章 刻骨铭心

距离赵逸正式到安西上任还有一周时间，梓涵最后一次来到兴岭，和这个城市道别。

吃过饭，梓涵枕着赵逸的肚子，像往常一样在卧室里看电视。她手里拿着葡萄味儿吸吸果冻，不时吃两口。也许是太舒服了，也许是太累了，没多久就睡着了。

赵逸不忍打扰她，扶她躺在枕头上，为她盖好被子……

夜色渐渐褪去，天际露微白，整个城市从沉睡中苏醒。朦胧中，梓涵听到一阵窸窸窣窣的声音，睁开了眼睛。

“猪哥，你起来了?”

“宝宝，我去上班了，你再睡一会儿。醒了可以煮面，也可以煮饺子。”

赵逸俯身在梓涵唇上蜻蜓点水般吻了一下，匆忙离开了。

赵逸走后，梓涵再无睡意，拿起放在床头的 iPad 随意翻看，一条新闻引起了她的注意：“今晚，浩渺夜空将迎来 10 年来我国观测条件最好的月全食。届时，只要天气晴朗，我国几乎所有地区都能欣赏到一轮红月亮高挂夜空的迷人景象。月全食全程将持续近 6 个小时，从 22 时 06 分至 22 时 57 分的全食阶段是红月亮的现身时段……”

“红月亮！月全食！好浪漫！我要和猪哥一起看！”

梓涵是个不折不扣的天文爱好者，遇到这样十年不遇的好事儿，自然不能错过。

临近中午，她难抑兴奋，在 QQ 上呼叫赵逸：“猪哥，你晚上没事吧？今天晚上有月全食，十年不遇。你早点回来，我和你一起看。”

“没问题，晚上咱们一起吃饭，吃完饭出去看月全食。”赵逸爽快地答应了。

梓涵到超市买了很多食材，准备给赵逸做一顿丰盛的晚餐。

她拿过手机，给他发了个信息：“猪哥，晚上在家吃吧，我做好饭等你。”

看到梓涵的信息，赵逸欣然一笑。这小丫头，真不是一般贤惠。

他纤长的手指在手机键盘上掠过，给梓涵回了一句话：“无心工作，期待宝宝的晚餐。”

梓涵不仅容貌出众，才华横溢，而且厨艺非凡。很快，色香味俱全的两荤两素四道菜就上了桌。红烧肉、香辣蟹、蚝油生菜、清炒西兰花，都是赵逸喜欢的。

梓涵刚忙完，赵逸就推门进来，手里拿着两个购物袋，里面是梓涵爱吃的紫薯糕，还有一盒心形蜡烛。

梓涵问他买蜡烛做什么，赵逸笑而不语。

他换上拖鞋，将蜡烛摆好，一一点燃，又关灯，拿出一瓶红酒。

梓涵这会儿才明白，他是在营造烛光晚餐的氛围，不由得笑道：“猪哥，我觉得我们两个有点好笑。人家是吃西餐喝红酒，我们是吃红烧肉喝红酒。”

“哈哈，阳春白雪，下里巴人，并不矛盾，很和谐。”赵逸把红酒倒进杯子里，递给梓涵，又夹起一块肉放进嘴里：“嗯，好吃！宝宝手艺真不错！这肉做得肥而不腻，甜中带咸，口感润滑，真好吃！”

朦胧的月光和摇曳的烛光交织，把气氛晕染得既温馨，又神秘。

美食、美景、美人，让赵逸心情大好。

“宝宝，你看，这会儿的月亮多好看。好久没见这么大、这么圆的月亮了。真想象不到过一会儿它会变成什么样。”

顺着他的目光，梓涵也抬头向天上眺望。

“猪哥，等会儿我们出去看月亮好不好？在外边看一定更漂亮！”眼看窗外的月亮发生了变化，梓涵急着出去。

“好，等会儿咱们一起出去。”

吃完饭，梓涵拿上两人的外衣，拉着赵逸就下楼。

夜里的兴岭，浸着浓郁的寒意，空气也分外清新，冷冽。

梓涵依偎在赵逸身边，感受他的温度，倒不觉得十分冷。

望着家里窗口那抹灯光，梓涵依依不舍道：“猪哥，再过几天你就要走了，我舍不得兴岭，舍不得咱们的家。”

“傻宝宝，这里再好我们也不能待一辈子，早晚得走。不过你放心，用不了多久咱们就有自己的家了，比这个家还好！”

赵逸低头看向梓涵，月光下的她越发动人。他猛地抱起她，在雪地里旋转……

在赵逸的怀抱里，不知是被转晕了，还是被幸福冲昏了头，梓涵忘了自己，也忘了周围的一切！

这一刻，赵逸就是她的全世界！

转到不能再转，赵逸踉跄着放下梓涵。两人相互依偎，仰望天上微微发红的月亮。

“猪哥，你快看，月亮好像越来越小了，天狗开始吃月亮了！”

兴岭是座山城，地广人稀，楼房只盖到七层，并没有高楼。月亮就这样一览无余地呈现在他们的视野里。

梓涵的声音在空旷的院子里回响，显得格外清幽。

“宝宝，你冷不冷，要不要回去？”阵阵寒风袭来，赵逸穿得单薄，已感到凉意。

“我没事，不过还是上楼吧，猪哥穿得太少了。我们回去边品茶边赏月。”

想到接下来的美好时光，梓涵眼里闪着亮光。

回到家，泡好茶，坐在窗边的藤椅上，梓涵挥手叫赵逸。

“宝宝，文文想我了，要和我视频。我待会儿再陪你赏月，好不好？”

梓涵爱屋及乌，一直很喜欢赵俊文。虽然心里有点不舒服，还是笑着答应了。

没有赵逸在身边，她一个人索然无味。

赵逸时而噼里啪啦地打字，时而和儿子说笑，聊得不亦乐乎，根本没留意渐渐流逝的时间。

等他从书房出来，已是两个小时后。

梓涵向来善解人意，不过这晚，赵逸让她很失望。足足两个小时，他对她不闻不问，好像忘了她的存在。

想到委屈处，梓涵积蓄许久的眼泪滴落下来。赵逸一时慌了神，忙问道：“宝宝，你怎么哭了，刚才不还好好的吗？”

“没事，我就是有点吃醋。猪哥一直在电脑前聊天，这么久才想到我。”

“宝宝，对不起，是我疏忽了。接下来几个小时我都陪你，好吗？”

见他态度诚恳，梓涵不忍再为难他，瞥了他一眼，又看向窗外。

月色迷离，明暗交错中，梓涵的侧颜被勾勒得如同瓷娃娃般精致、细腻。

赵逸轻轻揽过她，让她靠在自己的肩上。梓涵微微怔了一下，终究没有挣脱。她，已经原谅他了。

他的肩膀是她温馨的港湾，靠着他，她渐渐有了睡意。

赵逸抱起她，轻放在卧室的床上，把她柔软的小身体拥入怀中。

这样的睡姿梓涵很喜欢，这一晚，她睡得很踏实。

清晨，赵逸醒来，在梓涵的额头上轻吻了一下。

梓涵像是被王子吻醒的睡美人，缓缓睁开眼睛。

透过明亮的玻璃窗，冬日的阳光映射进来，为梓涵的小脸儿镀上一层柔软的底色。她白玉无瑕的肌肤泛着温暖的光，漆黑的眸子在睫毛的掩映下格外迷人。

赵逸眷恋的目光在梓涵脸上流连，忍不住许诺道："宝宝，我这几天事儿特别多，中午不能陪你吃饭，但晚上一定陪你。去金马吃自助餐，风雨无阻。"

"嗯，快去上班吧，不用担心我。"梓涵劝慰道，生怕赵逸为她分心。

人人都羡慕天生丽质的美女，羡慕她们得到老天的眷顾，生就一副倾倒众生、让男人为之折腰的容貌。可只有身临其境，才能体会其中的苦楚。太多的爱，也是一种负担、一种压力。

因为纵使弱水三千，也只能取一瓢。选择其中一个，就注定要辜负很多人。

梓涵只爱赵逸，也只想爱赵逸。

下班后，赵逸如约带梓涵到金马酒店。这是兴岭唯一一家五星级酒店，室内装修豪华，菜品种类繁多，口味独特，在兴岭很有名。

梓涵随意找个位子坐下，脱下外衣，兴奋地感叹道："又可以吃美食了，心情真好！"

"我家宝宝就是个标准的小吃货。猪哥提醒你，别像上次那样吃那么多，回家喊肚子痛！"赵逸在梓涵脸蛋上轻轻掐了一下，爱怜地说道。

"嗯，我会注意的，只吃两份牛排，绝不吃第三份……"梓涵调皮地眨了眨眼睛，坏笑道。

有赵逸坐在对面，梓涵吃什么都觉得好吃。一份牛排、两块咖喱鸡下肚，小肚子渐渐鼓起来。

"猪哥，我今天没实力了，肚子饱了。"

"咱们去大厅看看鱼吧，活动活动。"

赵逸起身，梓涵跟在他身后，一起到了酒店大厅。

大厅的水池里，数条锦鲤游曳嬉戏，漾起点点波光。远远看去，艳丽非常。

一个小女孩儿迎面跑来，惹得梓涵停下脚步。

小女孩儿看上去四五岁的样子。白嫩的皮肤、大大的眼睛、胖嘟嘟的脸蛋儿，极为招人喜欢；女孩头上梳着两个小小的辫子，更平添了几分俏皮可爱。

“猪哥，你看那小娃娃多好看，像洋娃娃似的，我真想抱抱她。”

看梓涵一脸痴迷的样子，赵逸不禁笑道：“宝宝，看你这么喜欢孩子，不如咱们马上生一个吧?”

“我才不呢，我可不想当未婚妈妈。我倒没什么，我的宝宝多可怜。”梓涵抬头看着他，认真答道。

赵逸不知接下来怎么说，没答话。他不想给梓涵一张兑现不了的空头支票。

吃完饭，上了车，透过车窗凝视着飘舞的雪花，梓涵眼里闪着晶莹的光，“猪哥，你知道吗，我特别舍不得兴岭，舍不得我们的家。我喜欢这里的山、这里的街道，更喜欢这里的雪。”

“宝宝，你说的我都知道。我知道你喜欢这里，喜欢咱们的家。我也喜欢这里，不想离开。可是没办法，崔荣昊点名让我去安西，我只能听他的。谁让他是我老板呢。”赵逸眉头紧锁，语气中流露出些许无奈。

“嗯，我知道。猪哥，无论你到哪里，我都跟着你！你在哪儿，哪儿就是我们的家。”

“宝宝，你别难过。等到了安西，稳定下来，咱们就有家了。相信猪哥，那边的家一定比这个家还温馨，还漂亮。”赵逸抬起手，抚摸着梓涵光洁的脸颊，轻声安慰道。

“嗯，我信你!”

车里没开灯，只有淡淡的月光洒落进来。赵逸依稀看到梓涵的嘴角微微上翘，脸上溢着恬静的笑。

回到家，赵逸先睡了。梓涵紧抱着他，将脸贴在他颈边，感受他的气息，没多久也睡着了。

卧室天花板上的灯一直开着，直到半夜赵逸去洗手间才把它关上。

“猪哥，几点了？你怎么醒了?”

“还早着呢，接着睡吧。过几天就过年了，明天你还是回家吧，免得你家里人担心。”赵逸的声音很轻，好像和梓涵说悄悄话一般。

赵逸的话如同醒神汤般让梓涵清醒过来，她猛地坐起来，道：“猪哥，我不走了，我想和你一起过年。”

她自己都不知道，怎么突然想到过年。也许，潜意识里，她想和赵逸一起过年吧。

可是，赵逸想都没想就拒绝了：“宝宝，我不能陪你，我得回老家过年。”

“那……这辈子我们还能一起过年吗?”梓涵不甘心，追问道。

夜很静，静得能清晰听到彼此的呼吸声。

梓涵光洁细腻的手在赵逸的指腹上无声地摩挲，像是在探索、在寻觅。

梓涵安静地躺在他身边，浓密的睫毛轻轻颤动，犹如蝴蝶纤巧精致的羽翼。

她，在等他的答案。

“2020 年吧，也许那个时候我们就能一起过年了。”

许久，赵逸若有所思地答道。

2020 年？

他的话，让梓涵的心瞬间坠到谷底。

“我等不及了，到那时候，我都老了。”

“那怎么办呢？猪哥要陪父母，还要陪文文，总不能抛下家里人自己出来呀。”

赵逸一口一个家里人，说得梓涵无比失落，心仿佛被掏空。

是呀，她不是他的家人，她比不上他的家人。那么，她到底是什么？

“我只是随便说说，不会让你为难的。更何况我什么人都不是，没资格要求你什么。”话一出口，梓涵顿觉凄凉。

“宝宝，你别这么说，说得我难受。你是我什么人，你应该清楚。我每年都带孩子回老家过年，今年也不例外。一年没见我爸妈了，我总要回去尽点孝道……”

赵逸很为难，一边是父母孩子，一边是心爱的人，他都放不下。

梓涵最见不得赵逸这样，忙伸手捂住他的唇，“不说了，猪哥。你的心思我懂，我能理解你。”

“宝宝，放心吧，有些事情我会考虑的。只要我娶你了，咱们就能一起过年了。不过，娶你这事儿是要看机遇的，没准儿什么时候就能了。”

这是赵逸第一次明确提出可以娶她，虽然需要一个所谓的机遇。

她不知道什么是机遇，可在这一刻，她心中燃起了希望。

第二天清晨，天还没亮透，赵逸的手机就发出刺耳的铃声。是崔荣昊打来的，说安西那边出了点事情，希望他尽快过去。

梓涵暗自抱怨，这个崔荣昊就像她和赵逸之间的大号灯泡。每当他们甜蜜在一起的时候，他都有理由把他们分开。

情况紧急，赵逸收拾妥当就匆忙出发了。临走前叮嘱梓涵早点回京城。

赵逸走后，梓涵拿着手机，打开录像模式，从卧室走到客厅，从客厅走到书房……把这个家的每个地方，每个角落都记录下来。

这个在外人看来毫不起眼的家，有太多美好回忆。她要把它珍藏起来，当作他们幸福的见证。

若干年后，打开这段视频，她会指着屏幕上的画面对赵逸说："猪哥，你看看，这是咱们爱开始的地方！"

录完视频，梓涵开始打扫房间。无论是桌子，还是地面，都被她清理得一尘不染。一直忙到中午，她才准备出发。

站在门口，她最后看了一眼这个和赵逸一起生活过的地方，怀着复杂的心情关上了门。

这日的天空，依旧飘着雪。这个浪漫的北国城市，似乎用一种特殊的方式和她道别。

火车驶离兴岭的刹那，梓涵泪如雨下。

她坐在窗前，恋恋不舍地看着沿途的风光，恨不得把一切都装在脑海中、刻在记忆里，留在以后的日子里慢慢体味、怀念。

腊月二十七的晚上，赵逸从兴岭赶回京城。

梓涵一直等他，早就饿透了。赵逸一下车，就拉他去餐厅吃饭。

经过影院门口，看到新上映的《龙门飞甲》的宣传海报，梓涵忍不住驻足观看。

"猪哥你看，《龙门飞甲》昨天上映了，还是3D版的，我好想去看。"

梓涵知道赵逸一路辛苦，只是随便说说，没想到他竟然答应了。

电影散场，回到家已是后半夜。

赵逸开了几个小时车，又在影院坐了两个小时，又累又困，刚一躺下就睡着了。

梓涵关上灯，依偎在他身旁，借着窗外洒进来的月光，看向那张熟睡的脸。

他很俊朗，即便此刻睡着了，眉宇间也有种摄人心魄的魅力。

而她在乎的不是这个。

自从和赵逸在一起，她发现她引以为骄傲的理智快要荡然无存了。

他的一个眼神、一个动作，哪怕是微微蹙眉，都能牵动她的心跳。她因他悲，因他喜。

为了他，她可以变成任何模样。

翌日，赵逸差不多睡到中午才醒来。

睁开眼，看到的是梓涵放大的俏脸。小丫头正一瞬不瞬地盯着他，像在欣赏一件艺术品。

"猪哥，太阳晒到PP啦，快起来吧！我都快饿晕了！咱们先去吃饭，然后去逛街。我昨天看到一件衣服很适合你，等会儿咱们去试试。"

赵逸本想赖会儿床，无奈梓涵软硬兼施把他从床上拉起来。没办法，他只好乖乖洗漱、穿衣服，又乖乖随她出门吃了饭。

新光商场，站在镜子前的赵逸身形挺拔，一袭剪裁考究的紫色衬衫把他衬得愈发温文尔雅、器宇不凡。

“宝宝，你不怕我打扮得太帅了，被别的女人抢走？”赵逸半严肃半玩笑地问。

“我不怕！你家宝宝这么可爱，这么漂亮，还对你这么好，猪哥才不会跟别人走呢！”梓涵嘟着嘴，样子极为可爱，俊美的眸子里满是自信。

“放心吧，猪哥只要宝宝，不要别人。”赵逸默念。

付完款，两人一起走出商场。赵逸把梓涵送到公司门口就开车回家了。

除夕前一天，赵逸约梓涵见面，算是道别。

赵逸老家在外省，距离京城有几百公里之遥。这一别，要十多天后才能相见。

想到这儿，梓涵就高兴不起来了，车里的气氛有些凝重。

赵逸不知怎么安慰她，沉默许久才说道：“宝宝，虽然咱们不能一起过年，但三十儿晚上你可以给我拜年。我们能听到对方的声音，不是很好吗？”

“嗯，明天晚上我一定给猪哥拜年！”

听赵逸这么说，梓涵才略感宽慰。

从市中心到金家别墅，有一个多小时的车程，梓涵却觉得十分短暂。

车停在家门口，梓涵不得不和赵逸分开。下车前，她不忘打趣赵逸：“猪哥，你不进去看看你岳父岳母吗？”

赵逸没搭话，只是笑笑。

岳父岳母，多么亲切的字眼儿！

可是，他不敢见他们。因为他不知道什么时候能娶梓涵，什么时候能叫他们一声“爸、妈”。

大年三十这天，家里的阿姨回老家过年，梓涵和妈妈成了厨房的主力。摘菜，洗菜，切肉……忙了小半天，准备了一桌丰盛的年夜饭。

电视里播放的是梓涵最爱看的《一年又一年》，每年春晚开始前，梓涵都守在电视机前，在熟悉的音乐声中回顾过去的一年。

这一年，因为赵逸，有太多不同往年的回忆。

到了晚上八点，春晚正式开始。第一个节目是开场歌舞，场面十分喜庆、热闹。

梓涵怀着期待又忐忑的心情回到卧室，拨了那一串熟悉的号码。她好怕赵逸听不到电话，错过她的拜年。

让她欣喜的是，赵逸很快就接起来，手机那端不时传来“噼里啪啦”的鞭炮声。

“宝宝，我在外边放鞭炮呢，你听到了吗？”喧闹中，赵逸大声喊道。

“我听到了，鞭炮声好大！你自己在外边吗？”

“我陪文文放鞭炮呢，放完就回家。宝宝看春晚呢吧?”

“嗯，看晚会呢。想给猪哥拜个年，听听你的声音。”

“好，我也给宝宝拜年了！不多说了，文文过来找我了。过几天回京城我就去看你。”

梓涵还想说什么，手机里已是一阵“嘟嘟”声。

短暂的失落后，她劝慰自己，能在除夕夜和他通话，给他拜年，应该知足了。

一年三百六十五日，最甜最美是除夕。这个晚上，梓涵和爸妈围坐在电视机旁，看春晚，吃零食，尽情说笑，享受着阖家团圆的幸福。

一个个精彩的节目过后，零点的钟声即将敲响，他们和主持人一起倒计时，迎接新一年的到来。

远处传来阵阵礼花声，天空中姹紫嫣红一片，将节日的气氛烘托到极致。

看完春晚，回到房间，梓涵在枕头旁发现一个红包。红包上的字迹刚劲有力，一看就是父亲金海峰写的：“涵涵，新的一年，爸妈希望你幸福、快乐！卡的密码是你的生日，卡内的金额无上限。”

梓涵打开红包一看，里面是一张某银行发行的 Hellokitty 限量版银行卡。她早就想办一张，没想到爸妈已经为她准备好了。

父母的爱是最贴心、最无私的，它总能浸入儿女心里，满足儿女内心深处的愿望。

正月初六，赵逸从老家回来，到京城的第一件事就是到金家别墅找梓涵。

赵逸的车停在别墅对面，梓涵一出门就看到他，兴奋地奔了过去。

上了车，依偎在赵逸怀里，梓涵几日来的思念才得到缓解。

唯有刻骨铭心的爱恋，才有这铭肌镂骨的甜蜜。

赵逸本想和梓涵见一面就回安西，耐不住她一再央求，只得答应带她回去。

路上，梓涵怕赵逸开车累，想给他提提神，灵机一动有了主意：“猪哥，我新学了首歌，很喜庆，特别适合过年唱。我唱给你听好不好?”

在梓涵浮夸表情的刺激下，赵逸强忍住笑，鼓励道：“好呀，你唱吧，我最爱听宝宝唱歌了。再说我有点困了，听你唱歌能醒醒神。”

为了凸显真实，赵逸打了个哈欠。

“那我就唱了。猪哥听好了，我既唱女声又唱男声，很厉害的!”

未等开唱，梓涵就自吹。

一曲《刘海砍樵》没唱完，赵逸差点笑岔气：“宝宝，你唱得太好了，比李玉刚的《贵妃醉酒》还有味道！佩服!”

赵逸眼底的戏谑出卖了他，梓涵猜到他说的是反话。

她虽然喜欢这首歌，但从没练习过，很多地方都唱跑调了。

“猪哥真坏，人家明明唱得不好你还说好，分明就是嘲笑我！我不唱了，你唱给我听吧！”

“哈哈，宝宝唱得很可爱。不过你的声音太甜了，不适合这种风格的歌。”看梓涵小脸涨得通红，赵逸忙解释，“我给你唱《贵妃醉酒》吧，你不是最爱听这个吗？”

“嗯，猪哥唱吧，你唱什么我都爱听。”

听梓涵说爱听，赵逸兴致大增，接连唱了几首。

深冬的高速公路两侧，一棵棵白杨被寒风吹打，却依旧傲然挺立，随着车速的加快，幻化成一道律动的弧线。

不远处，安西城的万家灯火尽收眼底。梓涵挥舞着手臂，大声欢呼：“安西，我们的家，我们来啦！”

梓涵兴奋得几乎癫狂，赵逸被她的情绪感染，也随着她喊道：“安西，我带着宝宝回来啦！”

到了安西城，赵逸把车开到餐厅。几个小时没吃东西，两人已经饥肠辘辘。

填饱肚子，赵逸一时兴起，想逗逗梓涵，故作严肃地说道：“宝宝，你知道吗，咱们家还有个人呢！”

“还有个人？谁呀？”梓涵口中的果汁差点喷出来。

“还能有谁？女人呗，我在安西的女人！”赵逸强忍着才没让自己笑出来。

“我不信，你就知道骗我！你才没有其他女人呢！不过……”梓涵停顿了一下，星眸微转，威胁道，“要是有，我就把她赶出去。这是我们的家，我才不允许别的女人来呢！”

“好吧，你不信拉倒。等会儿见到她你可别哭。”

赵逸越说越逼真，梓涵却没中计。

她才不信他在安西有女人呢！而且，就算有，他也不敢明目张胆地带回家呀！

不过，安西的家对她太有吸引力了，她想快点看到新家的样子。

他们的新家在餐厅对面。和兴岭的家一样，都是四楼。

推开门的一刹那，久违的幸福感再次涌现，和她第一次到兴岭时的感觉一样。

家，对女人来说永远意义非凡。有家才踏实，心才有着落。

挣脱赵逸的手，梓涵一路小跑，审视着每一个房间，兴奋地说道：“粉色的墙纸我喜欢，白色的地板我喜欢，紫色的沙发我喜欢！家里的一切我都喜欢！猪哥，我好喜欢咱们的新家！”

沉浸在初到新家的喜悦里，梓涵像个小话唠。

洗完澡，从浴室出来，梓涵只穿了一件乳白色丝质吊带睡裙。

赵逸倚靠在床头，短发濡湿，上身赤裸，只在下身围了条浴巾。

见梓涵进来，他微微眯起眼，炙热的目光沿着她的身体曲线一路蔓延，惹得她羞红了脸。

梓涵心中一动，“难道这就是所谓的小别胜新婚吗？”

“宝宝，过来！”他半是温柔半是霸道，浑厚的声音极具魅力，让梓涵不由自主地遵从他的呼唤，走了过去。

待她靠近，他微微探身，扣住她的手腕。下一秒，已把她压在身下，火热的吻如淅沥沥的小雨，浸染着她殷红的唇瓣。

她仰起头迎合他，乌黑浓密的发丝散落在枕边，像黑夜里悄然盛开的玫瑰，有一种勾心摄魄的美。

短暂的沉寂后，微弱的光影里，赵逸失去了以往的耐心，打算采撷甜美的果实。只因清纯娇嫩的她，那动人的表情和不知所措的反应，激发了他男人天性里的冲动和热血。

赵逸恨不得立即要了她，可想到她是第一次，不忍太过粗鲁。他的大手掀开她的浴衣，她刚刚沐浴过的肌肤，泛着淡淡的粉红，吹弹欲破，让人陶醉。

他的唇改变了进攻的方向，沿着她的脖颈一路向下……

一阵激情过后，赵逸仰面躺着，梓涵像只小猫一样窝在他怀里，唇畔的淡笑极为动人。

初次体会男女柔情，她很生涩，娇柔的身体有些吃不消。

赵逸低头看着梓涵，淡淡的灯光下，她是那么安静。

失去第一次，她不再是那个天真的小女孩儿。她是他的女人，他要对她负责。

赵逸累了，没过一会儿就睡着了。

梓涵的小手紧紧搂着他，心底跳跃着浓浓的爱意和眷恋。

有人说，男人如果得到女孩儿宝贵的第一次，即使不娶她，也不会对她太狠心。

她不知道，赵逸会不会是个例外。

困意渐浓，梓涵和他一起进入梦乡。

清冷的黑夜在旖旎中过去，美好的晨曦已然来临。

梓涵醒来，耳边传来的呼吸声让她娇容绽笑。一双美目沿着健硕的胸膛往上，视线最后停留在那张完美迷人的俊颜上，昨晚的情形渐渐涌上她的脑海。

有人说，男人因性而爱，女人因爱而性。但她此刻体会到，女人不仅仅是因爱而性，还会因性而爱得更深！

除了忧虑，她心中更多的是幸福和快乐。

梓涵小心翼翼地挪动身体，向赵逸贴近，闭眼汲取他独特的、让她着迷的男性气息。

蓦然，赵逸的眼角微微一动，随即发出一声叹息：“哎，这个小色女没救了，干吗盯着我看？”

原来他早就醒了，只不过怕吵到她，一动也没动。还没等梓涵反应过来，赵逸就埋首在她胸前。她忽觉身上滚热和酥麻感骤增，羞赧自然迸发。她轻轻推了推他的头，红着脸道：“猪哥，别这样，我难受！”

“这会儿还没好？”听她这么说，他没再继续。

“嗯。”梓涵低下头，不好直视他探究的眼睛。

“今天别回去了，休息一天。中午我回来陪你。”

他捡起散落在地上的衣裤套在身上。

她把最珍贵的东西献给他。他发誓要对她负责，要给她最好的爱！

“猪哥，你能答应我一件事吗？”梓涵轻柔的声音把他从沉思中拉回来。

“什么事？你说。”赵逸回头问道。

“我想要猪哥答应我，今生今世永远不抛弃我。即便不能娶我，也不要离开我。猪哥，你能做到吗？”

梓涵拉起被子遮住胸部，眼里泛着晶莹的光，十分动容。

“好，我答应你！我发誓一辈子守着你，除非有一天你想离开我，否则……”

未等赵逸说完，梓涵已起身阻止他说下去。她身上的被子滑落到床上，洁白细腻的胴体在阳光的映射下，闪着动人的光泽。

“我不许你这么说。我可以保证，无论遇到什么困难，我都不会离开你！你是我第一个，也是唯一一个！”

“宝宝，你的话我记住了。放心吧，我会记住我的承诺！”揽着梓涵的肩膀，赵逸柔声安慰。

梓涵点了点头，满足地笑了。

正月十五的晚上，安西元宵节音乐焰火晚会在文化广场举行。安西市民扶老携幼，簇拥而至。

赵逸和梓涵早早到广场，找了个最佳观测位置。

礼花怒放着深情，焰火映红了夜空，时而满天皆白，时而春花遍开。金尾、银尾、彩色尾烟花构成的画面像起舞腾飞的巨龙，在流光溢彩的夜空舒展着美丽的画卷。

梓涵挽着赵逸的胳膊，和人群一起欢呼，用手中的相机记载这美好的一刻。

焰火易得，情郎难求！

这个元宵节，是梓涵最难忘的一个元宵节。

她多想让时光停留在这一刻，在漫天花雨中，与赵逸共度一生！

“猪哥，你看那边，好像有人放孔明灯！”

顺着梓涵指的方向，只见几盏孔明灯顺着气流而上，承载着人们的美好心愿，在天空中悬浮、闪烁。

“宝宝，咱们也去放一盏孔明灯吧。据说用孔明灯许愿很灵验的。”在轰隆隆的礼花声中，赵逸大声说道。

“好呀，我们去放孔明灯！我要许愿我和猪哥相依相伴，永远不分开！”

“嗯，宝宝，我们永远不分开！”

誓言在空中回响，伴随着礼花，绚丽绽放。

焰火晚会结束后，赵逸带梓涵去看灯会。

街上人头攒动，灯光闪烁，热闹非凡。

安西市各个区县、企事业单位做的花灯布放在街道两侧，做工精美，形式多样。引得游人纷纷驻足，拍照。

“猪哥，你看那边好多龙灯！”梓涵拉着赵逸的手，向花灯的方向跑去。

只见那龙灯做得栩栩如生，有“二龙戏珠”“双龙出水”“火龙腾飞”“蟠龙闹海”……

梓涵手拿糖葫芦，摆各种姿势让赵逸拍照。

“宝宝，我听我同事说每年正月十五安西都是座不夜城，大家都要玩个通宵。今天晚上咱们也不睡了，猪哥陪你好好玩！”

“太好啦！我要看花灯，吃烤肉，还要……喝咖啡！”梓涵兴奋地挥动着小手，把想做的事儿一股脑儿说出来。

“好，宝宝想做什么，咱们就做什么！都听你的！”

这个晚上，火树银花与日月交辉。笙歌欢腾，彻夜不休。

两人到家时已是深夜，拥着梓涵，赵逸分外动情，不顾身体的疲惫，和她亲热了一番。

第二天，梓涵一个人在家，穿着赵逸宽大的衬衫，坐在电脑前看电视剧。

正当她享受这难得的悠闲时，门口传来钥匙插进锁孔的声音。她以为赵逸回来了，高兴地去开门，却不想进来的是一个陌生男人。

四目相对，梓涵觉得好像在哪里见过他，一时却想不起来。

“你是弟妹吧，我是赵总公司的，我叫白景龙。赵总说家里水管漏水了，让我过来看看。”没等梓涵问什么，门口的男子就开口道。

听来人说是逸动传媒的，梓涵着实吃了一惊。她仔细观察这男人，发现他表情很自然。她基本可以确定，他不认识她。

“厨房在这边，你去看吧。我给赵逸打个电话，告诉他你来了。”

“不用了，弟妹，赵总开会呢。他知道我过来，不过我之前说下午来，这会儿提前了。”

梓涵暗自着急，心里埋怨赵逸为什么不告诉她有人来。这个白景龙突然出现，让她措手不及。

趁白景龙修水管的时候，梓涵给赵逸发了个信息。看到梓涵的信息，赵逸一惊。他没想到白景龙私自把时间提前了，让他毫无准备。

他无心开会，布置完工作就宣布散会了。

这白景龙是逸动传媒安西分公司的新人，刚进公司不到半个月，对公司的人还不熟悉。况且梓涵一副居家打扮，邋遢得很。白景龙即便见过她，恐怕也认不出来。

修好水管，和梓涵道了别，白景龙就离开了。

白景龙的到来，让梓涵心神不宁。直到赵逸回家安慰她几句，她才消除顾虑。

毕竟，赵逸曾是她的上司，他们的关系暂时不能公开。

为了给梓涵压惊，赵逸提议出去吃饭。

当梓涵打扮好从卧室出来时，赵逸顿时眼前一亮。

眼前的梓涵和刚才那个邋遢的小丫头判若两人，赵逸笑着上前道：“宝宝，看来再漂亮的女人也需要打扮。我敢保证，就算白景龙突然出现，也认不出你就是刚才那个不修边幅的女人。”

看着镜子里的自己，梓涵不由得也笑了。赵逸说得没错，美女也需要打扮，不然是要减分的。

在安西的几天，赵逸只要有时间就陪梓涵。这日，他们一起逛超市，梓涵驻足在一个Hellokitty公仔前，仰着头，用期许的目光看向赵逸。

以金家千金的实力，即使买一火车公仔都不成问题，可她就想赵逸送她。

想到家里那几个公仔，赵逸起初不想买，但在她撒娇卖萌的攻势下，很快就缴械投降了。

回到家，梓涵把两个Hellokitty公仔放在一起，调皮地说：“猪哥，我们有两个女儿了。这个叫雅雅，新来的叫什么？”

“你取吧，你喜欢什么名字就叫什么名字。”赵逸漫不经心地答道。

“不嘛，我要猪哥取名字，猪哥喜欢什么就叫什么！”梓涵央求道。

“那……就叫甜甜吧。”赵逸随便说了一个名字，并没放在心上。不过，梓涵的小女孩儿行为让他觉得很可爱。

元宵节过后，逸动传媒组织高管到国外旅游。临行前，梓涵帮赵逸准备换洗的衣物，还买了感冒药、胃药、风油精……装了满满一大行李箱。

赵逸既感动，又好笑。这小丫头事无巨细，恨不得把超市给他搬走。

赵逸一走就是十几天，情人节过后才从国外回来。

这日，梓涵办公室的门被推开，随后一只提着购物袋的手伸进来。梓涵心中一喜，知道赵逸来了，忙起身把他拉进办公室。

“猪哥，想死你啦!”见四周无人，梓涵顾不得在公司，扑进赵逸怀里。她素白的小手按在他胸口，脸颊上的酒窝浅浅晕开，似有若无。

“好宝宝，我也想你，一回来就想看你!”赵逸揽住梓涵的腰，两人紧紧相拥。

十几日的思念，化作浓烈而甜蜜的吻……

“宝宝，你看猪哥送你什么礼物了。”亲热过后，赵逸把手里的购物袋递给梓涵。

她欣喜地打开一看，里面装着各种各样的吃食，还有一个小小的盒子。

她猜想，这盒子里不会是赵逸送她的戒指吧？她的心蓦地紧张起来。

在赵逸的注视下，梓涵打开盒子，却不想里面不是戒指，而是一个精致小巧的Hellokitty钥匙链。

一时间，她有些失望。

“怎么了，宝宝不喜欢?”

梓涵没缓过神来，微微怔了一下，摇头道：“没有，我很喜欢。”

“哦，我知道为什么了。我之前说买Hellokitty包给宝宝，可逛了几家店都没买到。宝宝一定很失望吧?”

这解释，赵逸自己都觉得底气不足。

事实上，他看到梓涵喜欢的Hellokitty包了，只不过价格不菲，足足要几万人民币。

“猪哥，我不是那个意思，你送什么我都喜欢。再说，这个钥匙链也很可爱。”

是的，她只有那么一点点失望。正如她所说，只要是赵逸送的，她都喜欢，她都视若珍宝。

为了让赵逸放心，她拿出一串钥匙挂在上面。

“好，你喜欢就好！为了补偿宝宝，我们先去吃大餐，然后去看《我愿意》，好不好?”

“好，都听猪哥的。”

正值情人节档期，《我愿意》上映一周还热度不减。赵逸和梓涵到电影院时，当日各个场次的票都卖得差不多了，剩下的票座位不相邻。

“猪哥，不然我们明天再看吧，我不想和你分开坐。”梓涵面露难色。

“先买票吧，宝宝。咱们进去可以和人调换座位。”

听赵逸说得有理，梓涵没再坚持。

进场之后，赵逸才发现，到处都是相互依偎的情侣，根本没法和别人调换座位。

眼看梓涵的小嘴嘟哝起来，赵逸有了主意：“宝宝，你看座位旁边不是有台阶吗。我坐到台阶上，咱们不就挨着了吗?”

“我不要猪哥坐台阶，太凉了。”

赵逸知道梓涵是心疼他才口不对心，他不顾梓涵反对，坐在台阶上就不起来了。

“你看人家男朋友多好，不能挨着坐就坐台阶上。你什么时候这样过?”

“我要有那么漂亮的女朋友，别说坐台阶上，就是坐钉子上，我都不喊疼。”

……

周围的议论声传到他们耳中，赵逸和梓涵都笑了。

是呀，他们是幸福的，幸福得让人羡慕……

大荧幕上，李冰冰饰演的唐薇薇成熟、时尚，孙红雷饰演的杨年华幽默、风趣。他们的一段段对话，时而发人深思，时而让人忍俊不禁。

“猪哥，如果你问我 Will you marry me? 我一定会说 Yes，I do.”梓涵压低声音，颇有意味地说。

赵逸自然明白她的意思，拿起一块榴莲糕堵住她的嘴：“宝宝，我会问的。不过，不是现在。”

赵逸离开的这段日子，梓涵茶饭不思。

十几天对她来说，好像半个世纪那般漫长。

自从和赵逸发生亲密关系后，梓涵对他越来越依赖，差不多每个月都要去安西一两次。日子久了，赵逸心存顾虑。同在一个公司，他不想让人知道他和梓涵的关系。

这日，梓涵一进办公室就打开电脑，到 QQ 上喊赵逸。很快，赵逸有了回应。她发现赵逸的 QQ 昵称改成了爱宝宝，不由得会心一笑。

梓涵妹妹：“猪哥，我想问你个问题，你不能回避。你是什么时候开始爱我的?”

爱宝宝：“从背你的时候，或者第一次见你的时候吧，我记不清是什么时候了。那时候，就算喜欢你我也不敢多想。”

梓涵妹妹：“为什么不敢多想，因为你的身份?”

爱宝宝："是的，那时候我还不是单身，我不想害了你。"

梓涵妹妹："在猪哥设计的未来里，有我吗?"

爱宝宝："去年5月11日之前没有，但是现在有。"

梓涵妹妹："我知道你爱我，只怨我们相遇太晚，你没能为我守候吧。"

爱宝宝："宝宝，不说了，我得去开会了。"

梓涵妹妹："嗯，好吧。我也去忙了。"

发了一个"再见"的表情后，赵逸就下线了。

梓涵双手托腮，看着屏幕上的文档发呆。

赵逸不是没设想过和梓涵的未来，可一想这个他就头疼。

如果让梓涵继续做他的女人，对梓涵不公平。如果和梓涵结婚，让她做赵俊文的后妈，对梓涵也不公平。

而且，以刘艳现在的状况，肯定接受不了他再婚。再三权衡后，他只能暂时对不起梓涵。

一个月后，赵逸回京城办事。在梓涵的坚持下，他带她回到安西。第二天是梓涵生日，他不忍让她失望。

数日没在一起，一阵缠绵后，他们躺在床上聊天。

"宝宝，你想要什么生日礼物?"

"我想要……"梓涵微微停顿了一下。她早就想好要什么，却不知该不该说出来。迟疑片刻，她似是下定决心，一字一顿地说道："我想要钻戒!"

梓涵从不向他索要贵重的礼物，这会儿突然说到"钻戒"，赵逸有些吃惊，问道："宝宝为什么想要钻戒?"

见赵逸问，梓涵转过头凝视着他，明澈如清泉般的眼睛有些湿润，"因为钻石代表永恒，代表着承诺。我要你永恒的爱！我要你的承诺!"

赵逸没回应她的话，只是简单说了句"哦"。

面对梓涵的深情，他不仅有感动，还有无形的压力。

他有时想，既然不能给她想要的，不如放她离开，让她去寻找真正的幸福。

赵逸的内心在犹豫、徘徊，这样的承诺他给不起。

钻石代表永恒不过是世人的美好愿望罢了。世事多变，没有什么是永恒的。

房间里透着从落地窗映照进来的昏暗光线，灯火璀璨的夜色让梓涵有些许的迷失。

她静静地看着那些五色斑斓的色彩，绚丽旋转。精致小巧的五官，浮上与她这个年纪不相称、沉淀下来的温和静好……

天空刚露出鱼肚白时，习惯性早起的梓涵悠然转醒。看了看四周，茫然了两秒，才想起这是在安西的家。她翻过身，看到躺在身旁的俊美男人。

柔和的光线下，赵逸白皙的肌肤散发着淡淡的莹光。朱唇轻抿，似笑非笑。剑一般的眉毛斜飞入鬓，无论是五官，还是面部轮廓都无可挑剔。

梓涵不忍心叫醒她，静静躺在他身边，一边欣赏他，一边看手机上下载的电子书。

赵逸睡到九点多才醒来，还是被手机铃声吵醒的。他接起电话，和对方聊了一会儿，再无睡意。

“宝宝，你怎么这么早就醒了？”看到身边睁着大眼睛打量他的梓涵，赵逸面露羞赧之色。

梓涵把手机放在一边，转过身来，伏在赵逸胸前撒娇：“我早就醒了，肚子好饿。”

“好，我马上起床，带宝宝出去吃饭、逛街、看电影，好不好？”赵逸已计划好一天的行程，想听梓涵的意见。

“嗯，听上去不错。好吧，就这么愉快地决定了！”

出门前，梓涵化了个淡妆。经过简单的修饰，她丽质天成的脸越发动人，一双美目晶莹得连最璀璨的夜明珠都黯然失色。

无法形容的容貌、身材已是造物主给的奢侈品了，她偏偏还有股我见犹怜的气质，惹得男人会情不自禁地怜惜她，心疼她，爱上她！

“宝宝，你今天真漂亮！”一时间，赵逸看得出神，滚烫的目光灼得梓涵脸颊泛红。

“我哪有那么漂亮，无非是情人眼里出西施罢了。我们快点出去吃饭吧，好饿！”

避开眼前的火热，梓涵灵巧地走出家门，赵逸跟在她身后一起下了楼。

吃完饭，看过电影，从影院出来，赵逸和梓涵在商场里闲逛。不知不觉间，走到珠宝柜台前。

梓涵被一枚心形铂金戒指吸引，像被粘住脚，再也挪不动一步。

赵逸以为她喜欢，掏出钱夹，准备付钱，却被她拦住：“猪哥，我不要这个，要钻石的，咱们接着看。”

“宝宝，你戴这个就很好看，不一定要钻戒吧？”

“我们再看看吧！”梓涵执拗地拽着赵逸向另一个珠宝柜台走去。

俯身在柜台前，梓涵逐一挑选，不时询问赵逸的意见。直到选中一款戒托为花瓣状的钻戒，戴在中指上，再舍不得拿下来。

赵逸看出她喜欢，但觉得没必要买钻戒，之前的铂金戒指也不错，不由得建议道："宝宝，不然我们还是……"

迎上梓涵摄人心魄、脉脉含情的水眸，赵逸生生把想说的话咽了下去。

他何尝不知道，对梓涵来说，那铂金戒托上镶嵌的不是钻石，而是他的承诺。

也许是那句广告语"钻石恒久远，一颗永流传"影响力太大了吧。

似乎看出赵逸的犹豫，柜台小姐礼貌地询问道："先生，您是为这位小姐选婚戒吗？"

赵逸沉默了一下，答道："不是，是选生日礼物。"

"小姐，您真幸福！有这么贴心的先生！您选的这款钻戒是店里的最新款，样式新巧，价格合理，也非常适合您。"

也许是被柜台小姐的话感染，迎着商场的灯光，赵逸看向梓涵戴着戒指的手。在钻石的点缀下，那双手细腻如凝脂，炫目动人。

"就要这个吧！"赵逸拿定主意，笑着对柜台小姐说道。

柜台小姐顿时喜笑颜开，开了单，恭敬地递给赵逸。

从商场出来，梓涵不时抬手看戒指。柜台小姐告诉她，这枚戒指有个好听的名字，叫地久天长。

她唯愿能和赵逸倾心相恋，三生续缘。蝶双飞，情如海，比翼千年，生生世世永远相爱。而这枚钻戒，就是他们爱情的最好见证。

张爱玲说："见了他，她变得很低很低，低到尘埃里，但她心里是欢喜的，从尘埃里开出花来。"这时的梓涵正是如此。

她明知爱上赵逸是飞蛾扑火，但她就是忍不住想扑过去。只因她心存侥幸：这世上并非所有的飞蛾在扑火后都会死亡，她说不定就是幸免的那个！

然而，侥幸始终是侥幸，她这只痴心的飞蛾，最后是否遵循规律，被烧得体无完肤？又或是逃过一劫？

没人知道，没人能估计到，包括她自己。

车在一家名为"金手指"的蛋糕店门前停下。

"走，宝宝，咱们进去买蛋糕！"

跟着赵逸下车，梓涵仿佛在梦中，感觉眼前的幸福很不真实。

看电影、买戒指、选蛋糕……他能做的，都为她做了。

更重要的是，他一直陪着她。

这才是最美好、最珍贵的生日礼物。

"你好，请问你们能做Hellokitty蛋糕吗？"一进蛋糕店，赵逸就礼貌地问道。

"Hellokitty？先生，请问Hellokitty是什么？"店主是个四十多岁的男人，显然不知道赵逸口中说的 Hellokitty 为何物。

“Hellokitty 是一个卡通小猫，很多女孩儿都喜欢。”赵逸耐心解释道。

“对不起，先生，我们只做特定图案的蛋糕。不过，您要是能提供图案，我们可以做。”

“宝宝，你手机里有 Hellokitty 的图片吧?”

经赵逸提醒，梓涵想起手机里有一张给“雅雅”拍的照片。找到照片，她把手机递给店长。

“嗯，不错，照片很清晰，我们马上就做。”

经店长巧手点缀，半个小时后，做工精美、独一无二、梓涵专属的 Hellokitty 蛋糕就诞生了。

梓涵接过蛋糕盒，小心翼翼地捧在怀里，生怕一不小心弄坏 Kitty 的脸。

回到家，赵逸做饭，梓涵在一旁欣赏她的蛋糕。

“猪哥，你太贴心了，竟然想到给我做 Hellokitty 蛋糕。你看它多可爱，我都舍不得吃了!”

“这不算什么，一个蛋糕而已，宝宝喜欢就好。不过，看你这小脸儿，最近好像长肉了。再吃蛋糕，恐怕更肉了!”赵逸回身捏了捏梓涵的脸，宠溺笑道。

嬉笑间，一阵蛋香飘来，唤醒梓涵肚子里的馋虫。

赵逸煎蛋的手艺极好，蛋白鲜嫩通透、蛋黄艳如骄阳，让人垂涎欲滴。

梓涵夹起一个煎蛋，咬了一口，浓郁的蛋香浸润了味蕾，她喜不自禁道：“猪哥，你做的煎蛋真香！你一辈子都做给我吃好不好?”

“好，一辈子都做给宝宝吃。不过，就怕你吃腻了。”

“只要是你做的，我永远不会吃腻!”

梓涵把吃了一半的蛋送到赵逸唇边，他张开嘴，一块蛋全然没入口中，“嗯，真好吃，看来我的厨艺真不错!”赵逸不忘自夸。

吃完煎蛋，赵逸把蛋糕放在餐桌上，关上灯，“宝宝，咱们一起许愿，切蛋糕吧。”

“嗯!”梓涵欢快地答应道。

光影婆娑中，她闭上眼睛，在心中默念：“愿爱我的人和我爱的人都幸福、快乐。愿我和猪哥年年有今日，岁岁有今朝，永远不分离。”

许完愿，梓涵和赵逸合力吹灭了蜡烛。

梓涵找出刀叉，对着可爱的 Hellokitty 切下去，落刀的刹那，她有些不忍。

她切下 kitty 的一部分，递给赵逸。

赵逸吃了一口，大呼好吃，趁梓涵不注意，用手指蘸了一大块奶油抹在她脸上。

“猪哥，你好狡猾!”

梓涵马上反击，一大坨奶油几乎涂了赵逸满脸。

赵逸用摄像机记录下梓涵吹蜡烛、切蛋糕的瞬间。

这个生日，是梓涵二十几年生命中最难忘的生日。

赵逸给她的幸福感，无人能替代。

“宝宝，你去洗个澡，等会儿咱们一起看电影。”赵逸温柔的目光里，有情欲的味道。

梓涵羞赧一笑，点了点头。

新家的浴室很大，白色格调，看上去清新整洁。

梓涵除去身上的衣物，抛到角落里，站在莲蓬头下，温热的水袭满全身。那水珠四溅，喷到墙上，慢慢滑落。

她喜欢被水包裹的感觉，那样的洁净不沾染尘埃。

沐浴过后，梓涵裸身走出浴室。在室内灯光的映照下，她刚刚洗过的身体白得耀眼，晶莹剔透，仿佛玉石雕刻而成。

赵逸是个再正常不过的男人，看到眼前这一幕，他早已疯狂。

“宝宝，你是一道诱人的谜题，我忍不住要去探究。”

赵逸俯下身，深深吻住她的唇。

一对恋人亲吻着，搂抱着，旋转着，直到进了卧室，一起跌倒在床上……

一阵缠绵后，赵逸找了个舒服的位置将梓涵整个人抱进怀中，在她的额头上轻吻了一下，闭上了双眼。

幽暗的月光中，梓涵看着他的脸，心中涌动着无限爱意。

她好爱这个男人，爱他如同爱自己的生命。

第十二章　两个人的婚礼

翌日，赵逸很早出门，告诉梓涵中午要去 C 市办点事，第二天才能回来。

梓涵答应得爽快，但赵逸一走，孤独感便席卷她整个世界。

没有赵逸的夜晚清冷而孤寂，梓涵早早上床，拿过一本书随意翻看，看累了才睡。

清晨，赵逸轻轻地开门，蹑手蹑脚地走进卧室。却不想还是把梓涵弄醒了。

“宝宝，昨晚一个人睡得好吗？”

“还好吧，不过你不在，我一个人好孤单。”梓涵还没完全清醒，美目微醺，看上去别有味道。

若不是公司有事，急着出门，他真想好好和她亲热一番。

“宝宝，我明天还出差，几天后才能回来。我还是送你回京城吧，你一个人在安西我不放心。”

纵有千百般不舍，但为了让赵逸安心，梓涵还是答应回京城。况且，请了几天假，她也该回去了。

送走梓涵，在公司忙了一天，赵逸才拖着疲惫的身体回家。

他登录 QQ，想和梓涵聊一会儿。刚一上线，就看到一个陌生的 QQ 头像在闪动。

赵逸点开一看，对方的昵称是“低调→蜩♀”，他仔细想了一会儿，才记起这是冯雪的 QQ。

对话框里只有一行字："领导，你怎么还没睡呢？"

在 QQ 上，两个人要想打开话题，这恐怕是最常见的搭讪方式了。

赵逸回复道："我快睡了，你不是也没睡吗？"

"我在车上呢，去京城参加总公司组织的培训。"冯雪接着说道。

赵逸本不想再搭话，只输入了"哦"字就关上对话框。不想冯雪的头像又闪起来，这一次，她发来一张躺在火车上的自拍照，表情很魅惑。

赵逸没做评论，只发过去一句"早点睡，注意安全"就下线了。

本以为是一次偶然的谈话，却没想到接下来的两天，只要他 QQ 在线，冯雪都会搭话。

赵逸是个过来人，能感觉到这个女孩儿言语间的暧昧。

聊天时，她不时发几个"抱一下""按倒亲"之类的小表情，还把自拍照发给他看，甚至有穿睡衣的暴露照片。

在情场驰骋多年，他的直觉告诉自己，冯雪一定喜欢他。不然，一个女孩儿频频和上司聊天，言语大胆，还发这样的照片，岂不是很奇怪吗？

能得到小女孩儿的垂青，赵逸有些得意，但很快就恢复了理智。做人的良心告诉他，他不能接受冯雪的感情，这样会伤到梓涵。

想到这儿，赵逸坚定信念，绝对不给冯雪希望。

谈话中，他一再回避冯雪的示好，可冯雪就是不肯罢休，甚至专门给赵逸申请了一个 QQ 号，让他用这个号和她聊天。

QQ 号的昵称是韩语的，赵逸看不懂。可冯雪心里清楚，它翻译过来是"宝贝"的意思。

她倾慕赵逸的才华，喜欢他壮硕的身材和充满阳光的微笑。再加上赵逸平日喜欢和女同事开玩笑，还总是一副平易近人的样子，小丫头早就春心荡漾了。

赵逸和刘艳虽然离婚了，但考虑到孩子，并没对外公布，只有几个至交知道。冯雪和其他人一样，都以为赵逸是已婚人士。可她不在乎，只要是她喜欢的人，她就会想办法抢过来。

她心够狠，也够硬，她才不在乎自己的行为会伤害谁呢！

在她看来，爱谁是她的自由，即便这个人是个已婚男人！

冯雪其貌不扬，却有一个常人无法企及的优点，就是嘴甜，会说话。和赵逸聊天，她总能把赵逸捧得飘飘悠悠的。

哪个男人不希望有人崇拜自己呢？何况是比自己小十几岁的年轻小姑娘！

渐渐地，赵逸有点动心了。

动心归动心，赵逸毕竟是个聪明人。冯雪是他下属，他担心和冯雪在一起，会造成不好的影响。

思前想后，他还是决定就此作罢。可是，他断了念头，并不代表冯雪会断了念头。了解赵逸的想法后，冯雪不仅没放弃，反而越挫越勇，大有不达目的誓不罢休之意。

对梓涵来说，冯雪是个熟人。这种事情，熟人造成的伤害往往比陌生人要大得多。

一连几天，赵逸下班回家就和冯雪聊天，有一天竟聊到凌晨两点多还意犹未尽。

而这个时候，梓涵常常因为思念赵逸而夜不能寐。

事实证明，冯雪的努力没有白费。仅仅几天时间，她和赵逸越来越熟悉，甚至有些亲近了。

这日下班，冯雪故意说和赵逸顺路，上了他的车，坐在副驾驶的位子上。

一路上，冯雪有意无意的夸赞引来赵逸阵阵笑声。和这个小他十几岁的女孩儿在一起，他很放松，感觉自己也变年轻了。

连日来，梓涵并非没感觉到赵逸的冷淡，她以为他工作忙，并没放在心上。

周末，她准备去安西看赵逸，临行前，遭到他的强烈阻止。但她实在太想赵逸了，还是上了车。

赵逸很恼火，他喜欢温顺听话的梓涵，不喜欢执拗有主见的梓涵。但毕竟多日不见，在梓涵的柔情中，他渐渐融化了。

一进家门，他就近乎疯狂地亲吻梓涵，急切地褪去她的衣服。压抑许久的热情一旦迸发，便格外热烈……

第二天，赵逸一早就去公司加班，直到晚上十点多，才带着一身酒气回来。

他在洗手间洗漱的时候，放在沙发上的手机响了起来。

梓涵想把手机递给他，无意间看到屏幕上的来电显示是冯雪的名字。

赵逸接过梓涵递来的手机，匆匆擦了脸，走进书房关上了门。

若是别人的电话，梓涵一定不在意。可女人的第六感告诉她，冯雪这个女孩儿不简单。

她没刻意听他们谈话的内容，但能听得出赵逸的声音很低，很温柔。就像他们刚刚在一起时，和她说话的语气一样。

在醋意的驱使下，梓涵推开赵逸虚掩的门。只见他躺在床上，似乎聊得很开心，眼角眉梢都是笑意。

见此情形，梓涵怒火中烧。

爱是自私的，她无法忍受心爱的男人和其他女人玩暧昧。她狠狠白了赵逸一眼，摔门走了出去。

看出梓涵不高兴，赵逸很快挂断电话。

这一次，他的态度和刘静事件的态度截然不同。见梓涵生气，他心里也不痛快，一场争吵一触即发。

“猪哥，你为什么关上门和她说话，还那么小声，那么温柔？”

“我怎么小声了？晚上我们同事聚餐，她就是打电话关心我一下，问我到没到家，喝没喝多。”赵逸不高兴地说。

“好，我问你，你觉得一个女孩子晚上十点多给自己上司打电话，关心他到没到家，喝没喝多酒，而且一关心就是二十多分钟，正常吗？为什么别人不打电话关心你，偏偏她这么关心你？”梓涵控制不住激动的情绪，声调也越来越高，完全没有往日的淑女风度。

梓涵的话，让赵逸无法应对。他不再理会她，走进书房，拿着 iPad 玩游戏。

盛怒之下，梓涵不加考虑地跟过去，继续追问。

面对眼前和以往截然不同的梓涵，赵逸没和她吵，而是选择了沉默，片刻后，又哭起来。

赵逸的泪水，让梓涵恢复了理智，“猪哥，你怎么哭了，我吓到你了吗？”

“没有，我就是难受。宝宝，我工作压力很大，我没想到你竟然不理解我，来了就和我吵。我和冯雪真没什么，是你想多了！”赵逸委屈地看着梓涵，一双墨眸闪着灵动的光，平添了几分可怜兮兮的味道。

他的话像一把利刃，凌迟着梓涵的心。她打心眼儿里爱这个男人，不想他难受，不想他受哪怕一点点委屈。

她坐到赵逸身边，帮他擦脸上的泪，又把他搂在怀里不停地安慰：“猪哥，对不起，我不该怀疑你。我信你还不行吗？别哭了！”

她觉得他信任她，把她当成最亲近的人，才会在她面前卸下伪装，展现最真实的一面。

一轮明镜似的圆月挂在天幕，银色月光洒在小区院内的水塘里。粼粼波光盈盈而动，如同有无数条鱼儿在跳跃。

一阵亲热过后，梓涵躺在赵逸肚子上，惬意地看电视。之前的不快消失得不着痕迹。

“猪哥，你困吗？要是不睡，咱们说会儿话好吗？”

“怎么了，宝宝？还挺正式的，想说什么就说吧，我听着。”

“猪哥，你计划过咱们的未来吗？或者说，你想过什么时候和我结婚吗？”梓涵问话的时候，心里很忐忑，她担心赵逸的答案让她失望。

赵逸迟疑片刻，才若有所思地说道：“宝宝，对不起，我想过了，我暂时不能和你结婚。我现在这么努力工作就是为了给文文创造一个好的成长环境。如果咱们结婚了，一定会影响到文文。你觉得你能当好后妈吗？”

“后妈？对不起，猪哥，我没想过这个问题。而且，文文不是和刘艳在一起吗？”梓涵诧异地问。

赵逸自知说漏嘴，但他不想再隐瞒，索性把真实想法告诉梓涵：“宝宝，实不相瞒，我很爱文文。我以后一定会把文文接回来，让他和我一起生活。”

“我知道，你很爱他。可是，我也很爱你呀。就算是爱屋及乌，我也会对文文好的。你就那么确定，我当不了后妈？”

说到最后，梓涵的声音都变了。原来，他根本不相信她。

赵逸不止一次说过，赵俊文是他生命中最重要的人。与这个孩子比起来，梓涵显得微不足道。

倾诉之后，是一阵沉默。

见梓涵不说话，赵逸缓缓道：“我有一个朋友，前段时间离婚了，没有房子，又不能把孩子接过来，很可怜。我不能像他那样，我不能和文文分开！”

她感激赵逸的坦诚，可这些话深深触动并且伤害了她。

她深爱的男人，占有了她的身体和灵魂，却不能给她未来。这不见天日的日子，让她迷茫，让她窒息……

梓涵控制不住内心的绝望和委屈，失声痛哭：“猪哥，我懂了，你说的话我都懂了……”

她边说边下床，捂着脸走向客厅，跌坐在沙发上。

她的哭声打动了赵逸，这是她第一次撕心裂肺地哭。赵逸不忍再说什么，追了出去，一把将她揽在怀中：“宝宝，你别哭，等我再想想，我再想想！”

梓涵虽然在哭，意识却很清醒。她知道赵逸这么说不过是安慰她，让她心里好受些。即便再想，结果也是一样的。

她挣脱赵逸的怀抱，向另一个房间跑去。她需要大哭一场，压抑得太久，心里的痛苦憋得她喘不过气来。

赵逸慌忙跟过去，将梓涵拦腰抱起，回到卧室。

渐渐地，梓涵由大哭变为轻声抽泣，过了许久才说道：“猪哥，我今天看了一篇文章，写的是一个离婚男人和一个年轻女孩儿的故事，和我们很像。我念给你听听吧。”

“好，我听，你念吧。”

梓涵每念一句，赵逸的心都会为之一颤，愧疚感也越来越多。

是他害了梓涵，让她承受这么多痛苦和无奈。

他不能给她承诺，却接受她这么多好，还夺走了她最宝贵的第一次。

未等梓涵读完文章，赵逸已陷入沉默。

“猪哥，如果有一天你不要我了，我什么都不要，我只想带走我们的雅雅。”静谧的房间里，梓涵的声音显得格外空灵。

“为……什么?”赵逸如鲠在喉，费很大力气才问出这三个字。

“因为雅雅……是我们俩的孩子。”

“宝宝，别说了，我听着难受……”

赵逸倾身将梓涵压在身下，温柔地覆上她被泪水冲刷过的唇，品尝她唇边的苦涩。

梓涵微微颤抖的身体激起了他的渴求，他吻得更用力，脱下她的睡衣。在她轻微的抽泣中又一次爱抚她的身体，吻遍她每一寸肌肤。

赵逸的每一个吻都仿佛进入她的内心，梓涵渐渐忘了心中的酸楚，不时发出阵阵呻吟……

“如果我不爱你，我就不会思念你，我就不会妒忌你身边的异性，我也不会失去自信心和斗志，我更不会痛苦。如果我能够不爱你，那该多好。”

梓涵最爱看张小娴的书，这段话，她一直记在心里。

可是，说起来容易，做起来却难上加难。

让她不爱赵逸，等于要了她的命。

和赵逸在一起的几个月，梓涵享尽了快乐，也尝尽了痛苦。眼角那抹浅淡的细纹，是她和赵逸爱情的最好见证。

这个夜晚，注定无眠……

第二天下班后，赵逸有应酬，很晚才回家。临睡前，两人躺在床上闲聊，赵逸突然提到张美楠。

“宝宝，有些事儿我一直没和你说，但我现在不想隐瞒了。我想和你说说我和张美楠的事儿。”

“张美楠?猪哥……你怎么突然想说这事儿?”

关于张美楠，赵逸之前提起过，但从没这么正式。

“宝宝，我们已经这么亲密了。所以，我想让你知道我的过去。否则，对你不公平。”

梓涵没作声，只想听他说什么。

她恍惚记得有一次和赵逸开玩笑，问他除了自己有没有别的女人。他半严肃半玩笑地说曾经爱过一个女人，名叫张美楠。

也许是看到梓涵眼里的担忧，赵逸一再说明他和张美楠已经结束了，永远不可能在一起了。

那时候的梓涵，沉浸在突如其来的幸福中，对赵逸的话无一不信，之后再没提张美楠这个人。

直到这会儿，赵逸主动提起，梓涵才想起有这样一个女人出现在赵逸的生命中。只不过她是过去时，自己是现在时。

沉思片刻后，赵逸以低沉而富有感情的声音将他和张美楠的故事娓娓道来……

听完赵逸这段感情经历，梓涵没有任何回应，屋子里一片静寂，甚至能听到他们彼此的呼吸声。

梓涵的反应让赵逸很不安，他揽过她，撩拨着她顺滑的头发，梓涵凌乱的心情渐渐平复。

伏在赵逸胸前，梓涵出神地凝视着他。

此刻的他，少了平日里那份精明和干练，多了一份纯真与恬淡。一对剑眉紧蹙，让人心生怜惜。

她的手不受控制地，缓缓地爬上他的脸庞，在那双眉头上轻抚着。

渐渐地，她的眼神开始趋于迷离，整个人疲惫不堪，沉沉地睡去……

夜的气息在空气中慢慢浸润，释放出一抹感伤。

赵逸不知道自己做得对不对，他只想把这段过去告诉梓涵，别无他想。

几天后，梓涵假期结束，返回京城。赵逸依旧一个人，闲暇时，常在QQ上和冯雪聊天。

冯雪还是一如既往地热情。渐渐地，他对这个小姑娘越来越有好感，她的柔情蜜语完全弥补了外表上的不足。

还有一个多月就到“五一”小长假了。对这个假期，梓涵充满期待。赵逸早在前一年就许下承诺，说在第二年“五一”的时候会给梓涵一个只属于他们两个人的婚礼。

婚礼的地点在D市，梓涵最向往的海边。当然，只是形式上的婚礼。

眼看着“五一”假期就要到了，赵逸对此事却只字不提。梓涵一时心急，忍不住询问，赵逸只不耐烦地说了一句：“谁说答应你的事儿就一定得办到呀!”就再没说什么。

两个人的婚礼，不过是他的一句戏言，却成了梓涵最美丽的梦想。

梓涵不知道是不是自己太敏感，从安西回来后，赵逸对她不冷不热的，很少在QQ上和她聊天，电话也越来越少。

她觉得他变了，变得有些陌生。

“五一”假期，赵逸要到M市参加表姐的婚礼，在梓涵的坚持下，赵逸勉强同意她到M市找他。十几天不见，赵逸抑制不住冲动，和她亲热了一番。

开了几个小时的车，赵逸很累，不一会儿就搂着梓涵睡着了，发出均匀的鼾声。看着他俊朗的脸，梓涵却睡不着。朝思暮想的人就在眼前，她不忍睡去。

赵逸睡了一个多小时还不醒来，梓涵的肚子已经开始唱空城计了。

正当她犹豫要不要叫醒他的时候，赵逸放在床头的手机响起来。电话是赵逸父亲打来的，父子俩聊了几句，就挂断了电话。

梓涵对着手机做感谢状，轻声念道：“谢谢未来公公解救我这个即将饿晕的孩子!”

赵逸被梓涵傻乎乎的样子逗笑了，道：“宝宝，穿衣服，咱们出去吃饭!”

赵逸话音未落，梓涵就兴奋地跳下床。

“你这小丫头，就是个小吃货!”赵逸无奈地笑了笑，眼底是梓涵熟悉的宠溺。

M市是座小城，仅市中心有个小公园。每日傍晚，常有市民聚集于此处，或散步、打太极，或跳广场舞。

吃过饭，赵逸陪梓涵到公园闲逛。

五月的夜，凉风萧瑟。公园里人很少，只有几个摆摊的小贩，不时吆喝着：“打气球啦打气球啦，十块钱五枪!”

声音穿过层层屏障，传到梓涵耳边，却是无比动听的旋律。

对她来说，打气球是很有趣的游戏。她似乎有这方面的天赋，每次射击都百发百中、弹无虚发。

赵逸早读懂梓涵的心思，没等她提要求，就心有灵犀地带她到打气球的摊位前交足了钱，又拿起塑料手枪递给她：“我的神枪手，开始吧!”

一递一接间，两人相视一笑，尽显默契。

梓涵不负赵逸给她的“神枪手”的美誉，枪枪中球心，没多久，满墙的气球都被打破了。

每打一下，摊主都下意识地蹙一下眉。要知道，他可是小本生意。梓涵打中的气球，足够兑换十几个毛绒公仔。

“猪哥，我累了，不打了！”手臂悬在半空太久，又酸又麻。梓涵放下手中的枪，准备收官。

“不玩了吗，宝宝？时间还早，不着急。”赵逸唯恐梓涵不尽兴，笑着问道。

梓涵唇角轻轻一挑，踮起脚尖，伏在赵逸肩头低声道：“不玩了，再玩摊主要哭了。”

赵逸迎向梓涵的目光，会意一笑，没再说什么。

梓涵顺手拿起一个兔子公仔和一个微型篮球，向摊主笑了笑。在摊主的感谢声中，挽着赵逸的胳膊离开了。

“宝宝，今天晚上玩得开心吗？”走在公园里，赵逸随意问道。

梓涵抱着兔子公仔，一脸满足地点了点头。

“宝宝，那……是不是就不用陪你去海边了？”

“不是，海边还是要去的，我记在账上了！我要在那里举行婚礼！答应我的事儿，猪哥就要做到，不能说话不算话。”仰头看向赵逸，梓涵声音甜腻，眼波流转间透着娇嗔和妩媚，让人不忍说出拒绝的话。

“好吧，猪哥答应宝宝，以后有机会，一定带你去。”

回酒店的路上，只听梓涵说话，赵逸很少搭话。梓涵的天真和善良让他动容，也让他想到一些人、一些事儿。

相对于于曼丽和张美楠，梓涵太容易满足了，完全是小女孩儿心态。她不要钱、不要贵重的礼物。一个手机链、一个毛绒公仔就会让她欣喜若狂。只要是他送的东西，她都喜欢。

赵逸心存愧疚，梓涵想要的他还给不起。

经过一家甜品店，赵逸陪梓涵进去吃草莓冰淇淋。出来时，梓涵不禁打了个寒战。赵逸连忙脱下外套，披在她身上。

梓涵拉了拉衣领，把自己紧紧包裹起来，只露出梳着丸子头的可爱小脑袋。一边说“好暖和”，一边笑着看赵逸，极为调皮、可爱。

“宝宝，你个小坏蛋！看我脱衣服给你穿，也不怕我冷，还笑得这么欢！看我怎么收拾你！”

说笑间，赵逸已伸出大手，在梓涵身上搔痒。梓涵受不住蚂蚁噬心般的滋味，连忙撒娇求饶：“好猪哥，我错了，马上就到酒店了，我一进去就把衣服脱下来给你穿！”

“宝宝越来越坏了，这么狡猾……”

赵逸哪里肯放过她。梓涵前边跑，他在后边追，一路嬉笑打闹进了酒店。

回到酒店的房间，梓涵已是体力不支，一进屋就跌倒在床上。

赵逸也累了，气喘吁吁地躺在她身边。

“猪哥，我有件礼物送给你。你闭上眼睛不许看，等我准备好了，你再睁开眼睛。”休息了一会儿，梓涵撑着身体伏在赵逸耳边，神秘兮兮地说。

“什么礼物，这么神秘?”赵逸好奇地追问。

“你闭上眼睛，马上就知道了!”

在她目光的逼视下，赵逸乖乖闭上眼，只等着谜底揭开的时刻。

梓涵走进卧室旁边的房间，褪去衣服，从包里拿出精心挑选的红色蕾丝睡裙穿在身上。

睡裙是雅致的真丝面料，领口开得很低，胸前的起伏若隐若现，看上去既高贵，又性感，让她既富有女人味儿，又有一种神圣不可侵犯的女神范儿。

打扮妥当，梓涵走回卧室，踱步到赵逸身边，轻声说道：“猪哥，我准备好了，你可以睁眼了。”

赵逸没想到是这般香艳的礼物，缓缓睁开眼，定睛一看，不禁血脉贲张，激动得说不出话来。

“宝宝，你太性感了！我受不了啦!”待赵逸缓过神来，便猛地起身拉住梓涵。

梓涵没站稳，跌在他身上，两人脸对着脸，呼吸着彼此的气息。

屋子里很安静，赵逸粗重的呼吸声格外清晰。梓涵的身体僵住了，呼吸也好像停滞了，心扑腾扑腾地乱跳。

忽地，梓涵像是被烫了一般，连忙松开他的手，想从他身上爬下来。他迅速伸手抓住她，不让她动弹，腰上一用力，坐了起来，她依然骑坐在他的腿上。

赵逸的眼神在燃烧，充满渴求地看着梓涵。

这样的姿势，任是多么坚定的男人都无法淡定。

梓涵的脸红得像熟透的番茄，她越挣扎，他的姿势变化就越明显。透过薄薄的丝绸睡衣，灼烫着她的肌肤。

她窘死了，声音低得像蚊子：“猪哥，我只想让你看看我的新睡衣，没有别的意思。这是之前逛街的时候买的，还有一件紫裙子，我马上穿给你看。”

“不!”赵逸干脆地拒绝。

他迷恋她红彤彤的脸，因为她的脸是那样妩媚，娇羞，让人沉醉。

他低下头，寻到她的唇，捧着她的脸，细细吮吻。一点一点，从唇瓣到鼻尖到眼睛到眉梢，从发端到耳垂到颈边，温柔又小心。

一阵热情过后，梓涵沐浴后从浴室出来。她已换上紫色修身连衣裙，看上去既高贵典雅，又妩媚动人。

“宝宝，这衣服很好看，你穿上就像是镁光灯下的明星。不，比明星更漂亮。”赵逸由衷地夸赞。

听他这么说，梓涵满意地抿嘴笑了。

“宝宝，我突然想起个好玩的地方，你换上舒服的衣服，我带你去。”赵逸突然说道。

“什么地方？”梓涵不解地问。

“先保密，不告诉你，到了你就知道了。”

梓涵不想驳他的兴致，乖乖换好衣服，和他一起走出酒店。

他将她的手紧紧握在手心，温暖的感觉在彼此指尖传递。

赵逸突然觉得，过往的伤痛，如今已成为一种历练。所有的悲伤，在他牵着梓涵手的时候，已被时光悄悄带走了。

此刻的他，萌生了与梓涵白首到老的美好憧憬。

他只想拉着她的手，走过天长和地久。

一路灯光璀璨，城市的夜空，星星闪耀。浪漫的气息在心间流转。

“猪哥，我想问你个问题……”梓涵吞吞吐吐地说。

“宝宝想问什么就问吧。”赵逸没有迟疑。

“猪哥，你还像以前一样爱我吗？我总感觉……你最近对我有些冷淡，是我哪里不好吗？”

“宝宝怎么突然这么问，我一直都爱你呀！只不过……最近事情多，怠慢你了。”他挑眉笑道。

“猪哥，除了我，你还有别的女人吗？”梓涵索性把心中的疑惑说出来。

“没有，我只有宝宝一个人。”

虽然赵逸这么说，但梓涵总觉得他和以前有些不一样。

看出梓涵的质疑，赵逸低沉地笑了，伸手将她拥在怀里，在她耳边低语：“宝宝，我们上学的时候，常常会做选择题，有时最后一个答案会是‘以上答案都不对’。所有过去的错误，都为了证明最后一个是对的。你，就是我人生最后一个，也是最正确的那个答案。”

梓涵脸色绯红，闪亮的眼眸紧紧盯着他，不说话，只是静静地凝望。

他的心深深坠落在那闪亮的星海中，手也微微颤抖着，柔声开口：“宝宝，你让我有一种想和你走完一辈子的冲动，我从没有过这种感觉，包括和她都没有。我希望我的后半生，能够和你在一起，永远不分离！”

梓涵的脑海一片空白，喜悦和震惊交织，让她不知所措，让她不知如何开口。

这是什么？誓言吗？承诺吗？

赵逸停下脚步，转身看着她，将她的手握在自己的掌心里，凝视着她的眼睛："宝宝，我不是一个君子，甚至，我的很多事儿你都不知道。如果有一天，你看到不一样的我，会不会恨我？或者，会不会鄙视我？"

梓涵笑了笑，说道："会啊！你若是做了对不起我的事儿，或者是伤害我的事儿，我就把你的小腿儿打断，你信不信？"

"如果那样，我的后半生就找到依靠了，你要对我负责任！"

梓涵咯咯地笑，赵逸却收敛了笑容，看着她，认真地说："宝宝，真的，我曾游戏人间，轻谈感情，做出过不正确的选择。如果有一天，你知道我曾经犯过的错误，会不会原谅我？"

梓涵听出他话里有话，也恢复了严肃，道："猪哥，你不会告诉我，你还有别的女人，或是找过小姐吧？"

赵逸眸色微微一沉，故作随意道："哪有？我这么帅，都是女人赶着找我，我怎么会去找女人！"

梓涵嬉笑着，轻轻踢在他腿上："从今以后，你给我守好妇道，别到处拈花惹草。让我知道，我可不轻饶！"

赵逸将她的手放在自己的心口，认真地说："不管曾经的我是什么样的男人，犯过什么样的错误，从今以后，在这里，只有你金梓涵一人！"

梓涵唇角微微翘起，心生感动。

赵逸却接着说："因为金梓涵太胖，体积庞大，所以把这里挤满了，别人挤不进来！"

梓涵脸色一寒，又是一脚踢过去："猪哥，你找揍！"

一阵嬉闹过后，赵逸牵着梓涵的手，沿着街道向城西走去。那里有一条小河，是他要带她去的地方。

微风轻轻吹起梓涵的及腰长发，淡淡的发香在空气中弥漫。她转头，柔柔一笑。

这样的夜晚，没有玫瑰，没有珠宝，没有香车，没有那些旖旎的乐曲，却让人刻骨难忘。

她的笑容和发香，都刻在他的心里。在灵魂深处生根发芽，变成藤蔓，将他的情，层层缠绕。

她伸开双臂，踮起脚尖，环上他的脖颈，在他脸上印了一个吻，低声说："猪哥，我爱你，很爱很爱，爱你如同爱我的生命！如果有一天你离开我，我即使不死，也只能像行尸走肉般活着。所以我拜托你，永远都不要离开我，好吗？”

“宝宝，放心吧。我不会离开你，永远都不会！”

赵逸眸光闪动，心微微抽搐。他真想将她揉进胸膛，藏在心里，用一辈子去呵护，怜惜。

又走过几条街道，梓涵蓦地感受到一阵清冷的气息，空气也变得湿润了许多。

月光下，一条小河映入她的视野。正如赵逸所说，河水宁静，清幽，格外迷人。

“猪哥，这里真美，我好喜欢！”梓涵毫不掩饰内心的喜悦。

“喜欢就好！这多少能弥补没带你看海的遗憾了吧？”

“不行，猪哥一定要带我看海！这是我们的约定，也是我的梦想。能和你在海边举行婚礼，让我付出什么，我都心甘情愿！”

“好，我答应你，以后一定找时间带你去看海，至于海边的婚礼嘛……我们再做打算。我会考虑的。”

听赵逸许下承诺，又说考虑婚礼的事儿，梓涵很欣慰。她拉着他的手，沿着河边向前走，心里跳跃着快乐的音符……

第二天一早，未等梓涵起床，赵逸就出门了。他要到几公里外的郊区参加姐姐的婚礼。

婚礼结束后，赵逸赶回酒店接梓涵。从 M 市到京城要三个多小时的车程，他们必须马上出发，不然就要开夜车了。

车上，梓涵把玩着手里的小篮球，充满期待地问道：“猪哥，你可不可以答应我一件事儿？”

“什么事儿？宝宝说吧！”

“猪哥，你知道吗，《泰坦尼克号》3D 版上映了。现在流行一句话，说：‘12 年后，你找到陪你看《泰坦尼克号》的那个人了吗？’”

“是哦，《泰坦尼克》第一次上映还是在十二年前呢。那时候宝宝还是个小屁孩吧？”

“嗯，那时候我还不认识猪哥。不过现在认识了，而且，猪哥已经是我的人了。怎么样，要不要陪我去？”

赵逸不忍梓涵失望，想了想，道：“今天晚上我得回家陪文文，明天中午陪你看。”

得到赵逸肯定的答复，梓涵轻吁了口气。

回到京城，赵逸把梓涵送回家就离开了。

望着他渐渐远去，梓涵有些心酸。这个男人有太多牵挂，不会只属于她一个人。

晚上，赵逸发来短信，让梓涵很惊讶。通常情况下，他陪儿子的时候，是不会和她联系的。

“宝宝，告诉你一个好消息，一个坏消息。你想听哪个？”

好消息？坏消息？梓涵心里打了无数个问号，不知他什么意思。

“我两个都想听。”

“好消息是文文睡了，我可以和你聊天了。坏消息是文文的姑姑来了，我明天送她回B市，顺路就回安西了，也许不能陪你看电影了。不然从B市返回京城要一个多小时。”

突如其来的变化让梓涵措手不及。要知道，她盼了好久才把赵逸盼回来，若是等他再回京城，《泰坦尼克号》就下线了。

纠结许久，梓涵才回复信息：“猪哥，既然这样，我们就不看电影了。不过，我好想你陪我看。”最后，她还发了流泪的表情。

透过短短二十几个字，赵逸能感受到梓涵的失落。他终究不忍心，还是决定陪她看电影，回复道：“宝宝，等着我，我一定陪你看！”

收到赵逸的许诺，梓涵像吃了定心丸。

原来，他还是宠她的。也许，他最近太忙了，才会对她冷淡。

她不该这么敏感，更不该怀疑他。

第二天，赵逸如约到影城。不过，从京城到B市，又回京城，他开了近三个小时的车，看上去很疲惫，坐在梓涵身边也提不起精神。

梓涵看在眼里，疼在心上。

若不是为了陪她，赵逸这会儿已经在回安西的路上了。也许，已经快到了。

靠在赵逸肩上，梓涵开始自责：“猪哥，我不该这么任性让你回来陪我，等电影散场，你又得开夜车了。”

赵逸微微一笑，握住她搭在他腿上的小手，轻声安慰：“没事，宝宝，是我心甘情愿陪你的。你不用担心，猪哥开车技术很好，不怕开夜车。”

两个小时后，电影散场，离别在即，梓涵十分不舍。

自从成为他的女人后，梓涵越来越离不开他，恨不得每一天、每一刻、每一秒都和他在一起。

可现实是残酷的，他们一个在京城，一个在安西，相隔几百里，不得不承受别离之苦。

一次次相聚，又一次次分开，她和赵逸的爱情之路，走得太艰难。

她没绝望，也没有希望，她不知道什么时候才能真正拥有赵逸。

回安西的路上，赵逸接到白雪的电话。正逢周末，冯峰和白雪准备在家里宴请赵逸，请他帮忙给妹妹冯雪转正。

工作几个月了，冯雪还是逸动传媒的临时工。冯峰和白雪很着急，冯雪倒是不以为意。

赵逸和白雪私交匪浅，绝非一般朋友那么简单。在他心里，白雪是他的红颜知己，比朋友多一点，比情人少一点。所以，即便不敢见冯雪，但面对白雪的邀约，他无法抗拒。

回到安西，赵逸给梓涵发了个信息："宝宝，我去朋友家吃饭，回家给你打电话。"

冯峰一家极为热情，冯雪更是不遗余力地讨好赵逸，不时给他倒酒。酒过三巡，赵逸脸色微醺，已有醉意。

为了避免酒后失态，赵逸连忙和白雪一家人告辞，打车回到家。

翌日，赵逸从昏睡中醒来时已是中午。他头痛欲裂，勉强坐起来看了眼时间，才知道睡过了头。

前一晚的事儿，他几乎都不记得，只记得到白雪家喝酒，白雪夫妇托她帮冯雪转正。

手机里二十几个未接来电，多数是梓涵打的。他怕梓涵担心，先给她回了电话。

挂断电话，赵逸又睡了一觉才去公司。

早在年初开联欢会时，白雪就发现自己怀孕了，还没到三个月，正是重点保护时期。她和赵逸请了假，准备在家养胎。赵逸对她很照顾，批准了她的休假申请，把她的工作交给冯雪处理。随着工作量的增加，冯雪和赵逸接触越来越多。

晚上下班，冯雪搭赵逸的顺风车回家，一路上，不时找话题和他聊。

回到家，冯雪在路旁的草丛里，发现一个黑乎乎毛茸茸的小东西。她定睛一看，竟然是一只小黑猫。

猫儿很小，似乎刚出生不久。冯雪素来爱猫，见猫儿可爱，又没有人在它身边，料定是只流浪猫，便决定收养它。可想到白雪有孕，家里不能养动物，冯雪一筹莫展。

她正准备放弃这个念头，突然想到刚离开的赵逸，心下一动，有了主意。

"怎么了，不是刚到家吗，什么东西落车上了?"

接起冯雪的电话，赵逸先想到这点。

"没有，领导，我是想请你帮个忙?"

"什么忙?"赵逸有些疑惑。

“我想求你收养一只小猫儿，我刚刚捡到的。白雪怀孕不能养，我又舍不得丢掉它。求求你了，小猫太可怜了，你就收养它吧！”许是和赵逸熟络了，不知不觉间，冯雪的语调里带了撒娇的味道。

听着冯雪甜腻到极致的声音，赵逸不免有些心软。加上他对冯雪越来越有好感，她的恳求，他不想拒绝。

“好吧，反正我一个人，多个小东西陪我也好。改天把猫给我吧。”

冯雪没想到赵逸答应得这么爽快。这小姑娘虽然年龄小，心思却细得很。她想，只要赵逸收养了小猫儿，她就可以用小猫儿做纽带，名正言顺地和赵逸联系。日子久了，赵逸自然会接受她。

幸福来得太突然，一时间，冯雪不敢相信这是真的。

冯雪抚摸着小黑猫的头，心生无限遐想。

这只小黑猫，让她看到了希望。只要赵逸把这只小猫带回家，你来我往间，他们的关系就可能发生变化。

回到家，赵逸懒得吃饭，索性打开电脑，看梓涵在不在线。

他刚一上QQ，就看到梓涵一个小时前的留言：“猪哥，咱们的QQ宝贝级别和亲密度都很高了，游戏的结婚系统早就开通了，咱们找个时间举行婚礼吧。现实中实现不了的，就让我们在虚拟世界里实现吧。”

想到暂时不能给梓涵婚姻的承诺，赵逸心存愧疚。对她的小要求，他想都没想就答应了：“嗯，好。我一定让咱们的QQ宝贝结婚！下周吧，我找个时间回去，或者让你过来。”

第二天，看到赵逸的回复，梓涵兴奋难耐，发了个狂跳的表情，又“噼里啪啦”输入一段话：“猪哥，我等你娶我。”

晚上下班，赵逸闲着无聊到梓涵的空间里看她写的小诗。刚看一会儿，冯雪的头像就闪起来，随即弹出抖动窗口。

低调→嫚♀：“赵哥，你吃完饭了吗？”

赵逸无奈地笑了笑：“我不饿，待会儿吃。”

冯雪很快回复：“赵哥，给你发张小猫的照片，你看完了再吃饭，好不好？”

冯雪想以小黑猫为话题拖住赵逸，让他继续和自己聊天。赵逸心想不过是看张照片，用不了多少时间，便答道：“好吧，发过来吧。”

很快，冯雪将照片传过来。

打开照片，赵逸大吃一惊。照片上，冯雪下身穿黑色蕾丝内裤，上身几乎不着一缕。只把小黑猫抱在怀中，遮住敏感部位。

赵逸像触电一般关上照片，随即写道："冯雪，请自重！别忘了，我是你上司！"

"赵哥，你不知道吗？这叫艺术写真，现在很多女孩儿都拍这个，记录自己年轻的身体。"冯雪毫无廉耻之心，甚至觉得自己的照片很正常。

"好了，我要睡了。你好自为之吧。"写完这句话，赵逸就关上了对话框。

"低调→蜩♀"还在闪动，挑逗着赵逸压抑的情绪，也挑战着他的自制力。

这个小女孩儿大胆，直白，甚至狂野。她敢想，敢做，而且颇有心机。

看到她发来的视频请求，一阵纠结后，赵逸选择了同意。

画面里的冯雪抱着小黑猫，和照片上的装扮一样性感。不同的是，照片是静止的，眼前的人更为生动，更有诱惑力。

赵逸的防线几乎溃散，他贪婪地看着冯雪的身体。

这个夜晚，赵逸无眠。对冯雪，他不知是动了心，还是动了欲。

接连几天，每到晚上，赵逸都和冯雪视频聊天。梓涵打来电话，他匆匆说几句话就挂断。

周末，没经赵逸同意，梓涵上了开往安西的长途客车，去找寻他对她忽冷忽热的原因。

得知梓涵来了，赵逸非常生气。

梓涵以为赵逸不会接她，却没想到一下车就在出站口看到他的车。

她心下一喜，乐呵呵地跑过去。

"猪哥，你真好！我还以为你生气，不来接我了呢！"上了车，梓涵讨好似的说道。

"生气归生气，这么晚了让你一个人回家，我还是不放心。不过，下不为例，以后我不让你来你就别来，好不好？"见梓涵娇憨调皮的样子，赵逸不忍厉声责备，轻声商量道。

"嗯，我听猪哥的，猪哥让我来我再来！"赵逸顺势靠在赵逸肩膀上，乖巧地说。

赵逸侧过脸去，在她头顶轻吻了一下。许久不见，说一点不想她是假的。

"好吧，我信你。没吃饭呢吧？咱们到楼下的粥铺喝点粥。"

梓涵笑着点头，车停在张家粥铺门口，两人一起下了车。

吃完饭回到家已是夜里九点多，梓涵非常疲惫，脱下外套和毛衣，想早点休息。

此刻的她，上身只穿一件黑色蕾丝吊带背心，露出黑色内衣肩带，不经意俯身间，胸前的高耸微微荡漾。

赵逸坐在沙发上，目不转睛地看着梓涵，如火般的激情瞬间爆发，走过去从身后抱住她……

翌日，是个晴朗的早晨，阳光透过落地窗散落在两人身上。梓涵轻轻拿走赵逸的手臂，起身下床。赵逸翻了个身，依旧酣睡。

梓涵打开电脑，登录 QQ 宠物。眼看她和赵逸的 QQ 宝贝的亲密度达到 1000，可以举行婚礼了，她比中了头彩还兴奋。

梓涵戴上耳麦，边听歌边等赵逸醒来。

一首歌没听完，她感觉眼前的光亮被挡住，抬头一看，赵逸站在电脑前，低头看着她："宝宝，大周末的，你怎么起这么早，也不多睡会儿？"

梓涵摘下耳麦，见他睡眼惺忪的样子十分可爱，起身伸手在他脸上轻轻捏了一下："不是我起得早，是你这个大懒猪起得太晚了。已经十点多了，太阳都晒到屁股上了！"

"啊，十点多啦！我以为还早呢！宝宝，你自己弄点东西吃吧，我得走了。丹江分公司的杨总到安西办事，约我十一点见面一起吃个饭。都这会儿了，我还没订饭店呢！"赵逸匆忙洗完脸、刷完牙，穿上丢在沙发上的衣服就要出去。

"宝宝，乖乖在家里待着，别到处乱跑。我晚上回来陪你吃饭。"

"嗯，我哪儿也不去，就在家等你回来，给咱们的 QQ 宝贝举行婚礼。"梓涵仰起头，眼底是化不开的温柔。

"哦，我想起来了，咱们的 QQ 宝贝该结婚了。等我回来就给他们举行婚礼。宝宝，你有事给我打电话，我先走了。"

梓涵恋恋不舍的目光像一张越织越密的网，紧紧把赵逸裹住。在她的感染下，他竟舍不得离开。

可是，约定的时间快到了，他总不能爽约吧。

他轻抚着梓涵光洁细腻的小脸，在她粉嫩的唇瓣上狠狠吻了一下，头也不回地下楼了。

他不敢回头，怕沦陷在她的柔情中，无法自拔。

凝视着赵逸离去的背影，梓涵笑得很甜蜜。对于即将到来的 QQ 宝贝的婚礼，她充满期待。

没到中午，赵逸就回来了，梓涵不由得又惊又喜。

"猪哥，你真好！这么早回来陪我！"

"宝宝，我下午四点要出门，开车送杨总回丹江，晚上可能不回来住了。"

"什么？猪哥要出门？不管我了吗？"

赵逸点了点头，劝慰道："杨总是我在公司最好的朋友，他来办事，坐客车来的，我总不能让他客车回去吧？我送他回去，也许太晚了就不回来了。明天一早我回来送你回京城。”

“好吧，你去吧。可是……猪哥，我一个人住，有点怕。”梓涵眉头微蹙，担忧地看着赵逸。

“看时间吧，我尽量不在那边住，回来陪你。要是赶不回来，我就打电话告诉你。晚上把门锁好了，不用怕！”赵逸揽过梓涵，和她一起坐到沙发上，柔声安抚。

“猪哥，我忘了告诉你了，我休假到后天，你明天不用送我回去。”梓涵不经意地说。

“后天？宝宝，你要待到后天?!”赵逸像是在问话，又像是在感叹。

透过赵逸的眼眸，梓涵没看到预期的惊喜，不由得有些泄气：“猪哥，我多陪你一天，你不高兴吗?”

“高兴不起来……有点害怕。”

“害怕？怕什么?”梓涵十分不解。

“我怕别人，特别是同事看到你。安西太小了，你每次来我都提心吊胆的，生怕别人看到你……”

“猪哥，你怕的就是这个吗？你只怕别人看到我，没有别的原因?”梓涵嘴角噙着笑，眼神飘浮不定，像在追问，又像在试探。

“当然，除了这个，我还能怕什么?”赵逸的反驳很无力。

“哈哈，这话问得好！我猜想猪哥除了怕这个，还怕有人吃醋。你想呀，我来了，你就没时间搭理这边的女人了。万一她知道你和我在一起，非要和你分手……”

梓涵煞有介事地说，好像这是她的真实想法；而事实上，她非常信任赵逸，只是逗逗他而已。

“宝宝，原来你是这么想的呀？那好吧，我向你请个假，晚上过去陪陪她好不好？不然，她独守空房太可怜了。”赵逸故弄玄虚，吓唬梓涵。

“猪哥，你真坏，就知道气我！你要真有别的女人，我不是哭死，就是痛苦死!”明知赵逸故意气他，梓涵还是忍不住难过。

在他没给她承诺的情况下，她很没有安全感。

“傻宝宝，逗你啦！除了你，我没有别的女人。就算有，我也不敢在安西找呀！让人知道我在安西有女人，我这个总经理就不用干了!”

赵逸的话，并不是搪塞梓涵，这是他的真实想法。只不过，在诱惑面前，他并非完全不动心。

人都说男追女隔座山，女追男隔层纱；更何况赵逸正值壮年，一个人在外本就寂寞难耐，有个鲜嫩嫩的小女孩儿送上门来。他可以拒绝一次、两次，却架不住连番进攻。

几轮防御战下来，他的心在抵抗，身体却有点蠢蠢欲动了。

当然，赵逸决计不向梓涵坦白冯雪的事儿。他还在徘徊，在迟疑，并没接受冯雪。

“好了，宝宝，咱们不说这个了。时间有限，咱们快上 QQ，给两个宝宝举行婚礼吧。”看了看时间，赵逸催促道。

他坐到电脑前，登录了 QQ 空间。

屏幕上，一个憨态可掬、穿着古代官服的小兔子蹦蹦跳跳地跑出来。

“猪哥，给新郎换上红色吉服吧！再送我的宝贝一套凤冠霞帔。我没有 Q 币，买不了。”梓涵坐在赵逸腿上，揽着他的脖子，娇声央求道。

“好，怎么样都行。可是宝宝，你为什么不让它们穿婚纱礼服呢?”

“红色喜气嘛！我们结婚的时候，我也想穿凤冠霞帔，让你用八抬大轿娶我!”

梓涵微微仰着头，一副傲娇的表情。

她如墨的眸子很闪很亮，似有波光在涌动。

迎向她的目光，赵逸一双美目脉脉含情，周围的空气变得极为暧昧。他的心跳迅猛加速，感觉像要蹦出胸腔一般:“宝宝，你有那么重吗? 非要八个人抬你才肯嫁给我?”

梓涵知道他在取笑自己，垂下眼眸不看他。

她羞中带娇的窘态，又一次将赵逸压抑的冲动引爆。

他无法自制，伸手一扯，纤细的身子就被他拥到怀里。

被幸福包围的梓涵像只精灵，让他忍不住想拥抱、想亲吻，想感受她小嘴的柔软香甜。

“好了，宝宝，只要让我的 QQ 宝贝向你的宝贝求婚，它们就可以进教堂了。我们一起来见证它们的婚礼吧!”赵逸的声音极为轻柔。

“等一下，猪哥，我去取相机，我要把这一重要时刻录下来。猪哥，我纠正一下，这可不仅仅是它们的婚礼，也是我们的婚礼，我们要结婚啦!”

梓涵从包里拿出随身带的相机，选择了录像模式。

“好了，求婚吧，我要开始录像了。”一切准备就绪，梓涵坐回赵逸腿上。

随着赵逸按下了求婚键，两只穿着红色喜服的小兔子走进教堂，神圣的婚礼进行曲响起。

“宝宝，我们也站起来，举行个仪式吧，就算我娶你了。”赵逸提议道。

“嗯，我也是这么想的，和 QQ 宝贝一起结婚。”梓涵起身拉着赵逸的手，目光纯净如水。

赵逸起身在她的左腮上亲吻了一下，收敛了笑容，表情庄重而严肃，说道："金梓涵女士，你是否愿意嫁赵逸为妻，爱他，安慰他，尊重他，保护他，像爱你自己一样。不论他生病或是健康、富有或贫穷，始终忠于他，直到离开这个世界？"

梓涵知道他说的是西式婚礼上的誓词，片刻失神后，忙干脆利落地答道："我愿意！"接着又问道，"赵逸先生，你是否愿意娶金梓涵为妻，爱他，安慰他，尊重他，保护他，像爱你自己一样。不论他生病或是健康、富有或贫穷，始终忠于他，直到离开这个世界？"

"我……"赵逸故意顿了一下，低头沉思了一会儿才说道，"我——愿——意！"

"猪哥，你干吗这么不情愿？哪有你这样说我愿意的！"

"好了，不逗宝宝了。我愿意，非常愿意！"赵逸收敛笑容，变得很严肃，很郑重。

梓涵这才满足地笑了。

赵逸走后，梓涵看电视打发时间，直到夜里 9 点多，收到赵逸发来的信息："宝宝，我正往回走，大约 12 点才能到。你先睡吧，我自己开门。"

梓涵忙回过去："猪哥，你小心开车，不用担心我。我在床上等你。"

一句"我在床上等你"激起赵逸无尽想象，他不由得笑了。

这个小魔女，真让人心痒痒！

赵逸加快车速，恨不得即刻飞回家，拥美人入怀。

他到家时，已是十二点多。

赵逸轻轻打开房门，直奔卧室。他以为梓涵没睡，却不想，她已安然入睡。屋子里很静，能听到她的喘息声。

赵逸不忍打扰，轻手轻脚地脱衣服，关上灯，钻进了被窝。

"猪哥，你回来了。"混沌中，梓涵轻声细语，赵逸应了一声，她又睡了过去。

开了几个小时的车，赵逸很累，很快就睡着了。

第十三章　他的变化

第二天，梓涵睡到很晚才从床上爬起来。

走到厨房，看到餐桌上摆着一碗粥和两个鸡蛋，还有一张纸条："宝宝，我中午回来陪你吃饭。下午不上班，专门陪你。"

拿着粉红色的纸条，梓涵幸福地笑了。赵逸的陪伴，就是最好的爱。

沉浸在浓浓爱恋中的赵逸，说到做到，不到 12 点就下班回家，带梓涵到红屋西餐厅吃饭。

这一餐很丰盛，除了梓涵最爱的西冷牛排，还有各种制作考究的甜点。

吃饭间，赵逸接到崔荣昊的电话，让他回京城。

挂断电话，赵逸深深叹了口气："造化弄人呀，怎么就这么巧呢！崔荣昊让我回京城，说找我有事。"

"怎么了，猪哥？我们一起回去不是很好吗？"

听到崔荣昊的安排，梓涵心里乐开了花，却不想，赵逸的反应完全不同。

"宝宝，你不知道，这边的事儿特别多。我走了，没人管。"

梓涵知道赵逸一贯敬业，便没再说什么。

吃完饭，赵逸到超市买了几瓶咖啡和果汁，准备开车回京城。

"宝宝，帮我把咖啡打开。"赵逸把东西递给梓涵，发动了车。

梓涵应声拧开瓶盖，然后像喂小朋友一样，把咖啡放到赵逸嘴边。

梓涵不时和赵逸说笑，赵逸的困意少了许多。只不过天色渐黑，为了安全，他不由得放慢车速。

车窗外投射进来的光亮掠过赵逸俊朗的眉眼，明暗流转间，他轮廓分明的面庞格外有魅力。

梓涵不禁看呆了，眼角眉梢尽是潋滟：“猪哥，你知道吗，我最爱看你开车，专注的样子很迷人！”

“是吗？宝宝如果喜欢我开车的样子，我就常开车载你。”

梓涵崇拜的小目光，让赵逸很受用。

这一路，时间仿佛过得很快……

赵逸在京城几天后才回安西，到公司的第一天，冯雪就迫不及待地来找他。

“赵哥，欢迎你回来！”站在赵逸办公室的门口，冯雪倚着门，一脸风情。

赵逸笑了笑，示意她进来。

想到家里那只小黑猫，冯雪打开了话题：“赵哥，我嫂子还有几个月就要生了，还请赵哥帮忙，早点把小黑猫带回去。”

“嗯，好吧，改天带来吧，我养着。不过我可说好了，等你找到合适的人，就把小猫带走。”

抬头看了一眼冯雪，赵逸才发现她与往日不同。不仅化了妆，还穿了一件颇为性感的包臀裙，平添了些许妖娆、妩媚。

这是明晃晃的诱惑呀！

赵逸下意识看向冯雪光洁的大腿，神思微荡。

“赵哥，那我明天晚上把小猫给你送过去。”

从赵逸的眼神中，冯雪看出端倪。她觉得以身体当诱饵，对赵逸这个年纪的男人还是有效的。

她虽然不够漂亮，但足够年轻，也足够放得开。即便和赵逸上床，她也求之不得。

“好。”赵逸笑着答应。

得到赵逸肯定的答复，冯雪开心得不得了，尽显小女儿神态，蹦蹦跳跳地跑了出去。

春日的安西，傍晚的风都带着几许暖意，全无冬日的冷冽。

隔日，赵逸吃完晚饭回到家，刚到门口就看到冯雪站在那里，胸前捧着一个小纸箱。

“赵哥，你回来了。我来给你送小猫。”冯雪显然化了妆，看上去比平时好看了许多。

“给我吧。”赵逸伸手接纸箱，冯雪却不松手。

“赵哥，你不邀请我进去坐坐吗？我在门口等了十多分钟了，脚都累了。”冯雪半撒娇道。

赵逸笑了笑，算是默许了。

他打开门，冯雪跟了进去，把小箱子放在地上。

“赵哥，你快来看看，小黑好小好可爱。”

箱子里是一只通体墨黑的小猫，眼睛莹亮，体态娇小，看上去很呆萌。

赵逸俯身从箱子里抱出小猫，轻抚它的脊背，心底生出几分爱意。

“赵哥，要不是嫂子要生了，我真舍不得把它送人。不过，送给你我放心。”

冯雪装出不舍的样子，虽无十分姿色，却也有几分楚楚可怜。

见赵逸神色缓和，她试探着问：“赵哥，你能不能答应我一件事？”

“什么事儿，你说吧，只要我能做到。”

赵逸只顾和小猫玩耍，有些漫不经心。

“赵哥，你方便的时候，能让我来看看小黑吗？它就像是我的孩子，我舍不得……”

冯雪泪眼婆娑，欲语还休。

她了解男人的心理，知道女人扮柔弱，扮可怜，最能激起男人的保护欲和同情心。

果真，赵逸剑眉微敛，脸上的神色更为缓和，似是放下对她的戒备心，柔声道：“好，我答应你，你随时可以来看它。”

赵逸一语落地，冯雪立刻破涕为笑：“真的吗？那太好了！”

冯雪的要求听上去很合理，赵逸不忍也不想拒绝。

此刻的他，沉浸在和小猫嬉戏的世界里，无暇思考。

晦暗的灯光映在冯雪小麦色的肌肤上，泛出黑黝黝的光泽。她凝视着赵逸，嘴角露出一丝不易察觉的狞笑。

她的计划，正一步步实现。剩下的，就靠她的本事了。

正所谓“见面三分情”，她就不信，她和他抬头不见低头见，日子久了，他还不动心。

这一次，冯雪不想装什么淑女。这个晚上，她没有离开的打算。

她发誓要征服这个男人，用她青春、充满朝气的身体。

“赵哥，我能用一下你的洗手间吗？”

“哦，你用吧，在那边。”

赵逸的注意力在小猫身上，似乎没注意到她。她微微一笑，走进洗漱间，关上了门。

“啊——”

没过一会儿，洗漱间里传来冯雪凄厉的叫声。

“怎么了?”赵逸应声问道。

“赵哥，你家的水龙头坏了，喷了我一身水。”

“关不上了吗?我看看!”赵逸迈开长腿移步过去。

洗漱间里，冯雪站在洗手盆前。镜子上、地上都是水，特别是她身上，白色的短裙被水浸透，内衣的轮廓显现出来，丰润的身体若隐若现。

好一个湿身诱惑!

赵逸的眼睛都看直了，过一会儿才缓过神来。

挡在冯雪身前，赵逸用力扭动水龙头，好不容易才把它关上，自己也被冲了一身水。

“好了，没事了!”

赵逸强压心中的异样，不敢再看冯雪。

“赵哥，我的衣服湿了，恐怕不能出门了!”

冯雪故意做出为难的样子，可心里早就乐开了花。她不禁暗自感叹：“水龙头坏得真是时候!”

“那……你用毛巾擦擦吧，估计过会儿就干了。”

“赵哥，帮我找件衣服换上吧。我把裙子脱下来，干得快些。”

冯雪的要求听上去很合理，赵逸想了想，走进卧室，拿出一件衬衫。赵逸身材高大，足足有一米八六，冯雪却只有一米五五。穿上赵逸的衬衫，就像穿了条裙子。

换好衣服，冯雪从洗漱间里走出来。

为了诱惑赵逸，冯雪做足了噱头。先是湿身诱惑，这会儿又是衬衫诱惑。她青春的躯体包裹在赵逸宽大的衬衫里，很有韵味。

赵逸咽了下口水，低下头……

“赵哥，你的衣服好舒服。这衬衫上有你的气息，我好喜欢……”冯雪走上前去，坐在赵逸身边，故意把衬衫撩起，露出健康结实的大腿。

随即，她又将上半身贴近赵逸，用手去抚摸他湿漉漉、健壮的身体。

赵逸不由得转过头来，和她似火的眼神碰撞，火光四射……

“赵哥，你说我好看吗?”冯雪解开胸前的纽扣，声音越发轻柔，一双小手也搭在赵逸的肩膀上。

赵逸再受不了这样的撩拨，低吼一声将她抱起，走进卧室……

清晨，地上散落着男人和女人的衣物。尤其是冯雪的火红蕾丝底裤和赵逸的暗紫色条纹内裤交叠在一起，就好像搂抱在一起的他们，风情无限……

仅仅一个晚上，赵逸和冯雪的关系发生了实质性的变化，速度快得惊人。

看着躺在身边的冯雪，赵逸都不敢相信自己，竟然又和一个女人发生了关系，而且这个女人还是自己的下属。

不过，事已至此，他不再多想。毕竟，冯雪对男女那事儿的领悟力让他很满意。不像梓涵，完全放不开，身体羞涩而僵硬。

眼看就到“六一”儿童节了，赵俊文一心想去游乐场玩，差不多每天都给赵逸打电话，问他什么时候回家。

赵逸不忍儿子失望，许诺儿童节一定回家，陪他到游乐场玩一天。

作为一个超龄儿童，梓涵也有她的出行计划。她盼赵逸回来陪她去游乐场，再坐一次摩天轮。

工作忙，再加上冯雪不时献殷勤，赵逸和梓涵的联系越来越少。每次给她打电话，都是匆匆说几句就挂断。

“六一”前夕，梓涵在商场里闲逛，赵逸专属的手机铃声响起。

听到铃声，梓涵满心欢喜地接起来：“猪哥，你终于来电话了！你怎么这几天都不给我打电话?”

“嘘，小点声！以后别一接电话就叫猪哥，还这么大声，万一被人听到怎么办！”

赵逸突然这样说，让梓涵莫名其妙。

他不仅话说得奇怪，说话的语气也十分奇怪，透露着拒人千里之外的寒意。

“我知道了，以后会注意的。”梓涵轻声嘀咕道。

“好，注意就好。告诉你一声，我回来了，马上就到家了……”

“什么？你到家了！太好了！”未等赵逸说完，梓涵就欢呼，引得路人纷纷侧目。

她以为，赵逸说的家，是他们的家。

“我话还没说完呢！我回我家了，明天是‘六一’，我陪文文过节。”赵逸的语气依旧冷淡。

梓涵欢腾的心瞬间跌到谷底。

“猪哥，我好想你！你能来看看我再回家吗？我就在你家附近的新光广场。”

数日不见，梓涵分外想念赵逸。她顾不得女孩子的矜持和骄傲，近乎哀求。

“我刚给文文打过电话，告诉他我已经到楼下了。有时间再看你，听话！”

对梓涵的请求，赵逸毫不犹豫地拒绝了。

“可是……我好想你，怎么办?”梓涵快急哭了。

“想我？想我就忍忍吧！不说了，我先上楼了!”不等梓涵再说什么，赵逸已挂断电话。

梓涵心里难受，没多想，又给他拨过去：“猪哥，那你后天能陪我吗?”

“后天再说吧，先不说了，我上楼了!”

“猪哥……我想你!”

“好，我知道了！哎，就知道想我……”赵逸轻声感叹，声音虽小，却被梓涵听到了。

他的话深深刺痛了梓涵，放下电话，她怅然若失。

她想不明白，赵逸离开京城的这些天到底发生了什么，让他对她的态度来了个180度的大转弯。不，是360度!

回到家，梓涵越想越伤心，哭了许久，第二天眼睛都是红肿的。

她隐约猜到，这些天一定发生了什么事儿，让赵逸变得如此反常。

没有赵逸的陪伴，“六一”下午，梓涵一个人到了游乐场。

站在游乐场门口，看着不远处的摩天轮，一年前的场景仿佛就在眼前……

还未及多想，泪水已不经意滑落，模糊了视线，摩天轮如在云里雾里一般。

世界很小，城市却很大，人与人之间最远的距离，不是隔了千山万水，而是心与心的距离。

就像她和赵逸，明明在一座城市，却不得相见。

这个时候，她多希望赵逸突然出现。亦如一年前一样温和、儒雅，眼角眉梢都噬着笑。

然而，那不过是她的美好期待罢了。

买完票，用手背擦干脸上的泪，梓涵坚定地向摩天轮走去。

她相信，一个人的摩天轮同样精彩。

排在长长的队伍后边，梓涵不觉害怕，只觉心寒。

一年前，差不多这个时候，赵逸在她身边，一只手拿着她的包，另一只手轻揽着她，随着队伍缓步前行。

那时的梓涵，浸泡在突如其来的甜蜜爱情中。她眼里的摩天轮，是承载浪漫与梦想的地方。

摩天轮的传说太过美丽，而现实却是如此残忍与不堪。她孤独地站在队伍里，随着两个男人一起走进摩天轮。

一个人，在半空中旋转，身后是两个毫不相干的陌生人。没有昔日如痴如醉的温暖怀抱，没有昔日飞升欲仙的美妙感觉。

眼下的风景，变得索然无味。

猪哥，这个时候，你一定在陪文文玩吧？你们一定玩得很开心吧？

泪眼蒙胧中，梓涵满心都是赵逸，掏出手机，发了个信息过去："猪哥，我一个人来游乐园了，正在我们一起坐过的摩天轮上。"

虽有万语千言，梓涵却不想说，只发了这短短一句话。

赵逸正在陪儿子玩，看到梓涵的短信，不由得心生愧疚。写了几个字回复过去："一个人小心点，注意安全。"

赵逸的话给了梓涵些许慰藉，她把手机放回包里，继续向窗外眺望。

六月初的京城，在碧树红花的掩映下，别有一番味道。

游乐场旁边，是京城有名的紫玉山庄度假酒店，各类水鸟畅游湖中，小鹿与客人擦肩而过，无处不体现人与自然和谐共处之美景。

梦幻水岸般的草坪就在湖水边，景色迷人，而且有梅花鹿、孔雀、天鹅和鸽子为伴，是举办草坪婚礼的最佳地点。

草坪婚礼的浪漫、自由让很多年轻人追捧，也让梓涵向往不已。她期待和心爱的人在这里举行婚礼，让蓝天、碧草，让美丽的大自然见证他们的幸福时刻！

可是，这个梦想似乎遥不可及。赵逸的态度，她琢磨不透。

摩天轮越升越高，仿佛置身于城市之巅。

一瞬间，梓涵有些许恐惧。毕竟，这是她第一次一个人坐摩天轮。

到达最高点后，摩天轮越来越低，最后落在地面上。梓涵的腿似乎有千金之重。

二十分钟，宛如一个世纪。这其中滋味，只有她自己清楚。恐惧、无助、迷茫，但更多的是心酸与无奈……

没有赵逸的陪伴，即便是笑，也是强颜欢笑！

从游乐场里出来，已近傍晚。

这个晚上，她没接到赵逸一个电话，哪怕是一声问候也没有。

"六一"一过，赵逸就回安西了。临行前，他没见梓涵，只给她打了个电话道别。

潜意识里，梓涵猜测赵逸对她的冷淡和安西的某个人有关，她首先想到的是冯雪。

那天，赵逸和冯雪通话时，表情很不自然。

为了缓和她和赵逸的关系，也为了尽快了解真相，周末晚上，梓涵果断买了到安西的车票。却不想，赵逸知道这个消息后勃然大怒。

这是他第一次对她发这么大的脾气。

“宝宝，你怎么这么不听话呢！你就不能好好在京城待着，等我回去看你吗？”

这段日子，赵逸差不多每隔两天就会带冯雪回家欢愉一番。梓涵这个时候来，无疑坏了他的好事。而且，他担心冯雪撞见梓涵，到时候就不好收场了。

“猪哥，我就是想去嘛！上次你回来，我们都没见面，你知道我有多想你吗！”

赵逸的不理解，让梓涵很委屈。

“想我！就知道想我！金梓涵，你能不能听话？我不让你来你就别来，不行吗？你不来，我自然会回去看你。否则，你来了我也不会搭理你！”赵逸完全失去耐心，口气异常冰冷、生硬，让人不寒而栗。

赵逸的过激反应让梓涵更坚定。她必须去安西看看，到底是谁让她和赵逸的世界变了模样。

激愤之下，赵逸挂断了电话。这个时候，他绝不能让梓涵出现。

赵逸心里清楚，梓涵绝不能容忍他有其他女人，更何况这个女人是冯雪。

唯一的办法，就是阻止她来安西。

赵逸自以为聪明，却没想到，他越是这样，梓涵越想探个究竟。毕竟，他的情绪太反常。

前一个月还是和风细雨，不到一个月就变成狂风大作。任是谁都会怀疑他变心了。

梓涵瞒着赵逸，上了到安西的客车，直到下车才给他打电话。

赵逸正和一帮朋友吃饭，得知梓涵来了，先是生气，但很快冷静下来。既来之，则安之，他不能乱了阵脚。

从车站把梓涵接回家，赵逸一进屋就快步走进卧室，扯下床单、被套扔进洗衣机。这上面有冯雪的香水味儿，他必须在梓涵闻到之前消灭干净。

瞥了一眼脚下的垃圾桶，他暗自庆幸，幸亏早上勤快，把前一天的垃圾倒了。不然用过的安全套足以让他原形毕露，他想骗梓涵都骗不了。

赵逸显而易见的紧张情绪和异常举动，加深了梓涵的疑虑。傻子都能看得出，赵逸试图消除一些痕迹，而且很可能是某个女人留下的痕迹。

“猪哥，你怎么这么着急洗这些东西？”梓涵假意看不出他的意图，走到他身边，面带微笑地仰头审视他。

赵逸灵机一动，道：“哦，没什么。床单上的烟味太重了，我怕呛到你。”

梓涵不想说破，微微向前一步，嫩白的小脸紧紧贴在他胸前，声音软糯温柔：

“猪哥，你这是怎么了，这些日子对我不闻不问，还不让我来看你。你是不是……有人了？”

“宝宝，你想多了！我这些日子太忙了，你来了我没时间陪你，所以才不让你来。等过些日子忙完了，我得空了，自然就让你来了。”

站在洗衣机旁，看着染有香水味儿，沾着女人发丝的床单浸入水中，赵逸松了口气，语气也越来越平和。

“真是这样？不是因为你在安西有女人了？”

梓涵虽然不相信赵逸的话，但她不想也不敢继续探究。不然，若是赵逸真有女人，她不哭死才怪！

“真没有别人，我一天都要忙死了，哪有时间找女人！你就别瞎想了！”赵逸耐着性子安慰梓涵。

“随你吧，你若真有别人，我也鞭长莫及。不说这个了，我饿了，家里有吃的东西吗？”过了许久，梓涵才听到肚子咕咕叫。

“只有饼干和泡面，在冰箱里，你自己找吧。”赵逸叹了口气，坐到沙发上，任由洗衣机发出轻微的轰鸣声，把冯雪的痕迹消除。

梓涵到厨房煮面，却没有胃口吃。

种种迹象表明，他爱的人已经变了。她想劝自己相信他，却没有充分的理由和借口。

赵逸拿着手机，似乎在发信息。见梓涵看他，忙把手机收起来，表情极为不自然，就好像做贼被人抓了现行。

他暗自庆幸，幸亏他这两天忙，暂时把小黑猫放在朋友家，不然梓涵看到了，说不上怎么想呢！

梓涵既心酸又心痛，煮好的面放进嘴里，不知是什么滋味。正当她难受时，赵逸的手机突然响起来，是她之前未听过的铃声：“老婆老婆我爱你……”

难道……

听到铃声，赵逸略显尴尬，他把手机放到一边，并不理会，就像那铃声与他无关。

“手机响了，你怎么不接？”梓涵明知故问。

赵逸之前的手机铃声不是这样的，梓涵猜想这是他为某人设置的专属铃声。可见，此人在他心中地位。

“号码我不认识，可能是骚扰电话。我不接了。”赵逸惯会撒谎。可是，他的演技太拙劣，骗得了别人，却骗不过梓涵。

这些日子来，她再不是那个沉醉在爱情中的傻丫头，她的头脑比任何时候都清醒。无论赵逸发生什么变化，都不可能没缘由。

无论如何，她都要弄清真相，把赵逸的热情找回来。

“既然是骚扰电话就别接了，我吃饱了，去洗个澡就睡觉了。”

换做其他女人，很可能把赵逸的手机抢过来看个究竟，可梓涵没有。没有确凿的证据，她不想闹。

就算有证据，她也不想闹，更不敢闹。这种事儿一旦说破，就很难有回旋的余地。

她舍不得赵逸，万一赵逸恼羞成怒提出分手，她就欲哭无泪了。所以，无论怎样，她必须忍耐。

梓涵走进浴室，脱下身上的衣物，任凭水冲刷自己的身体，温热的水滴和委屈的眼泪交融在一起，顺着脸颊滑落。

她没想到，自己心爱的人，竟会变成这副模样。

到底哪个才是真实的他？

是曾经那个温文尔雅、才华横溢的翩翩君子，还是眼前这个满口谎言、欲盖弥彰的假面人？他到底有多少秘密是她不知道的！

“吱呀——”

浴室的门梓涵只是带上，并没锁。赵逸推门走进来。

梓涵的身体本就白皙无瑕，晶莹剔透的水珠附着在她细嫩的肌肤上，在浴室柔和的灯光下，越发娇艳动人。

许久不见梓涵，赵逸的眼睛都看直了，急不可耐地走过去，把她打横抱起来。

“猪哥，你干什么，我还没冲完澡呢！”

赵逸哪里顾得了这些，他把梓涵放到床上，开始脱自己身上的衣物。

和以往不一样，这一次，梓涵不情愿。她心里有隐隐的恼怒，可是，身体还是不由自主地顺从了他。

在床上，他还是之前的那个他，动作轻柔，情话绵绵。

清晨，梓涵醒来，身旁的男人早已不在了，只留下熟悉的气息。

梓涵自嘲地笑了，走向浴室。

浴室里热气升腾，她却似落入冰窖一般。

和赵逸恋爱几个月后，她终于尝到心酸的滋味，吞噬着她的身体、她的心……

这一天，赵逸白天不在家，晚上很晚才回来。回到家，他几乎不和她聊天，和她亲热后，倒头便睡。

梓涵心里那种不好的预感越来越强烈，唯一的解释就是赵逸变心了。

他对她，不再有浓烈的情感，只把她当作一件精致耐用的床上用品。

在赵逸的一再坚持下，第二天上午，梓涵被送上车。透过车窗，回头看他的背影，梓涵觉得很陌生。

他，还是她爱了几年的赵逸吗!?

在家里扫地的时候，她发现一根女生扎头发用的黑色皮筋。她当时犹豫了一下，默默收起来，没去质问赵逸。

因为她知道，即便问了，他也不会给她答案。

也许，他还会因此对她心存芥蒂。

可那条黑色皮筋，似乎幻化成一块石头，堵在她胸口，让她喘不过气来……

回京城的两天，梓涵总觉得心神不宁，常常忘了自己要做什么。

如果说几个月之前她还相信爱情的话，这些天，她已经开始怀疑了。

赵逸的举动让她心力憔悴，她为之付出一切的男人，竟然开始欺骗她，甚至对她流露出厌倦、不满的情绪。

她的心冷了，她的爱冻结了!

接下来的日子，她不知该怎么做。

她只想知道，赵逸对她的态度为什么发生这么大的变化，简直让人匪夷所思!

为了揭开谜底，梓涵决定再冒一次险。

周五晚上，一辆出租车在安西园林小区门口停下，梓涵从车上下来。她抬头看了看家的方向，见还关着灯，便知道赵逸没回来。她悄悄上了楼，用备用钥匙打开门。

推开房门的刹那，异样的感觉瞬间涌现。

她轻嗅了一下，家里竟然有香水儿!

味道很刺鼻，是那种廉价香水特有的味道。

“瞄——”随即的猫叫声，更让她吃了一惊。

家里有猫? 赵逸竟然没告诉她!

梓涵来不及换鞋，就进屋寻找声音的所在。

卧室、洗漱间、客厅都没有，直到看到厨房门紧闭，她才听出叫声是从那里传来的。

果不其然，她把门推开一条缝，看到黑暗中一双莹绿色的眼睛。那双眼睛泛着光，让人毛骨悚然。屋子里没开灯，小猫的眼睛显得格外惊悚。

梓涵吓得后退了几步，打开客厅的灯。

惊魂未定中，她有些气喘。

黑猫，一只黑猫！

在梓涵眼里，黑猫是不祥之物。她不明白赵逸为何要瞒着她，养一只黑猫！

黑猫不祥不是梓涵一个人的想法。早在中世纪，许多人就认为黑猫是女巫的化身，是撒旦的使者。

厨房里的小黑猫，就是梓涵眼里、心里的恶魔……

也许是她太过聪明，也许是她太过敏感。她有种预感，这只小黑猫绝对不简单，很可能和她连日来受到的冷遇有关！

“咔哒咔哒——”

正在梓涵陷入冥想之时，房门突然被打开了。

赵逸回来啦！

梓涵带着一丝欣喜站起来，去迎接他朝思暮想的人。

“你……”

赵逸的眼睛几乎直了，半晌只说出一个“你”字。

“你怎么进来的？”待回过神来，赵逸用颤抖的声音问道。

“我……有钥匙呀，你不记得了吗，你给过我一把钥匙。”

赵逸的反应大大出乎她的意料。她没想到，自己又不是鬼，怎么把他吓成这样？

“钥匙？我是给过你钥匙，但是我没让你带走呀！你……回去吧，我不欢迎突然出现的人。”赵逸的话冰冷得不留余地。

他暗自庆幸，幸亏让冯雪回家了。不然两个女人撞见，不知会闹出什么乱子来。

要知道，梓涵和冯雪是熟人。即便梓涵是傻子，也能猜出他和冯雪的关系。

“回去？这么晚了，你让我去哪儿？”梓涵不愠不火，忍着心里的痛，佯装淡定地问道。

“去哪儿？当然是从哪儿来回哪儿去。不然我还让你留下不成？”赵逸怒不可遏。

从他的反常表现中，梓涵读懂了一切。她拿起桌上的包，头也不回地走了出去。

与赵逸擦肩而过的一瞬，梓涵心碎无痕。

偌大的城市，她不知道该去哪儿。在这个城市里，她没有家。

她原本以为，赵逸在哪儿，哪儿就是家。而今看来，无非就是她一厢情愿、自作多情。赵逸不欢迎她，甚至都不想给她一把钥匙……

坐在凉亭的椅子上，阵阵凉风吹来，她不禁打了个寒战。四楼的窗口，一点点火星飘落下来，是赵逸站在那里抽烟。

他在看她。

过了一会儿，梓涵手机响起来，来电显示是赵逸的号码。

“金梓涵，你先上来吧。明天一早，你必须回去！”

赵逸直呼她的名字，语气里透着拒人于千里之外的冰冷和决绝。

她很想有骨气地说不回去。可是，在这个城市，她举目无亲，她没地方去。她不争气地含泪上了楼。

门开着，赵逸正在喂小黑猫，小猫面前是一根火腿肠和一碗牛奶。

此情此景，她更觉悲凉！

她深爱的、为之不顾一切的男人，竟然爱猫胜过爱她。

她晚上没吃东西，肚子已经咕咕叫了。别说是香肠、牛奶，哪怕能喝一口热水也好！

可是，什么都没有！除了冰冷的眼神和话语，什么都没有！

赵逸在厨房里喂小猫，梓涵坐在沙发上无声地抽泣。僵持许久，她才起身去洗手间。

赵逸对梓涵还是有感情的，听她一直哭，心里也不好受。他把小猫放到一边，走了过去。

“好了，别哭了！宝宝，今天的事儿我不怪你，但是你要答应我两件事。好不好？”

梓涵回身，仰头看向他。

“你答应我明天就回去，而且以后没有我的允许，不可以偷偷来。你这样突然出现，我都没准备。”

“准备？猪哥准备什么？”

“你来，我总要安排一下，抽出时间陪你呀。而且你知道我最近很忙，你来了，我怎么安心工作？”赵逸找这些理由，无非是想让自己的话听起来合理些。

“嗯，好吧，以后来我一定提前和你商量。不过猪哥，你让我多待一天，周日再走好不好？我总不能坐几个小时的车，只住一个晚上就走呀？”靠在赵逸胸前，梓涵的柔情不可抑制地流露。

见梓涵服软，赵逸也心软了，没再责备她，坏笑着说道：“要我答应可以，不过，要看你表现了……”

梓涵明白他的意思，羞涩地走进浴室，半晌才围着浴巾出来。

“宝宝，把你身上多余的东西脱掉，我可不想帮你脱。”

赵逸正坐在电脑前看邮件，梓涵从他身边经过，带来阵阵幽香，惹得他心荡神驰。

他克制住即刻把梓涵扑倒的冲动，发完邮件，才走进卧室。

此刻，梓涵正躺在床上，用被子盖住自己光洁白皙、不着一缕的身体，等待赵逸临幸。

赵逸的举动让梓涵不解，他不懂，前一刻他还对她冷言相向，后一刻竟然热情地和她上床！

他到底是怎样的人，是只会用下半身思考的男人吗？

纵使有抵触，在赵逸的温柔攻势下，梓涵的愤懑和嫉恨顷刻化作满腹柔情，丝丝缕缕，浸润了赵逸的心。

至少这一刻，他是爱梓涵的。爱她诱人的身体、娇美的容貌，亦如当初。

第二天是周六，赵逸快到中午才被手机铃声叫醒。有人约他出去吃饭。

“对不起，宝宝。朋友找我出去吃饭，不能陪你了。晚上我回来陪你吃晚餐。”赵逸一边洗漱一边略带愧疚地说。

“没事，你去吧，记得少喝酒。”

赵逸答应着出了门。

送走赵逸，梓涵闲着没事打开电脑，想登录QQ空间。却不想在登录界面，看到两个刺眼的QQ昵称。

其中一个是韩文昵称，她不认识韩文，不知道是什么意思。另一个是冯雪的“低调→蜩♀”。

她不敢相信，冯雪的QQ会在赵逸的电脑上登录。

唯一的解释就是冯雪来过她和赵逸的家，用过这台电脑！

一时间，梓涵蒙了，头脑就像短路一般。没有思维，没有想法，嗡嗡作响！

难道，这就是真相？是赵逸冷落她的真相！

他另结新欢了，这个女人是冯雪！

不可思议，太不可思议了！

他怎么会和她在一起，她是那么不起眼，完全不符合他的审美！

难道他一个人在安西寂寞难耐，饥不择食？

当务之急，她必须查查另一个QQ号的韩文昵称是什么意思。打开韩文翻译软件一看，她惊讶得几乎叫出声来！

这个昵称翻译成中文竟然是“宝贝”！她清楚地记得，冯雪和她聊天的时候说过，大学读的是韩语专业，难道……

梓涵不敢再想。她只知道，她要崩溃，要疯掉，要失去理智！

“我不在的日子，究竟发生了什么？赵逸，冯雪是你冷落我的原因吗？”梓涵捂住头，生怕它炸开，在房间里踱来踱去，一步也不敢停留。

就这样，不知走了多久，梓涵才迫使自己冷静下来，跌坐在沙发上。

“金梓涵，你要冷静，不要冲动！也许是你想多了，一个 QQ 号说明不了问题。”梓涵劝解自己。

为了证明自己只是猜想，梓涵回到电脑前，用颤抖的手打开存有聊天记录的文件夹。

事实又一次打击了她的天真。虽然看不到赵逸和冯雪聊什么，但从时间上看，他们差不多每个晚上都聊天，有几个晚上甚至聊到凌晨两点多。而且文件夹里还保存了几张冯雪的照片，都是躺在床上拍的，表情暧昧，眼神魅惑……

如果不是关系特殊，哪个男人会和一个小女孩儿聊通宵?!

看到这些，梓涵瞬间明白了。这些天，赵逸一直以忙、没时间为理由不给她打电话，甚至拒接电话。原来，他不是没时间，只是不想把时间分给她!

“啪!”梓涵重重合上电脑。

第一次，她失去自控力。仿佛置身于一片混沌中，头脑中只有一个想法，就是等赵逸回来问个清楚。

靠垫、杂志、衣服……都成了她的泄愤对象，丢满整个客厅。

厨房里，小黑猫“喵喵”的叫声，显得格外刺耳。

梓涵猛地推开厨房门大喊：“不要叫了，还嫌不够烦吗？你到底是谁带来的，是冯雪吗?”

小猫不会说话，更不会回答她。她这样问，是发泄，也是控诉!

梓涵被自己的想法折磨得精疲力竭，动也不想动。不知过了多久，门口传来开门声，她才从沙发上起身。

她只是幽幽地看着赵逸，一句话都没说。

梓涵的反常举动和地上七零八落的东西，着实吓了赵逸一跳。他愣了一下，慌忙问道：“怎么了？出了什么事？脸色这么差，眼睛也肿了。”

“你去换衣服吧，换完衣服我有事儿和你说。”梓涵不想吵，只想听赵逸和她说句实话。

难道是冯雪来敲门，撞见了梓涵?

不可能呀，刚刚还和她通过话，没什么异样呀！到底是怎么回事?

赵逸在换衣服，大脑却在飞速运转，思考应对之策。

“怎么了，宝宝要和我说什么?”

换完衣服，赵逸走进书房，坐到梓涵对面的椅子上，故作淡定。

“猪哥，你知道QQ有聊天记录吗？我会看。”

“怎么突然说这个？宝宝，你话中有话，想说什么就直说吧。”赵逸板起脸，很严肃。

“那好，我就直说了。猪哥，我今天准备登录QQ的时候，无意中发现两个QQ号，都不是你的。其中一个我知道是谁的，因为她是我的QQ好友。我可以理解为，她来过咱们家吗？”

“谁的QQ号，我怎么不知道？”冯雪用他的电脑登录QQ，赵逸并不知道。更可气的是，她没消除登录痕迹。他几天没开电脑，根本没注意。

“一个是冯雪的。另一个，如果我没说错，是你和冯雪聊天专用的QQ号吧？而且，我还看了你们的聊天记录。我想知道，她为什么会来这里？猪哥，你能如实告诉我吗？”说到激动处，梓涵的声音微微发抖。

赵逸听得出，她压抑着自己，并没完全爆发。他掏出手机随意摆弄着，想为自己争取时间，编造一个合理的理由。

“这个问题不好回答吗？”见他不说话，梓涵追问。

赵逸还是不说话，但思绪从没停滞。过了片刻，想好措辞才答道：“宝宝，你想多了。冯雪怎么会到咱们家来？是我把电脑借给她用，她用电脑做什么我就不知道了。”

“哦，是这样？那你们为什么经常聊天，她还给你发照片？”

梓涵不屑地笑了笑。她虽然痛苦，但没失去判断力。她知道赵逸说的不是真的，冯雪根本没有理由借他的电脑。

“我们是聊天了，不过说的都是工作上的事儿。我刚来安西，想听她说说这边的情况。”

听了赵逸的解释，梓涵只觉好笑，险些笑出声来。

安西分公司那么多员工他不问，偏偏问冯雪，还是在夜里两点钟，而且谈公事还要发照片吗？

赵逸不靠谱的解释，将梓涵的情绪逼到崩溃的边缘。第一次，她对着他大喊，语气尖锐、犀利：“赵逸，我在你这里连句实话都得不到是吗？你真当我是小孩子吗？这么拙劣的谎话你都编得出来！”

“金梓涵，你爱信不信，我没必要骗你，我说的每一句话都是真的。我劝你还是别闹了，这样闹下去，你觉得我们会有好结果吗？”赵逸把手机摔到桌子上，站了起来，一张俊脸因羞愤而变得扭曲。

“好结果？什么好结果？我不知道我们会有什么结果，我真的不知道……”梓涵眼神空洞，不知在看什么，也不知在想什么，仿佛着了魔一般，径自走到书房的软榻上，躺了下去。

泪水顺着她的脸颊，无声地滑落，浸湿了她的衣服，也浸湿了她的心……

在她的质问下，赵逸失去了耐心。他撇下梓涵，回到卧室打开电视，随便找了个频道。

梓涵送他的情侣装放在床上，他无心试穿。冯雪的出现，让他对梓涵的感情日渐淡薄。若是他们刚在一起的时候，他一定会兴冲冲地把衣服穿上，扮帅给梓涵看。

他们二人躺在不同的房间里，想着各自的心事。赵逸虽然嘴上不说，可心里明白，梓涵对他始终如一，而他的心早被分成几半。

出于对梓涵的愧疚，赵逸回到书房，半蹲在软榻前："宝宝，别想了。相信我，我说的都是真的，我和冯雪真没什么。她长得不漂亮，还那么矮，我怎么可能喜欢她呢？我们回去睡吧。"

赵逸的话，梓涵都听到了。只不过，她一句都不信。

她的心冰冷至极，没有力气，也没有心情再和他说什么。她目光呆滞地从卧榻上起来，和他回到卧室。

赵逸搂着他，但没碰她。他把她搂得很紧，就好像随时会失去她。

"猪哥，你真的只有我一个人吗？"

梓涵明知不是，却这样问。她只想得到肯定的回答，让自己脆弱的心得到些许慰藉，这就是所谓的自欺欺人吧。

"嗯，我只有宝宝一个人，不会找别人。"

说这句话的时候，赵逸心里很酸涩。毕竟，他曾深爱梓涵，就算如今感情淡薄，也还是有感情的。有爱，才会心疼，这句话不假。

第十四章　真相暴露

翌日，赵逸上班，只剩下梓涵一个人在家。吃过早餐，她突然想起赵逸的移动硬盘里有郭德纲的相声，便想听听相声，打发时间。

在兴岭的时候，她常窝在床上听相声。

那段日子，是她最幸福的时光。

梓涵找到移动硬盘插到电脑上，她本以为相声视频还存在老地方，却发现不见了。

她急着听相声，只得细心翻找，却不想无意中看到一个特别的文件夹，名字是“聊天记录”。

梓涵心想，定是赵逸有心，把他们聊天的内容存起来，闲暇时翻看。

带着感动，梓涵打开文件夹，随便点开一个文档，发现文档设置了密码，她根本打不开。

“这个猪哥，还挺小心，设了密码!”梓涵笑着感叹。

接连几个文档都因为设了密码打不开，只有一个名为“聊天记录”的，一点便开了。

“哈哈，猪哥，看来你是百密一疏，这个忘设密码了吧!”梓涵瞪大眼睛，看着屏幕上的文字。

聊天记录的第一句便是赵逸的话：“宝宝乖，不生气啊!”不过网名不是“赵逸哥哥”，也不是“爱宝宝”，而是“刚子”。梓涵记得，赵逸说他的乳名叫刚子。

好奇怪，他不是用这个 QQ 号和我聊天呀！

带着惊讶和疑惑，梓涵接着看下面的话。

刚子：“别生气了！乖！宝宝在家干吗呢？”

张丽梅：“无聊呢！”

……

梓涵越看越觉得不对劲儿，他们从没聊过这些话。而且，对方明明叫张丽梅。

确定赵逸的聊天对象不是自己，梓涵登时呆住了。

“天哪，他竟然叫张丽梅宝宝！张丽梅到底是谁？为什么赵逸叫他宝宝？”

莫非……

梓涵不敢想下去，冯雪的事儿尚未明了，又出现一个张丽梅。

不知是愤怒，还是心痛，梓涵的手开始发抖。她握紧鼠标，继续向下翻看。

从之后的聊天记录可以看出，这个叫张丽梅的女人对赵逸很抵触，并不主动。倒是赵逸，一再热情邀约。

仅仅一瞬间，梓涵竟有点恶心。她深爱的男人，竟有这么不堪的一面！

本以为文档里保存的只是赵逸和这个叫张丽梅的女人的聊天记录。却不想，接下来的一段记录让梓涵大为吃惊！

差不多在同一时间，赵逸和一个叫于曼丽的女人聊得火热。

梓涵不禁佩服赵逸的协调能力。那个时候，她和赵逸刚在一起不久，还处于热恋期。

即便这样，他也能利用极其有限的时间，既陪她，又陪于曼丽，又勾搭张丽梅！脚踏几只船，八面玲珑！真是难为他了！

梓涵记得有一次赵逸从兴岭回来，匆匆见她一面就离开了。看到这些记录，她恍然大悟。他，只有一个身体，分身乏术。陪于曼丽，就没时间陪她。

梓涵不忍再看下去。这个男人，对于曼丽时而嘘寒问暖、时而扮乖卖萌，极尽温柔体贴之能事，还口口声声叫曼丽“媳妇儿”。可见，他对她的感情很深，深到超出她的想象。

是她太天真，太纯情，太投入，太无私。一心一意对他好，为他付出，从不计较他对她的疏忽。

岂不知，他的日渐冷淡是有原因的。也许，冯雪只是原因之一！

即将到来的 6 月 25 日，是他们的纪念日。没想到，在这之前，她无意中知道这么多不堪的真相。

是巧合，是讽刺，还是天意?!

聊天记录中，和赵逸有交集的几个女人，冯雪、于曼丽、张丽梅、张美楠一一浮出水面。每一字、每一句都深深刺痛了梓涵脆弱的心。她本想关上文档好好静一静，可电脑屏幕上又一个文件夹引起了她的注意。

已经这样了，还有什么比这更可怕?

梓涵想象不到，更大的打击还在后面。这个名为“她们的照片”的文件夹里有多个子文件夹，每个子文件夹都以不同女人的名字命名。

活到二十几岁，她从没见过如此让人脸红心跳的照片。照片中的张丽梅半裸着身体，仅以黑色丝袜、透明蕾丝底裤蔽体，搔首弄姿。同一种打扮的照片足足有几十张，是她和赵逸视频聊天的时候，赵逸帮她拍的。

天哪！我怎么会被他的表面迷惑，认定他是一个温文尔雅、才华横溢的男人！没想到他竟如此龌龊、不堪！那么多女人，那么多照片！我该怎么办?

梓涵心乱如麻，欲哭无泪！

真正的痛苦，真正的哀伤，是没有眼泪的。不是从眼里流出，而是默默流在心里！

不知出于什么原因，梓涵找出U盘，把这些文档和照片都拷贝到U盘里。

“猪哥猪哥我爱你，阿弥陀佛保佑你……”放在桌上的手机突然响起。梓涵微微颤抖一下，起身拿过手机，是赵逸打来的。

她极力平复情绪，有些话，她想当面问清楚，不想在电话里闹。

“宝宝，你干什么呢?快中午了，我没时间送你。你自己去车站吧，到了告诉我。”赵逸打来电话，催促她回家。

“我……不想走，我想和你聊聊，有话要问你。”梓涵语气十分坚决。

“有什么话不能电话里说?或者等我回京城再说。快走吧，不然赶不上中午的车了。”赵逸执意让她走。

想到冯雪随时可能出现，情急之下，赵逸编了个瞎话。

“宝宝，既然你不想走，我只能和你说实话了，你知道我为什么一定要你走吗?”

“呵呵，你……怕我看到什么吧。”梓涵嘴角微微上翘，连她自己都吃惊，她竟然会冷笑。

“宝宝，你想多了。我端午节有事，不能回京城，文文说想我，刘艳要带文文来看我。”

“什么，她要来?你们都离婚了，为什么她还要来?难道，你们还住在一起?”说不清是什么滋味，梓涵如鲠在喉，喘不上气来。

“我也不想她来，可我有什么办法？孩子想我，非要来找我，我只能让她带文文来。”赵逸装出很无奈的样子。

“不，我不要她来！我不要让她到我们的家！求你，别让她来！”

这一日，她承受了太多打击，她再受不了这个。

“……”赵逸一阵沉默。

“你在听我说话吗？我不要她来，不要！”梓涵差点哭出来。

“好，我一定阻止她，不让她来。这样吧，你先回去，我保证一定尽全力阻止她。就像你说的，这是我们的家，我也不想让她来。”赵逸越说越逼真，到最后，竟然相信刘艳要带孩子来安西了。

“好吧，我收拾好东西就走。你要说到做到，别让她来！”

在突如其来的痛苦和无奈面前，她暂时忘记聊天记录和照片的事儿，只想捍卫属于她的家。

却不知，她睡过的、奉献了第一次的床，早就染上了冯雪的味道。

挂断手机，梓涵关上电脑，依依不舍地离开了。

她身体本就弱，再加上这几日的刺激，胸口突然疼起来。梓涵自觉不妙，连忙打车到医院。

检查过后，医生说她并无大碍，注意休养就好。

孤身在外，一个人看病的滋味不好受，想了想，梓涵给赵逸打了电话。

“宝宝，你在哪儿，上车了吧？”赵逸以为她走了，兴冲冲地问道。

“我……没上车，我在医院，恐怕赶不上车了。”

“什么，你没上车？你去医院干什么？”赵逸语气大变，不像之前那般温和。

“我身体不舒服，过来检查一下。”

“怎么突然不舒服？之前打电话的时候不还好好的吗？你不会是不想走，故意……”赵逸的语调带着明显的不屑。

她难受成这样，他不关心她的身体，竟然觉得她是装的！

梓涵的心冰冷到极致。

这个男人的自私让她始料不及！

可是，她的嘴背叛了她的心。虽然心里这样想，嘴上却说：“猪哥，我真的很难受，你过来看看我吧！”

也许是被梓涵的话打动了，也许是心里还有些许不忍，考虑片刻，赵逸答应了。

“你在哪个医院，我马上去找你！”

“我在安西医院。”梓涵不知该不该高兴。这个男人，同意来了。

没过多久，赵逸打电话让梓涵出去，他的车停在医院门口。

梓涵上了车，赵逸依旧冷淡："怎么样，没事吧？"

"没事，医生让我多休息。"

"哦，那就好。"

车里一片冷寂。

"我们……能谈谈吗？我有话和你说。"

"好吧。我带你去个地方，我们去那里谈。"

赵逸把车停在郊区一处偏僻的地方，放倒座椅，半躺着。

"宝宝，你想说什么，想问什么，就尽管说，尽管问，我听着。"

"猪哥，我想知道，我是你的唯一吗？"潜意识里，梓涵不想戳穿一切，想赵逸亲自告诉她真相。

"你怎么突然问这个问题，还这么正式？"赵逸不解，他当然不知道，梓涵已知道真相。

"为什么问不重要，关键是我想听你说，我是不是你唯一的女人。你知道吗，如果我不是你的唯一，我宁愿离开你。因为我无法和几个女人分享你。"梓涵声音哀婉凄美，说得赵逸心里不是滋味。

"我……当然只有你一个女人。宝宝，别瞎想了。我不让你来，只是因为工作忙，没时间陪你。"赵逸心存愧疚，语气缓和了许多，一如当初。

"真的没有别人？没有一个叫翠儿的女人，没有冯雪，没有……"梓涵没再说下去，"翠儿"是张丽梅的小名儿，是她在聊天记录里看到的。

从梓涵的话中，赵逸听出了端倪，可他不想承认。

无论梓涵说什么，他都不会承认。

"宝宝，你说什么我听不懂。我只能说，我真没有别人，也没精力找别人。"说罢，赵逸闭上眼，不再说话。

梓涵再问什么，他只是听，并不答话。车里只有梓涵的质问声，就好像，她在表演一出独角戏……

夕阳西下，透过挡风玻璃，映红了梓涵的脸。

"宝宝，你说累了吧，咱们找个地方休息吧。"

"找个地方休息？我们不回家吗？"

梓涵诧异，难道有家不回，要去酒店？

"不回家了，我怕你回去又不想走！"赵逸说了一个再牵强不过的理由。

"不，我要回家，我不去酒店！"

为避免冯雪和梓涵撞见，他不能让梓涵回家。

他不顾梓涵反对，发动车，在酒店门口停下。

梓涵没办法，只得下车跟他进了酒店。

房间里有两张床，若是在以前，梓涵一定会兴奋地躺在赵逸身边。可今天，她只想和他保持距离，躺在了另一张床上。

存在她心里几年的高大形象倒塌了。那种失望、落寞，咬噬着她的心，比刀割还难受。

“宝宝，你怎么不和我一起睡?”赵逸很疲惫，眼皮直打架。

梓涵默不作声，背过身去不理他。

赵逸起身把她抱起来，放在自己的床上：“好了，别乱想了，睡觉吧。”

在赵逸搂住她的一瞬间，梓涵猛地起身，拿起床头的矿泉水瓶，狠狠扔在地上。

“砰”的一声，她压抑的情绪得到宣泄。

“宝宝，别闹了！再闹我生气了!”赵逸强压要发火的冲动，接着说道，“你知道我为什么能忍受你闹吗？换做别人这么闹，我早走了。”

未等梓涵搭话，赵逸自问自答道：“因为我爱你，爱你才容忍你!”

“你爱我？真的爱我?”梓涵目视前方，眼神里满是哀怨。

在她的字典里，爱是专一，是唯一，是一心一意，是一生一世一辈子，只爱一个人!

绝不是脚踏几只船，用背叛和欺骗伤害对方。

这一夜，梓涵睡得很不安稳，不时醒来。看着身边这个男人，她爱恨交织。

她想给他时间，让他对她坦白。可他说出真相之后该怎么办，她还没想好。

翌日清晨，吃过早餐，赵逸把梓涵送到车站。

临上车前，梓涵对赵逸说：“猪哥，我给你时间，希望明天晚上，你能告诉我想知道的一切。”

赵逸是个聪明人，他猜到梓涵已知道真相，点了点头道：“好，我会考虑，明晚给你答案。”

回到家，躺在床上，梓涵睡不着。赵逸和那几个女人的对话在她眼前显现，几乎让她疯掉。

她失去了理智，拿起手机，用颤抖的手输入了一段文字：“张丽梅、于曼丽、冯雪……都是你的女人吧，赵逸?”

发出信息，梓涵如释重负。没想到，赵逸很快回复过来。不过，不是表示歉意的话，而是一段冰冷到不能再冰冷的斥责：“金梓涵，你行呀，忍了这么久！窥探我的隐私，还忍着不说，你真行!”

赵逸的反应，让她瞬间醒悟，她在他心里的位置，远远不及那几个女人重要。

他对她，没有歉意，只有恼羞成怒!

第一次，两人用发信息的方式，吵得不可开交。

隔日是端午节，梓涵无心和家人过节，只想去安西找赵逸。她要他知道，他所做的一切，对她是多么大的伤害。

每年端午节早上，梓涵都会和爸妈一起外出踏青，今年也不例外。只不过，她心事重重，无心欣赏风景。没过多久，就找个理由离开，再次踏上开往安西的客车。

一路上，梓涵都和赵逸通话。也许是想通了，对梓涵有愧疚，赵逸对梓涵的指责和质问，没表现出一丝一毫的不满。

梓涵嘴上痛快，心里却依然难受。

赵逸不知梓涵在来安西的车上，谈话中提到自己在明月洗浴中心。

一个小时后，梓涵下车，走出安西客运站，无意中看到不远处“明月洗浴中心”几个镀金大字。

她循字过去，发现赵逸的车停在门口，心下一喜，索性站在车旁等他。

没过多久，她就看到身穿粉色 T 恤的赵逸从里面走出来。这件 T 恤，是她送他的第一件礼物。去年 6 月 25 日，他们一起在摩天轮上，他穿的就是这件衣服。

没想到梓涵会来，更没想到她会出现在洗浴中心门口。赵逸如临大敌，三步并作两步跑到车前，想把车开走，躲开梓涵。

梓涵忙跟上他，打开副驾驶的门，上了车。

“我们在电话里不是说得很清楚了吗？你怎么又来了?”赵逸极不耐烦。

“我想知道你为什么背叛我，难道我对你不够好吗?”不管赵逸想不想回答，梓涵直接问道。

“没有为什么，既然你什么都知道了，我没什么可解释的。”赵逸说得很轻松。

赵逸发动车，在长途客车站门口停下。为了避免梓涵发现更多真相，他必须让她离开安西。

“回去吧！我现在什么都不想说。想说的时候，我自然会和你说。”

“我不下车！你不回答我，我永远都不下车!”梓涵执拗道。

“好！你不下车我下车，我把车留给你!”赵逸打算弃车而逃。

梓涵猛地推开车门，下车拦住他：“你不能走！我要知道为什么!”

赵逸不想回答，只是一味躲她。梓涵上前抓住他的胳膊，却被他硬生生推开了。梓涵力气小，身子弱，经他一推，一时没站稳，跌倒在地上。

“我的腿！”梓涵尖叫。

路面正在施工，满是石子。梓涵皮肤娇嫩，怎敌得过尖利如刀刃的石子。她白皙似莲藕般的小腿，登时划出十几道长短不一的伤痕。鲜红的血渍和脏兮兮的沙粒混杂在一起，看上去触目惊心。

从小到大，梓涵都没受过如此严重的伤。身体和心灵的疼痛，蹂躏着她，几乎将她折磨致死！

“求求你，带我去看医生！”出于本能，梓涵强忍着痛，哀求赵逸。

“上车吧，我送你去医院。”

梓涵的伤，撩拨了赵逸心底的柔软。终于，他不再赶她走。

看着自己斑驳的腿，梓涵心中酸楚，豆大的泪珠一滴滴从眼里滑落，跌落在腿上，不自量力地冲刷着丑陋得可怕的伤口。

“我想明白了，咱们还是分手吧。对你、对我都好。”

短短几天里，梓涵发现了龌龊不堪的真相，又在争执中受了伤，无论身体还是心灵都遭受了重创。

这个时候，赵逸没有心痛，没有不舍，竟然说出如此绝情自私的话！

在他眼里，“分手”不过是简单的两个字。却不知道，这两个字对梓涵来说意味着什么。

她把她的身、她的心都毫无保留地交给他，即便在这种情况下，都舍不得离开他。

而他，却开始记恨她了。

在他心里，那些藏在阴暗角落里的秘密，远比一个女孩儿一辈子的幸福重要！

“什么？你……说什么？分……手？”梓涵瞬间泪崩，她用她的生命在问话，每一字、每一句都泣血而出！

“是的，分手。你什么都知道了，我们回不到过去了。”赵逸目不斜视，心硬如磐石。

“为什么我发现这一切，你就要抛弃我？甚至……一句对不起都没有。我到底做错了什么，承受这一切，还要惨遭遗弃？”

前所未有地，梓涵用尽全力，像在控诉，又像在自言自语！

“都这个时候了，说这些有什么用！那好，先不说分手的事儿，我把你送到医院就走。刘艳和文文到了，我让他们到餐厅等我，去晚了文文该着急了。”赵逸继续编造谎言，面不改色。

“你能陪我进去吗？我从没一个人去过医院，生病的时候，都是家人陪我！”梓涵不想求他，可是，在这个地方，她不认识任何人。除了他，她没有任何人可以倚靠。

“你自己去吧。这点小伤不算什么，让医生给你上点药，用不了几天就好了。”赵逸说得云淡风轻。

他不以为然的样子，让梓涵心生寒意。

不知哪来的勇气，她推开车门，忍着痛，一瘸一拐地下了车，头也不回地走向医院。

赵逸根本没打算陪梓涵看医生，见她进了医院，便开车离开了。

医院里人来人往，却没有一个人是她的亲人、朋友。

泪眼蒙眬中，梓涵觉得腿上的伤口越来越大，刺痛了她本就千疮百孔的心！

“猪哥猪哥我爱你，阿弥陀佛保佑你……”过了许久，梓涵包里的手机响起来。

“是赵逸！难道，他要回来陪我看医生！”直到这个时候，梓涵还心存幻想，慌忙接起手机。

“我已经到餐厅了，你看完医生找个酒店住吧。”

梓涵走后，回想她的腿，她的泪眼，赵逸于心不忍，给她打了电话。

“我……好害怕，不敢一个人看医生，你能回来陪我吗？”

梓涵不是没骨气，而是太过无助。她担心腿上的伤会留下可怕的疤痕。那么，她匀称、白皙的腿就毁了！

“我已经到了，不好再回去找你。这样吧，你先看医生，吃完饭我去酒店看你！”

为了弥补梓涵，也为了避免良心不安，赵逸柔声安慰道。

“好吧。我去喧哗路的酒店，晚点把房间号发给你。”梓涵倍感凄凉。她没想到，有一天，她需要这般哀求，才能得到他一点点怜悯。

“好，你在酒店等着吧，我去找你！”

挂断手机，听到医生的叫号声，梓涵用手拄着椅子，费力地站起来。

腿上的痛感越来越强烈，让她忍不住想哭。

医生检查后，说她的伤口虽然面积大，但只伤到表皮层，没伤到真皮层。只要注意，就不会留疤。

听了医生的话，梓涵如释重负。

眼前的痛，她已经不在乎。只要不留疤，她就知足了。

从医院出来，梓涵打电话预订了喧哗路的酒店，一进房间，就扑倒在床上。

连日来的打击，把她折磨得没有往日的模样。新泪痕叠旧泪痕，容颜依旧美丽，却多了几许凄美的味道。

赵逸用无形的匕首刺向她，每一刀都正中要害，几乎要了她的命。

杀人于无形，便是如此。

把房间号发给赵逸，梓涵便睡下了。不知过了多久，门口“砰砰”的敲门声将她惊醒。

“谁呀?”迷糊中梓涵问道。

“是我，开门!”

是他!

听到赵逸的声音，梓涵的心不争气地软下来。

她帮他开门，又回到床上。腿上火辣辣的痛，已盖过心痛。

“你腿怎么样，医生怎么说?”赵逸脱下T恤，赤裸着上半身，审视着梓涵的小腿。

“医生说没伤到真皮层，不会留疤。”梓涵漫不经心地回答。

“我就说嘛，没事的。过两个月就好了，一点痕迹都不会有。”

“是的，腿上的伤好的快，可是……”话说到一半，梓涵攥紧拳头，没再说下去。

“我来了，你想问什么，就尽情问吧。我一定回答你。你想打我，我也不会还手。这是我欠你的，该还给你。”

和冯雪吃过饭，赵逸就匆匆赶来了。冷静下来，看到她满是伤痕的小腿，他心存愧疚和怜悯，恨不得抽自己一巴掌。

也许是鬼迷心窍，也许是被发现秘密后的恼羞成怒，冲动之下，他竟然狠狠伤了她!

“那好，我就问了。不过，我有个要求。无论我问什么，请不要骗我，如实回答!哪怕真相是可怕的，是不堪的，也要如实回答!”

不顾腿上的痛，梓涵向前凑了凑，直视赵逸，目光凌厉，仿佛要把他看穿。

“好，你放心，我一定如实说。”赵逸嘴上答应得痛快，但他觉得有些事不能说得太清楚。对自己不好，也让梓涵更受伤。

“既然这样，那我就问了。第一个问题，你爱我吗，或者说，你爱过我吗?”

看到那些记录和照片后，这是梓涵最想问的问题，她急于知道答案。

因为在她心里，爱的定义是相知相守，是一辈子心里只有一个人!

欺骗、背叛、花心都不是爱一个人的表现。

爱，是排他的!容不得别人!

“你怎么想起问这个问题，我怎么能不爱你，我不爱你能和你在一起吗?”赵逸不解地反问。

他觉得他是爱她的，至少，他心里有她的位置。

“你说你爱我，为什么还有那么多女人？你的心有多大，能容下那么多女人？你爱我，也爱她们吗？”梓涵步步紧逼。

“她们？你说的她们是谁？”赵逸试探着问，他想弄清楚，梓涵到底知道多少秘密。

“你爱于曼丽，爱张美楠，也爱冯雪。从你们的谈话中，我可以看出你爱她们。当然，这个‘爱’字要打上引号。因为在我看来，爱是专一的，你同时爱这么多女人，把自己的心分成几份，爱就变得少之又少了，甚至……没有爱了。”

梓涵性情温良，从不是尖酸刻薄之人。可被赵逸逼成这样，她顾不得许多了。

眼前这个半裸着躺在床上的男人，在她心里的形象一落千丈！

“宝宝，你怎么这么说话？你把我当什么人了？我在你心里，就这么龌龊不堪吗？”赵逸表情扭曲，看上去很委屈。

“我没说你龌龊，可是……你在我心里，再不是以前那个赵逸了……”

“你的心，我懂。也许，我们再回不到从前了。与其这样，不如分开，留下美好的回忆。”赵逸看着前方，一字一顿地说。

“我想过分开。可是你知道吗？你对我来说，不是一般的男人。你是我第一个男人，也是唯一的男人。你留给我的，是刻骨铭心的记忆，也许一辈子都忘不了。”梓涵半卧在赵逸身边，像以前一样，轻抚他的胸膛，满心不舍。

赵逸永远不懂，第一次，对梓涵来说意味着什么。

想当初，她的爱、她的关心、她的痴情，特别是她的身体，给他死水般的生活激起一道道波澜，让他如获至宝。

他疯狂地想要她，信誓旦旦地说爱她。他们频频约会，如胶似漆。

渐渐地情况不同了，梓涵把自己的全部交给他，当初的洒脱劲儿不见了。

她对他越来越依赖，她关注他的一切，恨不得天天和他在一起！

她渴望他更多的关注，渴望婚姻，渴望家庭，渴望他对她负责！

可如今，所有的一切，赤裸裸地摆在她面前。她为之付出一切的男人竟是脚踏几只船的情场浪荡子！

她心痛、为自己不值，却下不了决心离开他！处在进退维谷的尴尬境地！

她曾那么渴望得到忠诚、专一的爱。而今，她从赵逸那里得到的，仅仅是一些爱情的面包残屑！

愿得一心人，白首不相离，是她一直追求的目标，而现实却这般讽刺。

沉思许久，赵逸缓缓转过头，看向梓涵，“是呀，你说得对。我对你，的确不同常人。很多女人可能忘了一切，却忘不了第一个男人。所以，我理解你的想法。”

“既然这样，我想问问你，你为什么欺骗我，为什么不珍惜我？你有那么多女人，你用她们玷污了我，让我觉得自己很脏很恶心！”梓涵毫无保留地说出自己的想法。

“你这么说，我不知道怎么回答。可是，她们都是过去式了。现在的我，只有你。”为了让梓涵冷静下来，赵逸继续编织谎言。

“哈哈，是的，也许你说得对，她们都是过去式。而我，金梓涵，也将成为过去式。请问，你的现在式是谁？是冯雪吧？”

梓涵心如明镜，过去式未必是过去式，而现在式、将来式却真实存在。

“你怎么总说她？我怎么可能和她在一起？”

赵逸是个好演员，却忽略了一点。世界上最好骗的是热恋中的女人，你对她说的每句话，她都会当真。而现在的梓涵，早就看清一切，又怎会轻易受骗？

梓涵知道，赵逸没说真话。她料定，如果没有确凿的证据，他一定会死不承认。

她不想纠结于此，让自己再受伤害。

要知道，无论是张美楠，还是于曼丽，对她的打击都不足以让她想死。唯有这个冯雪，她曾甜滋滋地叫她姐姐，曾假惺惺地说喜欢她。

如果赵逸因为冯雪而疏远她、抛弃她，那么，这种伤害将是致命的！

在爱情里，熟人小三儿永远比陌生小三儿有杀伤力！

她不想，也不敢去探究，去调查。

她怕真相暴露在眼前，她会疯，会狂，会生不如死！

赵逸深知这一点。所以，无论如何，他都要把冯雪隐藏起来，不让梓涵知道真相。

“既然你不想说，我也不问了。换个话题，我想知道，你和这些女人都……发生关系了吗？”

从聊天记录中，梓涵能看出赵逸和她们都有肌肤之亲，但她想听他亲口承认。

赵逸有些不好意思，点了点头。

“以后别叫我宝宝了，我听着难受！”梓涵眼里噙着泪，强迫自己不哭出来，心里却早已血流成河。

“宝宝”，多么亲昵、多么美好、多么甜蜜的称呼！

却不想，不是她专属的！既然这样，她宁可不要！

“宝宝，你想多了。张丽梅小名叫宝宝，并不是什么爱称，和你的不一样。”

赵逸的话听上去很真实，可是梓涵不信。他再没能力骗她，她很傻，但是不笨。

“额，是这样。看来，是我误会你了。”梓涵勉强挤出一丝笑，费力地挪动着身体，想离他远一点。

即便这个时候，他也不肯说实话。梓涵既伤心，又绝望。

她还没想好，不知接下来该怎么办。

“宝宝，我看你好像很累，早点休息吧。我该回去了，不然文文该着急了。”赵逸煞有介事地说道。

对刘艳带孩子来安西这件事，梓涵并无怀疑。

“好，你回去吧，祝你吃得饱，睡得香，做个好梦！”

“宝宝，你变了，你以前不是这样的。现在的你，让我害怕！”梓涵面无表情，说话的语调前所未有，让赵逸深感陌生。

“我变了？是的，我变了！因为过去的我已经死了！你知道吗，前两天我来，是带着美好的期待来的。我想陪你过节，陪你过生日，再一起过我们的纪念日。没想到6月25日还没到，我就知道了这些！真是太滑稽，太捉弄人了！”

她本以为心已足够坚硬，眼泪却不争气地流下，给她娇俏动人的脸，平添了不一样的韵味。

赵逸心下一动，竟也有想落泪的感觉。可他毕竟是男人，不想在梓涵面前哭。

“宝宝，别哭了！我答应你，过了明天，送走他们母子俩，我陪你过纪念日。你等我电话。”赵逸从包里掏出纸巾递给梓涵，头也不回地向外走。

他不敢回头，怕一回头，就不忍离开。

“真是个让人终生难忘的纪念日……”看着赵逸离去的背影，梓涵低吟，随手抓起一只枕头，丢到墙上。

她心中有太多火、太多委屈，不知如何宣泄。

梓涵靠在床边，怎么也睡不着。回想赵逸说的话，每一字、每一句都敲击着她疲惫不堪的心。

也许是之前眼泪流的太多，这会儿她反而哭不出来，只觉一阵阵心酸。

午餐、晚餐都没吃，她胃痛得厉害。

她缓缓躺下，抱住枕头，空荡荡的身体和心灵才有了一点依托。

低头审视自己，梓涵自惭形秽，她把清白的身体给了怎样一个男人呀！

他结过婚，有孩子，还有那么多情人，而且个个都是社会所不齿的那种女人！

他用他污浊不堪的身体，彻彻底底玷污了她，让她不敢再奢求任何男人的爱。

“我该怎么办？”

偌大的安西，空荡荡的房间。梓涵像只断翅的小鸟，绝望地哀啼，没人能帮她。

她无法向人开口，只恨自己不识人心，看错了人，才落得这般悲惨的境地！

端午节第二天，赵逸生日，是个晴朗无云的艳阳天。

赵逸还是老样子，赖床到中午才起来。白雪夫妇打来电话，要给他庆祝生日。

梓涵从酒店出来，在街上闲逛。每走一步，都能感到腿上的痛。可她还是想走，只有腿痛了，心上的痛才能暂时被忽略。

走着走着，竟走到赵逸家附近。

“我怎么到这儿了，我不能让他们看到我……”梓涵自言自语。

“不对，我为什么怕他们看到我，我又没做什么见不得人的事儿！赵逸，我倒是要看看，你和你前妻有多幸福!”

带着这种想法，梓涵走回去，到赵逸家楼下找了个位置站着，只等赵逸和她前妻、儿子出来。

也许是天意，也许是巧合，没过几分钟，赵逸家楼下的门开了。赵逸穿着梓涵送的粉红色 T 恤衫走出来，一副神采飞扬的样子，和梓涵的落寞截然不同。

让人惊讶的是，赵逸身后没人跟着，他一个人上了车。

“怎么只有他一个人？刘艳呢？赵俊文呢?”梓涵慌了，无数个疑问在头脑中打转。

“难道他骗我？刘艳和赵俊文根本没来!”

来不及多想，梓涵用颤抖的手掏出手机，给赵逸打电话。

没想到梓涵会打电话，为避免麻烦，赵逸接了起来。

“你在哪儿？和她们在一起吗?”

梓涵想给赵逸机会，看他能不能说真话。

“我刚从家里出来，正要去吃饭。你在哪儿?”赵逸很聪明，他刚开车离开，梓涵就打来电话。他猜想，梓涵多半在家附近看到了他。

“我在哪儿不用你管。我只想问你，车上就你一个人吧？刘艳呢？文文呢?”

想到又一次被骗，梓涵心火上涌，嗓子瞬间沙哑，几乎说不出话来。

“你说你，不好好在酒店待着，出来干什么？腿不疼吗？你说得对，车上就我一个人。刘艳带文文出去订生日蛋糕了。我现在去接他们，然后一起吃饭、看电影。”

赵逸临危不乱，反应速度非常人能及。

“是这样吗？你真是去接她们?”梓涵将信将疑。

“当然了，我骗你做什么！要不这样吧，等见到她们，我拍张照片发给你。”为博取梓涵的信任，赵逸冒了个险。

刘艳和赵俊文都不在，他没法拍照。但这样说，会让梓涵相信他，不再追问下去。至于给不给她发照片，那是以后的事儿。

赵逸这一招果然奏效，梓涵不再怀疑他，只说了句“你去吧，祝你们玩得开心”就挂断了电话。

赵逸松了口气，这一天，他安排得太充实了，根本无暇顾及梓涵。和白雪夫妇吃完饭、看过电影后，他要去酒店找张美楠和张丽梅，然后还要回家陪冯雪。

他的生日，属于很多人，唯独不属于爱他如生命的梓涵。她满心欢喜地给他准备礼物，却终究抵不过他的旧爱和新欢。

在楼下站久了，梓涵的腿愈加疼痛。可她不想回酒店，那个地方清冷得让她窒息。

顾影自怜，梓涵深感这两天太亏待自己，准备找个地方好好吃顿饭。

胃距离心最近，把胃填满了，挤占心的位置，心就不会那么空了。

除了大林烤串城，安西商场附近的一家餐厅梓涵也很喜欢。巧的是，这家餐厅和安西影城仅隔一条街。

在商场闲逛了一阵子，梓涵正要到餐厅吃饭，惊奇地发现，赵逸的车就停在餐厅门口。

“这难道是天意吗？天意让我看到他们三人在一起，天意让我忍受这样的折磨？”

点好菜，坐在靠窗的位置，梓涵既害怕又期待赵逸走出来。

可直到她吃完饭，赵逸也没出来。梓涵猜测，也许是电影没演完，过一会儿才散场。

果不其然，十几分钟后，陆续有人从影城里走出来。在人流中，梓涵很快发现了赵逸。令人奇怪的是，他仍旧一个人，身边既没有刘艳，也没有赵俊文。

“怎么回事？他们不是在一起吗？怎么还是他一个人出来？”梓涵蒙了，看着赵逸上车，却不敢上前。

赵逸坐在驾驶室里，开着车门，点了一支烟，不时向影城门口的方向看，好像在等什么人。

梓涵有种预感，刘艳和赵俊文没来安西，赵逸等的另有其人。

没过多久，一女一男两人先后出来，上了赵逸的车。男的梓涵不认识，看那女人，梓涵只觉面熟，却想不起是谁。

不容梓涵多看两眼，赵逸已发动车，驱车而去。

“那女人是谁？是他情人吗？如果是，那男人又是谁？”

带着诸多疑问，梓涵无暇顾及腿伤，从餐厅跑出去。可是车速太快，眼看着赵逸的车消失，她却无能为力。

一时间，梓涵的心沉到谷底，无边的绝望侵蚀着她的身体。她恨不得即刻死去，免得承受这痛苦。

坐在路边的长椅上，梓涵极力调整情绪，不让自己疯狂。她要理清思路，决定下一步该怎么做。

事实摆在眼前，赵逸又一次欺骗了她。她必须想办法证明刘艳没来安西，让自己彻底死心。

想了想，她决定给刘艳打个电话。她知道，这种做法很冒险，好在她认识刘艳，就算和她闲聊几句，也不算什么。

梓涵的电话，并未让刘艳生疑，两个人聊得很开心。从谈话中，梓涵得知刘艳并没离开京城。

也就是说，赵逸在撒谎！她没冤枉他！

挂断电话，她异常平静。

一次又一次的打击，磨炼了她的意志。赵逸的所作所为彻底伤了她的心。

抱着最后一丝希望，梓涵想给他个机会，看他能不能说实话。

她拨了赵逸的电话，出乎意料，他很快接起来。

“怎么了？我都告诉你我和刘艳在一起，你怎么还打电话呢？”赵逸故意压低声音，好像刘艳就在不远处。

“猪哥，我腿好疼，我担心伤口感染，你能陪我去医院看看吗？”虽然是在考验赵逸，但梓涵所言不虚。也许是走路太多，也许是伤口太严重，她的腿已经肿起来，红红的一片，看上去很可怕。

“什么？伤口感染？不会吧，你的伤口不是很严重呀！”

多么荒唐可笑！她的腿伤成那样，他竟然说不严重！

梓涵强忍心酸，接着说道：“猪哥，我没骗你，我的腿真的好疼。求求你，带我去看看吧，我怕有事！”

在梓涵的哀求下，赵逸渐渐心软了。

他刚把白雪夫妇送回家，正要去找张美楠和张丽梅。这会儿听梓涵说腿疼，实在不忍心抛下她，问道：“你在哪儿？我去找你。”

“我在安西商场门口。”

“你腿受伤还到处乱走！我不是让你在酒店待着吗？”赵逸很生气，语调也变高了。

安西影城就在安西商场顶层，听梓涵说在安西商场，他顿时明白了。他断定，梓涵一定看到他和白雪夫妇了，不然不会这个时候打电话。

“金梓涵呀金梓涵，太聪明了不一定是好事。你这样戳穿我，对你有好处吗？”

赵逸在心里默念。

他本以为梓涵是个傻傻的、容易骗的女孩儿，却没想到，她聪明，且思维缜密。他走的每一步，都被她看破。

和聪明女人在一起，他感到疲惫。

“我不想到处乱走，但我必须出来吃饭，不然会饿死。”梓涵倔强答道。

赵逸无言以对，没再说什么。

白雪家就在安西商场附近，不到十分钟，赵逸就开车回来了。梓涵迈着红肿的腿，艰难上了车。

赵逸低头看了看她的腿，神色凝重，“你……是不是看到了什么？”

“我就在安西商场附近，你说我能看到什么？我很好奇，你为什么要骗我。她根本没来安西，对吧？”听他问得直白，梓涵也不含糊。

“她来了，文文也来了，我没骗你！”赵逸还是咬住之前说的话不放。

“她来了？那我问你，既然她来了，你为什么不和她在一起，要和那个女人在一起？”梓涵尽量保持风度，不让自己失态。

“那个女人？你说的是白雪？实话告诉你吧，我和刘艳、文文，还有白雪一家一起吃饭，看电影。看完电影，刘艳带文文去超市买东西，我送白雪和她老公回家。就这么简单！”

赵逸的应变能力，已达到登峰造极的程度。

梓涵之前给刘艳打过电话，她相信刘艳没理由骗她。她可以确定，刘艳在京城，没来安西。

那么，赵逸为什么坚定地说刘艳来了？他的动机让她猜不透，想不明！

“猪哥，我刚给刘艳打过电话，和她聊了几句。从她的言语中，我听得出她在家里。话已至此，你还说刘艳在安西吗？”

梓涵虽然聪明，却不善于心计，对赵逸，她一直坦诚相待。

“什么？你说刘艳在家里？你不是听错了，就是中计了。如果我没猜错的话，刘艳是故意逗你呢。她很可能看到你了，猜到我和你的关系，跟你耍心眼儿呢！你不知道，她这女人很不简单。”

“你想多了吧，她不可能看到我。即便看到我，也没什么。赵逸，你不觉得你的话太可笑了吗？”

这几日，梓涵知道了很多，也明白了很多。赵逸数次辜负她的信任，她不会再相信他，她只相信自己的判断。

“宝宝，你这是怎么了，说话这么刻薄。你这么和我说话，觉得很痛快吗？”

自从看到聊天记录，梓涵对他的态度完全变了。她知道，他们很难回到过去。

“我只是实话实说而已，你不喜欢听，我就不说了。我们去医院吧，我已经很惨了，我的腿不能有事。”梓涵的眼泪在眼眶里打转，强忍住没让它流出来。

“好吧，我们去医院。带你看完腿，我去接刘艳和文文。”赵逸叹了口气，发动了车。

看完医生，赵逸把梓涵扶上车，让她坐在副驾驶的位子上。

他敞着车门，走到一边，似乎接了一个电话。梓涵依稀听到他的说话声：“刘艳，我出来办点事，马上去接你和文文。”

在此之前，梓涵不相信赵逸的话，确定刘艳就在京城，没来安西。可她突然打来电话，赵逸还说去接她，她开始质疑自己的判断。

“难道他没骗我，刘艳的确来安西了？”

梓涵思忖间，赵逸已挂断电话，向她这边走来。

“宝宝，她来电话了。送完你，我得马上去接她们。”

赵逸一副急匆匆的样子，惹得梓涵也跟着着急。车开得飞速，很快就到酒店门口。

“宝宝，你想吃什么就打电话订餐吧，别出门了。明天送走她们，我过来陪你！”

赵逸虽然花心，但不是毫无良心之人。他对梓涵的愧疚感越来越强烈，只想好好弥补她。

“好，我等你。你快去接她们吧，别让她们等急了。”

回到酒店，梓涵再没力气走路，拿起一只枕头，把伤腿垫高，靠在床头看电视。

手机里的几个信息，都是鸿轩发的。他贴心的问候，让梓涵伤痕累累的心得到些许慰藉。

和赵逸融为一体的一刻，她坚信，他会娶她。

到如今，即便赵逸想娶她，她也不敢嫁给他。

失去清白的身体，她也失去了自信。面对鸿轩的爱，她不想也没有勇气接受，只能逃避。

静下来，回想和刘艳的谈话，回想赵逸的举动，梓涵仍坚持自己的判断——刘艳没在安西！

可是，没有十足的把握，她不可能闯回家探个究竟，只能躺在床上胡思乱想。

如果刘艳没来，这几天，他究竟和谁在一起？是张美楠、于曼丽，还是冯雪？

激动之下，梓涵甚至想跑回家揭开谜底。可这个念头一闪即逝，她不能再作践自己。赵逸不值得她这样做！

和他在一起，她失去太多，再不能失去引以为傲的尊严！

第十五章　背叛的滋味

空调的风吹得她背上凉飕飕的，梓涵打了个寒战，拉过被子盖在身上。

她太孤独了，孤独到只有用被子将身体包裹起来，才能感觉到自己的存在。

她恨赵逸，明明给不了她幸福，却生生毁了她的幸福！

她所有的青春、梦想，所有对幸福的憧憬，都随着那些丑恶的文字和照片烟消云散了，剩下的只有一颗爱恨纠结的心……

她曾经那么坚定地认为，她找到了爱情，找到了与之共度一生的人。到如今，痛定思痛，才知道自己的想法和行为多么可笑。

她好想问赵逸"你知道爱是什么吗"，又觉得自己的问题很可笑。

问一个从来没真正爱过的人"爱是什么"是多么大的笑话！

这一夜，对梓涵来说无比漫长。

她时睡时醒几次，才熬到天亮。

她拿定主意，哪怕再次受伤，也要探个究竟。到底是谁，到底是什么原因，让赵逸一再欺骗她！

拖着疲惫的身体从床上爬起来，梓涵眼冒金星，跌跌撞撞，几乎站不稳。

这一次，她没有犹豫，也无所畏惧！

从酒店到赵逸家，只有十几分钟的路程，她走得却如万里长征般艰难。腿上的伤，心里的痛，头脑的晕厥，身体的疲惫，挑战着她的体力和意志。

可金梓涵就是金梓涵，她的 EQ 比她的 IQ 还高，没什么能将她打垮。

走到半路，她又给刘艳打了电话。这次通话，进一步验证了她之前的判断。刘艳在京城，没来安西！赵逸一直在欺骗她！

挂断电话，梓涵又急又气，不知哪里来的力气，很快走到赵逸家楼下。还未等站稳，就见赵逸从门口走出来。

梓涵的出现，似乎在他意料之中。

"宝宝，你胆子挺大呀，不怕被她看到?"随梓涵走到僻静处，赵逸故作担心地说。

"我不怕，别说她不在这里。就是她在，我也不怕!"梓涵怒目圆睁，温柔气质全无。

"宝宝，你怎么不信我呢，刘艳和文文真在楼上呢！不信你上去看看!"赵逸料定梓涵不敢上楼。

"哈哈，赵逸，别开玩笑了！我上楼去捉奸吗？去看你床上躺着的女人吗？我不会去的，我受到的打击太多了，我没力气再承受更多的打击。赵逸，我实话实说吧。我昨天给刘艳打电话，撒了个谎，说要到你家附近买房子，求她帮我留意下。她说今天早上没事，可以陪我看房子。当时我就知道，她一定在京城。不然，她不会说今天早上陪我看房子。果不其然，我刚才给她打电话，问她在哪儿，她说在家里等我呢。我找了个借口，说暂时不去了。她说她一直在家，随时可以陪我看房。话已至此，你还有什么话说吗?"

在真相面前，赵逸哑口无言。他不得不佩服，梓涵缜密的思维非常人能及。若他是刘艳，也丝毫不会怀疑梓涵的说法。

他输了，只好承认刘艳没来安西的事实。

"为什么要骗我？能给我个理由吗?"再坚强的女孩儿，也受不了这样的刺激。

泪水溢满双眼，眼前的男人，变成一个模糊的影像。

"宝宝，我正要去上班。你回酒店等我吧，中午下班，我一定去找你。你想知道什么，我都告诉你，好吗?"

赵逸急着让梓涵离开，一是心存愧疚，二是怕冯雪下楼，让梓涵撞见。

"好吧，我回去等你。不过你要向我保证，你不再骗我。你能做到吗?"梓涵恬淡的小脸变得很严肃，她把这次谈话看得很重要。

"嗯，我保证！外边太热了，你回酒店吧!"

梓涵凄楚可怜的样子唤起了赵逸内心深处的良知。这一次，他说的是真的。

许是从他眼中读到了真诚，梓涵微微笑了笑："你走吧，我回酒店等你。中午十二点，我们不见不散！”

眼看他的车开远了，梓涵才转身离开。

回去的路太艰难，她红肿的腿，在夏日阳光的炙烤下，火辣辣的，说不出的刺痛。

为了一句喜欢，她长途跋涉，放下自尊，竭力讨好。

为了一句喜欢，她忘记自己，坚定守望，誓死不渝。

可他，却牵着别人的手向她微笑。

指甲嵌进肉里，血液倒流，天塌地陷！

没有什么痛，比爱人的背叛更让人痛。其中滋味，恐怕只有梓涵自己才能体会。

背叛，如噩梦般发生在梓涵身上，她付出的是百分之百的真心，换来的是无情、绝情的背叛。

天真的她，曾以为自己是天下最幸福的女人。可她还没来得及从梦中惊醒，就发现自己变成了天下最可怜的女人。

他的爱，他的情，都让人怀疑。

人人都会说，爱过了，就不要后悔。可她，真的很后悔，她无法形容内心的痛和后悔。

她开始对爱情失望了，神情恍惚地向酒店的方向走。

曾经深信不疑的人在她心口上狠狠捅了一刀，比什么都让人心寒。

她不知该怎么办，不知在等什么。

难道，在等他向自己忏悔，然后忘记所有，原谅他，永远和他在一起！

爱，她做不到。恨，她更做不到！

爱的反面不是恨，而是再也不爱。她爱他，才会恨他，才会恨他的欺骗和背叛！

“猪哥猪哥我爱你，阿弥陀佛保佑你……”包里的手机突然响起来。

她用手背擦干泪，接起电话。

“宝宝，你回去了吗？怎么样，腿有没有疼？”听筒里传来赵逸急切的声音。

“我回来了，已经到房间了。腿……还好，谢谢关心。”

忧伤摧残了她的身体和灵魂，也扼住了她的咽喉。梓涵声音低沉，每说一个字都很费力。

“宝宝，你怎么这么客气，客气得让我感觉好冷。你还是我的宝宝吗？”

也许，他还爱她，还对她有感情。不然，他不会心疼。

梓涵的话，让他心疼。梓涵的痛，他感同身受。

“别再叫我宝宝了，我不想和别人同一个名字。你叫我梓涵或者涵涵都行。”

“宝宝”，多么亲昵、多么富有爱意的称呼！

曾经的她，多么爱这个称呼。可如今，听赵逸叫她“宝宝”，她竟然觉得恶心！

她竟然和一个欢场女子，有一样的昵称——宝宝！真是令人啼笑皆非！

“宝宝，我说过的，宝宝只是她的小名，和你的不一样。我爱你，才叫你宝宝。到底怎样，你才肯相信我?”赵逸深感词穷，却不放弃辩解的机会。

“赵逸，我信不信你并不重要，那些东西就摆在那儿，你想解释也解释不了。你和那几个女人的事儿，我都知道了，你不用再瞒我。我只想知道，这几天你和谁在一起，你在安西的女人是谁？是旧情未了，还是另结新欢？无论如何，我要死个明白！”

梓涵声音发颤。冯雪的脸在她眼前浮现，她攥紧拳头，强迫自己平静下来，不至于发疯。

她确定，赵逸在安西一定有情人，而这个情人，极有可能就是冯雪。

虽然她证据不足，可女人的直觉告诉她，冯雪和小黑猫必有关联。

“宝宝，我知道我不该骗你。可是我保证，我这几天除了和白雪见过面，再没见过别人。我不让你回家，是想给你时间，让你冷静一下。我也好好想想接下来该怎么办。”赵逸说得极为诚恳。

“什么？这几天你一个人在家?”梓涵哭笑不得，“赵逸，你当我是小孩子，还要继续骗我吗?”

“宝宝，我知道，发现那些东西，对你刺激很大。你先冷静一下，等我中午回去再慢慢和你说。我现在在公司，不方便说话。”梓涵的话，赵逸不知如何作答，只好暂时躲避，给自己思考的时间。

“赵逸，你永远不懂我心里的苦，你对我的打击是致命的。要不是想到还有那么多爱我的人，我宁愿去死！还有我腿上的伤，你能偿还吗，你能把自己的腿也弄成这样吗?”

爱恨交织中，梓涵不知怎样缓解内心的痛楚。

“宝宝，我不知怎样才能让你好受。如果割我几刀你能解恨，我心甘情愿让你割!”

赵逸的谎言太多了，即便是发自肺腑的话，也让梓涵质疑。

“好！既然你心甘情愿，我就成全你。晚点我去买把刀，让你尝尝被割的滋味!”梓涵冷笑一声，口中说出的话和她的心一样冰冷。

“好了，宝宝，不说了。你想怎么样都行，你休息一会儿吧，我一定按时到。”感觉办公室门口有人，赵逸警惕地挂断了电话。

安西商场瑞士军刀柜台前，梓涵正在精心挑选军刀。满心恨意占了上风，连她自己都想不通，为何要来这里买军刀。

刀握在手里，一种快感油然而生。

“我是要报复吗？如果他让我用刀割他，我能下得了手吗？”各种念头在梓涵头脑里翻滚，搅得她心神不宁。

这一切出现得太突然，她始料不及！

她做梦也没想到，她爱之如生命的男人竟是这样一个人。对他爱多一些，还是恨多一些，她自己都说不清。

在商场逛了一会儿，梓涵就回酒店了。

她越盼望那个时候，越觉得时间过得慢。好不容易熬到12点，门口传来敲门声。

梓涵打开门，看也不看赵逸，坐回沙发上。

“宝宝，你就这么恨我吗？看都不看我一眼？”赵逸身上依旧穿着梓涵送他的粉色T恤。

他记得，这日是6月25日。一年前的今天，他们情定摩天轮。

“我不恨你，我只恨我自己。人生若只如初见多好，我好想回到几年前，我们刚见面的时候。你只是我的上司，我也只是你的下属。除此之外，再无其他关系。”

梓涵起身看向窗外，背对着赵逸。说话间，滚热的泪无声落下。

“回不去了，再也回不去了。过去的永远过去了，我们只能向前看。宝宝，你想怎么样都行，我任你处置！”赵逸向前走了几步，站在梓涵身后，轻轻扳过她的身体，让她面对他。

梓涵无声的哭泣，让他心疼。他掏出纸巾，默默擦去她脸上的泪，想把她搂在怀里，却被梓涵推开了。

“赵逸，我刚刚买了刀。买刀的时候，我想狠狠刺向你。可见到你，我……”梓涵转过头，不想说下去。

“我知道，见到我，你就不忍下手了。是吗？宝宝，我太了解你了，你宁肯伤害自己，也不愿伤害我。可是，我不值得你对我这么好，和我这样的人在一起会害了你。你该找个更好的男人，和他结婚、生孩子，幸福地生活在一起！”

赵逸情绪激动，这一次，他没有半句谎言，字字句句皆出自肺腑。

“来不及了，我已经陷进去了，没法抽身！自从和你在一起，我就没想过找别的男人。今生今世，我只想做你的女人，给你生孩子！可是赵逸，你明知我是清白干净的，我渴望专一的爱情，你却骗了我！如果当初知道你有这么多女人，无论多爱你，我都不会和你在一起！可事到如今，我想摆脱也摆脱不了。你已经植根于我的生命里，爱你，就如同爱我的生命。你懂吗？你了解吗？”

梓涵泪如雨下，胸口由于激动而剧烈地起伏。

四年了，她爱了他整整四年，不是说忘就能忘！

“宝宝，我知道我对不起你。可是你要知道，我是爱你的。她们不爱我，她们只爱我的钱。如果不给钱，她们马上就会离开，没有一个人像你这么傻，还要给我生孩子！”

梓涵对他的感情，赵逸心知肚明。正因为这样，他更觉愧疚。

“你知道她们不爱你，为什么还要和她们在一起？你不觉得可笑吗？你有那么傻吗？”梓涵摇晃着赵逸的身体，反问他。

“我……不傻，所以我和她们分开了。你看到的那些记录，都是之前的，我们分开很久了。现在的我，除了你没有别人！”

赵逸的声音低沉且动情，亦如当初和她说情话时一般。

刹那间，梓涵恍然失神。可仅仅是片刻，她便恢复过来：“你们分开了？我不信！我没办法相信你！”

“我知道你不信我，可我说的是真的。你再问几遍，我都这么说。宝宝，你什么都知道，我没必要再骗你！”

到这个时候，赵逸不得不骗梓涵。他生怕她做傻事，不敢再刺激她。

“好，就算我相信你，你和她们分手了。可是，你敢说你在安西没情人吗？”梓涵抛出的话，让赵逸接不下去。

冯雪是他的情人。前一天晚上，他们还共处一室，共卧一榻，他没法那么坚定地说“没有”。

可赵逸毕竟是赵逸，身经百战，阅人无数，又怎会被梓涵的问话击垮。想了想，他接着说道：“宝宝，你太爱胡思乱想了。这两天我和你一样，都是一个人。我只想静一静，好好想点事情。不信你可以回家看看，家里谁也没有，和你离开的时候一样。”

“嗯。这是个不错的主意，我应该回去看看。我们什么时候回去？”赵逸的话正和梓涵心意，她顺势问道。

“晚上吧，这会儿没时间了。还有一个小时我就得回去上班了。晚上下班我来找你，陪你吃饭，看电影。我记得今天是6月25日，我们的纪念日。”

赵逸目光柔和，俊美的脸上嵌着他标志性的微笑，足以迷倒万千无知少女。

这一瞬间，梓涵好像乘坐时光机，又回到一年前那个6月25日。

在公园里，在摩天轮中，在旋转木马上，他们深情相伴，享受爱情的甜蜜。

“不知是我没看清你，还是你变了。你还是我的猪哥吗？我不喜欢那个叫刚子的人，我只喜欢我的猪哥，把他还给我，好吗？”

梓涵泪眼婆娑，楚楚可人。看得赵逸心都碎了，也流下泪来。

人都说男儿有泪不轻弹，只因未到伤心处。梓涵的话，梓涵的情，戳痛了他的心。

他心疼她，舍不得她，不忍她再伤心。

“宝宝，我不是什么刚子，我还是你的猪哥。那个刚子已经死了，活着的是你的猪哥！宝宝，忘了那些狗屁记录，我们好好在一起，好不好？”赵逸拉过梓涵，让她坐在自己的腿上。

刚知道梓涵偷看他聊天记录的时候，赵逸怒不可遏。特别是梓涵来安西找他，他气急了，一时乱了心智，向梓涵提出分手。

可种种迹象，种种感觉表明，他爱梓涵，看她哭，他会心疼。

温柔可以伪装，浪漫可以制造，美丽可以修饰，只有心疼才是最原始的情感。

梓涵的哭声，撕扯着他的心。

他很清楚，他对梓涵动了真情，绝非只想和她上床那么简单。

“猪哥，看到那些东西，我好难受。可是我好纠结，我不想离开你，舍不得离开你！我好想失忆，失忆了，就什么都忘了。”搂着赵逸的脖子，梓涵边哭边说。

这莹莹美人泪，任是谁都会动容！

“宝宝，你不用失忆。你只要记得，那些都是过去式就好了。我保证，再也不去找那些女人，只做你一个人的猪哥。好不好？”赵逸的话像极了在哄小孩子。

梓涵还是老样子。就算再气、再难受，听到赵逸的软言柔语，都会破涕为笑，怒气全消。

刚买的刀，稳稳地躺在一边，已被它的主人遗忘。

“乖宝宝，别哭了，时间差不多了，我该上班了。下班我一定陪你玩，好好补偿你。还有，你不是要在我身上割几下报仇吗？我让你割。”

说到这儿，赵逸忍不住笑了。他看到梓涵放在床上的刀，小到不能再小，甚至连只苍蝇都杀不死。

“宝宝，这就是你买的刀吗？”

“是呀，我要用这个刀割你，让你的腿像我的腿一样。”梓涵孩子气地拿起袖珍小刀挥舞着。

“哈哈，来吧，宝宝随便割！”赵逸抬起手臂，放到梓涵跟前。

梓涵咬了咬牙，狠下心来，把小刀放到赵逸手臂上，便再没动作。

他能伤她，她却不忍心伤他。伴随她的泪水，小刀跌落在床上。

“宝宝，你不忍心割，我帮你割。你拿着刀，我帮你用力。”赵逸拾起小刀，放在梓涵手中，握住她的手，把刀刃对准自己的手臂，用力按了下去。

“不要——”赵逸没怎样，梓涵却尖叫起来。她奋力挣脱赵逸，把小刀甩到一边。

“让我看看，伤到没有？”梓涵急得脸通红。

刀太小了，且刀刃极不锋利。赵逸的手臂只被划破一点皮，连血丝都没有。

看到赵逸无恙，梓涵才松了口气。

“宝宝，你还是怪我吧，我心里会好受点。我害你受伤，害你那么难过，你竟然……”赵逸揽过梓涵，紧紧抱住她。

“猪哥，我下不了手！我不要你受伤，我要你好好的！我们永远在一起，永远都不分开！好不好？”梓涵泣不成声，把赵逸搂得更紧了。

“我知道你下不了手，你宁可伤自己也不忍心伤我。你越这样，我就越自责。宝宝，我再也不会伤害你了。这是最后一次，也是唯一的一次……”

生命中第一次，赵逸哭得这么伤心。这泪水中有感动，有愧疚，更有不舍。

他错了，他以为可以潇洒地放弃梓涵，可他放不下。

看到梓涵哭，他会心痛，会不忍，会有千万只蚂蚁噬心般的感觉。

他想过给她婚姻，可就是下不了决心。连他自己都想不通，他到底是怎样的人，江湖浪子、风流成性，还是……

“猪哥，你想什么呢？”见赵逸目光呆滞，梓涵追问。

“没什么，宝宝，我去上班了。你好好睡一会儿，下班我来找你。除了去游乐园，你想去哪儿都行。”赵逸回过神来，温柔地说。

“为什么不能去游乐园？去年的今天，我们就在游乐园玩，去游乐园才有纪念意义呀！”梓涵不解。

“傻宝宝，我也想带你去游乐园，坐摩天轮，坐旋转木马。但安西没有游乐园，只有一个小小的公园，里面只有几辆碰碰车。”赵逸尴尬地解释道。

“啊？安西竟然没有游乐园？”梓涵忍不住笑出来。

几天了，她终于笑了，心里放松了许多。

“对呀，所以今天晚上咱们只能吃饭、看电影。过几天回京城，我一定带你去游乐园，把今天欠你的补上！”赵逸眼里闪烁着动人的光，向梓涵保证。

梓涵不想让他为难，用力点了点头：“好！过几天咱们再去玩！时间差不多了，你去上班吧！”

“那我走了，宝宝。你乖乖睡一觉，等我回来。”在梓涵微微泛红的脸蛋上掐了一下，赵逸爱怜地说。

梓涵微微一笑，点头答应了。

赵逸走后，梓涵到洗漱间洗了把脸，看着镜子里眼圈红肿的自己，她哭笑不得。

事实上，她今天做的决定，完全不受理智控制，只是随心而走。她爱赵逸，即便他背叛她，她也放不下他。所以，当她见到他，听到他的忏悔的时候，会不由自主地选择原谅。

她不知该跟着心走，还是跟着理智走。毕竟，赵逸的话她没完全相信，她甚至可以确定，赵逸在安西有情人，这个情人就是冯雪。

虽然腿上的伤很疼，但赵逸的态度让她舒服了许多。她打算振作起来，努力忘掉这几天发生的一切，重新接纳赵逸。

爱和爱过，只多一个字，却隔了一个曾经。

爱情，总在分分合合、忐忑不安和甜蜜安静中回旋。

爱很奇怪，什么都介意，最后又什么都能原谅。就像泰戈尔说的：眼睛为她下着雨，心却为她打着伞，这就是爱情。

梓涵相信，有多少爱，就有多少原谅。她劝慰自己，原谅赵逸，再给她的爱一个机会。

努力了、珍惜了，就问心无愧了。其他的交给命运。

爱情是那么难遇到的东西，她不忍轻易放弃。

毕竟，她的爱如此长久，一爱就是四年。

赵逸一下班就赶到酒店。梓涵刚一开门，他就抱住她：“宝宝，等急了吧？这个下午我度日如年，恨不得马上飞回来找你！”

“真的吗？猪哥来找我，她不会生气？”梓涵推开赵逸，半开玩笑地说。

“宝宝，你怎么这样！不是说好了，过去的事儿不提了吗？”赵逸有些不好意思。

“是呀，过去的事儿不提了，可是我说的不是过去的事儿呀。我说的她是谁，猪哥应该很清楚吧？”梓涵一改之前的严肃，笑嘻嘻地说。

赵逸知道她在开玩笑，便半真半假地说：“我没告诉她，偷偷过来找你。今天晚上，只属于咱们两个人……”

赵逸俯下身，想要亲吻梓涵，却被她轻巧地躲开了。

“原来是偷着来找我呀，我可不喜欢这样！我倒想见见这位妹妹，看她有多大魅力，能让猪哥动心。”

梓涵越说越逼真，说得赵逸的面子快挂不住了。他只好板起了脸，故作严肃道：

“宝宝，你再说我就生气了！我都说了，我没有别的女人，你怎么就不信呢！”

“好了好了，别生气了，我信还不行吗？”梓涵收敛起笑容，在心里劝慰自己，既然想和好，就不要想太多。

“我逗你呢，怎么会真生气。宝宝，你说我们先吃饭，还是先看电影呢？”

“你定吧，怎么都行，只是……”梓涵欲言又止。

“只是什么？”赵逸好奇地追问。

“吃完饭，看完电影，我想回家行吗？在酒店住了两天，我好难受。”梓涵用祈求的眼光看着赵逸，她以为，赵逸会答应。

“宝宝，今天不回去了，我怕你回家就不想走了。你该回去上班了。”

那个家，到处都是冯雪的痕迹，赵逸不能让梓涵回去。找不到合适的理由，他只好这样说。

“猪哥，求求你了，让我回家嘛！两天没换衣服，没洗澡，我都难受死了。”梓涵一再恳求，她是真的想回家，也想验证一下，家里到底有没有其他女人。

“宝宝，你要听话，干吗非要回家！时间不早了，我们赶紧出去吧。要不然这样，我们先去看电影，然后再去吃饭，吃完饭到家楼下看看，你就知道家里有没有人了。”

梓涵的心思，赵逸自然清楚。无论如何，他都不能让梓涵回家。这时候的家，恐怕冯雪的衣裤漫天飞了。

“不嘛，我就要回家！”赵逸越是这样，梓涵越怀疑，一再坚持要回去。

“宝宝，你再这样，我就生气啦！给你两个选择，一是回家，哪儿也不去了。二是出去看电影吃饭，然后继续在这里住。你选吧！”

赵逸明白梓涵的心思，料定她更想出去看电影。果不其然，梓涵妥协了。

“好吧，我不回家了，还是去看电影吧。早就想和你一起去看《痞子英雄》了，好喜欢赵又廷和 Angelababy！”

“好，只要宝宝乖乖的，我们看什么都行！快走吧，我们已经耽误很长时间了！”赵逸怕梓涵改主意，忙催促道。

“我去洗漱，换衣服。我要换上去年的今天穿的那条粉红色裙子！”梓涵精心打扮一番，才重新出现在赵逸面前。

见梓涵不再坚持回家，赵逸着实松了口气，心情豁然开朗。

“走吧！出发！”赵逸拿好包，挽着梓涵，一起走了出去。

到了影城，《痞子英雄》已经开演一会儿了。

影片中，赵又廷饰演的吴英雄深情感慨：“你永远不知道，走在正确的道路上，需要多大的勇气。”

吴英雄的话，让梓涵想到自己，她知道自己选择的道路是错误的，自从和赵逸在一起的那天起，她就一错再错。可是，要重新走回正确的路，需要难以想象的勇气。她没有勇气，也不忍心放弃赵逸，只能苦自己，在这旋涡中挣扎……

看完电影，两人去吃烤串，后半夜才回到酒店。

梓涵换上他们第一次在一起时穿的睡衣。睡衣虽是中规中矩的款式，但面料轻薄，微微透明，让她曼妙的身体若隐若现。她记得赵逸当时的表情，目光炙热，恨不得把她吸到眼里。

“猪哥，记得去年这个时候，我也穿着这件睡衣。你还记得你当时说了什么，想了什么吗?”

“我说什么，想什么了? 让我想想，时间太久了，都快忘了……”赵逸略显尴尬，去年的事儿，他记不太清了。不过，当时的心情还是记得的。

“哦，想起来了。我当时说，宝宝，你的样子太可爱了，猪哥好想要你……”赵逸坏笑，在梓涵身上轻轻摸了一下。

“才不是这样呢，你只说话，没有动作!”梓涵推开他的手，嘬起小嘴儿。

“宝宝，你不知道，你当时的样子多可爱。任是谁见了，都有抱在怀里蹂躏的冲动。不过，说实话，你这睡衣不好看，若是换件睡衣，效果会更好!”

像赵逸这样的男人，是不喜欢粉红少女系可爱小睡衣的，他爱的是性感蕾丝睡衣。穿着黑色半透明吊带睡衣的女人，更能激起他的欲望。

“猪哥，我记得你当时不是这样的，你好像很喜欢这件睡衣。”听了他的话，梓涵有些委屈。

“哈哈，傻宝宝，我哪是喜欢睡衣呀! 我是喜欢睡衣里的身体和穿睡衣的人!”

时隔一年，赵逸说了实话。

“讨厌! 猪哥最坏了，没正经!”

撇下赵逸，梓涵一个人到洗漱间，刷牙洗脸后躺在床上。

“宝宝，今天是咱们的纪念日，我有礼物要送你。”赵逸故作神秘地说。

“什么礼物?”听说有礼物，梓涵兴奋地坐起来。

“你先闭上眼睛，到我前边来，我要准备一下。”赵逸笑了笑，脸上的表情让人捉摸不透。

梓涵乖乖闭上眼睛，她以为，赵逸要送她一条项链，让她站到他身前，亲手帮她戴上。却不想，木梳划过她的秀发，赵逸竟然要帮她梳头发。

“宝宝，是不是有些失望，猪哥送你的礼物是帮你梳辫子，和去年一样的两条小辫子。”

透过镜子，看梓涵脸上的神色不对，赵逸不好意思地说。

“没失望呀，只是有点出乎意料。不过，这个礼物我很喜欢。”

梓涵一向不看重物质。在她看来，这样的礼物更有意义。

“宝宝，小辫子梳好了。你照镜子看看，喜不喜欢。”

很难想象，赵逸的手又宽又阔，给她编的辫子这么精致，漂亮！

“谢谢你，猪哥，我很喜欢！”看着镜子里的自己，梓涵神思恍惚。

幽暗的灯光下，梓涵被长睫毛覆盖的墨黑色瞳孔闪着动人的光，又深藏着不易察觉的忧伤，似雪的脸上带着几分苍白。

她美丽依旧，却与一年前判若两人。不一样的气质，不一样的感觉。

回头看向赵逸，她感慨无限，不禁想起纳兰性德的那首有名的词：“人生若只如初见，何事秋风悲画扇？等闲变却故人心，却道故人心易变。”

如果所有往事都化为红尘一笑，只留下初见时的倾情、惊艳。忘却背叛、伤怀、无奈和悲痛，这是何等美妙的人生境界。

“宝宝，太晚了，我们早点睡吧。明天你该回去了，我也要上班。”给梓涵梳好头发，赵逸打了个哈欠。

“猪哥……我们这就睡吗？去年的今天不是这样的。”想到赵逸当时的热情，梓涵不甘心这样度过一晚。

可男人就是这样，对一个女人身体的热情，会随着时间的推移有所减少，根本无法保持当初的热度。

“去年怎样？是这样吗？”赵逸嬉笑着，在梓涵胸部揉捏了一下。

“猪哥，你好讨厌！我是说你搂着我，我们躺在床上聊天。”梓涵羞红脸，低下头，不敢看他的眼睛。

“好，听宝宝的，我们躺着聊天。不过，猪哥很可能聊着聊着就睡着了，太困了。”赵逸又打了个哈欠，已经是后半夜了，他的确很困。

梓涵枕在赵逸的胳膊上，享受这难得的温馨与甜蜜。

“猪哥，你能答应我一件事吗？”轻抚赵逸的胸，梓涵柔声问。

“什么事？”赵逸眯着眼，几乎睁不开。

“你答应我，以后再也不骗我了。哪怕你爱上别人，也要如实告诉我，好吗？”

之前被赵逸骗惨了，这是她唯一的要求。

“宝宝，你放心吧，我不会再骗你！”赵逸清醒了许多，搂紧梓涵，似乎在向她发誓。

梓涵更贴近他，两人之间，再无间隙。他猛地起身，把她压在身下……

第二天一早，赵逸起床去上班。梓涵只想赖床，笑嘻嘻地看着他，动也不想动。

“猪哥，昨晚我们那个的时候，你忘记戴套套了，不会有宝宝吧?”见赵逸要出门，梓涵忧心忡忡地问道。

“不会的，放心吧，没那么容易有宝宝。要是实在不放心，你等会儿吃片药吧。”赵逸在梓涵额头上吻了一下。

“不要，我才不吃呢！有宝宝我就生下来!”

梓涵并非开玩笑，她最大的幸福，就是给赵逸生个宝宝，让他们的爱得以延续。

“好宝宝，别闹了，现在还不是时候。听话，等会儿自己去车站，猪哥要出差，没时间送你了。”赵逸柔声商量道。

“哈哈，猪哥怕了！不逗你啦，快去上班吧！我上午就走，到家给你打电话。”梓涵起身，搂着赵逸的脖子，笑着和他道别。

“好，那我走了，路上注意安全!”

赵逸走后，梓涵吃过早餐就上车了。

看着车窗外的安西城渐行渐远，梓涵蓦地留下泪来。

几天后，赵逸回京城开会，临行前给梓涵打电话。得知赵逸要回来，梓涵很高兴，可兴奋度明显不如以前。

在她若有似无的期盼中，赵逸回到京城。

为了迎接他，梓涵换上他最爱的黑色修身短裙，胸前事业线微露，看上去可爱又性感。

梓涵的性感很特别，不是浓烈的、让人心生邪念的性感，而是带着小女人味儿，浸润着甜蜜气息的性感。

这种美妙让辰鸿轩和崔荣昊心醉，可赵逸却不懂得珍惜。在得到梓涵的身体后，他对她的兴趣少了许多。

阔别几日，再见赵逸，梓涵忍不住又提到聊天记录，提到冯雪。她的旧事重提惹怒了赵逸，穿上衣服就要走。

“金梓涵，我们不是说好了不再提这事儿了吗?你怎么又提?你这样我真受不了！不然，我们还是分开吧!”

在赵逸的刺激下，梓涵心里的那根弦迅速崩开，不禁放声大哭。

距离她发现那一切，不过几天的时间。她的伤口还没愈合，还在隐隐作痛，怎能不提?

“就知道哭！好了，别哭了，我不走还不行吗！吃点东西吧，我饿了。”赵逸把买来的汉堡、鸡翅放在桌上。

吃完东西，两人各自躺在床上，几乎零交流。没有往日的浓情似火，就像是陌生人。

原本温馨的小家，变得格外冷寂。

梓涵的心，亦如赵逸的脸，冰冷到极致。她有种预感，赵逸和聊天记录里的那几个人，还保持联系。

这一晚，他们睡得都不好。天刚蒙蒙亮，赵逸就醒了。

看着身边穿着粉红色睡衣的梓涵，他差点过去搂她。可想了想，又忍住了。前一天的不愉快，让他没信心碰梓涵。

他料定，即便他想做什么，梓涵也不会答应。果不其然，她醒来后，只看他一眼，便去洗漱了。

梓涵的做法，彻底激怒了赵逸，他穿上衣服，起身便走。梓涵没理会，任由他摔门而去。

十几分钟后，她接到他的电话。

“宝宝，我想好了，我们先这样吧。我不会陪你坐摩天轮，也不会娶你，更不会和你生宝宝，我们彼此冷静一下吧。”

赵逸的语气又冰又冷，让梓涵心寒。蓦然间，她的心酸痛无比。

对这个男人，她不敢再抱希望。

“好，随你吧，你想怎样便怎样……”梓涵声音哽咽，不等赵逸再说什么，便把手机挂断了。

当日，赵逸开完会就回安西了。只在路上给梓涵打了个电话，往日的温情与不舍全无。

梓涵的心很乱，自从发现赵逸的聊天记录之后，一切都变了，再回不到过去。无论是人，还是心。

回到安西后，赵逸不时和冯雪约会，梓涵的电话，他很少接。

梓涵隐隐感觉，她要失去赵逸了。

为了挽回这段感情，把彼此的心结解开，周末，梓涵再次来到安西。

得知梓涵来了，赵逸勃然大怒。这个晚上，是属于冯雪的，他根本没时间理梓涵。

“金梓涵，你知道你不经我同意来安西是什么结果吗?”

“什么?”梓涵冷笑了一声，问道。

“结果就是，我一定不会见你！你怎么来的，就怎么回去!”

“好，我可以回去，不过是见到你以后。而且，这么晚了，我根本没法回去!”看着窗外越来越黑的天色，梓涵倍感凄凉。

“回不去是吗？回不去就去酒店住吧，明天一早再回去。到京城后拍张照片给我。金梓涵，我说到做到，一定不会出现在你面前!”赵逸的声音因为愤怒变得沙哑。

“为什么不肯见我?”梓涵追问。

“你那么聪明，还猜不出来吗？好了，我说完了。从现在开始，我不会再理你。除非你回京城。”

赵逸果然说到做到，说完就挂断电话。待梓涵再打过去，他就不接了。

天色已黑，路上行人越来越少。梓涵虽然害怕，但不得不坚强。在这个城市，除了赵逸，她没有可以依靠的人。

回不了家，她只好住酒店。一个人躺在床上，回想着赵逸说的绝情又残忍的话，梓涵失眠了。

昔日的甜蜜恩爱，而今的独守空房。一个天上，一个地上。她从天堂跌落到地狱，人还活着，心却满是伤痕。

翌日，梓涵给赵逸打电话。他正在气头上，本不想接，但觉得有必要断了她念头，让她尽快离开安西，才按了接听键。

“金梓涵，你总打电话，有意思吗?”

“我说过，我来见你，只是想和你谈谈。谈完了我就走。”梓涵态度坚决。

“谈谈？不可能了！你在未经我允许的情况下，私自来这里，已经犯了大忌，我不会和你谈。要谈，回京城再说!”赵逸毫不动摇。

“为什么要这样，见一面，说几句话就这么难吗?”

梓涵没意识到，她所做的努力，在赵逸看来一文不值。

她越这样，赵逸越厌烦。

“既然这样，我就告诉你吧。金梓涵，我只说一次，你听好了。我不见你，是因为不方便见你。我在这边有人了，我和她在一起，没时间见你!”

赵逸铁了心要伤害梓涵，字字句句如刀子般凌厉。

“你说的是真的吗？不是为了让我离开才这么说?”梓涵泪流不止，赵逸的话刺痛了她。

“是真是假并不重要，重要的是，你必须离开。以后未经我允许，不能再来。”

两人争执不下，梓涵能感觉到，赵逸心硬如铁。

挂断电话，带着痛苦和失望，梓涵搭最后一班客车，回到京城。

在京城车站，梓涵拍了张照片发给赵逸。

得知梓涵已回京城，赵逸顿时放松下来，情绪大好地和冯雪嬉闹。

“哎呀，老公，你别这样……”

冯雪穿着黑色蕾丝内衣，故作娇羞地轻轻一笑，亮晶晶的双眼闪过一抹狡黠。

“宝贝儿，你穿成这样，怎么一身风尘气，像是出来卖的！不过，我喜欢！”

被他如此说，冯雪连眼都没眨一下，反而笑得更加妩媚动人。小手轻轻抚上他的后颈，极具诱惑地向他抛了个媚眼，声音嗲得能让他的骨头全酥掉，“那就看你能不能买得起了？”

卖就卖吧，只要他喜欢就好！

在冯雪的撩拨下，赵逸渐入佳境……

夜，城市中的霓虹灯已然亮起。

梓涵倚靠在阳台的栏杆上，看着楼下来来往往的车流，深吸了一口气。

明明是赵逸背叛了她，明明该他求她不要离开。事实上却是她不顾自尊地去找他，被他赶回来。

多么可笑，多么荒唐！简直让人啼笑皆非！

她好想忘记他，忘掉过去，开始新的生活，可心底撕裂般的痛分明在倾诉一个事实：她舍不得他，她不想离开他。

几天后，带着对赵逸浓浓的思念，梓涵再一次到安西。

她幻想他那天只是一时冲动，幻想她的出现会给他一个惊喜，幻想他会激动万分地把她拥入怀中。可是，一切只是幻想……

在楼下，看到梓涵的一刹那，赵逸先是怔住了，随后用力推开她，眸光里满是鄙夷与不安。

“金梓涵，你疯了吗？我没让你来，你怎么又来了？这里不欢迎你，赶紧给我走！”

赵逸表情扭曲，一张俊脸阴郁得令人恐惧。

“我没疯，我只是想你了，过来看看你。”

她坐了几个小时的车来看他，听到的，却是他的冷言冷语。

“想我？想我就应该听我的，我让你来再来！识趣的话，你现在马上离开，我就当什么事儿都没发生！”

赵逸忐忑地向楼上望去，他庆幸冯雪在家睡觉，没开灯。他必须让梓涵离开，免得被冯雪撞破。

“离开？我已经在家楼下了，你让我离开！这么晚了，我能去哪儿？我不走，我要回家！你说过的，这是我们的家！”

梓涵话里带着哭腔，可怜兮兮的。换做谁看了都会动容，可赵逸没有。家里有冯雪，他决计不能让梓涵上楼。

“回家？金梓涵，你想多了吧？这不是你的家！”赵逸语气决绝。

“不是我的家是谁的家？你和冯雪的家？”梓涵越来越确定，赵逸还有别人。

“不是！谁的家都不是，这是我自己的家！”赵逸怒目圆睁。

清冷的月光下，他的脸色很可怕，如同厉鬼般青白。

“可是……你说过，这是我们两个共同的家，难道都不算数了吗？”梓涵执拗地反问。

“哈哈，你太天真了吧？谁说我说话就要算数，你就把我说过的话当成放屁吧！”赵逸蛮不讲理，“金梓涵，你非要亲眼看到我带女人回家才开心吗？那好，改天我找个女人上床，表演给你看！”

盛怒之下，他言辞犀利刻薄，甚至无耻。

梓涵压抑着委屈和耻辱，尽量不让自己哭出来，“我来看你，是因为想你，不是来监视你，更不是来看你和别的女人秀恩爱！赵逸，你何必这样羞辱我？”

“好，你嫌我羞辱你是吗？那你走呀！你给我滚！”赵逸感到裤兜里的手机震动，猜想是冯雪给他打电话。他只得速战速决，把梓涵打发走，说话的语气变得更加刻薄。

“什么？你让我滚！赵逸，你好……”梓涵如鲠在喉，说不出话来。

“是的，我让你滚！金梓涵，你知道你和张美楠她们有什么区别吗？你和她们的区别就是，你比她们贱。换做是她们当中的任何一个，我让她滚，她早就跑开不理我了，等我去哄她，去赔礼道歉。你不一样，我让你滚，你还好意思站在这里，让我继续羞辱你！你真贱，不是一般的贱！”

梓涵头晕晕的，强撑着不让自己倒下，踉踉跄跄地向前走。赵逸的话，她听不清楚，只有“滚”和“贱”两个字在耳边萦绕。

“金梓涵，你装什么呀？是装可怜，让我同情你吗？”看着身体微微发颤的梓涵，赵逸的话依旧冷如寒冰。

她没回答，接着往前走，越过赵逸，越过家门口，走到街道上。

已是凌晨，路上的车很少，但车速都很快，几辆车从她身边疾驰而过。好在，天佑她顺利走到对面。

赵逸尾随她而来。他虽然记恨梓涵，迫切希望她离开，但毕竟对她还有感情，不想让她出事。

为免意外，赵逸一直跟在梓涵身后，一遍接一遍地给她打电话。

梓涵神思恍惚，没留意电话，更没看到身后不远处的赵逸。她扶着街道旁的栏杆，时而哭，时而笑，时而跌坐在地上，就这样到了酒店门口。进了酒店，才知客房已满，不得不出来。

这时候，她才看到一直跟着她的赵逸。

她转过身，接着往前走，无视他的存在。

“好了，别装了，快上车吧，我送你去酒店！”赵逸拦了一辆出租车，推搡着，让梓涵上了车。

车在一家新开业的酒店门口停下。

“下车吧！这家酒店是新开的，环境也不错，你去看看有没有房间！”

“你还关心我？还在乎我有没有地方住？”梓涵的心，已被他伤到极致，变得麻木。

“别说气话了，快下车看看吧！”赵逸催促道。

梓涵头也不回地下了车，好在酒店有房间。透过窗子，她看了赵逸一眼，便进了客房。

天气渐凉，梓涵穿得少，身体冷心更冷。即便盖上厚被子，也冻得发抖。她摸摸额头，才知道自己发烧了，无奈已是深夜，她不便出去买药，只能忍着。

熬到天亮，梓涵的烧竟然退了，只是身体有点虚弱。

这个伤心之地，她不想逗留。

回到京城，整整一天，梓涵把自己关在家里，不吃不喝也不睡。赵逸冰冷的话犹在耳边，她泪如雨下，心如车碾。

即便赵逸这般冷漠、绝情，梓涵也不想放弃希望。她总觉得只要好好和他谈谈，让他了解她的心意，他们就能重归于好。

这个晚上，梓涵几乎耗尽所有的体力和精力，给赵逸写了一封长信。把信发出去后，她整个人都垮了。

前一日发烧，又熬了这一天一夜，她怎能受得了？

不知不觉中，她昏睡过去。睡梦中，她看到她的猪哥带着微笑向她走来。

“宝宝，快醒醒，我带你去坐摩天轮，你不是一直想去吗？”

赵逸伏在她耳边，声音就像当初那样温柔而饱含深情。梓涵醉了，迅速从床上爬起来。

“猪哥，等我一下，我这就去换衣服！”

……

带着无限的幸福感，梓涵笑着醒来。看到周围的一切，才知道，不过做了个美梦。

屋子里冷清得很，除了她再无一人。

不到一个月的时间，赵逸像变了个人，对她再无温情，就连曾经熟悉的场景也只能在梦中出现。

夜幕渐渐淡去浓墨一般的黑色，在东方掠过一抹青灰。

喉咙的痛感让梓涵再无睡意。也许是急火攻心，她的喉咙肿了。

在家里翻了个遍，她才找到一盒消炎药，拿出一颗，吃了下去。

从安西回来，梓涵差不多夜夜失眠。

回忆过去，想到和赵逸在一起的点点滴滴，她压抑的情绪如洪水决堤般崩开，一发不可收拾，仿佛只有泪水才能将她的委屈、伤痛冲洗干净。

她骗得了别人，却骗不了自己的心。一个多月来，随着和赵逸分开的时间越来越长，她的思念也越来越强烈。

梓涵不想再等待，她想用真诚和真爱打动赵逸，挽回他的心。

她打开电脑，水葱般嫩白的手指在键盘间飞旋，没过多久，饱含着血和泪的道歉信一气呵成。

即便这样，她还觉得不够。第二天，又去商场挑选了一件礼物，连同写好的信，一起寄给赵逸。

天色已晚，灯火阑珊处，一张张陌生的脸庞掠过，映着这个城市繁华的落寞，光怪陆离。

熙熙攘攘的人群里，梓涵漫无目的地游走。她的眼神有些飘渺，用一种漠然的目光打量着身边的一切。

她静静地站在街头，仰头望着广袤的夜空，无数璀璨的星，一眨一眨的……

她突然有些迷茫，不知道该往什么地方走。想起几年前那个夜，初恋男友提出分手，她一个人在家里也是这般无助。

她失败了，被自己最信任和最亲密的人背叛了。仿佛，她的世界变成了一片灰白色，连阳光都消失得无影无踪。

即便她想原谅他，写信感化他，她都是痛苦的。

背叛的滋味，唯有尝试过的人才懂得。那感觉，撕心裂肺！

梓涵蹲在地上嘤嘤地哭起来，她太累了，只想哭一次，将心底的痛苦和不满发泄出去。她柔弱的双肩轻轻颤抖着，泪水沾湿了衣襟……

第十六章　新人在侧旧人哭

几天后，承载着满满爱意的快件到达安西。收到梓涵的礼物，赵逸颇感意外。他读完信，看着衬衫，心里不由得泛起一丝涟漪。

不过，他正要去会议室开会，无暇想太多，随手把礼物放在办公室，把信丢进碎纸机。

是夜，皎洁的月光透过窗前轻薄的纱帘洒落进来，驱散了客厅少许的黑暗。飘窗上摆着的一盆君子兰泛着墨绿的光泽，远处灯火阑珊，点缀着这个城市寂寞的夜晚。

有风从半掩着的窗户灌进来，轻纱浮动。

赵逸坐在沙发上闷头抽烟，一根接一根……

梓涵不时发短信，请求和好。冯雪时常到家里，陪他过夜。于曼丽还是老样子，对他爱理不理……

眼前的局面太混乱，他还没理清楚。

“十一”长假就要到了，刘艳打来电话，说文文想爸爸了，希望他回家陪陪孩子。

国庆前一天，冯雪在公司闲着无聊，登录飞信，想找个人聊天。她看到梓涵的头像亮着，心里一动，发了一句话过去：“梓涵姐，你在干吗?”

梓涵已经放假，躺在床上摆弄手机，见冯雪的头像闪动，深感意外。

“我放假了，躺着呢。”梓涵不咸不淡地答道。

“梓涵姐，你好幸福，都放假了。我们赵总没走，我们都不敢走。”

从冯雪的话中，梓涵知道了赵逸的动向。原来，他还没回京城。

“哦，那你辛苦了，你们什么时候放假？”

“赵总什么时候回家，我们才能放假。听说他明早才回京城。”

为表无奈，冯雪还发了个无奈的表情。当然，她在做戏，她才不希望赵逸走呢！

“梓涵姐，你一个人住吗？”

“是呀，我一个人。”梓涵回复道。

“一个人多无聊呀，不然你养只小猫吧。我之前捡了只小猫，特别可爱，不过嫂嫂要生宝宝了，不能养猫。我送给赵总，让他养了。”

冯雪有意提到小猫，想试试梓涵的反应。她听兴岭的同事说，看到过赵逸和梓涵在一起。

什么？赵逸家那只小黑猫果真是冯雪的！原来他一直在骗她！

由于激动和气愤，梓涵的手微微发抖，她强忍痛苦，发了句话过去：“你和赵总关系不错呀，他还帮你养猫。呵呵……”

“梓涵姐，你想多了。是我求他，让他帮我养的。小猫太可怜了，我不忍心不管。”

说到这儿，梓涵全明白了。如果赵逸和冯雪是普通的同事关系，赵逸没必要骗她。

可是，他在骗她，他在掩饰！

这一刻，她确定，赵逸在安西的女人就是这个口口声声叫她“梓涵姐”的冯雪！

何其可笑，抢了她最心爱的男人，还在她面前秀恩爱！

梓涵无心再聊，以有事为由结束了和冯雪的谈话。

她急于见赵逸一面，听他亲口说出真相。

连日来，她所有的委屈和痛苦，都找到了根源。

原来，冯雪真是赵逸狠心抛弃她的原因。

“赵逸，你什么时候回京城？我要见你一面，我要知道所有的真相。”输入这段文字后，梓涵按了发送键。

赵逸的手机响了一下，见是梓涵发来的信息，他看也不看，继续忙手头的工作。

国庆这日，料想赵逸已回京城，梓涵心神不宁，一个人到街上闲逛。不知不觉间，走到赵逸家附近。

也许是天意，也许是巧合，没过多久，赵逸的车从小区里开出来。梓涵刚想上前，却发现车上不止一个人，刘艳抱着孩子坐在副驾驶的位子上。

若不是冯雪告诉她，她根本不知道他什么时候回来。目送赵逸的车越开越远，她的心也越来越空。原来，他们之间，会变得如此陌生……

阳光下，梓涵漆黑的瞳孔如同化不开的浓墨。她最后看了一眼远处的车，毫不犹豫地转身离开。

她从来都不是一个软弱的女孩儿。她曾告诉自己，这辈子，就算没有男人，也一样过得很好。

如果命运让她遇上哪个男人，她会勇敢地接受。但是，那时的她没亲身体会什么叫背叛，什么叫最深的绝望……

泪水氤氲了眼眶，又被她硬生生逼了回去。

这样的男人不值得她流一滴眼泪。她想哭，只因为自己的一颗心……

在街口的星巴克喝了杯咖啡，她的心渐渐暖起来。

走出星巴克时，天色变暗。头顶上黑沉沉的乌云，像是吸饱了浓墨的海绵，肆无忌惮地穿梭在这个城市的每一条街巷，一场大雨很快就要降临。

大街上的行人不多，一张张陌生的脸庞急匆匆地从她眼前掠过。这一刻，她突然觉得这偌大的城市竟然没有属于她的容身之处。

也许，一开始她就错了，不该爱上那样一个男人，爱到连自己都忘了。

心不动，则不伤，一旦动了真心，就有万劫不复的一天。

一瞬间，大雨倾盆而至。她没有任何反抗能力，甚至来不及找一个地方躲起来。铺天盖地的大雨将她紧紧包裹，湿衣服贴在皮肤上，雨水顺着长发流淌下来，遮住她眺向远方的视线。

泪水，或是雨水，早已分不清楚。

回到家，梓涵把自己关进浴室里。

她没脱衣服，直接站在花洒下面。温热的水花顺着她的发梢流淌，顿时驱走了身体的寒意。

她告诉自己，从今以后不再为任何人流泪。她一个人也可以过得很好，甚至比以前更好……

国庆假期的最后一天，梓涵在火车上睡了一晚，第二天一早到安西。

这一天是工作日，梓涵确定，赵逸一定在家。

赵逸不肯见他，她就去找他，她一定要听他亲口说出真相，然后和他彻底诀别。

梓涵在赵逸家门口按了几下门铃，都无人接听。没办法，她只能守株待兔，在门口等。

进入十月，秋意渐浓，落叶飘零，漫天飞舞，平添了几许萧瑟。深吸一口气，连空气都是凉的。梓涵不禁裹了裹衣服，心头涌起一股凄凉感。

短短几个月后，这个家门，她竟然进不去了，只能在门口徘徊，像个无家可归的浪人。

好不容易熬到7点多，料想赵逸该上班了，梓涵打起精神，只等他出来。

“砰！砰！”

不远处突然传来一阵开门、关门声，梓涵下意识循声望去，不禁被眼前的情形吓呆了。

赵逸牵着一个女孩儿的手从另一个门口走出来，她虽然看不清女孩儿的脸庞，但觉得就是冯雪。

他们若不是同居了，怎么一大早从一个门口出来？

可是，他们为什么没从赵逸家门口出来，偏偏从旁边的门口出来？

唯一的解释就是赵逸搬家了，离开了他们曾经共同拥有的温暖的家，和另一个女人共筑爱巢！

刹那间，梓涵头脑一片空白，不顾一切冲上前去。由于极度痛苦，她发不出声音，只是傻乎乎地向前跑。

梓涵的突然出现，让赵逸如临大敌。趁冯雪没注意，他连忙帮她打开车门，推她上车，以风驰电掣般的速度发动车，绝尘而去。

眼看车开走了，梓涵的腿软绵绵的，跑也跑不动，追也追不上。

她觉得身体好像悬浮在半空中，只需一阵风，便可以将整个生命吹散……

哀，莫过于心死！

被突如其来的悲伤侵袭，她想要逃离却没有途径，只能看着破碎的心鲜血淋漓，眼泪怎么也止不住……

这一次，她真的不想再活。眼看着心爱的男人拥他人入怀，躲她如同躲瘟疫。她还有什么理由，相信他是爱她的！

爱，早已不在。

他越走越远。她，还在原地等待。

张小娴说：如果爱得足够深，又或者是用情深的人，那个曾经伤害过他的人有天肯回头了，他还是会很没骨气很没出息地接受。因为爱，因为忘不了。

这一刻，梓涵绝望了。她知道，赵逸不可能回来了。

若是因为他们之间的问题，可以沟通，可以解决。可一旦有第三者介入，一切便是另一番模样。

爱的反面不是恨，而是淡漠。

淡漠，意味着心里不再有对方的位置，不再想起。没有余恨，没有深情，更没有力气和心思再做哪怕多一点纠缠，所有剩下的，都是无谓。

此时的赵逸，已不在乎梓涵的感受。

当他开车驶离小区的时候，他暗自庆幸，幸好及时发现她，甩开她。

"老公，你怎么开得这么快，时间还来得及呀?"从车后视镜中，冯雪隐约看到梓涵的身影，只不过看得不够真切。

"我着急去公司，早上有个会。"赵逸眼神闪烁，撒谎是他常做的事儿，却不是他的强项。

冯雪狡黠地笑了笑，并没拆穿他。

"雪儿，你等会儿换件衣服吧，这件衣服太随便了，不适合上班穿。"这时候，赵逸的心思仍不失缜密，他让冯雪换衣服是有原因的。

他猜想梓涵看不清冯雪的面庞，却能看清她身上穿的衣服。如果梓涵到公司找冯雪，一眼便会认出她。他和冯雪的关系，便再也藏不住了。

冯雪不知他的用意，却乐得配合，刚到公司，便换下一早穿的条纹 T 恤、牛仔裤和白色运动鞋，穿上一套黑色职业装和同色系的高跟鞋。

赵逸和冯雪走后，梓涵在原地徘徊。她多想一头撞在墙上，就这样一了百了。可残存的一点理智不容许她这样做。

浑浑噩噩中，梓涵走进赵逸和冯雪出来的那个门口，一股古怪的香水味儿扑鼻而来。

对香水，梓涵还是颇有研究的，这味道不是 Chanel 的，不是 Dior 的，也不是 Burberry 和 Cucci 的，充其量是一种不知名的廉价香水，刺鼻的脂粉味儿让她作呕。

奇怪的是，这味道差不多充斥了整个楼梯间。梓涵捂着鼻子逃出来，一边走一边拨打赵逸的电话。

几段"滴滴"声过后，赵逸接起电话。

"金梓涵，你疯了吗，你来干什么?"两个月后，这是赵逸第一次主动和她说话。

"我没想干什么，我只是来找你，和你聊聊。"也许是悲伤过度，梓涵出奇地冷静。

"聊聊? 恐怕没那么简单吧，你不是来监视我的吗? 不然，为什么一大早出现在我家楼下，像个幽灵一样!"赵逸极尽刻薄之能事，他只想让梓涵尽快离开，免得给他添麻烦。

"监视? 真可笑! 我坐了一夜的火车，来到这儿，就是为了监视你? 赵逸，你别血口喷人！是你做了亏心事儿，才觉得我在监视你！”梓涵再说不出一句好听的话。她所有的柔情和耐心，都被刚才的那一幕击垮了。

“哈哈，不愧是逸动传媒的大才女，口才不错嘛！不过我告诉你，我没做什么亏心事儿，我也没有必要向你解释什么！”

赵逸料到梓涵会打电话，早就准备好应对之策。不过，他智商不低，情商却很差，任是谁都听得出，他是欲盖弥彰。

“赵逸，如果我没看错的话，那女人是冯雪吧？你早就和她在一起了吧？你离开我，也是因为她，对吗？”梓涵强忍内心撕裂般的痛，想从这个男人口中得到答案。

“金梓涵，你得幻想症了吧？你哪只眼睛看出她是冯雪！再说，我有必要向你说明什么吗？你是我什么人？”

撕破脸的赵逸，就像换了个人，言辞无耻至极。

无论如何，他都不会承认那女人是冯雪。

“我看得很清楚，她就是冯雪！你们在一起了，你们还搬家了，是吗？那我的家呢？我放在家里的东西呢？”

此时此刻，梓涵心如刀绞，万念俱灰，

绝望和无奈中，她想到她的 Hello kitty。那是赵逸送给她的礼物，是他们爱的见证。

而今，她却见不到它了。

“你放心吧，你的东西没人动。如果你想要，我亲自给你送回去，好吗？”赵逸的语气极为清冷，疏离。

“好，你把我的东西还给我，我不想让人玷污它们！”说到这儿，梓涵一阵心酸。这一次，她没撑住，泪流不止。

“你等着，过几天我就把东西还给你。没别的事儿了吧？我要上班了，没时间和你说话！”赵逸急于结束谈话，梓涵的哭声让他心烦。

“赵逸，你太残忍了！我为你付出一切，我的青春，我的梦想，我的清白，你为什么这样对我？”梓涵低声质问，胸口被悲愤充斥着，几乎喘不过气来。

“清白？金梓涵，你别总拿这个说事儿！放心吧，失去所谓的清白，也有人要你！这年头了，谁还在乎这个！”赵逸语调轻佻，往日风度气质全无，倒像是个小混混、小流氓。

“赵逸，你……好卑鄙！”梓涵如鲠在喉，哽咽着说出这几个字。

“哈哈，我卑鄙吗？我怎么不觉得？好了好了，不说了，我要上班了……”

赵逸应声挂断电话，待梓涵再打过去，他已经关机了。

梓涵有冤无处诉，她把手机放进包里，擦干脸上的泪，举步维艰地向前走。

她准备到逸动传媒安西分公司，亲自会会冯雪！

她不知道，更大的折磨还在后面，这撕心裂肺的痛刚刚开始……

安西分公司，赵逸猜到梓涵会来找他和冯雪，早就做好准备。

所谓三十六计走为上，开完会，他把冯雪叫到办公室，急切叮嘱道："雪儿，我有事儿先出去。如果有人来找我，你就说……"

"来找你的是金梓涵吧？"见赵逸一脸慌张，冯雪忍不住说出她心中所想。

"你……怎么知道？"赵逸没想到她知道他和梓涵的关系，一时怔住了。

"在你家楼下，我看到她了。她那么漂亮，艳光四射，我怎么能看不到她？她是来找你的吧？"冯雪的眼神飘忽不定，掠过赵逸的眉梢、眼角，直到他的眼眸。

不用赵逸回答，他的眼神已经出卖他。

"我……"

"你快走吧，我来应付她。等她走了，我给你打电话，你再回来。"冯雪一副盛气凌然的样子，就好像她是赵逸的正牌夫人。

赵逸在公司附近找了个酒店躲起来，留冯雪一人应战。

梓涵刚到安西分公司门口，冯雪便热情地迎出来。

面对冯雪虚伪、做作的笑脸，梓涵心里作呕，却故意装作平静的样子，柔声说道："我来安西办点事，顺便让你们赵总请我吃个饭。"

她的理由听上去很合理，换做其他人肯定不会怀疑。可和她说话的不是别人，是冯雪。

她觉得梓涵来公司找赵逸，是别有用意的。

"梓涵姐，真不巧，我们赵总刚出门，你给他打个电话吧。他要是不回来，我请你吃饭！"冯雪语气豪爽。她心里清楚，赵逸不可能接梓涵的电话。

"我手机没电了，你手机借我用一下，我给他打电话。"

梓涵没骗人，她手机真没电了。不过，她向冯雪借手机有她的用意。她想知道，赵逸接到冯雪的电话会称呼她什么？是"宝贝儿""亲爱的"还是其他。

冯雪鬼机灵得很，她可不敢让梓涵用她的电话，忙说道："梓涵姐，我手机欠费了，我帮你借个手机吧。"

不等梓涵答话，冯雪便走进隔壁办公室，拿了个手机出来。

如果说在此之前梓涵还对自己的判断有怀疑的话，这一刻，她完全确定自己的判断，冯雪就是和赵逸一起走出家门的女人。

冯雪慌乱的神情、略显凌乱的头发已经出卖了她。而且，她从梓涵身边走过，飘来的香水味儿和小区楼梯间的香水味儿完全一样。

“谢谢你，冯雪。”从冯雪手中接过手机，梓涵假装感激地笑了笑。

“赶快给我们赵总打个电话吧，不然他和别人吃饭了，就不能回来了。”冯雪心里有鬼，梓涵能感觉到她的不自然。

走到门外，梓涵拨了那个再熟悉不过的号码。手指微微颤抖，心里酸楚无比。

公司附近的一家酒店里，赵逸正躺在床上，无聊地摆弄着手机。

看到屏幕上同事的手机号码，他迟疑了一下，刚想接又缩回了手。这个时候，他头脑乱得很，谁的电话都不想接。而且，他担心梓涵会用别人的手机打给他。

铃声响了几遍，他终究没接。梓涵猜到他的心思，拒接电话是她意料之中的。

她自嘲地笑了笑，走进公司大厅，冯雪正等她。

“联系上赵总了吗？”梓涵刚一进门，冯雪便关切地问。

“他可能没听到吧，没接电话。没事，我等他一会儿，他再不回来我就走了。”梓涵一副无所谓的表情。

“梓涵姐，你难得来一次。赵总不在，我请你吃饭，咱们一起聊聊天。”

冯雪故作殷勤，嘴上这样说，心里却巴不得梓涵早点离开。

“不用了，我不饿。”她明知赵逸不会回来，依然坐到沙发上假意等他。看冯雪面露焦急之色，她竟有些畅快。

“冯雪啊冯雪，你就这么着急吗？你和赵逸配合得不错呀！一个走了，一个留下来对付我。你们真是夫唱妇随呀……”

在这个城市，梓涵感到前所未有的苦涩和孤寂。

这里，已没有她的容身之处。

曾经亲昵地唤她“宝宝”的男人已消失得无影无踪，只剩下一个一心算计她，弃她如敝履的恶魔。

她脸上风和日丽，心里却已风雨交加……

“冯雪，你去吃饭吧，我一个人等就好。”看了看表，正是午餐时间，梓涵笑着对冯雪说。

“我们一起去吧，你在这里饿着，我一个人出去吃饭怎么能心安？”冯雪面露难色，看那表情，就好像梓涵是她相交多年的闺密好友。

“那好吧，我就恭敬不如从命了。”在她的一再坚持下，梓涵只得答应。心想着和她出去吃饭也不错，也许能在聊天中探出些端倪。

就这样，各怀心思的两个人，相互挽着手臂走出了公司大门。

梓涵瞧不起赵逸，他把人伤得彻底，却不敢出来面对，像只缩头乌龟般躲起来，让新、旧两个女人在这里心照不宣，逢场作戏。

她只恨自己看错了人，竟爱他这么多年。

到如今，他的儒雅、风趣、学识统统不见，剩下的只是卑鄙、无耻和冷酷、绝情……

在公司附近找了个餐厅，冯雪点了店里的招牌馅饼，又点了两碗蘑菇汤，转头看向梓涵："梓涵姐，你看你还想吃点什么？"

"没什么想吃的了，已经够多了。"

冯雪表面客气，心里却很不耐烦。趁梓涵去洗手间的空隙，她出去给赵逸打了电话。

赵逸急于知道情况，很快接起来，"怎么样，雪儿，她走了吗？"

"没走呢，她非要在大厅里等你。没办法，我只能带她出来吃饭。放心吧，吃完饭她一定会走的，再赖着不走她也不好意思呀。"冯雪一脸得意。

"我的雪儿真能干，让你破费了，吃饭的钱老公加倍给你。"听冯雪这么说，赵逸瞬间放松了。

"没事，这点钱我还花得起。老公等我电话吧，等她走了你就自由了。"

透过落地窗，冯雪看向坐在餐厅里的梓涵，厌恶之情溢于言表。

待冯雪回到餐厅，汤和馅饼都上齐了。

折腾了一夜又一上午，梓涵还真饿了。情敌请客，她吃得很香甜。

看着手里的馅饼，梓涵不禁佩服自己："金梓涵呀金梓涵，你真想得开。被人抛弃了，还有心情和小三儿一起吃饭！"

两人各怀心思，边吃边聊。在外人看来，俨然一对交情甚笃的好姐妹。

吃完饭，梓涵料定赵逸不会出现，在公司大厅坐了一会儿，便告辞离开了。

冯雪目送她上车，等车开远了，才给赵逸打电话，"老公，她走了。你自由了。"

赵逸彻底松了口气，他以为梓涵会离开安西。

梓涵在出租车上，手指紧紧抠着手机边缘。

她从没想过有这样一天，赵逸不仅背叛她，还连同他的情人一起在她面前演戏。

车行驶到路口被一辆挖掘机拦住去路，只得停下来。梓涵向车窗外观望，不远处一辆黑色越野车引起她的注意。她定睛一看，正是赵逸的车。

他的车怎么停在这里？这就说明，他很可能在这附近。找到车，就能找到人！

想到这儿，梓涵付钱下了车。

一步步走近，梓涵的心很慌乱。她想见到他，又怕见到他。她怕看到的是一张冷冰冰、毫无感情的脸。

赵逸的车停在一家咖啡厅门口。见车里没人，梓涵索性进咖啡厅点了一杯咖啡，坐在靠窗的位置，等赵逸来取车。

她还是固执地想听他解释。她甚至幻想，她所看到的是个误会，赵逸和冯雪并无关系。

可天知道，一大清早，一男一女亲昵地从一间屋子里走出来意味着什么。

背叛是一种痛。这种疼痛，像一枚钉子生生敲入人眼睛，让人无法忍受。

背叛的味道很刺鼻，像洋葱，火辣地钻入鼻孔，令人涕流。

不知等了多久，正当梓涵失去耐心的时候，一个既熟悉又陌生的身影出现在越野车旁。

赵逸像做贼一样，向四周看了一圈，才打开车门。

梓涵先是一愣，而后推门跑出去，大喊道："等一下!"

梓涵的突然出现显然吓到了赵逸，他不好再逃避，关上车门，转身面向梓涵："金梓涵，你挺厉害呀，我走到哪儿你都能找到。佩服!"

赵逸的语气冰冷到极点，除了戏谑和不屑，听不出任何情绪。

"你有必要躲我吗？我说过，我只想和你谈谈，就这么难吗?"梓涵攥紧拳头，努力忍着不哭。

她承受了太多的委屈和无奈。赵逸的嘴脸让她恶心，让她瞧不起!

"好吧，那我们就谈谈，我倒想听听你说什么。"

赵逸点了一支烟，向不远处的工地走去。梓涵跟在他身后，步履缓慢。

刚到工地，赵逸猛地转身，抓住梓涵的衣领。

"谈！我让你谈!"

梓涵没有防备，险些被他拽倒。

盛怒之下，赵逸的力气大得惊人。

梓涵娇弱的身体哪禁得住他这番折磨。随着他打在她脸上的一巴掌，梓涵重重跌倒在地上。

重创之下，她无名指的长指甲当即折断，扎伤了手指，殷红的鲜血顺着指甲缝流出来。戴在脖子上的项链也被扯断，飞了出去。

顾不得身体和手上的痛，梓涵挣扎着从地上爬起来。

她知道，自己的样子一定很狼狈。可即便再可怜，再痛苦，她也要自己站起来。

她几乎失去一切，不能再失去残存的一点尊严。

认识梓涵这么久，赵逸没想到她竟如此顽强，如此倔强。

在她清澈如水的眼眸中，蕴藏着慑人的光亮。从这光亮中，他读到了仇恨……

梓涵咬了咬牙，忍痛掰断出现裂痕的半根指甲，用力挤压伤口，让血流出来。这样做很痛，但可以把脏东西挤出来，以免伤口感染。

一连串的动作，梓涵做得很自然、很娴熟。

前所未有的痛苦充斥着她的身体和内心，她却不想哭，也不敢哭。

泪，是流给心疼自己的人的。

在赵逸面前流泪，即便把泪流干了，恐怕也得不到一丝怜悯。

清理好伤口，梓涵打开手机上的手电筒，沿着项链飞走的方向寻找。项链是妈妈送她的礼物，她一定要找到。

这时的赵逸，虽然被愤怒和憎恨扭曲，但面对可怜无助的梓涵，还是心存不舍。想了想，他也打开手电筒，和梓涵一起找项链。

天色渐黑，工地上杂物堆积，要想找到项链谈何容易。可梓涵不想放弃，在这个城市里，妈妈送的东西，是她唯一的慰藉。

他们只顾专心找项链，却没发现不远处一双眼睛死死盯着他们。

夜色，是她最好的掩护。

躲在车后，冯雪把一切都看在眼里。她没想到赵逸会动手打梓涵，不过，赵逸对梓涵的态度正是她所希望的。

项链似乎在人间蒸发。眼看天越来越黑，梓涵越来越着急。

"金梓涵，你去那边等我，我帮你找。"说罢，赵逸把她推到工地旁边的甬道上。

低头找东西太久，梓涵有些头晕。她坐在长椅上，看赵逸继续寻找。

她指甲上的血迹已经干涸，脸上那一巴掌也不疼了。唯有心伤难以愈合。

她傻傻坐着，回想一年来发生的事儿，不由得自嘲地笑了。

人生就是这么不可思议。半年前赵逸对她海誓山盟，说永远不会放开她的手。半年后却对她如此厌恶，甚至动手打她。

就像歌中唱的："你曾说过不分离，要一直一直在一起，现在我想问问你，是否只是童言无忌……"

天黑了，这个城市已被夜幕掩盖。

梓涵的眼越发蒙眬，不远处的男人变得格外模糊，一切都好不真实，就好像她从没在这里生活过，也从未爱过他。

"金梓涵，咱们走吧，我送你回家。项链找不到了，改天我赔你一条。"赵逸走过来，坐到她旁边。

"回家？哪里是我的家？"梓涵苦笑，看也不想看他。

"你可以坐火车回京城，我送你去车站。最晚的火车是10点的，现在才7点，来得及。”

“赵逸，我说过，我一定要和你谈谈。否则我不会离开。”

梓涵依旧坚持，逼得赵逸不得不妥协，“好吧，我带你去个地方，你想说什么就说什么。不过说好了，谈完了我就送你上车。”

梓涵默默点头，这个城市，有太多美好回忆，也有太多忧伤和无奈。她不想停留，多待一分钟，都是对她内心的煎熬。

梓涵坐在副驾驶的位子上，可心情却与当初完全不同。车厢里的香水味儿很浓，和冯雪身上的味道完全一样，让她恶心。

短短几个月的时间，这个原本属于她的位置，竟沾染了其他女人的气息！

车开得很快，开出安西市区，在一处荒凉的地方停下。

“到了，就这里吧。你想说什么就说什么，我洗耳恭听。”赵逸放下车窗，点了一支烟。

两个月来，这是他们第一次坐在一起，没有间隔。

梓涵深感悲凉，她朝思暮想的人就在身边，触手可及。可她知道，他的心距离她有千里之遥。

不知从何时起，他开始记恨她。即便是绝色容颜，在他眼里也是昨日黄花。

“赵逸，我只想听句实话，你抛弃我的真正原因是什么？是冯雪吗？”沉默片刻，梓涵打破车厢里的平静。

“呵呵，好可笑！你为什么总觉得我离开你是因为别人，为什么不从自身找原因？你让我无法忍受，懂吗？”

表面上看，赵逸一副无所谓的样子。但他早就拿定主意，无论梓涵怎么逼问，他都不会承认和冯雪的关系。

“我让你无法忍受？赵逸，我到底做错了什么，让你无法忍受？”

梓涵既心痛又好笑，她真心佩服这个男人狡辩的能力。

“做错了什么？你自己不清楚吗？那我问问你，是谁随便翻看我的东西，窥探我的隐私？是谁在我面前大哭大闹？金梓涵，我不得不承认，以前的你很可爱，可现在的你就像个怨妇！让人讨厌！”

赵逸继续发挥他的强项，顾左右而言他，生生把梓涵说成是罪魁祸首，好像一切都和他没关系。

“以前的我很可爱？这话太可笑了！以前的我那么可爱也没阻挡你和别人在一起呀！张丽梅、于曼丽不都是你的女人吗？赵逸，我对你的爱是真的，我的心是纯净的，我无法忍受我心爱的男人脚踏几只船！”

梓涵有太多委屈，每说一个字，心都会痛一下。她俊俏的脸被痛苦扭曲，身体也微微发抖。

“你既然看透了我，大可以离开我，干吗这么纠缠？再说，你是我什么人？是我媳妇吗？你有什么资格管我，我有几个女人和你有什么关系？”

赵逸把烟头扔到车外，转过身来看向梓涵，一张痞气十足的脸让梓涵既陌生，又恶心。

天哪！这还是她认识的那个男人吗？

梓涵被他逼问得说不出话来，望向窗外……

暮色像是一张紧密的大网，铺天盖地地撒落下来，将整个城市笼罩。

华灯初上，灯火阑珊，天空并非纯黑色，倒是黑中透出一抹无垠的深蓝，一直延伸至遥远的尽头……

两人的谈话陷入僵局。赵逸一根接一根地抽烟，呛得梓涵只想咳嗽。

“好了，金梓涵，该说的都说了，你该走了。”赵逸冷冷地看着梓涵，示意她下车。

“我不走，我还有话没说完。”梓涵面不改色。

“金梓涵，你是要气死我吧，说了这么多还没说完！”赵逸狠狠地拍打着方向盘，好像只有这样才能消减他的怒气。

“我想知道，我送你的礼物你怎么处置了，我写给你的信你看了吗？难道，你没有一点点感动吗？”

梓涵怎知，赵逸的心坚如磐石，怎会在乎她费心准备的礼物？她为他做的一切，不过是徒劳。

“信我看了，礼物我也收下了。不过，我没什么感觉。金梓涵，你太天真了，你以为这样我就会回心转意吗？你若是识趣就赶紧离开，也许我还能考虑考虑。”赵逸早没耐心，恨不得把梓涵从车上推下去。

赵逸的话，让梓涵顿悟。她知道，没有再谈下去的必要。

泪眼蒙眬中，看着荒凉的郊外，平添一份凄清。

回市区的路上，两人无话。梓涵清楚，再说什么都毫无意义。

车在安西火车站前停下，距离最后一趟火车只有一个小时的时间。赵逸唯恐梓涵变卦，急忙下车给她买票。

“赵逸，你不用管我，我肚子饿了，吃完饭再走。”梓涵不喜欢被他打发走的感觉，只想一个人安静离开。

说完，梓涵推门下了车。

“喂，你干什么去?”

“我去吃饭!”梓涵没回头，一直向前走。

赵逸疯了似的下车，跑到梓涵前面拦住她：“金梓涵，和我去火车站！不然……”

说话间，他举起手臂。

“不然你就打我，是吗?”梓涵不屑地反问，毫无惧色。

听她这么说，赵逸反而不知怎么回答，悬在半空的手臂也放下来。

撇下他，梓涵挥手叫了辆出租车。留下一脸木讷的赵逸，站在街边目送她离去……

车发动的一刹那，她紧绷的神经终于放松下来，蕴藏在眸中的泪水也决堤而下。

这个夜晚，注定是个不眠之夜。

梓涵意识到，她和赵逸的关系，就此画上句号。

他背叛她，还动手打她。她没有留恋他的理由和借口。

可是，她的爱被他透支了。她爱他那么久，爱他那么深，岂能说放下就放下?

赵逸忘记曾经许下的承诺，却没忘记把梓涵的东西送回去。

几天后，梓涵收到他托人从安西带回来的东西。两个大皮箱，里面不仅有他们的“雅雅”，还有她为了哄他开心买的性感睡衣、丝袜，有他们一起看过的书，一起玩过的三国杀卡片……

打开皮箱，看到它们的一刹那，过去一年的美好，犹如从牢笼里放出的困兽，向梓涵袭来，折磨着她的肉体和灵魂。

“雅雅，你能告诉妈妈，你爸为什么这么狠心，抛弃了妈妈，也抛弃了你吗?”

梓涵口中的“雅雅”，是赵逸送她的Hellokitty公仔。

她曾说过，这个Hello kitty是她和赵逸的孩子。

一个小小的公仔，寄托她太多的情思。

此时此刻，赵逸竟然不念旧情，把所有关于她的东西都送回来！可见，他的心已冷绝到极致!

这几个月，她之所以能佯装欢笑，不是因为她忘了赵逸，而是她强迫自己不去想他。

曾经的感情忘不了，曾经的付出忘不了，彻骨的伤痛更是忘不了!

她抚摸着“雅雅”、抚摸着他们一起用过的东西，泪水喷涌而出，一发不可收拾。

除了揪心的痛，除了止不住的泪水，梓涵不知该怎样!

就算赵逸对她再薄情，一年多的相恋时光却是铁铮铮的事实，已深深烙在她的生命里，留下不可磨灭的烙痕。

梓涵想问赵逸，为什么做得如此狠绝，甚至一点关于她的回忆都不想留下？可拨了几次电话，赵逸都不接。过了许久，她才收到他发来的信息，只有短短的一句话：“别打了，我不会接的，我身边有人。”

呵呵，他好坦白！

是呀，有新人在侧，他怎方便接电话？

这一次，赵逸没骗梓涵。就在梓涵痛彻心扉，一遍接一遍打电话的时候，冯雪正睡在他的臂弯里，脸上浸着甜甜的笑。

相对于寒冷的冬日而言，春天自然是温暖的，然而和灼热的夏天相比，春的和煦又变得微不足道了。

梓涵慢慢冷静下来，仔细回想，赵逸对她的好，远远不及她对他的好。

尝过鸿轩的温柔以待，梓涵变得贪婪。她渴望鸿轩那样浓烈的爱，而不是赵逸那样花心而浅薄的装腔作势。

梓涵试图不再想，在对一个人不报任何期待的时候，纵使有割舍不掉的过往，也会不由自主变得残忍无情。

自从把东西还给梓涵，赵逸心里安稳了许多，如果说之前还会睹物生情的话，现在他可以彻底把梓涵忘了。

他一个人在安西，有小情人冯雪，放纵自如，游戏人生。

他很享受这种状态，乐在其中。

赵逸一直躲着梓涵，甚至把她的手机号码设成黑名单。但一个月后，公司例会上，他和梓涵还是不可避免地见面了。

过了这么久，再一次见到这个熟悉又陌生的人，梓涵有种恍如隔世的感觉，就好像她从未认识这个人，也从未和他相爱。

可心里的痛一次又一次提醒她，他们爱过，那伤口很深，至今未能愈合。

“今天的会，有一件重要的事情要宣布。经董事会研究决定，正式任命赵逸为逸动传媒林兰分公司经理，一个月后上任。这段时间，他暂时留在京城。”

崔荣昊的声音在会议室里回荡，梓涵却一个字都没听进去。见到赵逸的一刹那，所有美好的、痛苦的过往，全然浮现在眼前。下意识地，她攥紧拳头，在爱和恨的边缘备受煎熬……

开会期间，梓涵只匆匆瞥了赵逸一眼，便慌乱避开他的目光。

这不是她宣泄痛苦的地方，在她周围，有十几双眼睛看着她。

好不容易熬到散会，梓涵忙起身向外走。她要离开这个令人窒息的地方，压抑的氛围让她喘不过气来。

昔日的恋人，今日的陌生人！

是不是曾经深爱的人，一旦分开，就比陌生人还陌生？

这一刻，梓涵意识到，赵逸仍在她的生命里，未曾彻底拔出。不然，今日相见为何这般痛楚？

如果真的忘了，如果放下了，不该是很坦然吗？

从会议室到楼下，不时有人从她身边经过。梓涵心头酸涩，却不得不强作无恙和他们打招呼。

回到办公室，关上门，所有的逞强瞬间崩溃。心里流泪，远比眼里流泪更难受。

她以为自己会哭，却生生哭不出来。

自从赵逸回京城，冯雪不时和梓涵联系，似乎想通过她了解赵逸的情况。或者说，她担心赵逸对她余情未了，两人旧情复燃。

随着赵逸的归来和冯雪的出现，梓涵的生活被彻底打乱。

那些痛苦的、她不愿触及的回忆，如潮水般阵阵袭来，刺骨的寒意，让她身心俱疲。

书架的一本书里，夹着一封几个月前写好的、尚未寄出的信。信纸上的泪滴早已干涸，留下一圈揪心的痕迹。

在这封信里，梓涵把所有的责任都归咎于自己。她无心窥探赵逸的隐私，却无意中发现他的一桩桩风流韵事。

若是换做其他女人，早就愤然离去，根本不用赵逸提分手，根本不给他抛弃她的机会。只有梓涵，自降身段，向他道歉。目的只有一个，就是希望与他重归于好。

可是，她太天真了。在秘密暴露的瞬间，赵逸已恼羞成怒。他不为自己的行为感到羞愧，却憎恨梓涵发现他的秘密。把所有的不满都发泄在梓涵身上。

这封信，承载她太多的痛苦，每张信纸上，都有点滴的泪痕。

当时的痛苦，似乎隐隐还在心间。可如今，再读这封信，她不为自己难过，反而觉得好笑。

那时候的她，是那么天真、痴傻，以为能打动赵逸，让他回到自己身边。

为了让赵逸回心转意，她竟然放下骄傲，放下尊严，让他肆意践踏自己的灵魂！

这段时间，若不是鸿轩一直陪在她身边，让她感受到这个世界上还有人深爱她，她恐怕早就崩溃了。

她还记得赵逸的话：“金梓涵，我不喜欢你这么粘人的女人。你所谓的爱，快要把我逼疯了!”

梓涵忍着噬心的痛，反复琢磨赵逸的话。她太爱他，居然成为他遗弃她的理由……

最终，她什么也不想，只剩一具空壳，茫然看着窗外的天。

他为什么这么做？难道真为了那个毫不起眼的冯雪，把她伤得如此彻底，险些要了她的命？

梓涵哪里懂得，赵逸抛弃她，不是因为冯雪，更不是因为于曼丽、张美楠；而是因为再美丽、可爱的女人，一旦失去最初的新鲜感，对他来说都食之无味。

真相大白的一天，便是他二人分道扬镳之时。

她为之付出几年的感情，末了连真爱都算不上……

这日，冯雪躺在床上，无聊地摆弄着手机，想了想，发了条 QQ 消息给梓涵。

“梓涵姐，你知道吗，赵哥送我一条 Hellokitty 毯子，非常可爱。我放到狗窝里，给狗狗用了。”

赵逸搬家时，把梓涵的毯子扔在一边，冯雪觉得她的狗可以用，就捡了起来。

她猜想，赵逸是个大男人，一定不会用这么可爱的毯子。所以，这毯子一定是梓涵的。他们分手了，赵逸不想留下梓涵的痕迹，便把她用过的毯子扔掉了。

她可以确定，她发的这条信息一定能激怒梓涵，让她情绪失控。

梓涵回到家，习惯性地拿出手机，看有没有朋友的 QQ 留言，没想到看到冯雪通过临时对话窗口发来的信息。

冯雪在公司的 QQ 群里，她无法回避。

手机屏幕上，短短的两行字，直戳梓涵痛点。

如冯雪所料，她险些失控。

若不是夜深人静，她真想打电话问赵逸，这到底是怎么回事!

她在翻找赵逸送回的东西时，总觉得少了点什么，却没想到是这条毯子。赵逸不仅没把毯子还给她，还把它送给冯雪，让一只狗践踏她心爱的东西，这是多么大的侮辱与讽刺!

是可忍孰不可忍，梓涵本想放下怨恨，开始新的生活。可就在这一瞬，前尘往事如同电影般在眼前展映，刻意掩埋的痛苦回忆也破土而出，翻江倒海般将她吞噬。

“赵逸，我发誓，一定不会饶恕你！你给我的伤害，我加倍奉还!”

梓涵攥紧拳头，敲打着床头，心头的伤口再次被撕裂，血水一滴滴流出来。

在此之前，梓涵一直劝慰自己，就当看花了眼，错把别的女人当成冯雪。

如今看来，那日和赵逸一起走出家门的除了冯雪再无别人。

若不是和赵逸关系亲密，她怎会看到她的 Hellokitty 毯子，怎会一次又一次地肆意挑衅？

她想置身事外是不可能了，唯有迎战，才是最好的选择。

“冯雪，赵逸，你们要是在一起，就不要来打扰我的生活！如此这样，别怪我不念旧情！”

梓涵深知自己在崔荣昊心中地位，要想弄垮赵逸绝非难事；而且，她手里的照片足以让他事业尽毁、名誉扫地，就看她想不想那么做。

相对于赵逸的离弃，冯雪的挑衅更让她无法忍受。从小到大，她都是性格温顺的女孩子，可这一次，她不打算再忍耐……

转眼间，赵逸已到林兰上任三个月了。这三个月，梓涵度日如年。

京城中心广场，璀璨的霓虹中，微凉的夜风夹带着夜的妩媚肆意游荡。

梓涵坐在长椅上，蜷起身子，双臂抱膝，从里到外没有一丝温度，好似一具冰冷的躯壳。

她所有的美好记忆都被赵逸一手摧毁了。

他就是她命中的克星，一次次触及她的底线。直到最终，郁积在心里的愤怒堆积成一座即将喷发的火山。

梓涵一直坐到双腿发麻，似有无数只小蚂蚁在她紧绷的肌肉里穿梭，才站起身，斜倚在凉亭边的柱子旁。

风肆虐而过，浅绿色的长裙随风起舞、招展，像极了一只扑火的飞蛾。

她不想拿一生的幸福报复赵逸，真的不想。可是，她怎能咽下这口气？

第十七章　好久不见

逸动传媒顶层总裁办公室。

崔荣昊一脸怒气，将文件夹摔在地上。“砰”的一声，吓得王助理赶紧走进来。

“崔总，怎么了？

“这个赵逸，真是不想混了！分公司总经理的位子坐够了吧？坐够了换人！”

王助理捡起扔在地上的文件夹，只见里面夹着林兰分公司上个月的财务报表，其业绩排在所有分公司的最后一名。按照逸动传媒的规定，分公司业绩连续三个月排在最后一名，分公司总经理是要被降职的。

“崔总，赵逸是咱们公司有名的才子。也许是刚接手林兰分公司，对情况还不熟悉，下个月就好了。”王助理和赵逸有些交情，自然在崔荣昊面前帮他说好话。

“但愿如此吧，不然谁也救不了他。”崔荣昊身体向后倾斜，靠在转椅上，长叹一口气。

对赵逸，崔荣昊的感情很复杂，喜欢也不是，憎恨也不是。

赵逸是他一手提拔起来的，他赏识他的才华和能力，于公于私，他和他关系都不错。可自从知道赵逸和梓涵的事儿后，他对他的看法就变了。

他生平最讨厌不负责任的花心男人，更何况他伤害的是他最爱的梓涵。

见崔荣昊的神色缓和，王助理把文件夹放在老板桌上，走了出去。

对于上个月的业绩排名，赵逸也很头疼。

业绩排到最后一名也就罢了，可屋漏偏逢连夜雨。在分公司组织的有奖活动中，发给消费者的奖品色拉油竟是过期的。

消费者一怒之下向相关部门投诉，把林兰分公司推上了风口浪尖。一时间过期色拉油事件轰动了整个林兰乃至京城，崔荣昊怒上加怒，急召赵逸回京。

得知崔荣昊叫他回去，赵逸不敢怠慢，以一百二十马的车速开回京城。

他知道此次在劫难逃，整理好思绪，忐忑地上了楼。

总裁办公室的门开着，崔荣昊端坐在屋子中央的老板椅上，只等赵逸来找他。

赵逸走到门口，止住脚步，没敢再往前走，底气不足地叫了一声“崔总”。

崔荣昊翻看手里的报纸，并不说话，沉默半晌，才缓缓起身，踱步到赵逸面前，把报纸递给他：“赵逸，你自己看看这上面是怎么说的。”

赵逸不看则已，一看不由得怔住了。《京城日报》头版头条赫然写着“逸动传媒林兰分公司用过期色拉油做活动奖品被消费者投诉”。

天哪，这事儿闹大了！

“赵逸，因为你，我这脸算是丢尽了！”

崔荣昊脸色格外难看，认识他这么久，赵逸从未见过他这样。可见，他真生气了。

“崔总，都是我的错，我会召开记者招待会，公开道歉的。”赵逸自知理亏，不敢直视崔荣昊的眼睛，声音也压得很低。

“记者招待会有用吗？事情已经发生了，恶劣影响已经造成了！”

崔荣昊看也不看赵逸，自顾自地说道。

“那……怎么办？不然我辞……”

“辞职？”崔荣昊打断他，“赵逸，这就是你处理问题的方式吗？解决不了问题就辞职？难道你这么没担当？”

崔荣昊的声音掷地有声，赵逸的耳边嗡嗡作响。

“崔总，我这是没有办法的办法，不然我能怎样？”赵逸一脸沮丧。

他就是这样，空有满腹才华，却缺少面对困难的勇气和担当。在工作中如此，在感情上也是如此。

“罢了，你也想不出什么办法。我逼你也没用。”崔荣昊很少吸烟，这会儿烦得厉害，点了一支烟，深深吸了一口。

“我已经让王助理联系《京城日报》的记者了，让他再写一篇林兰分公司积极解决过期色拉油问题的报道。你先回林兰，在当地买一批质量好的色拉油，加倍送给消费者，算是一点补偿，并且向他们道歉，保证不会发生类似事件。”

“好，我马上去办！我保证，绝对不会再发生这样的事儿！”赵逸抬头看向崔荣昊，目光里有感激，更有钦佩。

“赵逸，工作上的疏忽，我可以原谅，可以给你改过的机会。但是，我不希望看到她再为你流泪。否则……”

崔荣昊没提梓涵的名字，但赵逸心知肚明，他口中说的“她”是梓涵。

他尴尬地点了点头，快步走出总裁办公室。

赵逸的心情实在是糟透了，连日来的失利，是他十年来最大的挫折。

他是个极要面子的人，怎受得了别人的白眼和议论，想到同事们背地里说的话，他就胆寒。

翌日，刚到办公室门口，梓涵就看到李秘书和几个同事聚在一起，好像在议论什么。待她走近，才听到她们谈话内容。

“我听说林兰分公司出事儿了。”

“我也听说了，不过不知道是什么事儿！”

“还不是赵逸惹了大乱子，崔总生气了。”

……

几个人说得不亦乐乎，根本没注意梓涵过来。

梓涵不想参与她们的讨论，推开办公室的门，悄然走进去。

她猜想，赵逸一定捅了大篓子，不然不会惹这么多人议论。

坐到办公桌旁，梓涵打开电脑，点开通讯录，想看看林兰分公司有没有熟识的人，以便了解情况。

她滑动鼠标，翻看着林兰分公司的员工名单，在名单的最后一行，一个熟悉的名字让她的心猛一翻滚，差点叫出声来。

“什么？冯雪？”梓涵以为自己看错了，贴近电脑屏幕，又仔细看了一眼。

赵逸悄悄把冯雪从安西调到林兰，这意味着什么？

没错，去年十月，她在赵逸家楼下看到的人就是冯雪。是冯雪介入她和赵逸的感情，促使赵逸抛弃她。

若不是冯雪在安西，赵逸怎会介意她去安西看他？

在她和冯雪不可兼得的情况下，赵逸舍弃了身为旧人的她，选择了新鲜的冯雪。

有新欢在侧，赵逸无暇顾及她的痛苦，更没时间回想他们过去的点点滴滴。他能把冯雪从安西带到林兰，足见他们的感情深厚。

人都说，陪伴是最长情的告白。赵逸把陪伴给了冯雪，留给她的只是无尽的伤害，这才是最让梓涵痛苦的。

她压抑许久的委屈，在这一刻彻底爆发！

极度痛苦下，她推门跑了出去，沿着楼梯，一直到楼下。

梓涵没多想，拿出手机，拨了赵逸的电话号码。

赵逸已回到林兰，正在办公室，见是梓涵的电话，犹豫了一下，按了拒接键。

梓涵不想放弃，又拨了一次，赵逸还是没接。直到拨了几次后，赵逸不耐烦了，才接起来："金梓涵，我在上班。你要干吗？"

"赵逸，你告诉我，为什么把冯雪调到林兰，能给我个理由吗？"梓涵强压怒火，语气尽量客气。

"解释？有什么好解释的？工作调动而已。"赵逸还是老样子，死不承认。

"工作调动？真好笑！你是离不开冯雪，才把她调到你身边的吧？这样你们就可以天天在一起了。"

在巨大的愤怒和痛苦中，梓涵根本没有眼泪，头脑也特别清晰。

"金梓涵，我最后说一遍，我和冯雪只是正常的同事关系。清者自清，随你怎么说，我问心无愧。"赵逸依旧一副大言不惭、正义凛然的样子。

"好了，赵逸，别再装模作样了。我已经不是一年前那个天真无知的傻丫头了，我不会再被你骗了。不过我相信苍天有眼，建立在别人痛苦上的幸福是不会长久的！你们早晚会自食恶果！"

梓涵不想再听赵逸冠冕堂皇的谎话，盛怒之下，挂断了电话。

一年之后，真相一点点浮出水面。得知真相的她，并没因此解脱，反而越来越痛苦……

喧嚣璀璨的光幕中，闪烁的霓虹交错流动。

下班后，梓涵无心做任何事，只想一个人静静。

乌云低沉地笼罩在前方绵延的马路上，犹如她此刻的心情。

回家的路上，她摇下车窗，感受从外面冲撞而来的凉风。脸上的每一寸皮肤，都像被冰刀割着、痛着。

她的心也如同被钢丝勒着，憋闷得透不过气来。

快一年了，她以为可以忘却赵逸带给她的伤痛。却没想到，这痛不仅没减轻，反而越来越沉重。

一进家门，梓涵就扑倒在卧室的大床上。她懒得思考，只想好好休息……

"啊——"睡梦中，梓涵发出一声尖叫，醒来时额头渗着冷汗。

她睁开眼，看着周围黑漆漆的一片，才意识到只是做了一个梦。

真是日有所思夜有所梦，她不止一次想象赵逸和冯雪在一起的情形，就在梦里上演了床上捉奸。

这一觉醒来，她再也睡不着，合上眼都是赵逸怒不可遏、凶神恶煞的样子。

“不行，我不能这样折磨自己！我要去找他，我要问个清楚！”

看窗外天色渐亮，梓涵拿定主意，去林兰找赵逸。

买到中午的票，梓涵踏上了开往林兰的客车。三个小时的车程并不长，可梓涵的心情差到极点，简直是度日如年。

当客车在林兰车站停下，她不由得长叹了口气。

赵逸所在的林兰分公司位于林兰市中心的林兰大道上。梓涵叫了一辆出租车，十几分钟就到了林兰分公司门口。

她抬头望去，林兰分公司办公楼不高，只有四层。

“赵逸是林兰分公司总经理，按照常理，他的办公室应该在顶层。”梓涵暗自揣度，向办公大楼内走去。

果不其然，她乘电梯到四楼，刚一站定，就看到总经理办公室的门牌。

怀着忐忑的心情，梓涵缓缓向标有“总经理办公室”字样的房间走去。门没关，正对着门口的老板桌前，坐着的人正是赵逸。

他低头看着笔记本电脑，神情专注，没注意到梓涵。

几个月不见，再次见到这个让她爱恨交织的男人，梓涵心情复杂。

第一次，她体会到咫尺天涯的感觉。

她和赵逸之间，只隔了几米的距离，却仿佛有几万里之遥。

短短几步，梓涵走得异常艰难。

她穿着高跟鞋，踩在地板上发出“哒哒”的响声，赵逸循声抬头，见是梓涵，顿时怔住了。不过，他很快就回过神来。

“你来干什么?”

问话时，他的眼睛依旧盯着电脑屏幕，就好像梓涵的到来与他毫无关系。

“我来是想听你说句实话，你是因为冯雪才抛弃我的吧?”梓涵不想说客套话，直奔主题。

“金梓涵，你有病吧，干吗总抓住冯雪不放！我说过，我和她没关系。”赵逸咬死了不肯松口。

“没关系？没关系你干吗把她带到这里来，不是为了天天在一起吗?”说到伤心处，梓涵心如刀绞。

想当初，赵逸不让她去安西看他的理由就是怕影响不好。而今，他却不顾影响，把下属冯雪调到林兰。这意味着什么，梓涵心里清楚。

赵逸爱冯雪，才会在意她的感受，才会想见她。

无论在安西，还是在林兰，冯雪想见赵逸都非常容易。而她为了见他一面，要经历几个小时的路途颠簸。

即便这样，还不一定得到他的欢迎。因为她的出现给他带来了困扰。

他最怕她和冯雪在家门口撞见。那么，所有的谎言都不攻自破。

想到这些，梓涵心寒到极致。她为赵逸付出的太多太多，到最后，却落得如此狼狈，甚至连个陌生人都不如。

“金梓涵，我没时间和你废话！识趣的话，你就快点走，不然我就不客气了！”门开着，赵逸刻意压低声音，不敢大声说话。

“走？你没告诉我真相我就不走，我要你亲口说出真相！”

赵逸的冷漠无情彻底刺激到梓涵，她调高了声音，吓得赵逸忙起身去关门。

“金梓涵，别给脸不要脸，你赶紧走！我不想看到你！”

赵逸一步步逼近梓涵，目光凛冽。

他向前走一步，她后退一步，直到不能再退，梓涵靠在墙上。

“走！给我走！”

赵逸抢过梓涵的包，想扔到窗外。

盛怒之下，他的力气大得很。梓涵一个踉跄，差点摔倒在地上。

“把包还给我！”梓涵顾不得许多，奋力抢回赵逸手上的包。

冯雪就在不远处的办公室，赵逸怕冯雪听到梓涵的声音，也怕公司同事看到这一幕，让他名誉受损。

他恨毒了梓涵，抬起脚，狠狠踢在她腿上。一下、两下、三下……

面对赵逸穷凶极恶的嘴脸，梓涵彻底麻木了。

彻骨的心痛让她感受不到腿上的痛，直到赵逸踢够了，她低头一看，才发现腿上青了几块。

她什么都不想问，真相对她来说再明了不过，又何必听他亲口说出。

梓涵没哭，甚至连想哭的感觉都没有。她仰头看向赵逸，自嘲地笑了笑：“赵逸，还是那句话，建立在别人痛苦上的幸福是不会长久的！我祝你们‘幸福’！”

说完，她推门而去，消失在他的视线里。

下班后，赵逸沿着楼梯走到大厅，又回头扫了一眼，确定梓涵不在，才离开公司。

三个小时后，梓涵回到京城。

京城正在下雨，而且越下越大。

按照梓涵的要求，司机把车停在药店门口。

她的腿肿了，需要敷药。

被赵逸踢过的地方越来越疼，梓涵借路边的灯光一看，腿肿得像馒头似的，让她不忍直视。

雨打在她身上，裙子湿透了，头发滴着水，她连躲雨的念头都没有。她就这样在路灯下被雨淋着，无声地哭泣。

没人注意她，她放任自己，悼念这段逝去的感情。

她彻底看透了赵逸！

表面上，他是个温文尔雅、谦恭有礼的君子；实际上，却是个卑鄙无耻、心狠手辣的小人。

换个角度想，能识破他的真实嘴脸，何尝不是一件幸事！总比继续被他骗、被他玩弄要好得多吧！

多么痛、多么透彻的领悟！

只是这领悟来得太迟，她早已遍体鳞伤！

也许是受到强烈的刺激，回到家，梓涵昏昏沉沉的，睡也睡不踏实，一直在做梦。

她梦见刚认识赵逸的时候。他看着她，神色俊逸，风度翩翩。她以为穿越了时空，又回到曾经的美好时光。

她不由自主地被他吸引，于是相识，相知，相爱，相恋，再到分开！

原来这就是这段感情的归宿！不过就是合久必分的演绎。

因为情绪低落，再加上腿上的伤，梓涵在家休息了几天，一周后才上班。

她刚回公司，李秘书就迎过来，一脸严肃，“涵涵，听说今天早上开会，崔总要公布一件重要的事儿，和赵总有关。”

“赵总？哪个赵总？”梓涵明知故问。

“还有哪个赵总？当然是赵逸呀！”

“他怎么了？”

“现在还不清楚，估计是降职。我听说，他做错了事，崔总很生气。”李秘书凑近梓涵，耳语道。

“哦，这样呀。”梓涵心下一惊，却假装若无其事，撇下李秘书，打开办公室的门走了进去。

早上的会梓涵也参加了，正如李秘书所说，崔荣昊降了赵逸的职。由林兰分公司的总经理，降为京城分公司策划部的经理。

崔荣昊知道梓涵和赵逸分开了，他明白，这样的安排很冒险，对身为策划部副经理的梓涵来说，可能是一种折磨。但是他觉得，只有坦然面对，才能彻底放下。他对梓涵有信心。

散会后，从办公大楼出来，梓涵沿着街道向京城中心广场的方向走去。

一辆车从她身边经过，车尾带来的一阵寒风，让身穿单薄衣裙的她顿感浑身冰冷。

她垂着头，长发垂在面颊两侧，眼睛不知是冷风吹得刺痛，还是进了沙子，竟忍不住想要落泪。

赵逸的身影一直存在她的记忆中，不时让她心痛。

她曾对他抱有幻想，等待他想起她的好，再来爱她。

到现在，她才发现，是她太自不量力，所以才会迷失。

梓涵脚下一滑，踩到一颗圆滑的石子，重重摔倒在地上。

当眼泪不争气地流出眼眶，她才相信，爱有多真，痛就会有多深。

她趴在地上，将泪眼埋在双臂间。她知道现在的自己很狼狈。但她好想痛痛快快哭一场，做一回真实的自己。

当微微颤抖的双肩被一双温热的大手轻轻碰触，梓涵警惕地抬起头。

“荣昊哥?”

“涵涵，难道趴在地上很舒服吗？不如，我陪你一起趴在地上吧?”

崔荣昊穿着一身咖色休闲西服，柔和黑亮的眸光倒映出梓涵狼狈的哭容。

他不顾地上的脏，竟然陪着梓涵，趴在她身边的地面上。

梓涵泪眼蒙眬地望着他，内心的沉痛和冰冷，在他温暖的笑容中融化成平静的湖水。

她吸了吸鼻子，哭笑不得：“你干吗学我?”

“我看你自己趴在地上很孤单，所以来陪你。”他的声音很有磁性，如同天籁一样让人着迷。

她孩子气地瞪了他一眼：“那我哭，你也陪着我哭吗?”

“我干吗要哭？我是男人，这时候应该给你肩膀依靠。”

崔荣昊扶起梓涵，伸出手，将她的头轻轻按在他宽厚的肩膀上，惹得梓涵鼻子发酸。

“涵涵，你想哭，就痛痛快快在我肩膀上哭一场！我知道所有事儿，你不必在我面前伪装自己。”

她轻轻合上双眸，感受着崔荣昊温暖、踏实的肩膀，心忍不住微微抽痛：“荣昊哥，你知道吗？其实我很妒忌那女人，也许赵逸真的爱她。而我，从未得到他的真爱，我是不是很失败、很可怜？”

崔荣昊垂下眼，唇角扯出一抹温柔的弧度：“涵涵，你不失败。因为你还有我，可以靠在我的肩膀上哭。别胡思乱想了，这样的男人不值得你留恋。”

崔荣昊知道这样说会戳中梓涵的泪点，可是他没办法，他不能眼睁睁看着她继续沉沦。

“嗯，我明白，他不值得我留恋。他就是个……”梓涵想说他就是个渣男，想了想，还是没说出口。她不想在人前议论赵逸。

“无论他是什么，都和你没关系了。涵涵，你不妨想一想，如果赵逸身边的女人还是你，你真的会幸福吗？你岂不是更难过！你会茶不思，饭不想，担心他会不会劈腿，会不会有更多情人。”

崔荣昊言辞恳切，句句在理，说得梓涵无言以对。

是呀，如果他们还在一起，他会忠于她吗？他会甘心只有她一个女人吗？

答案是显而易见的，他不会。他可以同时喜欢很多女人，但也仅仅是喜欢。

那不是爱，因为爱是专一的，是排他的，是忠贞不渝的。

梓涵咬紧牙，拿过纸巾，擦干脸上的泪，决绝地说道：“荣昊哥，你放心吧！就算是掉块肉，掉层皮，我也要忘了他，他不值得我为他难过。”

“这就对了嘛！涵涵是天底下最善良、最可爱、最漂亮、最有才华的女孩儿，赵逸配不上你！”崔荣昊下意识地点了一下梓涵的鼻子，满眼宠溺。

“荣昊哥，你说得我都不好意思了，我哪有那么好？更何况，我已不再纯净，恐怕……”

“涵涵，相信我，真正爱你的男人不在乎这个！在我看来，心灵的纯净才是真正的纯净，比身体的纯净更重要！所以，你永远是纯净的！”崔荣昊凝视着梓涵的眼睛，说得很动情。

梓涵感动于崔荣昊的好，点了点头，勉强挤出一丝微笑。

是呀，心灵的纯净才是真正的纯净。所以，她依然是纯净的，亦如当初。

两个月后，赵逸回到京城，出任策划部经理，不可避免地和身为策划部副经理的梓涵有工作上的交集。

为了试探梓涵对他的态度，上任的第一天，赵逸就组织策划部的员工开会。

相对于梓涵的冷漠，其他同事都很热情，纷纷欢迎赵逸回京城。

回想三年前离开京城去兴岭的情形，赵逸心生感慨。命运就是这样爱捉弄人，三年前，他被提升为分公司总经理，三年后，他被降职为部门经理。三年前，梓涵的目光里充满留恋和不舍，三年后，她的目光里只有冷漠和仇恨。

终究是他辜负了她，才让她变成如今这个样子。

她的眼角眉梢都写着忧郁和无奈，再无当初的顾盼生辉、神采俊逸。

就像时光不能倒流一样，曾经那个纯真的、无忧无虑的小姑娘再也回不来了。

剩下的，只是一个伤透心的人罢了。

“梓涵，你有什么说的吗?”赵逸特意问道，想引起梓涵的注意。

“我没什么说的，赵经理。”梓涵淡然一笑，看似温柔，却浸着不易察觉的冰冷。

“好，那散会吧。希望大家多多支持我，一起把工作做好!”

赵逸话音刚落，参加会议的人都鼓起掌来。梓涵跟着他们，假意拍了几下手。

她还以为，再见赵逸，会恨不得扑上去揍他一顿。却不想，可以这般冷静，就好像面对一个陌生人。

难道，她当真不再爱他，对他只有恨吗?

如何面对赵逸是门技术活儿，她还要学习。

从会议室出来，赵逸安心了。他的担心是多余的，梓涵很识大体，没把私人恩怨带到工作中。

下班回到家，梓涵把自己浸在浴缸里，无法平静。

赵逸的突然出现，让她恍如置身梦境。

她知道赵逸早晚会回京城，却没想到这么快回来，还是她的顶头上司。

她明明恨他恨得要死，却不得不面对他，还要假惺惺地叫他一声“经理”。

有那么一瞬，梓涵有种错觉，好像又回到几年前初见时。可那种感觉转瞬即逝，他再不是她心里的那个他，她的心境也大不如前。

她的观念是不结婚绝不和男人上床。可是，她被他占有了不说，还被他用最残忍的方式抛开，就像扔掉一件旧衣服，毫不留恋。

他明明无法给她未来，还要伤害她!让她怎能不恨!

梓涵狠狠敲打水面，浴缸里的水漫出来，她都没有察觉。她拿着毛巾用力搓洗自己，恨不得剥掉一层皮。

她知道，无论如何都洗不干净了。她每次洗澡都像在自虐，可结果呢，事实仍旧存在，她已经被他玷污了，洗也洗不干净。

一直以来，梓涵的内心都被这个男人掌控着，折磨着，就算再痛苦也只能承受!

一直以来，她过的就是饱受煎熬的生活!

可如今，她再也不想这样活下去。

赵逸的归来是个契机。她要向他讨回一切，让他为他做的事付出代价!

到了周末，赵逸终于在冯雪的期盼和等待中回到林兰。难得禁欲一周，见到冯雪，他迫不及待地抱她进了卧室。

他只陪冯雪一天，第二天下午便回京城了。逸动传媒京城公司的年中宴会就要开始了，京城公司全体员工都要参加。

赵逸意识到，他、梓涵和崔荣昊会不可避免地出现在同一场合，而且还必须装作若无其事的样子。

这日，他盛装出席。一袭 Boss versace 西装，极好地衬托了他的气质，引得公司的女员工纷纷侧目。

然而，只有一个人看都不想看她，那就是梓涵。

她坐在宴会厅靠墙的沙发上，手里拿着一杯红酒，漫不经心地品尝。

即便这样，她依旧是宴会厅的焦点，不时有男同事过来邀请她跳舞，都被她客气地回绝了。

崔荣昊双手握拳，远远看着赵逸，指节咯咯作响，恨不得一拳把他揍死。

可是，他除了看赵逸继续在人前扮演谦谦君子的角色，什么都不能做！

他心疼梓涵，更为梓涵不值。她心中的苦楚，只有他清楚。

梓涵一直坐在一边，没有跳舞的意思。

看梓涵心情不好，崔荣昊也没兴致。

“荣昊哥，你请我跳支舞吧！”视线蒙眬中，梓涵缓步走到崔荣昊身边。她身着一袭紫色礼服，看上去高贵淡雅，清新怡人。

崔荣昊笑着应允，牵起她的手向大厅中央走去。

他们是最闪亮的主角，其他跳舞的人都知趣儿地退场。

梓涵掩饰着内心的酸楚，笑得更加灿烂，高傲。那样子就像只昂首挺胸、无比尊贵的孔雀。她的目光下意识地朝着赵逸的方向扫去，凌厉而冰冷。

“赵逸，你欠我的，是时候还了！”

赵逸的那几脚，踢走了梓涵心中残留的一点眷恋。而今的她，只有仇恨。

她想复仇，这个念头一出现，便再也无法压制。

她在寻找一个时机，让他和她的情人承受她曾经承受的一切苦楚。

宴会大厅的中央，梓涵紫裙飞扬，如彩蝶般舞动。

只有崔荣昊知道，这是一只愤怒的火蝴蝶。她通体释放着隐形的火焰。美丽，却让人无法靠近。

一曲舞毕，梓涵径自向门口走去，头也不回，崔荣昊急忙跟出去。

“涵涵！”

梓涵走得极快，出了门口崔荣昊才追上她，一把拽住她的手臂，让她停下来。

“荣昊哥，你回去吧，宴会能离开我，却离不开你！”梓涵不忍崔荣昊为难，转头对他说。

“涵涵，你真觉得我把宴会看得很重要？在我心里，没有任何人、任何事比你重要！只要你一句话，我可以为你做任何事！”

崔荣昊的胸口急剧地起伏，看到赵逸，他的怒意绝不比梓涵少。

“荣昊哥，你的心意我领了。我和他之间的恩怨，还是让我自己解决吧！”梓涵的声音有些颤抖。

压抑了这么久，也痛苦了这么久，她终于看清赵逸的嘴脸，大彻大悟了。

“涵涵，我知道你恨他。可我不想你因为报复他，受到二次伤害！”

“二次伤害？不会了，荣昊哥！我告诉你，我再不是当初那个天真傻气的小姑娘了，更不是什么玛丽苏！我若再心慈手软，只能让他更得意忘形！”

梓涵的神情、动作都充满让人心寒的肃杀之气。

崔荣昊惊喜于她的蜕变，也害怕她的蜕变。

到底是多么大的痛苦和折磨，让曾经那个活泼开朗的小女孩儿，变得如此坚韧决绝！

情伤，是这世界上最残忍的伤害。看不到伤口，却能让人生不如死！

崔荣昊紧紧攥住拳头，发出咯咯的响声，一丝邪恶的念头从他头脑中闪过。

第二天，梓涵在办公楼电梯门口，再一次遇见赵逸。她知道，赵逸回来后，这样的偶遇会经常出现。

“早，梓涵！”看到梓涵，赵逸主动上前打招呼。

“早！赵经理！”

听到这个称呼，赵逸不免有些尴尬。这个曾甜甜地叫他“猪哥”的女孩儿，如今的语气竟如此冰冷。

赵逸哪里知道，一句“赵经理”凝聚了梓涵多少无奈和心酸。

若不是他无情的背叛和折磨，她又怎会如此冷漠？

“梓涵，你好久没这么叫我了。记得刚来逸动传媒的时候，你叫我师傅或者是领导……”回忆梓涵当初的样子，赵逸不由得会心一笑。

那时的梓涵充满青春活力，一双美眸极为明亮、耀眼。每天从她办公室门前经过，他都会不由自主地看她一眼，好像只有这样，工作才有动力。

“如果你喜欢，我可以叫你领导，但是叫你师傅就不必了。你不是我师傅，你也……”

“我也不配做你师傅，是吧？”赵逸知道梓涵要说什么，抢先道。

“呵呵，随你怎么想。赵经理，如果没什么事儿，我上楼了。”梓涵绕过赵逸，没进电梯，直接上了楼梯。

赵逸不是傻子，他看得出梓涵还恨他，而且不是一般的恨。那恨意如果幻化成一种力量，一定能打死一头大象。

他心里清楚，这不能怪她。是他背叛她的感情，是他对不起她。

但是，他没想到梓涵这么坚强，坚强到让他心生敬畏。

若不是他花心、置她的痛苦不顾，梓涵可能永远都舍不得离开他。

到如今，他狠毒的话已经说了，卑鄙的事儿已经做了，再也回不到过去了。

他无法面对梓涵，只能面对这惨淡的人生……

逸动传媒有个惯例，每年临近春节，各部门都拍一张集体照，汇总到一起，做成纪念册。

作为摄影爱好者，梓涵主动承担了拍集体照的任务。为了拍照效果更好，她自掏腰包买了对联、“福”字，还有一只可爱的“小绵羊”。

赵逸站在第一排中间，手里拿着梓涵买的“小绵羊”，眸光闪亮，笑容亲切。不知是在看她，还是看她手里的相机。

明媚的阳光倾泻在他的墨黑色的头发上，隐隐散发着一层淡淡的光晕。若即若离的眼神，仿佛近在咫尺，又远在天边，让她一不小心就会沦陷。

刹那间，梓涵有些失神。

两年了，看惯他卑鄙丑恶的嘴脸，如今这般温和亲切却是好久不见。

“梓涵，我们准备好了，可以拍了！”一个男同事帮梓涵看了一下队形，做了个OK的手势。

听到他的声音，梓涵才缓过神来，按下快门。

时隔三年，逸动传媒策划部的集体照中又有了赵逸的身影，梓涵不知是悲是喜。

拍完照后，梓涵收回“小绵羊”，拿着相机回到办公室。

看着憨态可掬的小绵羊，她突然想到，赵逸是属羊的，今年是他的本命年。

“不如把这小羊送他，算是本命年礼物吧。”

萌生这样的念头，梓涵开始瞧不起自己。她不是疯了吧？竟然想送礼物给他！

正在犹豫间，门口传来“砰砰”的敲门声。

梓涵应声去开门，站在门口的不是别人，正是她避之唯恐不及的赵逸。

“赵经理，你找我有事？”梓涵冷着脸，客气问道。

“怎么，不让我进去？”赵逸略显尴尬。

“进来吧。”梓涵随口应道，转身进了办公室。

“梓涵，我想请你帮个忙……”赵逸似乎很为难，说话吞吞吐吐的。

“赵经理不用客气，如果有什么工作，尽管吩咐。”梓涵一副公事公办的样子。

“我想……请你帮我组织个聚会，请咱们部门的同事吃个饭。”

“好吧，我马上去办。赵经理可以把聚会的时间、地点告诉我，我通知大家。”

“明天下午六点，西城区的莲餐厅。我希望大家都能来，你……也一定要来。”

说后一句话的时候，赵逸很忐忑。

“好，只要大家去，我就去。”

“那太好了，我还担心你不去呢!”赵逸笑了笑，一脸释然。

“赵经理多虑了，我一向公私分明。”

梓涵一口一个“赵经理”，叫得赵逸很不舒服。

他知道梓涵不想和他说话，便识趣地准备离开。

“等一下，这个送你。如果我没记错，今年是你本命年吧?”梓涵从桌上拿起“小绵羊”，递给赵逸。

“呃，是。谢谢。”赵逸接过“小绵羊”，一脸惊讶。

透过梓涵冰冷的眼眸，他看到她温暖的内心。

她还是在意他的，不然为何记得他的本命年?

按照他预先的设想，他回京城后，梓涵会找他吵闹，让他终日不得安宁，却不想她如此淡然，在人前没表现出一丝不满和怨恨。

看来，他低估了她的忍耐力。这样坚韧、沉稳的梓涵让他自叹弗如。

第二天下班，策划部的同事们陆续赶到聚会地点。

刚一到包房门口，梓涵就听到歌声。原来餐厅设施齐全，不仅可以就餐，还可以唱歌。

“女神来了！梓涵唱歌最好听了，唱一首吧!”梓涵一露面，就被要求唱歌。

“是呀，梓涵唱歌最好听了，我也想大饱耳福!”有人提议后，其他同事纷纷附和着。

“我也记得梓涵唱歌很好听，唱一个吧。”

听赵逸这样说，梓涵先是一惊，而后道:“赵经理，你先唱吧，我过会儿再唱。”

此情此景，让梓涵想到三年前那个晚上，策划部年终联欢会的舞台上，赵逸深情演唱《你是我的眼》。

她清楚记得，他说那首歌为她而唱。

三年来，发生太多事。梓涵终于明白，那首歌不属于她，她也不可能成为他的眼。因为没有她的日子，他的世界仍然充满光明和欢乐。

梓涵好想问一句："赵逸，既然我是你的眼，你为什么挖掉带你看世界的眼睛?"

可是，她终究没问出口。

不是不敢问，而是觉得太无趣、太可笑。

他随口说的一句话，她竟傻傻当真了!

"梓涵，我已经过了唱歌的年龄，还是你们年轻人唱吧。"三年后，赵逸已经三十六岁。而且，他无法放下身段给同事唱歌了。

"好吧，唱就唱!"梓涵不想再拖沓，走到点歌台旁，选了陈奕迅的《好久不见》。

她之所以选《好久不见》，除了因为这首歌是她的拿手曲目外，还有一个原因就是它很应景儿。

"我来到你的城市，走过你来时的路，想象着没我的日子，你是怎样的孤独。拿着你给的照片，熟悉的那一条街，只是没了你的画面，我们回不到那天……"

梓涵甜美空灵的歌声响起，引来一片掌声。

赵逸坐在沙发上，看着身穿绿色短裙、长发及腰的梓涵，心生无限感慨。

他们分开两年了，梓涵的头发更长了，身材更好了。眉眼间平添了几许成熟、妩媚的韵味，和当初那个清纯可人的小丫头相比，现在的她更有魅力。

可是，她再也不属于他。

他们做不成朋友，也做不成陌生人。

他回来了，和三年前一样，还是她的上司，却找不回当初的感觉。

梓涵一曲唱毕，又是一阵叫好声，"涵涵，你唱得真好听，再来一首吧。"

"我不唱了，你们接着唱吧!"

"涵涵，你再唱一首《曾经是我最爱的人》吧，我最爱听了!"李秘书笑着站起来点歌，语气里带着央求的味道。

"好吧，我再给大家唱一首。"梓涵不好驳好友的面子，只得勉强答应了。

"曾经是我最爱的人，今夜你又和谁温存，是不是在叫着别人，轻轻吻她火热的唇。曾经是我最爱的人，今夜你在何处藏身，有没有想过有一个人，还在默默苦苦地等……"

唱到动情处，梓涵一阵心酸，差点流下泪来。

想当初赵逸离开她，每每听到这首歌，她都会难过。

唱完歌，梓涵随便吃了点东西，便借故离开了。

有赵逸在，她心里压抑，难受。

这日，逸动传媒给员工更换证件，需要上交一张一寸照片。梓涵到公司附近的复印社打印照片。

透过复印社的玻璃门，梓涵看到赵逸站在电脑旁，指指点点地和老板说着什么。

“他也在？这太巧了吧！”梓涵避不开，只得走进去。

赵逸侧身对着门口，没看到梓涵进来，依旧和老板说话。走到近处，梓涵才发现他不是一个人。在他身后，一个女人正亲昵地搂着他的腰。

待那女人转过头来，梓涵不由得一惊。

这张脸，她太熟悉了！不是冯雪又是谁？

她梳着马尾辫，穿着红色短裙、黑色丝袜，看上去极为丰润、性感。可无论怎样打扮，都掩饰不了身上的俗气和妖媚。

梓涵没有想到，会在这里遇见她……

老板见到梓涵，脸上堆满笑意，“金小姐来了。”

“老板，我要打印照片，一寸的。”

听出梓涵的声音，赵逸不敢直视她，更不敢搭话。

看他们两个卿卿我我的样子，梓涵既难过，又气愤，又恶心，只想早点离开。

“老板，你这里中午关店吗？”梓涵明知故问。

“不关，一直开着。”老板一边处理赵逸的照片，一边笑着答道。

“那我先去办点事，晚点再来。”听老板这么说，梓涵正好找借口离开。

没等老板再说什么，梓涵急着往门口走。

赵逸站在冯雪身前，长身玉立，眉眼温润，让人一见就能心生好感。

可是，梓涵再不会对他有好感了……

从撞见他和冯雪从家里走出来的时候，她就发誓，要一点一点将“赵逸”这个名字从生命里剔除。

可是，这么多年的感情撕扯得她身心俱痛。他依旧在她的脑海中，挥之不去。

冯雪的心一直悬着，直到梓涵离开，才长吁了口气。

在此之前，梓涵无数次想象他们亲密的样子，但毕竟不是亲眼所见，难受程度要小得多。

今天这一幕，彻底刺痛了她。

从复印社走出来，梓涵欲哭无泪，欲怒无力，心里仿佛有千百万双手在揉捏。

经历又一次打击，她的灵魂仿佛从身体中抽离，不知不觉间，已飘荡到京城市中心广场。

送走冯雪，回到公司，赵逸心很乱，却不得不故作镇定。他知道看到刚才那一幕对梓涵来说意味着什么。

从梓涵的眼神中，他读到深不可测的恨意。

一路上，回想赵逸和冯雪卿卿我我秀恩爱的场景，梓涵的指甲掐入掌心里，几乎要抠出血来。

这个男人，枉她爱他几年，竟是如此恶心不堪！

只那一瞬间，她心里坚强的盾牌全然崩塌，滚烫的泪水簌簌地流下来。

她的胸口如撕裂般疼痛，脑海里尘封的记忆像绳索般勒紧她的喉咙，让她不能喘息。曾经的种种痛苦如潮水般袭来，越来越猛烈。

她不想折磨自己，再这样想下去可能会疯！

第十八章　丑闻

如果说每个人来到世上，终究是为了成全一件事，在最初的年华里，梓涵会毫不犹豫地选择永远和赵逸在一起。

可岁月太长，长到可以让人觉得荒凉。时光流转，再回首，爱却不复从前。

今日今时，如果让梓涵再做一次选择，她一定会选不要遇见赵逸，更不要爱上他。

曾经的相爱，想想就会心酸。成长的日子，总是撕了皮连着肉。

如果不是因为爱他，她就不会在意他和别的女人如何，更不会像现在这样，把自己搞得如此狼狈——迎风流泪，顾影自怜，简直像个林妹妹！

可是，生活不是林黛玉，又怎能风情万种？

想到这儿，梓涵“嗤嗤”一笑。自己干吗哭啊？比起两年前的抛弃，这点打击算什么！

有人说，真正相爱的人分手后做不成朋友，都会变成最熟悉的陌生人。可在梓涵看来，真正相爱的人是不会分手的。即便出于某种原因不得不分开，也会无时无刻不惦念对方，岂会如此凉薄？

在赵逸离开的两年里，梓涵经常梦见自己被他抱在怀里。醒来的时候，倍感凄凉。

有时候，她还会自欺欺人地伸手想要扯住这个梦尾，奈何她攥得再紧，抓到的只是冷冷空气。

他一直躲着她，不肯相见，从安西躲到林兰。

曾几何时，她以为他们这辈子都不会再见。却没想到，时隔两年，他又回到京城。每次见到他，都有种不真实的感觉。

两年前那个八月，他残忍决绝的话犹在耳际。

往事一幕幕，不堪回首，心里空落落的感觉就像两年前他离开时一样。

她讨厌被欺骗、被玩弄，讨厌任何和这个男人有关的东西。

她要将他忘掉，彻底从记忆里抹去。

不过，这样的想法似乎很难实现。她越是逼自己不想他，心里偏偏全是他，耳边不断浮现他说过的话。

生活好似烟花，绽放时绚丽，熄灭后徒剩满眼凄凉。

过了这两年，再度验证了那句话：有些得到与失去，和努力无关。她真的是拼尽全力，甚至小心翼翼地将他捧在手心里，但还是被他无情地忘却了。

梓涵站在阳台上，迎面吹着风，那些聒噪的情绪再度被慢慢吹散。她望着星空，那么多星星，不知道哪一颗才是她的璀璨。

“赵逸，不管你爱没爱过我，我都爱你。但这份爱，到今天为止。”

“如果你从没想过给我未来，我为什么要为你断送我的现在?”

生命永远都是倒计时的状态，那些得不到的失去，分分秒秒都像钝刀割肉一样疼。

或许，她该为自己找一个新的起点了。

静下来，梓涵很清楚自己的状态。

她努力忘记的，一直留在她心里。

赵逸的突然归来，将所有前尘往事全部唤起。开心的、痛苦的无一遗漏。

她一直在寻找一种解脱方式。她觉得，如果赵逸亲口说出当初抛弃她的真相，她就会痛到极致，就会彻底心死。

可是，赵逸根本不敢、也不屑面对梓涵。

纵使在人前装作若无其事的样子，他的眼睛骗不了她。从他飘忽不定的眼神中，梓涵发现了他的心虚。

这几日上班，不知是巧合，还是天意，梓涵总能与赵逸不期而遇。

她穿着白色的纱裙，像朵清新的小百合。脸上不化妆，却胜过化妆。

赵逸不得不承认，梓涵是漂亮的，比两年前更漂亮。可他，怎么会不喜欢她呢?是记恨她知道他的秘密，还是喜新厌旧、失去了新鲜感?

“梓涵，早！”赵逸的表情有点不自然。

呵呵，赵逸，你的演技还不错！明明不想见我，还主动和我打招呼。好吧，我就陪你演下去，看你能演到什么时候！

事到如今，她只能配合他，和他热络地打招呼。不然能怎么样？

下班后，鸿轩约梓涵吃饭、看电影。这个时间段，只有两部影片放映。一部爱情片，一部恐怖片。

梓涵问：“鸿轩哥，你想看什么？”

鸿轩想，爱情片虽然浪漫，可恐怖片似乎更利于她投怀送抱，他果断选择了恐怖片。

他们订的是情侣厅，有红色心形大软椅。

两人抱着一桶爆米花找到位置。鸿轩坐下来，靠着椅背，拍了拍自己身边的位置，让梓涵过来。

很快，放映厅的光线暗下来，恐怖的声音响起，梓涵下意识地往鸿轩身边凑了凑。

鸿轩顺势搂住她，握住她的手问：“怕吗？”

“怕，不过有你在我就不怕了！”

屏幕上出现恐怖画面，梓涵紧闭眼不敢看，过了好久才小声问道：“好了没？我可以睁开眼睛吗？”

鸿轩低头看着她，狡黠一笑。她难得和他这么亲近，他可要好好享受下，于是道：“还没！”

又过了一阵，梓涵问：“可以看了吗？”

屏幕上依旧是可怕的画面，但声音比较舒缓，鸿轩道：“嗯，可以了。”

梓涵睁开眼睛，狠狠扑在鸿轩怀里，“你骗人。”

“哪有，谁知道突然切换镜头。”鸿轩表面上淡然，心里却乐开了花。因为梓涵正像个树懒一样紧紧贴在他身上，而且越贴越紧。

看来卓君说得对，想让女孩儿主动投怀送抱，就带她看恐怖片。

鸿轩暗想，是不是太坏了，竟然把这种小伎俩用在梓涵身上。

梓涵抬起头，偷偷看向鸿轩。

影院里光线很暗，柔弱的光映着他俊挺的鼻梁，如画的眉目，漂亮的嘴角，雕刻一般的轮廓，让人找不到半点瑕疵，像是鬼斧神工的艺术品，清晰完美。

梓涵的心像是漏了一个节拍似的怦怦乱跳。

此情此景，她如此熟悉。三年前，和赵逸在一起的时候，他们也一起看过恐怖片。

那时候的她，也是这样扑在他怀里，吓得身体发抖。

为什么做什么事儿都会想到他?

也许，他们之间的回忆太多了，多到足以填满她生活的每一个瞬间。

“涵涵，你想什么呢，怎么不看了?”鸿轩感觉到她的异样，轻抚她的头，俯身在她耳边问道。

“我没事，就是太害怕了。鸿轩哥，我实在不适合看恐怖片。”

“那我们不看了，回家吧。”看着她眉头紧蹙的小可怜样儿，鸿轩很心疼。

“不用了，看完再走吧，我陪你。”梓涵拉着鸿轩的胳膊，紧紧靠着他。

她不想触及那些不开心的事，可它们总会不时出现。

比如现在，她偏偏想起那段糟心的记忆。

梓涵在沉思，在纠结。

她专注的模样让鸿轩误以为她很害怕。于是，他的臂膀慢慢收紧，将她拉到自己怀中，在她额头上吻了一下。

梓涵顺势将头贴在他胸前，直到电影结束，他们都保持这个姿势……

孤寂的城市里失眠的人比比皆是，但每个人都有抗拒睡眠的理由。

就如同此刻的赵逸，他到酒店订了一间房，准备把自己困在里面好好静一静。

可还没等他捋好思绪，便接到了一个陌生的电话。

他原本不想接，可对方一遍接一遍地打。最后他烦了，只得接起来。

打电话的是他曾经的下属王强。前几个月，王强因为工作上的失误被赵逸辞退。后来经查明，他是遭人陷害，并无过错。但赵逸并没为他正名，更没把他召回公司。两人因此结下了梁子，王强恨透了赵逸。

王强在电话里说他手里有赵逸和冯雪的亲密照。

赵逸脸色发白，问道:“你到底想怎样?”

“很简单，给我一百万，我保证这些资料绝不泄露!不然，你懂得。”王强态度坚决。

赵逸没搭话，一阵沉默。

王强笑了笑，“好了，该说的我都说完了。我给你三天时间考虑，三天后答复我。否则……”

挂断电话，赵逸像是一只被砍掉双翼的雄鹰，不管他如何用力挥舞自己的臂膀，依旧不能改变他做错事的事实。

对他来说，一百万不是个小数目。而且，他不甘心把辛苦赚来的钱给那个男人。

与其这样，还不如让他把事情抖出来，大不了名誉尽损。可是，他真能承受后果吗？

如果所有人都知道他是个风流、多情的花花公子，他还能在逸动传媒立足吗？更不用说他还有其他怕人知道的事儿。

赵逸越想头越疼。他六神无主，没了主意。

“算了，不想了，能拖一天是一天。他再找我，我死活不接电话，大不了把他设成黑名单。”

赵逸以为这样就能逃避责任，就可以不面对问题。他敢犯错，却不敢承担由此造成的后果。

就像当初抛弃梓涵时，他凭借远在千里之外的优势，置梓涵的痛苦、绝望于不顾，躲着她，甚至不给她一个交代。

他如今的想法和当日如出一辙，可他却忽视了一个问题，对方不是梓涵，对他没感情。一旦超过期限，得不到答复，一定会说到做到，把那些资料抖出去。

赵逸终究没答应王强的条件。几天后，王强把赵逸和冯雪的亲密照发给了崔荣昊。

收到照片，崔荣昊怒不可遏。他为梓涵不值，也为赵逸惋惜。

赵逸曾是他的好弟弟，也是他最得意、最看重的下属。可这一年来，却屡屡让他失望。

他在犹豫，要不要把照片给梓涵看。

想到梓涵看到照片后，会对赵逸彻底死心，从过去的伤痛中走出来，崔荣昊挑了几张不是特别触目惊心的照片，发给了她。

点开照片的刹那，梓涵的胸口像被摁了无数个尖锐的图钉，千疮百孔，痛得无法呼吸。

也许是痛到极致，她反而不以为然了。

既然决定彻底忘记赵逸，又何必在意这些照片呢！

她放下了，彻底放下了。

下班后，回到公寓，梓涵倚靠在床头看小说。正看得入迷，门口传来一阵急促的敲门声，一声比一声高。

“谁呀？”她走到门口，高声询问。

“是我，涵涵快开门！”

听出是表哥的声音，梓涵忙打开门。

卓君走进来，脸上的表情有些扭曲。梓涵能感觉到，他在极力压制紧绷的情绪。

“哥，你怎么了？”已经七点多了，卓君突然来找他，让她很不安。

“涵涵，舅妈给我打电话，说舅舅病了，让我来接你回家。”说话的时候，卓君差点哭出来。

从小到大，她都没见表哥这样。她的心徒然抽搐在一起，她料想，父亲的病一定很严重，不然表哥不会这么难过。

“哥，我爸得了什么病？他之前一直好好的，什么事儿也没有呀？”突如其来的惊吓，让梓涵两腿发软。她扶着卓君的胳膊，仰头问道。

“听舅妈说是心脏病。涵涵快下楼，司机在楼下等咱们呢！”

“心脏病？怎么会有心脏病？”

梓涵低声念叨，身体已不听使唤。慌乱中她穿上鞋，和卓君一起跑下楼，上了车。

刚到家门口，梓涵就觉察出异样。

门口没有救护车，也没有医生。金氏的高层围在一起，神色凝重。

见梓涵到了，他们立即走过来。其中一位比较熟悉的叔叔拦住梓涵：“涵涵，坚强点，不然你妈妈会更难过……”

“刘叔叔，你说什么呢？我干吗要坚强，我妈妈干吗要难过？我回来了，我爸爸一定没事的！”

梓涵明知他话里的意思，却不敢也不想接受现实。

因为她记得爸爸说过，女儿是他的福星。只要他的涵涵在，他遇到什么困难都不怕。

梓涵奋力挣脱他的阻拦，不顾一切冲向大厅。家里的沙发上坐满了人，母亲刘玉华被几个人围着，正在低声抽泣。

“妈，家里怎么这么多人？我爸呢，他在干吗？”

梓涵眼里含着泪，声音颤抖，她不想听到那可怕的答案。她好想听母亲说“你爸已经没事了，在卧室休息呢”。

可是，她没得到这样的答案！

梓涵话音未落，刘玉华已起身抱住她，放声大哭。

“妈，怎么了？爸爸怎么了？”梓涵的身体更加瘫软，卓君站在她身旁，用力扶住她。

“涵涵……你爸爸走了，再也不要咱们了……”紧紧搂着女儿，刘玉华泣不成声。

中午的时候，他们夫妻俩还通过电话。没想到她傍晚回家，见丈夫躺在床上，脸色发紫，说不出话来。十几分钟后急救人员赶到，已回天乏力。

经诊断，金海峰患的是心源性猝死。这种病致死率极高，如果不能在几分钟内得到有效救治，最终的结果只能是死亡。

刘玉华不知他发病多久，可即便她第一时间发现，金海峰恐怕也救不过来。因为就算救护车再快，再神速，也不可能在几分钟之内赶到。

她只恨老天无眼，让丈夫一个人在家，承受病痛的折磨，又在短短几十分钟后撒手人寰！

“爸爸中午还给我打电话，我告诉他周末回家。他怎么会走呢？妈妈你骗我，我不信，我要去见爸爸！”梓涵挣脱开母亲的怀抱，往楼梯的方向跑去，却被一道人墙拦住。

“涵涵，你现在不能去……”秦朗含着泪。几天前，他还和金海峰一起吃饭。弟弟的突然离开，让他无法接受。

“我为什么不能去？我要去看爸爸，我已经几天没见他了！”

连日来，梓涵心情一直很差，很少回家，也很少和父亲聊天。不过这个周末她打算和鸿轩一起回家，陪爸爸妈妈吃个饭。可是，还没等她回家见父亲一面，就永远失去了父亲。

没发生的事儿，永远都是无常的。不能设定，只能计划。人世间的每一次相遇都是久别重逢，而每一次分开可能今生再不相见。

梓涵清楚记得几天前的早上，父亲站在家门口，目送她去上班。没想到那次分别，竟成了父女的永别！

金海峰才五十几岁，之前并没有心脏病的迹象。梓涵怎么也想象不到，父亲会因为心脏病而离开她和妈妈。走得那么突然，那么决绝，甚至连句话都没留下。

几分钟后，家里人帮金海峰擦拭了身体，换好衣服，才让梓涵上楼去见父亲。

从楼下到楼上的十几个台阶，梓涵走得异常艰难。她想见父亲，又怕见父亲。

她想看到对她微笑、慈爱地唤她乳名的父亲。不想看到双目紧闭、一个字也说不出的父亲。

忍着巨大的悲痛，她终于走到卧室门口。这一路，仿佛跨过千山万水般漫长。

在亲人的注视下，梓涵一步步走近父亲，缓缓低下头。

金海峰那张因呼吸困难而变得青紫的脸毫无遮掩地呈现在她面前。梓涵眼前一黑，整个人瞬间瘫倒在地上。

这一刻的梓涵没有眼泪，却真正体会到万箭穿心、悲痛欲绝的痛苦。

亲眼看到毫无生气的父亲，她不得不接受现实：父亲真的走了，他就在她身边，却已是天人永隔！

“涵涵！涵涵！”

意识模糊中，她听到家人的呼唤。不知什么时候，她已靠在鸿轩的怀里。

梓涵只是昏厥，没多久便清醒过来。透过笼罩着一层浓雾的眼帘，她看到鸿轩猩红的泪眼。

只一瞬间，梓涵以为自己在做梦，可当她环视一周，看到母亲和姑姑在沙发上哭泣，就不得不回到现实。

父亲不在了，因为巨大的刺激，她刚刚昏了过去。

“鸿轩哥，陪我去看爸爸。”这是梓涵醒来后的第一句话。

“涵涵，你再躺会儿，过一会儿再去吧。”

看着怀里难过得不成样子的梓涵，鸿轩不知怎样安慰她。

他知道，梓涵和父亲的感情非常深。金海峰的突然离开，等同于她的世界塌陷了半边。

他可以为她做一切，可面对生死，他却无能为力。

“不，我要去看爸爸！我不去爸爸会难过，会不安心。”梓涵用手臂支撑着身体，想要坐起来，鸿轩忙扶起她。

紧紧倚靠着鸿轩，梓涵艰难向前走。

再次来到父亲床边，梓涵心如刀割，却不得不忍住泪水。因为她听人说，不能在逝去的亲人面前哭泣。流下的泪水滴在亲人身上，亲人会舍不得离开，不能投胎做人。

“爸爸，我好舍不得你，好想你陪着我和妈妈，我们永远在一起。可是……我不得不让你走，我……只希望你能记得我的温度，咱们三个生生世世都是一家人。”

梓涵俯下身，轻轻贴了贴父亲的脸颊，又在他脸上吻了一下。

父亲的神情很安详，如同熟睡一样。可冰冷的触感让梓涵痛不欲生，如同有千万双手从不同方向拉扯她，要将她撕碎，扯断。

她无法忍住随时会流出的泪水，连忙别过脸去，免得泪水滴在父亲身上。

“涵涵，我们走吧。”

梓涵感觉腿软得厉害，每走一步都要鸿轩搀扶。回到楼下大厅，母女俩抱头痛哭。

她们身边围绕着很多人，可梓涵的心依旧是空的。

爸爸不在了，她的世界只剩半边，没有人能替代父亲在她心中的位置。

梓涵不仅难过，还万分自责。她想如果她在家，就能第一时间发现父亲的病情，父亲就能在第一时间得到救治。那么，也许会是另一番情形。

可是，一切都是假设，父亲发病突然，没有任何征兆。她不在家，妈妈也不在家，只有他一个人，默默承受病痛的折磨。

她料想，父亲的病一定来得非常急、非常严重，不然不至于连个电话都不能打。

十几分钟后，金海峰被抬上车，送到殡仪馆。梓涵一路跟着，眼看着父亲被放到冰棺里，液晶屏上显示“—18℃”。

“求求你们，别把我爸爸放在这里！这么低的温度，他会冷的！”梓涵冲到前面，想要阻止殡仪馆的工作人员盖上冰棺。

“涵涵，不会的，叔叔不会冷……”

梓涵的话刺痛了鸿轩的心。

人死了，就没有知觉了，又怎会感觉冷？

这孩子气的话，饱含着梓涵太多的辛酸和不舍。

在她眼里，躺在冰棺里的是养育她二十几年，和她血浓于水的父亲。在外人眼里，那不过是一具失去生命的躯体！

在梓涵二十几年的生命里，从未如此无助！

事业失意，她可以重头再来。即便情感受挫，她也可以重新振作。可失去亲人的痛是她无法承受的，更何况这个人是她深爱的父亲！

树欲静而风不止，子欲养而亲不待！

孩子长大了，懂事了，有能力报答了。亲人却撒手人寰，不给孩子报答的机会，世界上最痛苦的事莫过于此！

梓涵想过，再过几年她会放弃逸动传媒的工作，和舅舅一起打理公司，让父亲退休，在家里陪母亲。

可是，父亲就这样走了。也许这些年他太累了，想以这种方式好好休息。

“老天，你为什么要夺走我爸爸？他还那么年轻，还有未完成的事业。爸爸走了，你让我和妈妈怎么活？”跪在父亲灵前，梓涵仰头，无声质问。

这一刻，她突然感觉自己长大了，不再是那个无忧无虑、逍遥自在的千金小姐了。

没有父亲这座山，她就像风雨中被无情吹打的小树。虽然枝叶未丰，却不得不坚强。她要做母亲的依靠，抚慰她孤寂的后半生。

“涵涵，起来吧。晚上凉了，你总这么跪着身体受不了。”

“鸿轩哥，你就让我跪一会儿吧，我想和爸爸说说话。”

梓涵没再流泪，可故作坚强的样子让鸿轩更心疼。

“好，我陪你跪着，我也和叔叔说话。”

这个时候，他要做梓涵的依靠，要帮她渡过这一关。

“鸿轩哥，你知道吗？我好后悔。这些天我一直忙，都没好好和爸爸说几句话。也许我陪着他，就不会发生这样的事儿了。至少，爸爸不会走得这么孤独。”

除了痛苦，梓涵也非常自责。她觉得自己的疏忽和父亲的猝然离世有脱不了的关系。

“涵涵，这不怪你，谁都预料不到会发生这样的事儿。叔叔身体一直不错，如果提前知道他发病，我们每个人都会守着他，一刻都不离开。可我们不是神，不会神机妙算，不能预见未来。要怪只能怪老天，选择你和阿姨都不在的时候，让叔叔发病。”鸿轩侧身搂住梓涵，不知怎样减轻她的痛苦。

“鸿轩哥，你不用安慰我。都怪我不够关心爸爸，都怪我……”在鸿轩怀里，梓涵强撑的坚强完全崩溃。

“涵涵，真不是你的错。听话，起来吧，我们回家。看你这个样子，叔叔会担心的。”

在此之前，梓涵不相信人走了以后还有灵魂。可这个时候，她宁愿相信灵魂的存在。

她希望父亲能看到她，就算她感知不到他的存在，也是幸福的。

刘玉华和金舒雅坐在沙发上轻声抽泣。看到女儿回来，刘玉华起身迎过来。

她和金海峰结婚二十几年，感情一直很好。丈夫的突然离开让她难以接受，可是，就算再痛苦，她也必须坚强。为了女儿，她不能垮掉。

“妈妈，都怪我，我回来晚了。如果我早点回家，爸爸就不会走了。”泪眼蒙眬中，看着母亲同样布满泪痕的脸，梓涵不可抑制地自责。

“涵涵，这不是你的错。来抢救的医生说了，你爸爸的病太急了。就算第一时间发现，马上抢救，也不一定能救过来。我们都没办法。”刘玉华不忍心看女儿这么折磨自己，柔声劝慰道。当然，她说的也是实情。

“是呀，涵涵，真的不能怪你，很多事情是无法预料的。昨天我去公司找舅舅，他还好好的呢。”卓君也上前说道。

无论母亲和表哥说什么，梓涵都无法原谅自己。这段时间她对父亲关心太少了，金海峰又一直忙公司的事儿，他们父女俩很少交流。

梓涵缓缓抬起头，环顾四周，这个曾经温暖的家此刻格外清冷。

没有父亲，这里还算家吗？

“鸿轩，你带涵涵去休息吧。明天还有很多事儿，我怕她身体受不了。”轻拭女儿眼角的泪，刘玉华低声对鸿轩说。

“好，我带涵涵去卧室。阿姨你也注意身体。”

“我没事，你金阿姨会陪着我的。”

梓涵只恨时光不能倒流，她无法回到父亲发病那个时刻去改变这一切。

“涵涵，闭上眼睛，好好睡一觉。我会一直陪着你。”

鸿轩扶梓涵在床上躺下，帮她盖好被子。

梓涵的痛，鸿轩感同身受。面对生死，他同样无力。

他只能默默在她身边，让她知道，他会永远陪着她，不离不弃。

这一晚，梓涵眼前都是父亲脸色青紫、躺在床上的样子，几乎一夜未睡。

父亲孤独离世的那一幕已根植在她心里，像魔咒一般笼罩着她，让她无力自拔……

在鸿轩和卓君的陪伴下，梓涵和刘玉华为金海峰挑选了墓地。和梓涵爷爷奶奶的墓地距离很近。

想到父亲和爷爷奶奶以这种方式团聚，梓涵感到些许慰藉。

跪在爷爷奶奶墓前，梓涵肝肠寸断：“爷爷、奶奶，爸爸就要来陪你们了。他和你们住得很近，还请爷爷奶奶多照顾爸爸。他刚来，什么都不懂，他……也会好好陪着你们的。”

听着女儿的话，刘玉华心中更加酸涩，忍不住轻声哭泣。

八月的京城，天气晴朗，酷暑逼人。梓涵眼前却是大雨滂沱，黑云翻滚！是天崩地裂，日月无光！

7 月 31 日，是她痛不欲生的日子，也是足以让她铭记一生的日子。

她相信有另一个世界。父亲是个善良、正直的人，去到的新世界定是个欢乐的、没有病痛的世界！

她相信有来生。在来生，他依然是她慈爱、可亲的父亲！

料理完金海峰的后事，梓涵和母亲回到金家别墅。鸿轩、卓君、金舒雅和秦朗一直陪伴在侧，可梓涵仍觉得心里慌慌的，没有一丝安稳的感觉。

父亲在这个世界上才度过五十几个年头。如果不是突发急病，他应该安享天年，长命百岁的。父亲的离去，让她真切感受到生命是如此脆弱，面对无可挽回的失去是如此无望与无力！

那种刻骨铭心的伤痛，就算再高明的医生，再珍贵的药物也无法医治！

爸爸，我想你，很想很想……

很想再为你做一顿饭，再给你捶捶背、洗洗脚……

很想一边和你轻松愉快地聊天，一边看着你和蔼可亲的笑容……

爸爸，我有好多话想对你说，好多事想为你做。

可你，怎么就这样走了，不再给我机会了呢？

梓涵记得，她曾在微博上转发过这样一段话："世界上最幸福的事就是我长大，你未老，我有能力报答，你依然健康。"

不过短短十几天，就发生如此意想不到的变故。

总觉得来日方长，却不想再没机会报答父亲！

"涵涵，我知道你很难过，但是你一定要努力振作起来。叔叔是个要强的人，他一定不希望自己的女儿变成这个样子。而且你难过，妈妈会更难过。为了妈妈，为了金氏企业，你要好好的，懂吗？"

鸿轩的话点醒了她。

是呀，她肩负着照顾母亲、传承金氏的责任。

她绝不能倒下！

金海峰的突然离开，不仅让家人难以承受，也让金氏企业上下措手不及。

到底要不要接替金海峰的职务，就任董事长一职，刘玉华还没想清楚。

金海峰在世的时候，试探过梓涵，让她放弃逸动传媒的工作到金氏上班，被梓涵一口拒绝了。金海峰笑了笑，并没为难她。他舍不得女儿放弃自己的爱好，接触冰冷的房地产业。

而今，那一幕仿佛就在眼前。可那个慈爱、宽容、一心为女儿着想的父亲却不在了。

对房地产业，梓涵不太懂。可她知道金氏企业这几年发展这么快，父亲功不可没。

金海峰在公司的威望极高，员工们都很喜欢他。她要像父亲一样，做个让人信服的人。

入秋以后，天气渐渐凉爽。细微的冷风消无声息地从未关紧的落地窗间溜进来，轻轻扫起薄纱般的窗帘，引得帘子因舞动发出噗噗的声响。

这声响不大，可是在静得只能听见彼此呼吸声的房间里，变得特别明显突兀。

鸿轩垂眼看着酣睡的梓涵，犹豫了一会儿，才动了动，想抽回被她压在身下的手臂。不承想她却伸手环住他的腰，小脸挤进他的胸口。

"涵涵，我去关个窗。"鸿轩解释道。

"不冷。"梓涵的声音很倔强。

"不冷你还抱我这么紧？"

梓涵始终埋着脸不看他，“谁说拥抱就是为了取暖？你当自己是暖宝宝吗？”

鸿轩把玩着她的发丝，故作随意地问道：“那你的意思是，喜欢我才抱我的？”

怀里一阵沉默。

没关系，他可以等。不管等多久，都要等到她亲口说爱他的那一天。

“涵涵，你知道吗，我从没掩饰过想要娶你的想法。我曾经固执地认为，你一定会成为我的人。可是现在，我很不安，我害怕失去你。”

“鸿轩哥，你怎么突然想到这个？”梓涵仰着头，见他一脸严肃，知道他是认真的。

“我也不知道。也许是因为我的竞争对手太强大，让我很不自信。”

梓涵抓过他的手，轻声道：“鸿轩哥，你想多了。没人能威胁到你，你对我，很重要！谢谢你一直陪我！”

经历这么多事儿，梓涵早已看透一切。在她最痛苦、最无助的时候，站在她身边、给她力量、帮她渡过难关的，始终是鸿轩。

对赵逸来说，她不过是个可有可无的人。

对鸿轩来说，她是他的全部、他的唯一。

她又怎会执迷不悟，重蹈覆辙！

梓涵动情的表白让鸿轩面红心跳，感动不已。他差点留下泪来。

“涵涵，有你这句话，即便即刻死了，我也知足了……”

梓涵抬起手，捂住他的唇，“鸿轩哥，不要说这个字，我不要听！爸爸走了，我不想再失去任何人。我要你好好活着，我和妈妈都需要你！”

“对不起涵涵，是我太激动了，我再也不说了。”鸿轩拉过梓涵的手，把它放在自己的胸口。

梓涵向前挪了挪身体，和他靠得更近。

感受到鸿轩温热的气息，她很有安全感，很快又睡着了。

睡梦中，梓涵的身体不时轻轻颤抖。父亲的突然离世，让她承受了前所未有的打击，神经一直紧绷着。即便在梦中，也无法释然。

鸿轩还记得在卓君家见到梓涵时，她宛如天使般轻灵俊秀的模样让他痴迷沉沦。

那时候的她，眼角眉梢都溢着笑意。

她拥有令人艳羡的家世和超尘脱俗的容貌，在任何人看来，她的人生都是完美的。可仅仅一年后，就发生了翻天覆地的变化。即便睡着时，她脸上都凝着令人心疼的忧伤。

她深爱的男人伤害了他，她最亲爱的父亲离开了她。

接踵而来的打击带走了她的欢乐，她再不是那个无忧无虑的小女孩儿了。

这日上班，崔荣昊把赵逸叫到总裁办公室。

赵逸有预感，崔荣昊找他，一定和他的丑闻有关。

崔荣昊坐在赵逸对面，斜睨着他，不怒而威。

“赵逸，你是个聪明人，你该知道我为什么找你。前段时间我太忙了，没时间理会你的事儿，可是我不理会，不代表我不介意，不代表我不知道。于公，你是我一手提拔起来的，出了这样的事儿，让我很没面子。于私，你和那女人在一起，伤了我最爱的人的心，让我无法容忍！如果我没猜错的话，你是因为她才抛弃梓涵的吧？”

“崔总，是我错了，你想把我怎么样都行，我都接受。”赵逸壮着胆子看向崔荣昊，眼里有种行将就义般的释然。

“赵逸，从即日起，你被免去策划部经理的职务，到后勤部做个副经理吧！”

崔荣昊内心纠结，脸上的表情极为复杂。

想当初，他把赵逸推向事业的巅峰，如今又把他推下去。这其中滋味，只有他自己清楚。

从崔荣昊的眼中，赵逸看到了坚定与决绝。他知道无论说什么都无法改变他的决定，他缓缓起身，向门口走去。

“等一下！”崔荣昊叫住他。

赵逸停下脚步，却没回头。

“赵逸，让你的小情人辞职吧！”

赵逸默默点了点头。若让冯雪继续留在逸动传媒，他们都很难堪。

即便崔荣昊不让冯雪离开，赵逸也会让她离开。如若冯雪不离开，赵逸唯一的选择就是和她分手。

赵逸一路向前，直接进了楼梯间，沿着楼梯一层一层向下走。来逸动传媒十几年了，他辉煌过，也失意过，但从未像今天这般狼狈不堪。

在逸动传媒，后勤部是最不受待见的部门，事情繁杂，还不容易出成绩。

走了一圈，他又被打回副经理的位置，还是后勤部的副经理，和当初荣升的感觉岂能一样？

从小到大，赵逸就没怕过谁，崔荣昊是他唯一一个尊敬并在乎的人。若没发生这些事儿，他还会是崔荣昊最信任的属下，最好的弟弟。他甚至可能成为逸动传媒的高层管理者，地位仅在崔荣昊之下。可是，这一切都是过去式了，曾经的兄弟情谊早已不复存在。

赵逸被降职的消息，很快传遍逸动传媒。

梓涵猜到崔荣昊会采取行动，却没想到会把他降到那个位置。

赵逸得到惩罚，梓涵没有预想的快感，反而很难受。她靠在椅子上，刚来逸动传媒上班的情形又在脑海里浮现。

想当初刚进公司，追求她的人那么多，她偏偏对赵逸一见钟情、一往情深。

也许，这就是命里的劫数吧。她注定要被一个男人伤得彻底，才能痛定思痛、幡然醒悟……

初秋的京城，天空像大海一样湛蓝，好像用刷子刷洗过。朵朵白云犹如扬帆的轻舟，悠哉地飘浮着，充满秋高气爽的情调。

梓涵忙了一天，从公司走出来，到附近的公园散步。

金海峰过世后，她一直为父亲守丧，一身素服越发显得她清秀俊美、气质不凡，不时引人侧目。

“涵涵，可找到你了！”不远处传来男人略显急切的声音。

梓涵定睛一看，是鸿轩。

“鸿轩哥，你怎么来了？”

“我去公司找你，你同事说你到公园散步了。我就一路找来了。”

鸿轩走得急，有些气喘。

“涵涵，我听阿姨说，金氏要投资新项目。而且，这个项目你会参与？”鸿轩直奔主题。

“嗯，金氏要投资酒店业，在西三环建一家大型主题酒店。妈妈让我全程参与，舅舅和几位叔叔会帮我。这是我爸爸的愿望，我要帮他实现。”梓涵轻声答道。

“涵涵，实不相瞒，辰氏也有投资酒店业的想法。也许，我们可以合作。”鸿轩低头看向梓涵，眼含笑意。

“合作？这倒是个不错的主意！不过我决定不了，还要问我妈妈和各位董事。”

“这我知道，我想先征求一下你的意见。如果你同意，我再和阿姨谈。”

“能和辰氏合作，我求之不得。”

于公，辰氏是京城乃至全国首屈一指的大公司，能和辰氏合作，就相当于项目成功了一半。于私，辰氏的总裁是鸿轩，和辰氏合作，就相当于和鸿轩合作，何尝不是件让人高兴的事儿！

“我回去和我爸爸商量一下，晚点去找阿姨。”看着梓涵兴奋的样子，鸿轩很开心。他已经很久没见梓涵笑了。

“鸿轩哥，这是你的想法，还是辰氏的想法？”梓涵思忖片刻，问道。

“我的想法基本上就是辰氏的想法。如今我爸爸放权了，很多事儿都交给我做。不过，还是要征求董事们的意见，应该没什么问题。”

“那就好！我很期待和辰氏的合作，这样我们就可以一起工作了。”梓涵娇嗔地看着鸿轩，小女儿心思暴露无遗。

鸿轩向前一步，揽住梓涵，调笑道：“哦，我明白了。未来金董事长和我们辰氏合作的目的不纯呀！我还以为是为公司的利益考虑呢，原来是为了和我在一起呀！”

“小雪花，我哪有那么丢人！我当然是为公司利益考虑了，只是顺便带点私心……”梓涵红了脸，无力地辩驳。

见梓涵脸上挂不住，鸿轩收敛了笑容，略显严肃地说：“好了，不逗你了，我们言归正传。涵涵，如果辰氏和金氏合作，于公于私都是有利的。我很期待我们的合作。”

“嗯，我也是这么想的。”

“走吧，我带你吃饭去！”

见天色渐黑，鸿轩拉着梓涵的手，走出公园。

这几个月来，梓涵承受了太多打击。她越来越深刻体会到，最宝贵的东西不是拥有的物质，而是陪伴在身边的人。

赵逸刚离她而去的时候，她宁愿放弃尊严，也想尽办法挽留他。可她努力那么久，耗尽全部气力，换来的不过是赵逸的冷眼相对。

与其这样，她宁愿从未认识他，也从未爱过他。

现在的梓涵，只想和赵逸最后谈一次，解开心里的一些疑问。从此以后，她和赵逸再无瓜葛。

几天后，梓涵和赵逸在一家咖啡厅见面。

梓涵打扮得很随意，黑色 T 恤，牛仔裤，再简单不过。她走进咖啡厅，一眼就看到赵逸。只见他坐在靠窗的位置，桌上放着两杯咖啡。

“你来了！”

梓涵点了点头，在他对面坐下。

“我记得你喜欢卡布奇诺，所以就先点了。”

“谢谢！”

看到桌上的两杯卡布奇诺，梓涵心头微微一动。卡布奇诺是她的最爱，原来他还记得。

“梓涵，你变了。”看着她一脸冰山的模样，赵逸心生感慨。

“两年了，谁都会变。”梓涵面不改色，冷冷地回应。

“我记得以前咱们见面的时候，你都会精心打扮一番。有时候很性感，有时候很可爱，总是给我惊喜。”赵逸像是对梓涵诉说，又像是喃喃自语，声音很轻。

“赵逸，我们没必要叙旧了。”

梓涵以为可以平静地面对赵逸，可听他说这样的话，依旧很生气，很心酸。

“对不起，梓涵，是我对不起你！这段时间来，我一直想弥补你……”

“赵逸，我不明白，之前我去林兰找你，你还对我拳脚相加，短短几个月后，你怎么觉得对不起我了？”

未等赵逸说完，梓涵就打断她。一双杏眼因愤怒变得更加明亮、有神。

“梓涵，你是在怀疑我的诚意吗？”赵逸迎向她的目光，并不回避。

“没错，我就是怀疑你诚意！赵逸，我可以原谅任何真心向我道歉的人。可从你这里，我感觉不到真心。你说吧，你向我道歉到底是为了什么？”

“梓涵，你这样说我很难过。无论你信不信，我的道歉是真诚的，我真觉得对不起你。”赵逸神色黯然，好像受了很大的委屈和误解。

梓涵端起咖啡，轻抿一口，淡淡说道：“赵逸，我们之间还是坦诚相见比较好。如果我没猜错的话，你向我道歉是因为怕我在人前说什么不该说的话，让你难堪吧？”

“梓涵，你把我想成什么人了？这绝不是我赴约的目的！我来见你，只是单纯地想得到你的原谅。”

梓涵的话，深深触动了他。两年了，她彻底变了。

“赵逸，我不想和你讨论这个。我只能告诉你，就算你说一千一万个对不起，我也不会原谅你。因为你对我的伤害不是‘对不起’能弥补的。这两年，我一直活在被你背叛和抛弃的阴影里。我想问你，当我一个人对着墙壁伤心流泪的时候，你在干什么？”

说到此处，回想过去的点点滴滴，梓涵的心像被碾压一般，隐隐作痛。

她不再留恋于赵逸，但提到伤心事，还是很难过。

“梓涵，我……”赵逸被她的气势震慑了，一时不知如何作答。

“你不知道怎么回答，对吧？那我帮你回答。当我痛不欲生，一个人对着墙壁伤心流泪的时候，你正搂着你的冯雪潇洒快活呢！但见新人笑，哪闻旧人哭。你和她在一起的时候，又岂会在乎我的感受？我给你打电话不接，发短息不回，我去安西找你你躲着我，我去林兰找你你对我拳脚相加！赵逸，你在我最舍不得你的时候离开我，对我不管不顾、不闻不问，让我如何原谅你？”

梓涵越说越难过。往事一幕幕，如同放电影一般在眼前呈现，撩拨着她的每一根神经，让她无法冷静。

“梓涵，过了这么久，你还这么恨我?”赵逸凝视着梓涵，答非所问。

“没错，我恨你！我找不到不恨你的理由！赵逸，当初的我那么爱你，可以为你付出一切。可即便这样，你还欺骗我，和别的女人在一起。甚至为了冯雪抛弃我，置我的痛苦于不顾。最可恨的是，你从不承认你的背叛，甚至不知廉耻地把一切过错推到我身上。当然，我也有错，我错就错在太相信你，以为你只爱我一个人。”

这些话，梓涵憋在心里太久。如今说出来，顿觉舒服。

“梓涵，我以为你放下了，没想到你还是这样。”

在赵逸看来，即便他对不起梓涵，也无须为她做什么。时间可以冲淡一切，包括他对她的伤害，她对他的恨。

“赵逸，你好可笑！你说你对不起我，那么请问，这两年来你为我做了什么？是关心过我？还是怎样？既然你没为我做任何事，凭什么让我原谅你？我告诉你，时间可以冲淡很多事儿，但你对我的伤害太深、太重，不是时间能够改变的。我恨你，不会变!”

赵逸的话彻底激怒了梓涵。她瞧不起他，鄙视他的怯懦和伪善、胆小和无能。

梓涵永远也忘不了两年前的那天，他绝情的眼神和冰冷的话语：“清白？金梓涵，你别总拿这个说事儿！放心吧，失去所谓的清白，也有人要你！这年头了，谁还在乎这个!”

赵逸的话像一把无形的利刃，一刀又一刀，凌迟着她本就脆弱不堪的心。

见梓涵神思恍惚，赵逸不由得向前探了探身。

“梓涵，也许你不知道，我虽然活着，但和死了差不多。有人把我和冯雪的视频发到网上，还向崔总举报我，说我工作和生活作风都有问题。我已经被降职两次了，这对我来说，简直是奇耻大辱……”

听了他这番话，梓涵先是笑，而后流下泪来，惊得赵逸不知所以：“梓涵，你怎么哭了?”

“赵逸，你相信因果报应吗？我信。这就是你的报应！都是你自己造成的!”

梓涵不想在赵逸面前哭，轻拭眼角的泪，慢慢恢复了平静。

“也许吧，也许这就是我的报应。”

赵逸说这些话本想获得梓涵的同情，却不想她根本不在意，反而说这都是他的报应。

他终于明白，过去那个心疼他、怜惜他的梓涵已经不在了。现在的梓涵，恨他到骨髓。

“赵逸，我想知道，你为什么为了冯雪抛弃我，她到底哪里吸引你？”

梓涵无心纠结于过去，可这个问题一直困扰着她。

无论容貌、才华还是家世、品行，冯雪都不出众。她不明白，赵逸怎么会为了这样一个女人，置他们几年的感情于不顾！

“你真的想知道原因吗？”赵逸看着窗外，沉思片刻，反问道。

“没错，我必须知道原因！”梓涵神色坚定。

“那我告诉你吧，原因只有一个，我喜新厌旧了。”

“我不信，这就是真正的原因吗？”从赵逸眼中，梓涵看到飘忽不定的情愫，她怀疑他说话的真实性。

“这就是真正的原因！梓涵，这不也是你想听到的吗？”

“我想听到的？你什么意思？”

“我的意思是说，在你看来，我不就是因为喜新厌旧才离开你的吗？这不是你想听到的答案吗？”赵逸目光轻佻，流露出些许不屑。

“没错，我曾一度以为你是因为喜新厌旧才选择冯雪，但后来我明白了，这不是真正的原因。”

“哦？那你觉得真正的原因是什么？”赵逸笑着问道。

梓涵很讨厌他这副不以为然的样子，强压心头怒火，微微一笑，缓缓说道：“如果我没说错的话，你很喜欢游走于几个女人之间的感觉，冯雪也不是你唯一的女人。我发现了真相，容不下其他女人。所以，你必须抛弃我，才能安心和她们在一起。我说的没错吧？”

“呵呵，梓涵，你很有想象力。”

赵逸从没想过这些，但梓涵的话，他无力反驳。

是呀，梓涵容不下别人，要想和冯雪在一起，和于曼丽保持联系，就必须和梓涵分开。不然，他的日子肯定不好过。

“想象？我看不是想象，是真相吧。赵逸，实不相瞒，你和那些女人的聊天记录、照片我还保存着。不过，我已经不在意了。我曾经说过，我可以做你背后的女人，却不能做你背后的女人之一。我不屑与那几个女人为伍，你和她们怎样，已经和我没关系了。不过，我可以不计较你和她们的关系，却不能不在意你和冯雪的关系。当初，她明明知道我和你在一起，却一而再再而三地伤害我，在我的伤口上撒盐。所以，除非你和她分开，否则我绝不会放过她！”

冯雪之前的骚扰，让梓涵烦透了。她原本以为，她和赵逸的恩怨，只需他们两个人解决就好。现在看来，她和冯雪的账也该算算了。

“梓涵，是我对不起你，和她没关系。我不想看到你们两个人因为我闹得不可开交。”

直面梓涵，赵逸深切感受到她对冯雪的恨意，那种恨让他恐慌。

他相信，以梓涵的实力，只要她愿意，完全可以毁了他，毁了冯雪。

“哈哈，赵逸，我要恭喜你了！”梓涵突然脸色一变，露出一抹奇怪的笑，向赵逸伸出手。

“恭喜我什么？”赵逸犹豫片刻，才握住梓涵的手。

“恭喜你找到真爱呀！你这么保护她，不是真爱是什么？”梓涵轻轻握了握赵逸的手，马上就松开了。

她眼里含着泪，欲哭还笑的样子，让赵逸很不好受。

“梓涵，我不是保护她，我是不想让你们两个互相怨恨。”

“互相怨恨？她有理由有资格恨我吗？是她厚颜无耻，横刀夺爱，抢走我的男人！当我形单影只、痛不欲生的时候，她正和我的男人在一起，卿卿我我、甜甜蜜蜜呢！自始至终，我没伤害她一丝一毫，她却把我伤得体无完肤，她凭什么恨我？”

两年了，梓涵终于把压抑许久的痛苦发泄出来。她恨冯雪，更恨赵逸！

是他的心猿意马，让冯雪有机可乘。

“梓涵，你没必要恨她，她什么都不知道，都是我的错。”

“她什么都不知道？太可笑了吧！赵逸，我不妨告诉你，她对我做过什么。她告诉我，你送她一条 Hellokitty 毯子，她给她的狗用了。她知道我喜欢 Hellokitty，也知道那个毯子是我的。她还告诉我，你和她一起养了一只小黑猫，她常到你家看那只小黑猫。她这样说，无非是想刺激我……”

“梓涵，别说了！现在说这些有什么用！”

赵逸眉头紧蹙。梓涵的话他不爱听，也不想听。

在他看来，那都是陈年旧事，毫无意义。

“呵呵，没用？在你眼里，什么都没用！因为你根本不在乎我的痛苦！所以，你和我见面是有目的的，而这个目的绝不是向我说‘对不起’，也绝不是想弥补什么！你若是真心道歉，脸上不会是这样的表情！”

在梓涵看来，道歉不过是个幌子，稳住她才是他的真正目的。

两年了，赵逸依旧俊朗。岁月没在他脸上留下任何痕迹，还是她当初爱上他时的模样，可他的内心却让她作呕。

明明是他辜负她、背弃她，却要装作一副委屈、无奈的样子，好像这一切都是他迫不得已的。

“梓涵，要我怎样你才能原谅我？你说呀！”

“你想让我提条件是吧？”梓涵乐得陪他演戏，身体向前探了探，笑着问道。

“没错，你说条件吧，我看能不能做到。”赵逸点头附和道。

“那好，我就说条件了。第一，你给我一千万，算是我的精神损失费；第二，你像当年抛弃我那样抛弃冯雪，让她承受我曾经承受的痛苦。这两条，你做到了我就原谅你。我会向崔荣昊求情，让你官复原职。”

梓涵愤恨地看向赵逸，一字一顿地说道。

她恨赵逸和冯雪，恨不得他们分开。可一千万的精神损失费是她随便说的。

她不在乎钱，也根本不需要钱。她知道赵逸拿不出一千万，才故意为难他。

“好，我会考虑你的条件。只要你别恨我，别报复冯雪就好。”赵逸像是下定决心一般，每说一个字都显得很沉重。

“赵逸，为了冯雪，你什么都肯做。是吗？”听到他的回答，梓涵不知是悲是喜。

“梓涵，我不是为了冯雪。我只是希望你能原谅我。”赵逸依旧坚持。

“赵逸，我很好奇，你有一千万给我吗？”梓涵没想到他答应得这么痛快，不由得笑问。

“我……可以想办法。大不了去借高利贷。”

“借高利贷？你说得好轻松。我不知道你是敷衍我，还是真不知道其中利害。”梓涵微眯双眼，审视着赵逸，有些看不透他。

这男人太奇怪了。几个月前还恨不得杀了她，如今为了求得她的谅解，竟然可以答应她任何要求！

“梓涵，你还有其他条件吗？”对梓涵的问题，赵逸避而不答，接着问道。

“没有了，我暂时想到这些。”

“那好，你的条件我都记住了，我会好好考虑的。我的头很疼，心也很乱，我们改天再聊吧。”

见面之前，他以为几句好话就能把梓涵哄得服服帖帖的。没想到他那点伎俩都被她识破，还提出这两个棘手的条件。

“好，你考虑一下，想好了给我打电话。”梓涵如释重负，整理了一下衣服，起身站起来。

“我送你吧。”

“不用了，我自己打车。”梓涵看也不看他，拿起包就走。

赵逸连忙追上去，拦住梓涵，“梓涵，给我个机会，让我送送你吧。”

梓涵不想和他争执，上了车。

时隔两年，再一次坐他的车，别有一番滋味。

她能嗅到车厢里属于另一个女人的香水味儿。和两年前的味道一样，让她恶心。

“赵逸，你在前边停车吧，我要下车。”

“怎么这会儿就下车，不是没到你家吗？”赵逸不解地问。

“我有事，不回家！”

赵逸想了想，把车停在路边。

梓涵推开车门，头也不回地下了车。“砰”的关门声，震得赵逸身体微微一颤。

她对他，再无当初的感情了。

第十九章　释然

梓涵走后，赵逸很快给冯雪打电话，让她离开京城。他不想她在这里，给他添麻烦。

冯雪虽然答应离开，心里却有百般不舍。她固执地认为，赵逸的变化是梓涵造成的。她恨梓涵，上了火车，就拿出手机，写了一段话发给她。她这样做的目的就是想激怒梓涵，让她心里不舒服。

梓涵的痛苦，能给她变态的心带来极大的快感。

收到短信的时候，梓涵已回到公寓。这段冗长的文字，她几分钟才看完。

冯雪在短信里约她见面，貌似向她道歉、求和。实际上无非是想让她远离赵逸，别怨恨她、报复她。

她刚和赵逸见面，冯雪就发来短信。梓涵猜想，赵逸一定和冯雪说了什么，才让她方寸大乱，发来这样的短信。

想到冯雪之前对她的骚扰，梓涵难抑愤懑。想了想，拨了她的电话。

冯雪正等她回复，很快接起电话，但是并未说话。

“冯雪，我本来不想理你。但看在你辛苦打了这么多字的分儿上，我还是给你回个电话吧。”听电话那端没声音，梓涵先说道。

“你说吧，我听着。”冯雪的声音很小，有些哽咽。

想到赵逸赶她走，她越想越难过，忍不住哭了。见梓涵打来电话，她才擦干眼泪，止住哭声。

“冯雪，有件事儿我很好奇。如果你能给我答案，我会考虑和你见面。不然，我们就没必要见面了。”梓涵强忍厌恶说道。

“什么事儿，你问吧?”

说话间，梓涵能听到冯雪鼻子抽搐的声音。

“冯雪，据我所知，你和赵逸感情很不错。既然这样，你为什么在短信里说你瞎了眼，为什么说他欺骗你，这不是很矛盾吗？还是你故意这样说，想得到我的同情？免得我报复你?”梓涵言辞犀利，直中要害，不留情面。

“梓涵，你是不相信我吗？如果你不相信我，我们就没必要谈了。”冯雪带着哭腔反问。

她想将梓涵一下，可梓涵并未中计。

“冯雪，我没理由相信你！既然没必要谈，我们就不谈了。拜拜!”未等冯雪反应过来，梓涵已挂断电话。

冯雪一阵懊恼，若不是在火车上，她恐怕会发狂。

放下手机，梓涵恨不得杀了这个女人。

她原本平静的日子，生生被这个女人扰乱了。若不是她，她和赵逸也不会到今天这步!

她以为她足够淡定，却不想又被这个女人激怒了。

梓涵一气之下拨了赵逸的电话。刚听到接通的声音，她便厉声说道：“赵逸，好好管管你的女人，别让她再骚扰我！不然别怪我不客气!”

赵逸一头雾水，但马上猜到，冯雪一定又给梓涵打电话或者发短信了。

“梓涵，冯雪又怎么了?”

“怎么了？她发短信骚扰我，说让我别恨她。赵逸，你觉得你们这样有意思吗？对你们有什么好处?”梓涵如鲠在喉，越说越气愤。

“我不知道她给你发短信，她说什么了?”

赵逸薄唇紧抿，不由得在心里暗骂冯雪。这个女人就知道给他惹麻烦!

“你问她吧，我没时间复述她说了什么。我最后一次提醒你，别再挑战我的底线!”说完，梓涵果断结束通话。

金海峰走后，梓涵身体一直不好。这会儿受了刺激，不禁身心疲惫，躺在床上没多久就睡着了。

梓涵睡觉的这段时间，赵逸和冯雪一直在通话。

赵逸在电话里埋怨冯雪，怪她不听话，又去招惹梓涵。冯雪不服气，两人在电话里吵了起来。

自始至终，冯雪都有一种危机感。

梓涵温柔、漂亮、有才华，样样都比她强。她怕赵逸和她接触多了，会旧情复燃。

气氛，像是一根紧绷的弦，随时都可能断掉。

“冯雪，你想多了吧。她恨我入骨，怎么可能和我在一起？不用我离她远远的，她早就拒我于千里之外了！”

“既然这样，我就放心了。说实话，想到她生气、伤心的样子，我就很痛快！”冯雪破涕为笑，邪恶的念头在头脑中闪过。

“冯雪，你疯了吧？我警告你，金梓涵不是好惹的。你别激怒她，到时候我可帮不了你。”赵逸很无奈。

他有种预感，这女人已经不受他控制了，说不上会做出什么疯狂的事儿。

“好了，我不会再联系她，你就放一百个心吧！再说，你怕她，我可不怕，大不了鱼死网破，大家一起完蛋！”

冯雪嘴上安抚赵逸，心里却是一万个不愿意。

在她看来，她的语言就是武器。她说得越多，梓涵的心就越痛，她就越能得到满足感。

“大家一起完蛋？你说得太轻松了吧？你不想活，我还想活呢！要完蛋你自己完蛋，没人陪你！”赵逸被他气得不行，已经口不择言了。

“老公，你怎么这么说话呢……”

冯雪还想说什么，那端却传来“嘟嘟”声。赵逸没心情和她说话，已挂断电话。

冯雪懊恼地一甩手，气呼呼地走回车厢。

京城中心广场，鸿轩和梓涵吃过午饭，正牵着手散步。

“鸿轩哥，我突然……想问你一个问题。”

梓涵低头不敢看鸿轩，秀眉微皱，心事重重。

“什么问题？这么神秘兮兮的？”鸿轩深邃的眸子隐隐泛着宠溺的光。

“我想问，如果……我是说如果，你喜欢的人有一段不堪回首的过去，你会介意吗？”梓涵没勇气向鸿轩坦白，把“如果”两个字咬得很重。

“过去再不堪回首也只是过去。只要过去了，我就不介意。”鸿轩是个聪明人，自然能听懂梓涵话中的意思。

他虽然不知道那人是谁，但他确定那人一定把梓涵伤得很深。他不问不是因为不感兴趣，而是不想让梓涵为难。

他有足够的耐心等她从过去的阴影中走出来，开始新的生活。

“你真的不介意?”梓涵忽然抬起头，用质疑的目光看着他。

“涵涵，你都说了是过去，过去的干吗要介意？我们要把握的是现在和将来，不是吗?”

鸿轩俊眉微微往上一挑，潋滟的笑意，瞬间风情无限。

那样的笑容，不深不浅，撞进她的心扉。

“嗯，过去再不堪回首也只是过去，我们以后开开心心在一起就好。”

梓涵神思飘忽，丝毫不知她俏丽带着娇憨的模样，映在鸿轩眼底，宛如夏日盛开的亭亭玉立的荷花。美得盈盈欲滴，美得让他舍不得移开视线。

鸿轩上前一步，把她拥入怀中。

梓涵身子微微颤了颤，想挣脱，腰上那只大手却裹得更紧了，有一下没一下地摩挲着。

即使隔着衣服，她依然能感觉到他掌心的温度，像是带了电流一样，透过她的肌肤，直达她的骨髓深处。

她伸手想去扯开他的手，却被他反手握住。厚实的大手，与她柔软的小手相扣，十指交缠，分也分不开。

“涵涵，答应我，别胡思乱想了。这段日子你想得太多了，这样下去，身体会受不了。相信我，我什么都不在意。我唯一在意的是你的健康、快乐。只要你身体好，开开心心的，我就心满意足了。”

鸿轩的话，像一首动人的情歌，深深打动了梓涵。

今生今世，能得到这样一个男人的垂爱，夫复何求?

梓涵握着鸿轩的手，在心里暗暗对他说：“鸿轩哥，也请你相信我，你若不离，我定不弃。”

如果说失去父亲是她这辈子最痛苦的事儿，那么得到鸿轩的爱就是她这辈子最幸运的事儿。

经历这么多痛苦、挫折，她更懂得鸿轩的好，更珍惜他们的感情。

所谓患难见真情，正是如此。

在她最难过、最无助的时候，都是鸿轩陪着她，给她鼓励，给她安慰。

从鸿轩的目光中，梓涵读到了怜惜。

她喜欢这种被呵护、被心疼的感觉。

她莫名想哭，想一辈子都在这个男人的羽翼下生活，享受他的保护和宠爱。

就这样，一辈子。

京城郊区的一家酒店里，赵逸一个人坐在沙发上，一支接一支地抽着烟。房间里满是烟雾，地上全是烟头。

八月十五，本是万家团圆的日子，他却只能在酒店里过。刘艳依旧不让他回家，冯雪和他闹翻了，于曼丽说有事不能见他。他游戏于几个女人之间，最终却成了孤家寡人！

晦暗的灯光下，沙发桌上的Z牌打火机闪着幽兰色的光，让他想到一个人。

打火机是梓涵送他的，那时候的她说："猪哥，你知道Z的广告语是什么吗？爱他就送他Z！我爱你，所以，我买了这个给你。"

"梓涵，你再也不会原谅我了吧？"拿起打火机轻轻摩挲着，赵逸心底一片荒芜。

原来，真正该珍惜的，他从未珍惜。

那个爱他如生命的女孩儿，已越走越远，再也不会回来。

细细想来，自从和冯雪在一起后，他诸事不顺。无论在林兰，还是回京城，不是被领导批，就是被降职。

按照迷信的说法，冯雪是个克夫的女人。不然为什么这么巧，沾上她以后，他就没过过几天舒心日子。

赵逸越想越不痛快，猛吸了两口，狠狠把烟掐在烟灰缸里。拿过手机，输入一段文字，发给冯雪。

冯雪和赵逸已经冷战十来天了。手机一响，她下意识拿起手机，一看是赵逸发来的短信，不由得皱了下眉头。

打开短信一看，她不禁傻眼了。短信的内容很短，只有十几个字，意思却再清楚不过："冯雪，我想我们还是分开吧，对不起。"

冯雪是个火暴脾气，她可以甩别人，却容忍不了被人甩。

"赵逸，你个王八蛋！竟然要甩我！门都没有！分手不是你能说的！"冯雪随手抄起桌上的杯子，狠狠摔在地上，一时间碎片四溅。

盛怒之下，她给赵逸打电话兴师问罪，却不想赵逸的手机关机了。她的愤怒无处发泄，恨不得立即飞回京城质问赵逸。

赵逸料到冯雪收到短信后会打电话给他，发完短信就关了机。他心烦得很，不想听冯雪对他大喊大叫。可他做出这个决定，就注定要迎来一场暴风雨。

冯雪不是梓涵，她可没那么善良、那么心软。

赵逸大有一种死猪不怕开水烫的凛然气概，倒霉事儿已经够多了，他不在乎再多一件。

冯雪打电话打不通，气得牙痒痒。她暗自发狠，如果赵逸铁了心和她分手，她一定让他好看。

看来，京城之行不可避免。既然赵逸不接电话，她只能到京城找他。

这个月的 16 日是逸动传媒成立十五周年的日子。虽然从逸动传媒辞职，专心打理金氏，但作为名誉员工，梓涵自然被邀请参加十五周年庆典。

夜色奢华，璀璨的灯火从中心商务区开始，点燃了繁华都市的乐曲。

京城酒店贵宾大厅，金碧辉煌的水晶大吊灯下，正举办着一场盛大的周年庆。拱形浮雕的天花板上画满了华丽的油画，镶嵌着浓重的镀金花纹。

踏进宴客大厅，梓涵向四周看了一眼，来的人不少，个个都盛装出席，可见崔荣昊的面子不小。

踩在正中的红地毯上，梓涵缓缓步入。几乎在顷刻间，便吸引了在场众多商界大人物的目光。

她宛若女王的姿态，婷婷袅袅的身姿立即引爆了宴会厅的最高关注！

惊呼声、窸窸窣窣的交谈议论声、轻缓的音乐声，在大厅中回旋……

被围在中央的崔荣昊，此刻也注意到他心爱的小丫头。待他看清那张俊美绝伦的脸时，整个人顿时不会呼吸了！

顾不上周围或欣赏或审视或觊觎的目光，梓涵缓步走到摆满食物和饮品的桌子前，拿起一杯苏打水喝下去。之前一直忙着打扮，她口渴得厉害。

“梓涵，你来了！”不经意间，她身后传来一个男人的声音，未等回头，她便听出声音的主人是谁。那声音低沉而富有磁性，她再熟悉不过。

在这种场合，梓涵料到会遇到他。却没想到，她刚进酒店，第一个看到的竟是他！

带着复杂的情绪，梓涵转过身，毫不怯懦地迎向他的目光。却不想，这一看着实让她惊了一下。

赵逸模样大变，憔悴不堪，好像突然老了几岁。

看着眼前这个人，梓涵五味杂陈。

他伤她那么深，她本该恨他，因他的落魄而开心。可不知为什么，她却开心不起来。

也许，是她当初对他的用情太深，无法真正恨他吧。

她清楚记得她对赵逸说过：“猪哥，如果有一天你落魄了，所有人都不理你，我也会对你不离不弃。”

可如今，时过境迁，就算她肯兑现诺言，赵逸能承受得起吗？

片刻失神后，梓涵回到现实。她向赵逸笑了笑，算是有了回应。

“梓涵，你……今天真漂亮。”

许久没这样近距离看梓涵，赵逸有种别样的感觉。他身边那几个女人，有谁有梓涵这样的倾世容颜?

“谢谢你，赵经理。”梓涵回答得干脆利落，却冷冰冰的，没有任何感情色彩。

赵逸怔住了，不知还能说什么。

他曾那么完整地拥有这个性感中透着可爱的小女人。那时候的她，常常眨着天真、纯净的大眼睛，用崇拜的目光看着他。他是她眼里的完美男人，是她爱如生命的男人。他们在一起时无话不谈，从没冷场过。

可现在，在她眼里，他分明看到了淡漠和疏离。

听到赵逸的称赞，梓涵有种既熟悉又陌生的感觉。

两年前，他也这样夸她。只不过，那时候他唤她“宝宝”，而不是“梓涵”。

两人间的静默，与周围的热闹氛围格格不入。

“涵涵!”崔荣昊带着几个衣着考究的男人，笑容满面地走过来。

赵逸和梓涵一起转身。崔荣昊心下一惊，“他怎么和涵涵在一起?”

“崔总!”看到崔荣昊，赵逸讪讪地打招呼。

崔荣昊只看他一眼，便走向梓涵，微微一笑，俯在她耳边低声说道：“涵涵，我身后的几位老板都想认识你。给他们个机会，和他们说几句话，好不好?就算给我个面子。”

梓涵冰雪聪明，崔荣昊的用意她自然知晓。他无非就是想向那些老板们炫耀，他喜欢的姑娘有多漂亮。

在这么多人面前，梓涵不想驳他的面子，微笑着答应了。

崔荣昊挽着梓涵，向不远处正在等候的几个男人走去。

赵逸眼睁睁看着他们离开，怅然若失。

也许，不起眼的角落，才是他该待的地方吧。

他拿起一杯红酒，穿过人群，走进酒店后院的小花园。

天上飘起细小而密集的雪花，并且越下越大，越下越密，好像无数仙女向人间播撒花朵。

赵逸一口饮下红酒，将杯子放在一边，站在花园中央，抬头仰望天空。

这一刻，他仿佛与这银装素裹的世界融为一体。

洁白纯净的雪花抚摸着他的脸颊，也洗涤了他的灵魂。他还是两年前那个他，和梓涵在兴岭的山下嬉戏，堆雪人、打雪仗……

梓涵不喜欢和这些男人寒暄，没过一会儿就借故离开了。待她回到之前和赵逸相遇的地方，却不见他的身影。

梓涵四处打量，却找不到赵逸。正当她准备放弃寻找时，透过酒店的落地窗，看到花园里一个熟悉的身影。

宝蓝色的西装、墨黑色的裤子，是赵逸最喜欢的打扮。不是他，还能是谁?

梓涵轻提裙摆，向花园的方向走去。

“梓涵!”赵逸没想到梓涵来找他，嘴角微扬，眸子里隐着一丝笑意。

“我有话想和你说，见你不在大厅，就找过来了。”梓涵感到些许寒意，拉了拉肩上的白色貂绒外套。

见梓涵穿得单薄，赵逸不忍，“不然我们找个地方说话吧，这里太冷了。”

“不用了，我说几句话就走。”

他凝视着她，等待她接下来要说的话。

“赵逸，说实话我非常恨你。可看到你这个样子，我心里很不是滋味。我希望你振作起来，一切重新开始，还来得及。”

“重新开始? 谈何容易。崔总不会再启用我了，我的前途到此止步了。”赵逸神色黯淡，提不起精神。

“崔总用不用你是崔总的事儿，你自己做的好不好才是关键。我相信，只要你足够出色，崔总会重新启用你的。总之，我不希望你这样下去，我希望看到之前那个积极向上、充满活力的你，就像我刚认识你时一样!”

说完这些话，梓涵松了口气，她不知道自己为什么突然想说这些。

也许是念及旧情，不希望她曾经爱的人自甘堕落吧。

“梓涵，谢谢你和我说这些，我会记在心里的。”

赵逸知道，梓涵虽然外表冷漠，内心仍然关心他。

只不过，时过境迁。她再不是当初的梓涵，不可能对他热情似火。

梓涵淡淡一笑，没再说什么。正当她转身离开的刹那，赵逸叫住她：“梓涵，我……和冯雪分手了!”

赵逸的声音不大，却给梓涵带来极大的震撼。

过了这么久，她以为她不在乎了，却没想到因为这句话流下泪来。

天道轮回，因果循环。冯雪，终究步了她的后尘。

她从她身边抢走了赵逸，最终也失去了赵逸。

也许，这就是她的报应吧。

虽然内心波涛汹涌，梓涵表面上却镇定自若。她只是微微怔了一下，并没停下脚步，拉着裙摆，一步步走出赵逸的视线。

宴会厅里，有一个男人，正期待她的回归。

她选择鸿轩，就注定要亏欠崔荣昊。

她能做的，就是尽量弥补。用一个妹妹或是一个朋友的立场去关心他，支持他，帮助他。亦如他对她一样，不求回报。

整理好衣服，补了补妆，梓涵对着镜子做了个胜利的手势，推门走进宴会厅。

她生性积极、乐观，不允许自己掉进过去的旋涡，在痛苦里沉沦。融入大厅欢快、温馨的气氛中，才是她要做的。

梓涵在人群里穿梭，聆听着众人的夸赞和寒暄。远远地，她看到崔荣昊向她笑，那么温和，那么宠溺，就像三年前一样，从未改变。

人的一生会遇到两个人，一个温柔了岁月，一个惊艳了时光。崔荣昊就是温柔岁月的人。他是高高在上的总裁，是不可一世的霸气男人，却唯独对她倾尽温柔，呵护她，照顾她。每一次她最艰难的时刻，出现在她身边的人总有他。

对女人来说，最难得的不是片刻的激情，而是长久的陪伴。崔荣昊做到了，做得无怨无悔。

连日来的压抑、郁闷，终将赵逸击垮。他病了一场，住进了医院。

他住院期间，梓涵帮他找了最好的医生，还到医院探望他。

出院后的第一天，赵逸就给梓涵打电话约她吃饭。感谢她不计前嫌，一再帮他。

餐厅里，午后慵懒的阳光透过磨砂玻璃窗照进来。靠窗而坐的梓涵，脸颊被晕染上一层金光，朦胧中更显得气质脱俗。

片刻失神后，赵逸笑着举起酒杯，说道："梓涵，我知道'谢谢'这个词儿太轻了，不足以表达我的心情。但是我还要说谢谢，谢谢你到医院看我，谢谢你帮我……"

"不用谢，我只是做了我想做的。"梓涵浅笑，淡淡地说。

赵逸的目光拂过梓涵的脸颊，心里多了一份悸动。

两年后的梓涵，已褪去淡淡的青涩，更有女儿味儿。一双明媚的眼睛大而有神，似有水波荡漾。唇瓣如玫瑰花般泛着盈亮润泽的光芒，要多迷人就有多迷人。

赵逸搭在腿上的十指，忍不住弯起，陷入恍惚怔忡中。

"赵逸，如果你非要谢我，不妨为我做件事儿吧。"梓涵迎向赵逸的目光，突然说道。

赵逸微微一愣，问道："什么事儿，你说吧，我一定努力做到。"

梓涵嘴角一挑，一字一顿地说道："赵逸，一切都是因你而起，你已经对不起太多人了。无论是我还是刘艳，甚至是冯雪，都因你而受到伤害。你该停手了，不要再害人了！”

“梓涵，你说的我都知道，我不会再像以前那样了。”赵逸直视梓涵的眼睛，信誓旦旦地说。

“希望你说到做到。赵逸，如果刘艳愿意，我希望你们复婚。毕竟文文还小，你该给他一个完整的家。”梓涵神色淡然，由衷地说。

“梓涵，这是你的真实想法吗？你真希望我这样？”赵逸不敢相信。

曾几何时，她那么渴望嫁给他；如今，却极力把他推给别人。

梓涵坚定地点了点头：“没错，我就是这么想的。”

“可是……梓涵，我想和你……”赵逸想说“我想和你在一起”，可在梓涵冰冷目光的注视下，他没勇气说出口

梓涵淡淡笑道：“我们不可能了。别说我已经有鸿轩哥，就算没有，我们也不可能了。”

“为什么？我和冯雪已经分开了！”

听梓涵点破，赵逸索性说出心里话。

这一次，换来的是梓涵的冷笑，“赵逸，我记得两年前和你说过，只要你抛弃我的原因不是冯雪，我就可以原谅你。可是，赤裸裸的事实摆在面前，你的确是因为冯雪才置我的感情于不顾，才绝情狠心地抛弃我！哪怕我痛苦得要死，你也没有一丝怜悯！我没有理由原谅你！而且，我有洁癖，绝不接受冯雪用过的男人！”

第一次，梓涵说了这么粗俗的话。

“我明白，你嫌弃我。”赵逸眸光暗淡，声音低沉，看上去可怜兮兮的。

“没错，我嫌弃你！而且，我不敢再相信你。我不知道我是你第几个女人，更不知道谁是你最后一个女人。”

梓涵毫不留情面，说得赵逸脸一阵红一阵白。

他意识到，他小看梓涵了。

他以为只要他提出来，梓涵就会回到他身边。

梓涵的话把赵逸的心揉得像微信二维码一样，七零八落。

这一刻，他深刻体会到因果报应是真实存在的。他能想象，当初的梓涵就和现在的他一样心痛、难过。

聊了许久，桌上的牛排还没吃几口，梓涵叉起一块牛排，笑着说道：“我吃东西了，下午还要上班。”

梓涵吃相很优雅，赵逸欣然看着她。之前一直说话，这会儿静下来，他才留意到她身上散发的香水的清香。

遥远的记忆中，这个小女人从不喷香水，总是穿戴简单，像个稚气未脱的小女生。

两年的蜕变，她成熟了许多。但改变不了的，是她骨子里的清纯和高雅。

迪奥小姐花漾淡香水特有的香气充溢在鼻间，让赵逸有些失神。

如果两年前，他能珍惜她，那么现在她还是他的女人。他可以把她搂在怀里，感受她的气息，享受她的美好。

可如今，他早把她伤得彻底，又怎能奢望她重新回到他身边？

梓涵安静地吃完牛排和意大利面，又喝光杯子里的果汁，满足地拿过纸巾，擦了擦嘴，“我吃饱了，回公司了，下午还有事要忙。”

说完，不等赵逸回应，她已起身。

纵有诸多不舍，赵逸也没勇气挽留。他跟着站起来，强挤出一丝笑，“梓涵，我送你吧。”

“不用了，打车很方便。而且，我只习惯坐自己家的车。”梓涵一句话，就划清了她和赵逸之间的界线。

她的言外之意是，赵逸不是自己人，只是个外人。

一时间，赵逸只觉得从头冷到脚。从没有一刻，他如此挫败。

当初那个甜甜地叫他“猪哥”，天真地想要给他生孩子的女孩儿已经彻底变了。

梓涵能看出赵逸的失落，不过她已经不想理会了。

她想他会习惯的，就像她一样，总要适应一个人由熟悉到陌生、由恋人变路人、甚至连路人都不如的过程。

从餐厅出来，梓涵深呼了口气。和赵逸在一起，她感觉周围的气压都是低的，压抑得喘不过气来。

望着明媚的天空，梓涵头脑中映出那张远在英国的英俊脸庞。鸿轩宛如冬日初升的暖阳，每每想起他，都会将她心底的阴霾一扫而尽。

和梓涵分开后，赵逸回到家。在家门口，他看到了多日不见的冯雪。

见他回来，冯雪什么也没说，直接走过来，甩手打了他一巴掌。

清脆的掌声落下，赵逸的脸颊印下五个泛红的指痕。

赵逸愣住了，他没想过，这个女人是来打他的。

面容狰狞的冯雪凶恶地瞪着他，咒骂道：“赵逸，你以为你是谁？想甩我就甩我？我不会放过你的！”

赵逸心里荡起涩涩的痛楚，这女人竟然对他动手，心可真够狠的。

“冯雪，你够了！你这样只会让我更讨厌你！”

“哈哈，你想像甩金梓涵那样甩我？门都没有！我不是金梓涵，没那么好欺负！”冯雪喊得声嘶力竭。

赵逸看了看四周，不时有人路过，转头看他们。他不想她继续闹下去，拉着她的胳膊，走向僻静处。

“冯雪，我跟你说，无论你怎么闹，我都不可能和你在一起了。你赶紧走吧，这钱给你，找个酒店住吧。”赵逸边说边掏出钱包，拿出几百块钱，递给冯雪。

“我不去酒店，我要进去！”冯雪指着赵逸家的方向，厉声说道。

赵逸冷笑一声，不屑地说道：“冯雪，你太有意思了。我们都分开了，你有什么资格去我家？”

“分开？是你单方面说要分开，我可没答应！”冯雪仍不放弃。

“呵呵，这可由不得你，我说分开就分开！这钱你爱要不要，我累了，回家了！”赵逸的语气格外强硬，他把钱塞给冯雪，径自走向家门口。

冯雪忙拉住他，死死不肯放手。

“冯雪，你要不要脸，快松手！”赵逸低头看着她，语气里全是威慑的意味。可不管他怎么说，冯雪就是不松手。

无奈之下，赵逸奋力掰开她的手。冯雪一个站不稳，摔倒在地上。赵逸趁机跑到门口，正好有人开门，他眼疾脚快，跟着走了进去。

冯雪眼看赵逸走了，却无能为力。

她无法遏制心中的怒火，阴沉沉地瞪着他离开的方向，双手紧握成拳头状，不自觉地颤抖。

回到家，赵逸从窗口往下看，见冯雪捡起地上的钱，缓步走出小区。

他松了口气，坐到沙发上，点了一支烟。

他深邃的眼眸轻眯，性感的薄唇不时微张，倾吐出缭绕的烟雾。

他心里有一股无名怒火，让他极度烦躁，非常不爽。

他真是瞎了眼，和冯雪这个女人在一起。不仅把事业搞得一塌糊涂，还失去了最爱他的女人。

如今，他除了悔恨，还是悔恨！

接连几天，赵逸都生活在焦虑和淡淡的恐惧中。只要冯雪还在京城，他就无法安生。

他总觉得，这小丫头说的并非气话。以她的个性，完全能说到做到，说不定闹出什么乱子呢！

可整整两天，冯雪既不打电话，也不到家门口堵他，不知是好事还是坏事。

难道，这是暴风雨前的宁静？

这日下班，赵逸和几个朋友吃过饭才回家。他喝了点酒，不由得头重脚轻，艰难地往楼上走。

他虽然晕晕的，但头脑还清楚，总感觉身后有人跟着他。他每走几步，那脚步声也跟近几步。

紧张之下，他顾不得身体的不适，抓紧楼梯扶手，大步向上走，想把跟在身后的人甩开。好在他家在四楼，很快到了楼上。可他却怎么也找不到钥匙，眼看着家门进不去。

楼下的脚步声很轻，却很细碎、急促。他几乎可以确定，那人一定在追他。不然不会他慢他就慢，他快，他也跟着快。

“难道……冯雪又来了？”这个念头一涌现，赵逸不由得倒吸了口冷气。

这女人悄悄跟着他，到底要干什么？

慌乱中，赵逸把包里的东西都倒在地上，可就是没有钥匙的踪影。他努力回想着，“难道是落在办公室的桌子上了？不然就是不小心掉在餐厅了。”

可是，容不得他多想，一直未停的脚步声戛然而止。他循声看过去，冯雪站在三楼半的台阶上，面无表情地看着他。

赵逸知道，躲是不可能了。到如今，他只能面对。

“冯雪，你来找我干什么？”赵逸蹲在地上，看也不看冯雪，一边拾散落的零钱，一边问道。

“我来取个东西，取完就走。”冯雪的声音淡淡的，听不出一丝情绪的波动。

赵逸笑了笑，依旧俯身整理零钱，“你有什么东西在我这儿？我怎么不记得！”

这一次，冯雪没搭话，而是快步走上台阶。等赵逸反应过来，她已经站在他面前。

赵逸未及抬头，就感到肩头一阵冰凉入骨的刺痛。那是一种利器进入身体时才有的感觉。

“冯雪，你疯了，你要干什么？”

赵逸顾不得痛，猛地起身，下意识推开冯雪。

冯雪虽有防备，无奈赵逸力气太大，她一时没站稳，向后仰倒，头生生撞在台阶的棱角上。

她甚至来不及叫一声，就晕死过去。鲜红的血，沿着洁白的大理石台阶流下，格外醒目、刺心……

“冯雪！”

赵逸几时见过这种场面，看着那股红的血，他只当冯雪不行了，强忍肩上的剧痛，跑到她身边，大声叫她的名字。

可无论赵逸怎么叫，冯雪都没有回应。

他深呼了口气，忐忑地把手指放在冯雪鼻间，差点被吓晕过去。

不知是恐惧还是过于紧张，赵逸觉得冯雪已经断气了，死了。

赵逸和冯雪在一起两年，对她还是有感情的。看她这样，他心如刀绞，抱着她的头放在自己的腿上。泪水不可抑制地流下来，滴在冯雪的脸上。

“冯雪，你何苦这样？为了报复我，把自己的命也搭进去吗？”

赵逸的哭声和叫喊声惊动了邻居，很快，有人开门出来。

见倒在血泊里的两个人，邻居立即打了电话。没过多久，楼下传来急救车的声音。

虽然未伤及要害，但肩膀上的血一直在流，待急救人员赶到时，赵逸已晕过去，和冯雪一起被抬上车……

赵逸伤得不重，伤口经过缝合处理，剩下的就是慢慢调养了。另一间病房里，冯雪依旧睡着，脸上没有一丝表情。

冯峰和远在C市的父母通了话，说了妹妹的情况，在手术通知单上签了字。

手术虽然有风险，但这是他唯一的选择。他总不能让妹妹一直昏迷不醒。医生说，她头里有血块，必须马上取出来。

走出病房，冯峰神色凝重。从门口到医生办公室，不过几米的距离，他仿佛踏过千山万水。

他心疼妹妹，也气妹妹。他不止一次劝她，让她离开赵逸，可她就是不听，才落得今天这步田地。名声坏了，工作丢了，甚至连命也只剩下这半条了。

过了一夜，赵逸虽然身子虚，精神却好了许多，头脑也越来越清晰。

他不可抑制地想见梓涵，想听她唤他的名字。哪怕是用冰冷的、不带任何感情色彩的语调。

想了想，趁陪护他的大朋不在，赵逸拿过手机，给梓涵发了个短信。内容很简单，只有十几个字：“我受伤了，在京城中心医院，特别想见你。”

发出短信，赵逸轻松了。剩下的，就不是他能左右的了。

梓涵来不来看她，全凭她心意。

大朋从冯雪的主治医生那儿回来。看他的脸色，赵逸猜到冯雪的情况不乐观。

“我问过医生，手术很成功，她已经没有生命危险了，但什么时候醒过来还不知道。”没等赵逸问，大朋便说道。

“难道真像医生说的，她会成为植物人？”回想医生之前说过的话，赵逸心有余悸。

“这个……不好说，医生也不确定。再等等吧，也许很快就醒了。”大朋勉强笑了笑，安慰好友。

冯雪还活着，在赵逸看来就是个奇迹。就当时的情形看，他以为冯雪必死无疑。

他期待她醒来。毕竟他们相爱过，他不希望她结局凄凉。

说话间，赵逸的手机响起来，他低头看到屏幕上的号码，不由得又惊又喜。

电话是梓涵打来的，他顾不得大朋在身边，连忙接起来。

“赵逸，我到中心医院了，你在哪个病房？”

电话那端，是梓涵焦急的声音。

“我……在特护病房201。”赵逸情绪激动，言语哽咽。

看他反常的表现，大朋不禁纳闷，究竟是谁能让他眸泛亮光、面露喜色呢？

他看向门口的方向，期待答案。

随着一阵急促的敲门声，大朋应声而起，走过去开门。

门口站着的人让他大吃一惊：“梓涵，怎么是你？”

“赵逸发短信说他受伤了，我过来看看，他没事吧？”

在大朋疑惑的目光中，身着紫色皮草外套的梓涵走进病房。

这件外套和当年赵逸送她的那件颇为相似，但赵逸认得出，这不是他送的那件。他料想，梓涵不会再穿他送的衣服了。

“赵逸，你怎么伤成这样？”看着赵逸肩头的绷带，梓涵心头酸涩，差点哭出来。不过，碍于大朋在跟前，她忍住了。

赵逸无颜说出实情，还是大朋把事情的来龙去脉告诉给梓涵。

听他这么说，梓涵全明白了，原来是冯雪刺伤了赵逸。

她担心的事终于发生了，她想过冯雪会报复赵逸，却没想到会如此过激。

想当初，赵逸为了冯雪弃她而去，不过短短两年的时间，他们竟闹到这步田地！

难道这就是老天对他们的惩罚吗？

正如她所想，建立在别人痛苦上的幸福是不会长久的，赵逸和冯雪没能逃脱应得的报应。

“梓涵，你怎么了？”见她不说话，赵逸问道。

“我没事。”梓涵抬起头，眸光里掺杂着一丝复杂的情绪。

不知什么时候，大朋已出去，病房里只有他们二人。

“梓涵，你能来看看我，我就很知足了。你回去吧，这里空气不好。”

“嗯，我这就走。”

赵逸一脸胡茬，面无血色。他憔悴的样子让梓涵不敢停留，怕一不小心就哭出来。

走出病房，到医院门口，梓涵止住了脚步。

她突然有种冲动，想去看看冯雪。

这个念头一出现，她便无法再向前迈一步。

几经思忖，她向医生打听到冯雪的病房，缓步走过去。

病房的门关着，透过门上的玻璃，她依稀看到里面的情形。

冯雪在床上躺着，一动也不动。一个男人坐在她床边的椅子上，垂着头，看上去很绝望。

她到底能不能醒过来?

这一刻，梓涵五味杂陈，不知是悲是喜。

若说是悲，她未免太心软，竟然对这个女人心生怜悯。若说是喜，她又未免太心狠，再怎样也不至于希望她死。

两年了，看着赵逸和冯雪伤的伤、昏迷的昏迷，特别是想到赵逸意志消沉、萎靡不振的模样，她再也恨不起来了。

他曾游戏人间、纵情于几个女人之间，到头来，又得到了什么?

事业没了，名誉毁了，差点连命都没了!

这一刻，梓涵心头纠缠已久的郁结终于解开了。开阔、舒爽的感觉了然于胸。

梓涵离开医院，走在雪地上，好像踏在一块松软的白色地毯上，脚下发出“咯吱”“咯吱”的响声。

街道、楼宇都笼罩了一层白茫茫的积雪，路旁落光叶子的树上挂满了毛茸茸、亮晶晶的银条，整个城市变成了一个粉妆玉砌的世界。

梓涵素来爱雪，看这漫天飞舞的雪花，心情越发明朗。

想那年，她和赵逸在兴岭的山下玩雪，也是这般舒心、惬意。

可如今，他躺在医院的病床上，面容憔悴，神色黯然，再无往日风采。

不知是岁月蹉跎了人生，还是人生荼毒了岁月。两年的光阴，已物是人非……

12 月 31 日，跨年夜。刘玉华、鸿轩、梓涵围坐在电视机旁，看跨年晚会，等待新年钟声敲响。

据说，一起跨年的人会一辈子在一起。

梓涵相信，她和母亲、鸿轩永远都不会分开。

唯一让她难过的是，父亲再也不会回来了。若是父亲还在，她就是这世界上最幸福的人了。

“鸿轩哥，你说爸爸是转世了，还是在天上看着我们呢?”梓涵眼里含着泪，轻声问鸿轩。

每逢佳节倍思亲。鸿轩知道她又想父亲了，不由得心头一紧，安慰道：“涵涵，无论叔叔在哪儿，他都希望你和阿姨过得好。而且他从没离开我们，他在我们每个人心里，不是吗?”

梓涵扬头，眼泪也随之流下，“没错，爸爸没走，他在我心里，我们每年都一起跨年。”

鸿轩微微一笑，将她拥入怀中。

怀里这个小小的人儿，就是他的全世界……

金家别墅前，缤纷的礼花绽放出耀眼的色彩，亦如那个正月十五的夜晚。

赵逸孤身而立，仰望着不远处人影浮动的窗口，心中默念：“宝宝，让我陪你看焰火。”